Contos de Fadas

EDIÇÃO COMENTADA E ILUSTRADA

CLÁSSICOS ZAHAR
em EDIÇÃO COMENTADA E ILUSTRADA

Mulherzinhas*
Louisa May Alcott

Peter Pan*
J.M. Barrie

O Mágico de Oz*
L. Frank Baum

Alice*
Lewis Carroll

David Copperfield
Charles Dickens

Sherlock Holmes (9 vols.)*
A terra da bruma
Arthur Conan Doyle

As aventuras de Robin Hood*
O conde de Monte Cristo*
A mulher da gargantilha de veludo e outras histórias de terror
Os três mosqueteiros*
Vinte anos depois
Alexandre Dumas

Mitos gregos
Nathaniel Hawthorne

O corcunda de Notre Dame*
Victor Hugo

Os livros da Selva*
Rudyard Kipling

Rei Arthur e os cavaleiros da Távola Redonda*
Howard Pyle

A ilha do tesouro
Robert Louis Stevenson

Mary Poppins*
P. L. Travers

Aventuras de Huckleberry Finn
As aventuras de Tom Sawyer
Mark Twain

20 mil léguas submarinas*
A ilha misteriosa*
Viagem ao centro da terra*
A volta ao mundo em 80 dias*
Jules Verne

* Títulos disponíveis também em edição bolso de luxo
Veja a lista completa da coleção no site zahar.com.br/clássicoszahar

Contos de Fadas

EDIÇÃO COMENTADA E ILUSTRADA

Edição, introdução e notas:
MARIA TATAR

Tradução:
Maria Luiza X. de A. Borges

9ª reimpressão

Para Lauren e Daniel

Copyright © 2002 by Maria Tatar

Tradução autorizada da primeira edição inglesa publicada em 2002 por W.W. Norton, de Nova York, EUA

Grafia atualizada segundo o Acordo Ortográfico da Língua Portuguesa de 1990, que entrou em vigor no Brasil em 2009.

Título original
The Annotated Classic Fairy Tales

Capa
Rafael Nobre

Projeto gráfico
Carolina Falcão

Ilustrações
Arthur Rackham, Edmund Dulac, Gustave Doré, George Cruikshank, Kay Nielsen e
Walter Crane – cortesia Houghton Library e Harvard College Library.
Maxfield Parrish reproduzidas com permissão de © Maxfield Parrish Family Trust,
licenciadas pela ASAP e VAGA, NY – cortesia American Illustrated Gallery, NY.
Arthur Rackham reproduzidas com permissão de © The Estate of Arthur Rackham/Bridgeman Archive.
Wanda Gág reproduzidas com a permissão do espólio da artista.

Preparação
André Telles

Revisão
Alice Dias
Sandra Mager

CIP-Brasil. Catalogação na publicação
Sindicato Nacional dos Editores de Livros, RJ

C781 2.ed.	Contos de fadas / edição, introdução e notas Maria Tatar; tradução Maria Luiza X. de A. Borges. — 2ª ed. com. e il. — Rio de Janeiro: Zahar, 2013.

il. (Clássicos Zahar)

Tradução de: The Annotated Classic Fairy Tales.
Inclui bibliografia
ISBN 978-85-378-0828-3

1. Conto de fadas. I. Tatar, Maria, 1945-. II. Borges, Maria Luiza X. de A.
(Maria Luiza Xavier de Almeida), 1950-. III. Série.

CDD: 398.2
CDU: 398.21

12-0917

Todos os direitos desta edição reservados à
EDITORA SCHWARCZ S.A.
Praça Floriano, 19, sala 3001 – Cinelândia
20031-050 – Rio de Janeiro – RJ
Telefone: (21) 3993-7510
www.companhiadasletras.com.br
www.blogdacompanhia.com.br
facebook.com/editorazahar
instagram.com/editorazahar
twitter.com/editorazahar

Sumário

Introdução	7
Cenas de Contadores de Histórias	19

Os Contos

Chapeuzinho Vermelho, *Jacob e Wilhelm Grimm*	33
Cinderela ou O sapatinho de vidro, *Charles Perrault*	44
João e Maria, *Jacob e Wilhelm Grimm*	60
A Bela e a Fera, *Jeanne-Marie Leprince de Beaumont*	74
Branca de Neve, *Jacob e Wilhelm Grimm*	94
A Bela Adormecida, *Jacob e Wilhelm Grimm*	110
Rapunzel, *Jacob e Wilhelm Grimm*	120
O rei sapo ou Henrique de Ferro, *Jacob e Wilhelm Grimm*	130
Rumpelstiltskin, *Jacob e Wilhelm Grimm*	139
João e o pé de feijão, *Joseph Jacobs*	147
Barba Azul, *Charles Perrault*	160
O pé de zimbro, *Philipp Otto Runge*	173
Vasilisa, a Bela, *Aleksandr Afanasev*	186
A leste do sol e a oeste da lua, *Peter Christen Asbjørnsen e Jørgen Moe*	199
Molly Whuppie, *Joseph Jacobs*	213
A história dos três porquinhos, *Joseph Jacobs*	218
Pele de Asno, *Charles Perrault*	224
Catarina Quebra-Nozes, *Joseph Jacobs*	240
O Gato de Botas ou O Mestre Gato, *Charles Perrault*	246
A história dos três ursos, *Anônimo*	259

O Pequeno Polegar, *Charles Perrault* — 269

A roupa nova do imperador, *Hans Christian Andersen* — 284

A pequena vendedora de fósforos, *Hans Christian Andersen* — 294

A princesa e a ervilha, *Hans Christian Andersen* — 300

O Patinho Feio, *Hans Christian Andersen* — 305

A Pequena Sereia, *Hans Christian Andersen* — 318

NOTAS — 349

APÊNDICE 1

A história da avó, *Anônimo* — 385

Chapeuzinho Vermelho, *Charles Perrault* — 388

APÊNDICE 2

A história dos três ursos, *Robert Southey* — 392

BIOGRAFIA DE AUTORES E COMPILADORES — 398

*Aleksandr Afanasev, Hans Christian Andersen, Peter Christen
Asbjørnsen e Jørgen Moe, Jeanne-Marie Leprince de Beaumont,
Jacob e Wilhelm Grimm, Joseph Jacobs, Charles Perrault*

Leituras adicionais — 410

BIOGRAFIA DOS ILUSTRADORES — 413

*Ivan Bilibin, Edward Burne-Jones, Walter Crane,
George Cruikshank, Gustave Doré, Edmund Dulac,
Kay Nielsen, Maxfield Parrish, Arthur Rackham*

Leituras adicionais — 424

Fontes — 427

Bibliografia — 430

Agradecimentos — 448

Sobre a autora — 449

Introdução

Para muitos de nós, os livros da infância são objetos sagrados. Muitas vezes destroçados de tão lidos, esses livros nos transportavam de descoberta em descoberta, levando-nos a mundos inéditos e secretos que dão nova dimensão aos desejos infantis e contemplam os grandes mistérios existenciais. Como David Copperfield, que buscava consolo nos contos de fadas, alguns de nós líamos outrora "como se para a vida inteira", usando livros não só como conforto mas como uma maneira de atravessar a realidade, de sobreviver num mundo dominado por adultos. Numa profunda reflexão sobre a leitura da infância, Arthur Schlesinger Jr. escreve sobre como os contos clássicos "contam às crianças o que elas inconscientemente sabem – que a natureza humana não é inatamente boa, que o conflito é real, que a vida é severa antes de ser feliz –, e com isso as tranquilizam com relação a seus próprios medos e a seu próprio senso de individualidade".

"O que obtemos hoje em dia da leitura que se equipare ao entusiasmo e à revelação daqueles primeiros catorze anos?", perguntou Graham Greene certa vez. Muitos de nós temos na lembrança momentos de entusiasmo, de tirar o fôlego, quando nos refestelávamos nas nossas poltronas favoritas, nossos cantos secretos ou nossas camas aconchegantes, sôfregos por descobrir se João e Maria achariam o caminho de volta para casa, se a Pequena Sereia conseguiria uma alma imortal ou se o sapatinho de Cinderela caberia no seu pé. "Eu ansiava pelo arrebatamento intenso, amedrontador, empolgante que a história me dava", Richard Wright observa ao relembrar seu encontro com a história de *Barba Azul* na infância. Nesse mundo de imaginação, não só nos libertamos das realidades enfadonhas da vida cotidiana, como nos entregamos aos prazeres catárticos de derrotar aqueles gigantes, madrastas, bichos-papões, ogros, monstros e *trolls*, estes também conhecidos como adultos.

Contudo, por mais que apreciemos as histórias da infância, também as superamos, as abandonamos e as rejeitamos como coisas pueris, esquecendo seu poder não só de construir o mundo infantil da imaginação como de edificar o mundo adulto da realidade. Os contos de fadas, segundo o ilustrador britânico Arthur Rackham, tornaram-se "parte de nosso pensamento e expressão cotidianos, e nos ajudam a moldar nossas vidas". Não há dúvida alguma, ele acrescenta, "de que estaríamos nos comportando de maneira muito diferente se Bela não tivesse jamais se unido à sua Fera ... Ou se a irmã de Rapunzel não tivesse visto ninguém chegando; ou se o 'Abre-te Sésamo!' não tivesse aberto o caminho, ou Simbá navegado." Quer tenhamos ou não consciência disso, os contos de fadas modelaram códigos de comportamento e trajetórias de desenvolvimento, ao mesmo tempo em que nos forneceram termos com que pensar sobre o que acontece em nosso mundo.

Parte do poder dessas histórias deriva não só das palavras como das imagens que as acompanham. No exemplar dos contos de fadas dos Grimm de minha própria infância, que só se conservava inteiro à custa de elásticos e fita adesiva, há uma imagem que vale mais que mil palavras. Cada vez que abro o livro nessa página, sou inundada por uma torrente de lembranças da infância e, por alguns instantes, experimento como era ser criança. As imagens que acompanhavam *Cinderela*, *Chapeuzinho Vermelho* ou *João e o pé de feijão* em antigas edições de contos de fadas têm uma força estética que exerce um domínio emocional raramente encontrado na obra de ilustradores contemporâneos, e por essa razão retornei a tempos e lugares passados em busca das imagens que acompanham as histórias neste volume.

Os contos de fadas são íntimos e pessoais, contando-nos sobre a busca de romance e riquezas, de poder e privilégio e, o mais importante, sobre um caminho para sair da floresta e voltar à proteção e segurança de casa. Dando um caráter terreno aos mitos e pensando-os em termos humanos em vez de heroicos, os contos de fadas imprimem um efeito familiar às histórias no arquivo de nossa imaginação coletiva. Pense no Pequeno Polegar, que miniaturiza a morte de Golias por Davi na Bíblia, o cegamento dos ciclopes por Ulisses na *Odisseia* e a vitória de Siegfrid sobre o dragão Fafner em *O anel do Nibelungo* de Richard Wagner. Ou em Cinderela, que é essencialmente irmã da Cordélia de Shakespeare e da Jane Eyre de Charlotte Brontë. Os contos de fadas nos arrastam para uma realidade que é familiar no duplo sentido da palavra – profundamente pessoal e ao mesmo tempo centrada na família e em seus conflitos, não no que está em jogo no mundo em geral.

John Updike nos lembra que os contos de fadas que lemos hoje para as crianças tiveram suas origens numa cultura em que histórias eram contadas entre adultos: "Elas eram a televisão e a pornografia de seu tempo; a subliteratura que iluminava a vida de povos pré-literários." Considerando as histórias em suas primeiras formas escritas, descobrimos preocupações e ambições que se amoldam às angústias e desejos adultos. Bela Adormecida pode agir como uma criança estabanada, desobediente, quando toca o fuso que a faz dormir, mas seus verdadeiros problemas vêm na forma de uma sogra que planeja servi-la ao molho pardo no jantar. Barba Azul, com sua alcova proibida cheia de cadáveres de ex-esposas, envolve-se em questões de confiança conjugal, fidelidade e traição, mostrando como o casamento é assombrado pela ameaça do assassinato; *Rumpelstiltskin* mostra uma mulher que escapa por um triz de um negócio que poderia custar a vida de seu primogênito. E *Rapunzel* gira em torno dos apetites perigosos de uma mulher grávida e do desejo de salvaguardar a virtude de uma moça trancando-a numa torre.

Os contos de fadas, outrora narrados por camponeses ao pé da lareira para afugentar o tédio dos afazeres domésticos, foram transplantados com grande sucesso para o quarto das crianças, onde florescem na forma de entretenimento e edificação. Esses contos, que passam a constituir um poderoso legado cultural transmitido de geração em geração, fornecem mais que prazeres amenos, enlevos encantadores e deleites divertidos. Contêm muito de "doloroso e aterrorizante", como notou o historiador da arte Kenneth Clark ao evocar seus encontros com as histórias dos Irmãos Grimm e de Hans Christian Andersen na infância. Despertando a um só tempo medo e alumbramento, os contos de fadas atraíram ao longo dos séculos tanto defensores entusiásticos, que celebram seus encantos vigorosos, quanto críticos severos, que deploram sua violência.

Nossos desejos mais profundos, bem como nossas angústias mais arraigadas, misturam-se ao folclore e nele permanecem através de histórias que ganham a predileção de uma comunidade de ouvintes ou leitores. Como depósitos de um consciente e um inconsciente culturais coletivos, os contos de fadas atraíram a atenção de psicólogos e psicanalistas, entre o quais se destaca o renomado psicólogo infantil Bruno Bettelheim. Em seu estudo capital, *A psicanálise dos contos de fadas*, Bettelheim sustentou que eles têm forte valor terapêutico, ensinando às crianças que "uma luta contra graves dificuldades na vida é inevitável". "Se não fugimos assustados", Bettelheim acrescentou com grande otimismo, "mas enfrentamos resolutamente sofrimentos inesperados e muitas vezes injustos, dominamos todos os obstáculos e no final emergimos vitoriosos."

No curso das últimas décadas, os psicólogos infantis recorreram a contos de fadas como poderosos veículos terapêuticos para ajudar crianças e adultos a resolver seus problemas meditando sobre os dramas neles encenados. Cada texto se torna um instrumento facilitador, permitindo aos leitores enfrentar seus medos e desembaraçar-se de sentimentos hostis e desejos danosos. Ingressando no mundo da fantasia e da imaginação, crianças e adultos garantem para si um espaço seguro em que os medos podem ser confrontados, dominados e banidos. Além disso, a verdadeira magia do conto de fadas reside em sua capacidade de extrair prazer da dor. Dando vida às figuras sombrias de nossa imaginação como bichos-papões, bruxas, canibais, ogros e gigantes, os contos de fadas podem fazer aflorar o medo, mas no fim sempre proporcionam o prazer de vê-lo vencido.

Como Bettelheim, o filósofo alemão Walter Benjamin louvou a determinação aguerrida dos heróis e heroínas dos contos de fadas: "A coisa mais sábia – assim o conto de fadas ensinou à humanidade nos velhos tempos, e ensina às crianças até hoje – é enfrentar as forças do mundo mítico com astúcia e bom humor." Se Bettelheim enfatizou o valor da "luta" e do "domínio" e viu nos contos de fadas uma "experiência em educação moral", Benjamin nos lembrou que a moralidade referendada nos contos de fadas não está isenta de complicações e complexidades. Embora possamos todos concordar que promover o "bom humor" é uma coisa boa para a criança fora do livro, podemos não concordar necessariamente que a "astúcia" seja uma qualidade que desejamos encorajar ao exibir suas vantagens. Os primeiros comentadores dos contos de fadas não demoraram a perceber que seus ensinamentos morais nem sempre coincidiam com os programas didáticos estabelecidos pelos pais. O ilustrador britânico George Cruikshank horrorizou-se com a história do *Pequeno Polegar*, que lhe pareceu "uma sucessão de falsidades – uma brilhante aula de como mentir! –, um sistema de impostura recompensado pela maior das vantagens mundanas!" Achava que João roubar os tesouros do gigante era moralmente repreensível, e se sentiu na obrigação de reescrever a história, transformando o furto numa retomada da fortuna do pai falecido. Cruikshank teria reagido do mesmo modo a Aladim, aquele herói prototípico do conto de fadas, descrito como "teimoso", um "vagabundo incorrigível" e um menino que nunca há de ser coisa alguma. Onde quer que olhemos, os personagens dos contos de fadas parecem estar sempre perseguindo a boa fortuna à custa da mentira, da trapaça ou do furto.

Em histórias para crianças, passamos a desejar e esperar uma orientação moral clara, positiva, junto com mensagens de fácil compreensão. O sucesso popular do *Livro das virtudes* de William Bennett, uma coletânea de histórias escolhidas por sua capacidade de transmitir valores culturais "atemporais e universais", revela o quanto estamos comprometidos com a ideia de que literatura moral pode produzir bons cidadãos. Bennett sente-se completamente à vontade com sua lista de virtudes que todos nós aceitamos: autodisciplina, compaixão, responsabilidade, amizade, trabalho, coragem, perseverança, honradez, lealdade e fé. Mas deixa de reconhecer as complexidades da leitura, o grau em que as crianças muitas vezes se concentram em detalhes isolados, produzem interpretações idiossincráticas ou se apaixonam por vícios tanto quanto por virtudes.

Em seu livro de memórias *Leaving a Doll's House*, a atriz Claire Bloom recorda "o som da voz da minha mãe quando lia para mim *A Pequena Sereia* e *A Rainha da Neve* de Hans Christian Andersen". Embora a experiência da leitura gerasse "uma sensação prazerosa de aconchego, bem-estar e segurança", Bloom enfatiza também que "esses contos emocionalmente perturbadores ... instilavam em mim uma ânsia de ser arrebatada pela paixão romântica e levaram-me, na adolescência e em meus vinte e poucos anos, a tentar imitar essas heroínas abnegadas". Que Bloom representou a heroína trágica, recatada, não só no palco como na vida real, fica claro a partir do penoso relato que fez de seus muitos romances e casamentos fracassados. Certamente os contos podem ter apenas reforçado o que já era parte do seu caráter e disposição, mas é perturbador ler a história de sua vida real à luz de sua forte identificação com personagens como a Pequena Sereia de Andersen. O que Bloom evoca da leitura de infância nos lembra que ler pode gerar aconchego e prazer, mas a leitura sem uma reflexão sobre o sentido do que está na página pode ter consequências reais.

O *livro das virtudes*, como muitas antologias de histórias "para crianças", sanciona uma espécie de leitura desatenta que deixa de interrogar os valores culturais encerrados em histórias escritas outrora, em outro tempo e lugar. Em sua enunciação de uma lição moral sob cada título, insiste também em reduzir cada história a um mote indiscutível acerca de uma virtude ou outra, deixando de levar em conta a observação de Eudora Welty de que "há absolutamente tudo na ficção de valor, menos uma resposta clara". Mesmo os contos de fadas, com seu senso de justiça ingênuo, seu materialismo obstinado e seu espectro imaginativo por vezes estreito, raramente enviam mensagens sem ambiguidade.

A falta de clareza ética não representou problema para muitos dos compiladores que juntaram contos de fadas em coletâneas. Em 1697, ao publicar *Contos da Mamãe Gansa*, Charles Perrault acrescentou a cada um pelo menos uma lição moral, por vezes duas. Frequentemente, contudo, essas conclusões morais não se harmonizavam com os eventos na história e vez por outra não ofereciam nada além de uma oportunidade para um comentário social aleatório e digressões sobre caráter. As diretrizes comportamentais explícitas acrescentadas por Perrault e outros tendem a não funcionar quando visam crianças. Não foi preciso Rousseau para descobrirmos que, quando observamos crianças aprendendo lições a partir de histórias, "vemos que, quando se encontram em condições de aplicá-las, fazem-no quase sempre de maneira oposta à pretendida pelo autor". Praticamente todos que já foram crianças aprenderam esta lição mediante auto-observação ou experiência pessoal com outras crianças.

Desistimos então de encontrar orientação moral em contos de fadas? Fica a leitura reduzida a uma atividade que não produz nada senão deleite estético ou puro prazer? Se por um lado os contos de fadas não nos fornecem as lições morais e mensagens adequadas pelas quais às vezes ansiamos, por outro continuam a nos proporcionar oportunidades para pensar sobre as angústias e desejos a que dão forma, para refletir sobre os valores condensados na narrativa e discuti-los, e para contemplar os perigos e possibilidades revelados pela história.

Hoje reconhecemos que os contos de fadas versam tanto sobre conflito e violência quanto sobre encantamento e desfechos do tipo "e foram felizes para sempre". Ao ler *Cinderela*, ficamos mais fascinados por seus sofrimentos e provações no borralho que por sua ascensão social. Passamos mais tempo pensando na cantilena mortífera do gigante que na fortuna que João conquista. E o encontro de João e Maria com a bruxa aparentemente magnânima na floresta impregna nossa imaginação muito depois que terminamos de ler a história.

Por meio de histórias, adultos podem conversar com crianças sobre o que é importante em suas vidas, sobre questões que vão do medo do abandono e da morte a fantasias de vingança e triunfos que levam a finais "felizes para sempre". Enquanto olham figuras, leem episódios e viram páginas, adultos e crianças podem estabelecer o que a crítica cultural Ellen Handler-Spitz chama de "leitura interativa", diálogos que ponderam os efeitos da história e oferecem orientação para o pensamento sobre assuntos similares do mundo real. Esse tipo de leitura pode assumir muitas feições diferentes: séria, brincalhona, meditativa, didática, empática ou intelectual.

Em suas lembranças da leitura de *Chapeuzinho Vermelho* com a avó, Angela Carter nos relata uma dessas cenas de leitura de conto de fadas: "Minha avó materna costumava dizer: 'Levante o ferrolho e entre' ao me contar essa história quando eu era criança; e no desfecho, quando o lobo salta sobre Chapeuzinho Vermelho e a devora, minha avó sempre fingia que me comia, o que me fazia gritar e gaguejar com um prazer alvoroçado." O relato que Carter faz de sua experiência com *Chapeuzinho Vermelho* revela o quanto o significado de um conto é gerado em sua encenação. Essa cena de leitura – como seus prazeres catárticos – diz-nos mais sobre o que a história significa do que as "verdades atemporais" que Perrault anunciou em sua lição moral na primeira versão literária do conto.

Luciano Pavarotti, por outro lado, teve uma experiência bem diferente com *Chapeuzinho Vermelho*. "Em minha casa", ele recorda, "quando eu era pequeno, era meu avô que contava as histórias. Ele era maravilhoso. Contava contos violentos, misteriosos, que me encantavam... Meu favorito era *Chapeuzinho Vermelho*. Eu me identificava com Chapeuzinho Vermelho. Tinha os mesmos medos que ela. Não queria que ela morresse. Tinha pavor da sua morte – ou do que pensamos que é a morte." Charles Dickens teve um sentimento ainda mais forte com relação à menina da história. Chapeuzinho Vermelho foi seu "primeiro amor": "Eu sentia que, se pudesse ter me casado com Chapeuzinho Vermelho, teria conhecido a perfeita beatitude."

Cada um desses três leitores reagiu de maneira muito diferente a uma história que estamos acostumados a considerar um conto moral sobre os perigos de se desviar do caminho correto. Muitas vezes é a experiência de ler em voz alta ou recontar que produz as ressonâncias e reações mais intensas. Como as histórias desta coletânea pertenceram outrora a uma tradição oral e eram destinadas a ser lidas em voz alta e alteradas, procurei recapturar o ritmo da narrativa oral, usando expressões, dicção e ritmo que nos lembram que essas histórias eram assim transmitidas, para uma audiência de jovens e velhos.

São os leitores destes contos de fadas que vão revigorá-los, fazendo-os ressoar e crepitar com energia narrativa a cada novo recontar. Hans Christian Andersen, segundo seu amigo Edvard Collin, tinha uma maneira especial de insuflar vida nova em contos de fadas:

> Quer o conto fosse seu ou de outrem, a maneira de contar era inteiramente sua, e tão intensa que as crianças ficavam arrepiadas. Gostava, também, de dar rédea solta a seu humor, sua fala não tinha fim, ricamente adornada com as figuras de linguagem que as crianças conheciam bem, e com gestos condizentes com a situação. Até a frase mais seca ganhava vida. Não dizia "As crianças entraram na carruagem e partiram", mas "Elas entraram na carruagem – 'Adeus, papai! Adeus, Mamãe!' – o chicote estalou plec! plec! e lá se foram, depressa! à direita!"

Ler essas histórias como Andersen é uma forma de apropriá-las, de transformá-las em *nossas* histórias culturais, infletindo-as de novas maneiras e em alguns casos reescrevendo o que se passou "era uma vez".

Os contos de fadas deste volume não exigiram intervenções editoriais numa época anterior, precisamente porque eram atualizados pelos que os narravam e amoldados ao contexto cultural em que eram contados. Ao apresentar as versões "clássicas" dos contos, este volume oferece textos inaugurais que talvez não sejam de todo transparentes para os leitores de hoje. Eles fornecem a base para o recontar, mas em muitos casos demandarão a intervenção dos adultos. O material de fundo em cada conto de fadas o ancora em seu contexto histórico, revelando as peculiaridades textuais e as reviravoltas ocorridas ao longo do tempo em lugares com diferentes culturas. Que Cinderela viva feliz para sempre com suas irmãs postiças em algumas versões de sua história, e que pombas sejam chamadas para bicar os olhos dessas moças em outras, é algo que os pais desejarão saber ao ler *Cinderela* para os filhos. Que Chapeuzinho Vermelho leve a melhor sobre o lobo em algumas versões de sua história será um ponto importante a ter em mente ao se ler a versão de Perrault da história, em que a menina é devorada pelo lobo. Compreender alguma coisa sobre o modo como a mulher de Barba-Azul ora é censurada por sua curiosidade, ora elogiada por sua esperteza ajudará os adultos a refletir sobre como falar a respeito dessa história com uma criança.

As notas às histórias pretendem enriquecer a experiência da leitura, fornecendo sugestões para pontos em que adulto e criança podem contemplar possibilidades alternativas, improvisar novos rumos ou imaginar finais diferentes. Essas notas chamam a atenção para momentos em que eles podem se envolver com questões suscitadas nos contos, por vezes simplesmente entregando-se aos prazeres da narrativa, mas por outras também pensando sobre os valores sancionados na história e questionando se de fato o enredo precisa tomar a direção que assume na versão impressa.

As ilustrações desta edição foram retiradas do repertório de imagens de artistas do século XIX, contemporâneos dos compiladores e editores de excelentes antologias de contos de fadas. Arthur Rackham, Gustave Doré, Edmund Dulac, Walter Crane, Edward Burne-Jones, George Cruikshank e outros produziram ilustrações que proporcionam não só prazer visual como vigorosos comentários sobre os contos, interrompendo o fluxo da história em momentos críticos e oferecendo oportunidades para maior reflexão e interpretação. Para muitos de nós, os encontros mais memoráveis com contos de fadas aconteceram em livros ilustrados. Aqueles volumes, como Walter Benjamin salienta, tinham sempre "uma virtude especial: sua ilustração". As figuras naquelas antologias escapavam ao tipo de censura e expurgo a que os textos eram muitas vezes submetidos. "Elas burlavam o controle de teorias filantrópicas e rapidamente, pelas costas dos pedagogos, crianças e artistas se uniam."

Esta edição comentada e ilustrada procura recuperar um poderoso legado cultural, criando um compêndio da narrativa de histórias para crianças e adultos. Embora tomados de uma variedade de culturas, os contos de fadas constituem um cânone que ganhou aceitação quase universal no mundo ocidental e que permaneceu incrivelmente estável ao longo dos séculos. Mesmo os que não estão familiarizados com os detalhes de *O rei sapo* ou *A pequena vendedora de fósforos* fazem alguma ideia de sobre o que elas versam e de como seus temas principais (atração e repulsa em um, compaixão no outro) são mobilizados no discurso cotidiano para enfatizar um argumento ou embelezar um ponto de vista. Este volume reúne as histórias que todos pensamos conhecer, mesmo quando somos incapazes de recontá-las, fornecendo também os textos e os contextos históricos que muitas vezes não temos em mente com segurança.

Disseminados por diversas mídias – da ópera e do drama ao cinema e à publicidade –, os contos de fadas tornaram-se uma parte vital de nosso capital cultural. O que os mantém vivos e pulsando com vitalidade e variedade é exatamente o que mantém a vida vibrando: angústias, medos, desejos, romance, paixão e amor. Como nossos ancestrais, que ouviam essas histórias ao pé do fogo, em tabernas e quartos de fiar, continuamos a ficar petrificados por histórias sobre madrastas malvadas, bichos-papões sanguinários, irmãos rivais e fadas madrinhas. Para nós, também, as histórias são irresistíveis, pois oferecem oportunidades para falar, debater, deliberar, tagarelar e conversar fiado interminavelmente, como faziam as velhas comadres de quem, ao que se diz, essas histórias vieram. E a partir do emaranhado dessa conversa e tagarelice, começamos a definir nossos próprios valores, desejos, apetites e aspirações, criando identidades que nos permitirão produzir finais para sempre felizes para nós e para nossos filhos.

MARIA TATAR
Cambridge, Massachusetts

Cenas de Contadores de Histórias

CHARLES PERRAULT • *Contos da Mamãe Gansa*, 1695

O frontispício da primeira edição impressa dos contos de fadas de Perrault nos leva para junto da lareira. Como ponto mais aquecido da casa, era o lugar perfeito para se praticar prendas domésticas (neste caso, a fiação) e contar histórias. O gato, a porta com a fechadura, a roca – tudo prenuncia o que virá no volume: *O Gato de Botas*, *Barba Azul* e *A Bela Adormecida*. As crianças parecem ser de uma classe social mais alta que a dessa Mamãe Gansa, que é ao mesmo tempo fiandeira e contadora de histórias.

Joseph Highmore • *Pamela conta um conto de fadas*, 1744

A famosa protagonista do romance de Samuel Richardson narra uma história para seus atentos pupilos. Reunidas junto da lareira, as jovens entretêm a si mesmas e às crianças com histórias infantis.

George Cruikshank •
A história cômica, 1823

Para a primeira tradução britânica dos contos de fadas dos Grimm, *Contos populares alemães*, George Cruikshank produziu uma cena ao redor da lareira em que uma plateia de idades variadas se diverte com as histórias lidas de um volume de contos.

George Cruikshank, 1823

Uma lareira, uma roda de fiar, um gato satisfeito e uma vovó contando histórias para crianças atentas transformaram-se nas características padrão das cenas de narração de histórias. Observe-se, nesta ilustração feita para a segunda série dos *Contos populares alemães*, que a velha está sossegada contando as histórias, e não lendo-as em voz alta de um livro.

Louis-Léopold Boilly • *E o ogro a comeu*, 1824
Com um livro no colo, uma avó soturna conta sobre o triunfo do mal. Sua história, um conto admonitório que assume uma feição disciplinar, é inusitada ao sugerir que o ogro triunfa sobre o protagonista. Seus ouvintes estão estupefatos, consternados e emudecidos.

Ludwig Richter • *O quarto de fiar*, 1857
Enquanto trabalham, adultos e crianças ouvem este contador desfiar suas histórias. Frontispício de uma coletânea de contos de fadas alemães, esta ilustração sugere que havia uma divisão de trabalho por gênero no quarto de fiar.

LUDWIG RICHTER • *Contos de fadas*, 1857
Uma gentil vovó conta histórias ao ar livre. O viés sentimental é revelado pelos floreios decorativos no cenário natural idealizado, que sugere que os contos de fadas representam a poesia na natureza.

Gustave Doré, 1861
O Gato de Botas, Chapeuzinho Vermelho e outros personagens de contos de fadas sentam-se na lombada de um livro que contém suas aventuras.

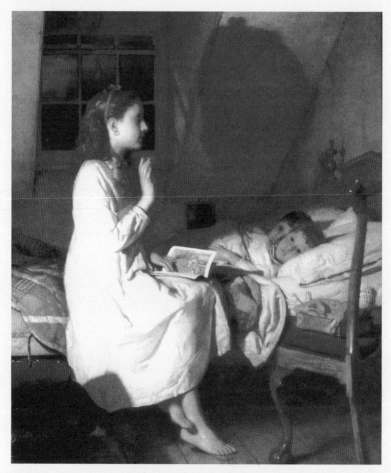

SEYMOUR JOSEPH GUY • *A história de Cachinhos Dourados*, 1870
Enfiadas na cama, essas crianças apavoradas acabaram de
ouvir a narração da chegada dos ursos em casa.

Jessie Willcox Smith • *Dia de chuva com livro de sonhos*, 1908
Mãe e filha desfrutam um momento tranquilo, lendo juntas, numa cena que capta a noção contemporânea de formação de vínculos estreitos entre pais e filhos através de histórias.

Os Contos

Chapeuzinho Vermelho[1]

JACOB E WILHELM GRIMM

CHARLES PERRAULT PUBLICOU a primeira adaptação literária de *Chapeuzinho Vermelho* em 1697, mas poucos pais se dispunham a ler aquela versão do conto para os filhos, pois termina com o "lobo mau" jogando-se sobre Chapeuzinho Vermelho e devorando-a. Na versão dos Grimm, a menina e sua avó são salvas por um caçador, que manda o lobo desta para melhor após efetuar uma cesariana com uma tesoura.

Chapeuzinho Vermelho tem uma trajetória reveladora. Versões antigas, contadas ao pé da lareira ou em tabernas, mostram uma jovem heroína esperta que não precisa se valer de caçadores para escapar do lobo e encontrar seu caminho de volta para casa. Em "A história da avó", uma versão oral do conto registrada na França no final do século XIX, Chapeuzinho Vermelho faz um *striptease* diante do lobo, para depois terminar a ladainha de perguntas sobre as partes do corpo dele perguntando se pode ir lá fora para se aliviar. O lobo é passado para trás por Chapeuzinho Vermelho, que parece mais uma hábil trapaceira do que uma menina ingênua.

Tanto Perrault quanto os Grimm se empenharam em extirpar os elementos grotescos, obscenos, dos contos originais dos camponeses (em algumas versões, Chapeuzinho Vermelho come os restos do lobo, saboreando a "carne" e o "vinho" na despensa da avó). Reescreveram os episódios de modo a produzir um conto moralmente edificante que encerra uma série de mensagens sobre a vaidade e a ociosidade. A Chapeuzinho Vermelho de Perrault se "diverte" por um tempo apanhando castanhas, caçando borboletas e colhendo flores, e não é à toa que cai nas mãos de um feroz predador. A *Chapeuzinho Vermelho* dos Grimm (literalmente, "Gorrinho Vermelho") também apagou todos os vestígios da jocosidade erótica das versões orais e pôs a ação a serviço do ensinamento de lições à criança dentro e fora do livro.

Críticos desta história foram levianos em relação a seus elementos, exibindo ilimitada confiança em suas interpretações. Não há dúvida de que o próprio conto, ao descrever um conflito entre uma protagonista fraca, vulnerável, e um antagonista grande, poderoso, presta-se a certa elasticidade interpretativa. Mas a multiplicidade de interpretações não inspira confiança, alguns críticos vendo na história uma parábola do estupro, outros uma parábola da misantropia, outros ainda um projeto para o desenvolvimento feminino.

Chapeuzinho Vermelho toca em muitas angústias da infância, mas especialmente naquela que os psicanalistas chamam "o medo de ser devorado". Embora a história de Perrault e o conto dos Grimm possam tomar um rumo violento demais para algumas crianças, para outras essas mesmas histórias terminarão com uma exclamação de prazer e um pedido de bis. E para os que se irritam com a incapacidade de Chapeuzinho de perceber que a criatura deitada na cama de sua avó é um lobo, como em Perrault e nos Grimm, as histórias "The Little Girl and the Wolf", de James Thurber, e "Little Red Riding Hood and the Wolf", de Roald Dahl, são bons remédios. Na versão de Thurber, aprendemos que um lobo não é mais parecido com a vovó do que o leão da Metro-Goldwyn com Calvin Coolidge, e assistimos à menina tirando uma pistola automática da sua cestinha e matando o lobo a tiros. "Hoje em dia não é mais tão fácil enganar menininhas como antigamente", Thurber conclui na lição moral anexada ao conto. E a Chapeuzinho Vermelho de Dahl "saca uma pistola de seu bermudão" e, numa questão de semanas, desfila com um "lindo casaco de pele de lobo".

As adaptações cinematográficas tomam direções diferentes, de *A companhia dos lobos* (1984), baseado numa história de Chapeuzinho Vermelho da autoria da romancista britânica Angela Carter, a *Freeway – Sem saída* (1996), de Matthew Bright, mas exploram infalivelmente as dimensões eróticas da história.

Para este primeiro conto, escolhi a versão dos Grimm, mas incluí duas formas variantes no apêndice 1 para demonstrar as diferentes leituras, tanto orais quanto literárias, dadas ao conto. "A história da avó" baseia-se num conto oral registrado na França do século XIX. *Chapeuzinho Vermelho*, de Perrault, publicado no final do século XVII, nos dá uma versão literária de um conto então amplamente disseminado na cultura oral dos contadores de histórias.

ra uma vez uma menininha encantadora. Todos que batiam os olhos nela a adoravam. E, entre todos, quem mais a amava era sua avó, que estava sempre lhe dando presentes. Certa ocasião ganhou dela um pequeno capuz de veludo vermelho. Assentava-lhe tão bem que a menina queria usá-lo o tempo todo, e por isso passou a ser chamada Chapeuzinho Vermelho.

Um dia, a mãe da menina lhe disse: "Chapeuzinho Vermelho, aqui estão alguns bolinhos e uma garrafa de vinho.[2] Leve-os para sua avó. Ela está doente, sentindo-se fraquinha, e estas coisas vão revigorá-la. Trate de sair agora mesmo, antes que o sol fique quente demais, e quando estiver na floresta olhe para frente como uma boa menina e não se desvie do caminho.[3] Senão, pode cair e quebrar a garrafa, e não sobrará nada para a avó. E quando entrar, não se esqueça de dizer bom dia e não fique bisbilhotando pelos cantos da casa."

"Farei tudo o que está dizendo", Chapeuzinho Vermelho prometeu à mãe.

Sua avó morava lá no meio da mata, a mais ou menos uma hora de caminhada da aldeia. Mal pisara na floresta, Chapeuzinho Vermelho topou com o lobo.[4] Como não tinha a menor ideia do animal malvado que ele era, não teve um pingo de medo.

"Bom dia, Chapeuzinho Vermelho", disse o lobo.

"Bom dia, senhor Lobo", ela respondeu.

WALTER CRANE, 1875
Chapeuzinho se despede de sua mãe. A elegância formal das ilustrações de Crane se contrapõe à violência perturbadora da aventura de Chapeuzinho Vermelho na casa da vovó.

HARRY CLARKE, 1922
Uma precavida Chapeuzinho Vermelho traz consigo um guarda-chuva ao caminhar por uma trilha calçada através da mata. O lobo, impressionado com a elegância da menina, observa-a com os dentes à mostra.

"Aonde está indo tão cedo de manhã, Chapeuzinho Vermelho?"

"À casa da vovó."

"O que é isso debaixo do seu avental?"

"Uns bolinhos e uma garrafa de vinho. Assamos ontem e a vovó, que está doente e fraquinha, precisa de alguma coisa para animá-la", ela respondeu.

"Onde fica a casa da sua vovó, Chapeuzinho?"

"Fica a um bom quarto de hora de caminhada mata adentro, bem debaixo dos três carvalhos grandes. O senhor deve saber onde é pelas aveleiras que crescem em volta", disse Chapeuzinho Vermelho.

O lobo pensou com seus botões: "Esta coisinha nova e tenra vai dar um petisco e tanto! Vai ser ainda mais suculenta que a velha. Se tu fores realmente matreiro, vais papar as duas."

O lobo caminhou ao lado de Chapeuzinho Vermelho por algum tempo. Depois disse: "Chapeuzinho, notou que há lindas flores por toda parte? Por que não para e olha um pouco para elas? Acho que nem ouviu como os passarinhos estão cantando lindamente. Está se comportando como se estivesse indo para a escola, quando é tudo tão divertido aqui no bosque."

Chapeuzinho Vermelho abriu bem os olhos e notou como os raios de sol dança-

JESSIE WILLCOX SMITH, 1919

A língua do lobo se funde com a capa de Chapeuzinho Vermelho. Caminhando com passo firme (como o lobo), a menina olha com certa apreensão para os dentes afiados, um tanto próximos demais.

MARGARET EVANS PRICE, 1921

Chapeuzinho Vermelho encontra um lobo cuidadoso, que ouve com atenção o que ela tem a dizer. A periferia da aldeia ainda está visível da borda da mata, onde os dois se encontram.

WARWICK GEOBLE, 1923

Chapeuzinho Vermelho não sabe ao certo o que pensar do predador que a fita com um petisco. Orelhas empinadas e língua pendente, este lobo pode não parecer feroz, mas está pronto para dar o bote.

ANÔNIMO

Numa de suas poucas imagens em trajes um tanto formais, Chapeuzinho usa um chapéu, mas nenhuma capa ou manto. O lobo de pernas compridas a olha como se ela fosse uma guloseima.

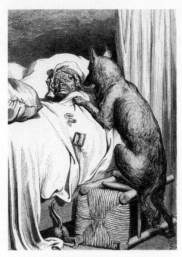

GUSTAVE DORÉ, 1861
O gato corre para debaixo da cama, e a vovó, cujos óculos e caixa de rapé escorregam pelas cobertas, torna-se a vítima do lobo.

ROSA PETHERICK
A menina ingênua parece desconcertada diante da criatura na cama da avó, mas de maneira alguma aterrorizada. Note que uma das flores caiu no chão enquanto ela observa a face peluda sob a touca de dormir.

vam nas árvores. Viu flores bonitas por todos os cantos e pensou: "Se eu levar um buquê fresquinho, a vovó ficará radiante. Ainda é cedo, tenho tempo de sobra para chegar lá, com certeza."

Chapeuzinho Vermelho deixou a trilha e correu para dentro do bosque à procura de flores. Mal colhia uma aqui, avistava outra ainda mais bonita acolá, e ia atrás dela. Assim, foi se embrenhando cada vez mais na mata.

O lobo correu direto para a casa da avó de Chapeuzinho e bateu à porta.

"Quem é?"

"Chapeuzinho Vermelho. Trouxe uns bolinhos e vinho. Abra a porta."

"É só levantar o ferrolho", gritou a avó. "Estou fraca demais para sair da cama."

O lobo levantou o ferrolho e a porta se escancarou. Sem dizer uma palavra, foi direto até a cama da avó e a devorou inteirinha. Depois, vestiu as roupas dela, enfiou sua touca na cabeça, deitou-se na cama e puxou as cortinas.

Enquanto isso Chapeuzinho Vermelho corria de um lado para outro à cata de flores. Quando tinha tantas nos braços que não podia carregar mais, lembrou-se de repente de sua avó e voltou para a trilha que levava à casa dela. Ficou surpresa ao encontrar a porta aberta e, ao entrar na casa, teve uma sensação tão estranha que pensou: "Puxa! Sempre me sinto tão alegre quando estou na casa da vovó, mas hoje estou me sentindo muito aflita."

Chapeuzinho Vermelho gritou um olá, mas não houve resposta. Foi então até a cama e abriu as cortinas. Lá estava sua avó, deitada, com a touca puxada para cima do rosto. Parecia muito esquisita.

"Ó avó, que orelhas grandes você tem!"[5]

"É para melhor te escutar!"

"Ó avó, que olhos grandes você tem!"

"É para melhor te enxergar!"

"Ó avó, que mãos grandes você tem!"

"É para melhor te agarrar!"

"Ó avó, que boca grande, assustadora, você tem!"

"É para melhor te comer!"

Assim que pronunciou estas últimas palavras, o lobo saltou fora da cama e devorou a coitada da Chapeuzinho Vermelho.[6]

Saciado o seu apetite, o lobo deitou-se de costas na cama, adormeceu e começou a roncar muito alto. Um caçador[7] que por acaso ia passando junto à casa pensou: "Como essa velha está roncando alto! Melhor ir ver se há algum problema." Entrou na casa e, ao chegar junto à cama, percebeu que havia um lobo deitado nela.

ARPAD SCHMIDHAMMER
Flores e cestas espalham-se pelo chão quando o lobo feroz ataca Chapeuzinho Vermelho. Esta cena ilustrou um livro alemão de contos de fadas para crianças.

"Finalmente te encontrei, seu velhaco", disse. "Faz muito tempo que ando à sua procura."

Sacou sua espingarda e já estava fazendo pontaria quando atinou que o lobo devia ter comido a avó e que, assim, ele ainda poderia salvá-la. Em vez de atirar, pegou uma tesoura e começou a abrir a barriga do lobo adormecido.[8] Depois de algumas tesouradas, avistou um gorro vermelho. Mais algumas, e a menina pulou fora, gritando: "Ah, eu estava tão apavorada! Como estava escuro na barriga do lobo."

Embora mal pudesse respirar, a idosa vovó também conseguiu sair da barriga. Mais que depressa Chapeuzinho Vermelho catou umas pedras grandes e encheu a barriga do lobo com elas.[9] Quando acordou, o lobo tentou sair correndo, mas as pedras eram tão pesadas que suas pernas bambearam e ele caiu morto.

Chapeuzinho Vermelho, sua avó e o caçador ficaram radiantes. O caçador esfolou o lobo e levou a pele para casa. A avó comeu os bolinhos, tomou o vinho que a neta lhe levara, e recuperou a saúde. Chapeuzinho Vermelho disse consigo: "Nunca se desvie do caminho e nunca entre na mata quando sua mãe proibir."

ARTHUR RACKHAM, 1930
O lobo, de touca de dormir e óculos, parece bom, mas as patas, com suas garras compridas, traem suas péssimas intenções.

GUSTAVE DORÉ, 1861
Chapeuzinho Vermelho parece se dar conta de que a grande touca não pode esconder a identidade de quem a usa. No entanto, não parece nada alarmada e não faz nenhum esforço para saltar da cama.

WALTER CRANE, 1875
O caçador mata o lobo e salva Chapeuzinho Vermelho antes de ela ser devorada.

⁂

Há uma história sobre uma outra vez em que Chapeuzinho Vermelho encontrou um lobo quando ia para a casa da avó, levando-lhe uns bolinhos. O lobo tentou fazê-la desviar-se da trilha, mas Chapeuzinho Vermelho estava alerta e seguiu em frente. Contou à avó que encontrara um lobo e que ele a cumprimentara. Mas tinha olhado para ela de um jeito tão mau que "se não estivéssemos num descampado, teria me devorado inteira".

"Pois bem", disse a avó. "Basta trancar a porta e ele não poderá entrar."

Alguns instantes depois o lobo bateu à porta e gritou: "Abra a porta, vovó. É Chapeuzinho Vermelho, vim lhe trazer uns bolinhos."

As duas não abriram a boca e se recusaram a atender a porta. Então o espertalhão rodeou a casa algumas vezes e pulou para cima do telhado. Estava planejando esperar até que Chapeuzinho Vermelho fosse para casa. Pretendia rastejar atrás dela e devorá-la na escuridão. Mas a avó descobriu suas intenções. Havia um grande cocho de pedra na frente da casa. A avó disse à menina: "Pegue este balde, Chapeuzinho Vermelho. Ontem cozinhei umas salsichas. Jogue a água da fervura no cocho."

Chapeuzinho Vermelho levou vários baldes d'água ao cocho, até deixá-lo completamente cheio. O cheiro daquelas salsichas chegou até as narinas do lobo. Ele esticou tanto o pescoço para farejar e olhar em volta que perdeu o equilíbrio e começou a escorregar telhado abaixo. Caiu bem dentro do cocho e se afogou. Chapeuzinho Vermelho voltou para casa alegremente e ninguém lhe fez mal algum.

Cinderela ou O sapatinho de vidro[1]

CHARLES PERRAULT

Yeh-hsien, Cendrillon, Cinderella, Ashenputtel, Rashin Coatie, Mossy Coat, Kattie Woodencloack, Cenerentola: estas são apenas algumas das primas folclóricas de Cinderela [ou Gata Borralheira]. Se ela foi reinventada por praticamente todas as culturas conhecidas, também sua história tem sido perpetuamente reescrita. *Uma secretária de futuro*, com Melanie Griffith, *Uma linda mulher*, com Julia Roberts, e *Para sempre Cinderela*, com Drew Barrymore: esses filmes são uma prova extraordinária de que continuamos a reciclar a história para controlar nossas angústias ou conflitos culturais ligados à corte e ao casamento. Poucos contos de fadas gozaram de tão rica sobrevivência literária, cinematográfica e musical quanto *Cinderela*.

A primeira Cinderela que conhecemos chamava-se Yeh-hsien, e sua história foi registrada por Tuan Ch'engshih por volta de 850 d.C. Yeh-hsien usa um vestido feito de plumas de martim-pescador e minúsculos sapatos de ouro. Ela triunfa sobre sua madrasta e a filha desta, que são mortas a pedradas. Como as Cinderelas ocidentais, Yeh-hsien é uma criatura humilde, que faz os serviços domésticos e sofre tratamento humilhante nas mãos da madrasta e da filha desta. Sua salvação aparece na forma de um peixe de três metros de comprimento que a cumula de ouro, pérolas, vestidos e comida. As

Cinderelas que seguem nas pegadas de Yeh-hsien encontram sua salvação na forma de doadores mágicos. Na "Aschenputtel" dos Grimm, uma árvore derrama sobre Cinderela uma profusão de presentes; na "Cendrillon" de Perrault, uma fada madrinha lhe proporciona uma carruagem, lacaios e lindas roupas; na escocesa "Rashin Coatie", um bezerrinho vermelho gera um vestido.

O apelo duradouro de *Cinderela* provém não só da trajetória dos trapos ao luxo da heroína do conto, mas também do modo como a história se conecta com conflitos de família clássicos que vão desde a rivalidade entre irmãos a ciúmes sexuais. O pai de Cinderela pode não ter grande participação nesta história, mas o papel da mãe (substituta) e o das irmãs (de criação) assumem grande relevo. Se a mãe biológica de Cinderela está morta, seu espírito reaparece como o doador mágico que dá à heroína os presentes de que ela precisa para fazer uma aparição esplêndida no baile. Com a mãe boa morta, o controle passa à mãe má – viva e ativa –, que boicota Cinderela de todas as maneiras possíveis, embora não consiga impedir seu triunfo final. Nessa cisão da mãe em dois opostos polares, psicólogos viram um mecanismo para ajudar as crianças a elaborar os conflitos criados quando começam a amadurecer e se desligar de seus primeiros guardiões. A imagem da mãe boa é preservada em toda a sua glória, ainda que sentimentos de desamparo e ressentimento ganhem expressão através da figura da madrasta exploradora e perversa.

Os contos de fadas atribuem alto valor às aparências, e a beleza de Cinderela, bem como seu magnífico traje, a distingue como a mais linda do reino. Através de trabalho árduo e boa aparência, Cinderela ascende na escada social do sucesso. Se, em suas versões mais antigas, a história não captura a dinâmica da corte e do romance no mundo de hoje, ela permanece uma fonte de fascinação em sua documentação de fantasias acerca do amor e do casamento num tempo passado. A versão de Perrault de 1697, em seus *Contos da Mamãe*

Gansa, está entre as primeiras elaborações literárias completas da história. Foi seguida pela versão mais violenta registrada em 1812 pelos Irmãos Grimm. Estes se deleitaram descrevendo o sangue nos sapatos das filhas da madrasta, que tentam cortar fora pedaços de seus calcanhares para que o sapatinho lhes sirva. A versão alemã também nos dá uma Cinderela menos compassiva, que não perdoa as filhas da madrasta mas as convida para seu casamento, quando pombos lhes bicam os olhos.

$\mathcal{E}$ra uma vez um fidalgo que se casou em segundas núpcias com a mulher mais soberba e mais orgulhosa que já se viu. Ela tinha duas filhas de temperamento igual ao seu, sem tirar nem pôr. O marido, por seu lado, tinha uma filha que era a doçura em pessoa e de uma bondade sem par. Nisso saíra à mãe, que tinha sido a melhor criatura do mundo.

Assim que o casamento foi celebrado, a madrasta começou a mostrar seu mau gênio. Não tolerava as boas qualidades da enteada, que faziam suas filhas parecerem ainda mais detestáveis. Encarregava-a dos serviços mais grosseiros da casa.[2] Era a menina que lavava as vasilhas e esfregava as escadas, que limpava o quarto da senhora e os das senhoritas suas filhas. Quanto a ela, dormia no sótão, numa mísera enxerga de palha, enquanto as irmãs ocupavam quartos atapetados, em camas da última moda e espelhos onde podiam se ver da cabeça aos pés.[3]

A pobre menina suportava tudo com paciência. Não ousava se queixar ao pai, que a teria repreendido, porque era sua mulher quem dava as ordens na casa. Depois que terminava seu trabalho, Cinderela se metia num canto junto à lareira e se sentava no meio das cinzas. Por isso, todos passaram a chamá-la Gata Borralheira. Mas a caçula das irmãs, que não era tão estúpida quanto a mais velha, começou a chamá-la Cinderela. No entanto, apesar das roupas suntuosas que as filhas da madrasta usavam, Cinderela, com seus trapinhos, parecia mil vezes mais bonita que elas.

WALTER CRANE, 1873
Cinderela cozinha para as irmãs postiças, que na versão de Crane para o conto de Perrault se regeneram no final, ao acompanhar o triunfo da heroína.

ALBERT HENSCHEL, 1863
Esta Cinderela alemã aguarda enquanto pássaros catam os grãos para ela. A heroína pode ser pobre, mas mantém a casa arrumada e consegue se vestir com mais do que trapos.

Ora, um dia o filho do rei deu um baile e convidou todos os figurões do reino – nossas duas senhoritas entre os convidados, pois desfrutavam de certo prestígio. Elas ficaram entusiasmadas e ocupadíssimas, escolhendo as roupas e os penteados que lhes cairiam melhor. Mais um sofrimento para Cinderela, pois era ela que tinha de passar a roupa branca das irmãs e engomar seus babados. O dia inteiro as duas só falavam do que iriam vestir.

"Acho que vou usar meu vestido de veludo vermelho com minha renda inglesa", disse a mais velha,

"Só tenho minha saia de todo dia para vestir, mas, em compensação, vou usar meu mantô com flores douradas e meu broche de diamantes, que não é de se jogar fora."

Mandaram chamar o melhor cabeleireiro das redondezas, para levantar-lhes os cabelos em duas torres de caracóis, e mandaram comprar moscas do melhor fabricante. Chamaram Cinderela para pedir sua opinião, pois sabiam

EDMUND DULAC, 1929

A vaidade das irmãs postiças é enfatizada através da arte do cabeleireiro, que prepara elaborados penteados para as jovens. A onipresença de espelhos – um diante da irmã postiça com seu cabeleireiro, o outro refletindo as roupas da segunda jovem – sublinha ainda mais a importância de aparências superficiais para as rivais de Cinderela. O exagero no penteado, no vestido e no perfume marca o estilo delas.

RIE CRAMER, INÍCIO DO SÉC. XX

Esta Cinderela holandesa é fisicamente esmagada pelas irmãs postiças, quase duplos uma da outra, que se enfarpelam e se preocupam com ninharias enquanto a heroína as serve. Como se pode notar, a vaidade está associada ao procedimento aristocrático, ao passo que Cinderela é apresentada como uma jovem modesta, disposta a se humilhar diante das tirânicas irmãs postiças.

WANDA GÁG, 1936

Numa maravilhosa alfinetada nas pomposas irmãs postiças, Gág apresenta duas mulheres que, com flores e flechas, não parecem nada atraentes. A tentativa de serem elegantes intensifica sua feiura, evidente em suas expressões faciais, nas mãos gorduchas e nos dedos deformados.

HARRY CLARKE, 1922
As irmãs postiças, com seus medonhos penteados e roupas, admiram-se em espelhos e consentem em ser cuidadas por uma Cinderela que usa uma saia remendada, mas elegante. Extravagantes, estão cercadas por um excesso de quase tudo.

que tinha bom gosto. Cinderela deu os melhores conselhos possíveis e até se ofereceu para penteá-las. Elas aceitaram na hora. Enquanto eram penteadas, lhe perguntavam: "Cinderela, você gostaria de ir ao baile?"

"Pobre de mim! As senhoritas estão zombando. Isso não é coisa que convenha."

"Tem razão, todo mundo riria um bocado se visse uma Gata Borralheira indo ao baile."

Qualquer outra pessoa teria estragado seus penteados, mas Cinderela era boa e penteou-as com perfeição. As irmãs ficaram quase dois dias sem comer, tal era seu alvoroço. Arrebentaram mais de uma dúzia de corpetes de tanto apertá-los para afinar a cintura, e passavam o dia inteiro na frente do espelho.

Enfim o grande dia chegou. Elas partiram, e Cinderela seguiu-as com os olhos até onde pôde. Quando sumiram de vista, começou a chorar. Sua madrinha, que a viu em prantos, lhe perguntou o que tinha:[4] "Eu gostaria tanto de... eu gostaria tanto de..." Cinderela soluçava tanto que não conseguia terminar a frase.

A madrinha, que era fada, disse a ela: "Você gostaria muito de ir ao baile, não é?"

"Ai de mim, como gostaria", Cinderela disse, suspirando fundo.

"Pois bem, se prometer ser uma boa menina[5] eu a farei ir ao baile."

A fada madrinha foi com Cinderela até o quarto dela e lhe disse:

"Desça ao jardim e traga-me uma abóbora."

Cinderela colheu a abóbora mais bonita que pôde encontrar e a levou para a madrinha. Não tinha a menor ideia de como aquela abóbora poderia fazê-la ir ao baile. A madrinha escavou a abóbora até sobrar só a casca. Depois bateu nela com sua varinha e no mesmo instante a abóbora foi transformada numa bela carruagem toda dourada. Em seguida foi espiar a armadilha para camundongos, onde encontrou seis camundongos ainda vivos. Disse a Cinderela que levantasse um pouquinho a portinhola da armadilha. Em cada camundongo que saía dava um toque com sua varinha, e ele era instantaneamente transformado num belo cavalo; formaram-se assim três belas parelhas de cavalos de um bonito cinza-camundongo ra-

WALTER CRANE, 1873
Cinderela recebe a visita de uma fada madrinha alada. Note-se a presença do gato nos desenhos de Crane para as cenas domésticas deste conto.

WANDA GÁG, 1936
Neste desenho de maravilhosa unidade, Gág representa uma jovem Cinderela que se deleita com uma capa oferecida pela árvore plantada no túmulo de sua mãe. Esta Cinderela parece despreocupada e relaxada em comparação com aquelas desenhadas por artistas europeus.

jado. E vendo a madrinha confusa, sem saber do que faria um cocheiro, Cinderela falou: "Vou ver se acho um rato na ratoeira.[6] Podemos transformá-lo em cocheiro."

"Boa ideia", disse a madrinha, "vá ver."

Cinderela então trouxe a ratoeira, onde havia três ratos graúdos. A fada escolheu um dos três, por causa dos seus bastos bigodes, e, tocando-o, transformou-o num corpulento cocheiro, bigodudo como nunca se viu. Em seguida ordenou a Cinderela: "Vá ao jardim, e encontrará seis lagartos atrás do regador. Traga-os para mim."

Assim que ela os trouxe, a madrinha os transformou em seis lacaios, que num segundo subiram atrás da carruagem com suas librés, e ficaram ali empoleirados, como se nunca tivessem feito outra coisa na vida.

A fada se dirigiu então a Cinderela: "Pronto, já tem como ir ao baile. Não está contente?"

"Estou, mas será que vou assim, tão maltrapilha?" Bastou que a madrinha a tocasse com sua varinha, e no mesmo instante suas roupas foram transformadas em trajes de brocado de ouro e prata incrustados de pedrarias.[7] Depois ela lhe deu um par de sapatinhos de vidro, os mais lindos do mundo.

Deslumbrante, Cinderela montou na carruagem. Mas sua madrinha lhe recomendou, acima de tudo, que não passasse da meia-noite, advertindo-a de que, se continuasse no baile um instante a mais, sua carruagem viraria de novo abóbora, seus cavalos camundongos, seus lacaios lagartos, e ela estaria vestida de novo com as roupas esfarrapadas de antes. Cinderela prometeu à madrinha que não deixaria de sair do baile antes da meia-noite.

Então partiu, não cabendo em si de alegria. O filho do rei, a quem foram avisar que acabara de chegar uma princesa que ninguém conhecia, correu para recebê-la; deu-lhe a mão quando ela desceu da carruagem e conduziu-a ao salão onde estavam os convidados. Fez-se então um grande silêncio; todos pararam de dançar e os violinos emudeceram, tal era a atenção com que contemplavam a grande beleza da desconhecida. Só se ouvia um murmúrio confuso: "Ah, como é bela!"

WALTER CRANE, 1873
Cinderela, gloriosa, salta de sua carruagem,
tendo ao fundo a presença da fada madrinha.

O próprio rei, apesar de bem velhinho, não se cansava de fitá-la e de dizer bem baixinho para a rainha que fazia muito tempo que não via uma pessoa tão bonita e tão encantadora. Todas as damas puseram-se a examinar cuidadosamente seu penteado e suas roupas, para tratar de conseguir iguais já no dia seguinte, se é que existiam tecidos tão lindos e costureiras tão habilidosas.

O filho do rei conduziu Cinderela ao lugar de honra e em seguida a convidou para dançar: ela dançou com tanta graça que a admiraram ainda mais. Foi servida uma magnífica ceia, de que o príncipe não comeu, tão ocupado estava em contemplar Cinderela. Ela então foi se sentar ao lado das irmãs, com quem foi gentilíssima, partilhando com elas as laranjas e os limões que o príncipe lhe dera, o que as deixou muito espantadas, pois não a reconheceram. Estavam assim conversando quando Cinderela ouviu soar um quarto para a meia-noite. No mesmo instante fez uma grande reverência para os convidados e partiu chispando.

Assim que chegou em casa foi procurar a madrinha. Depois de lhe agradecer, disse que gostaria muito de ir de novo ao baile do dia seguinte, pois o filho do rei a convidara. Enquanto estava entretida em contar à madrinha tudo o que acontecera no baile, as duas irmãs bateram à porta; Cinderela foi abrir.

WALTER CRANE, 1873
O príncipe encantado convida Cinderela para dançar. Nas cenas de Crane para o palácio do rei, a abundância de estampas e padrões reforça a sensação de um ambiente suntuoso.

"Como demoraram a chegar!" disse, bocejando, esfregando os olhos e se espreguiçando como se tivesse acabado de acordar; na verdade não sentira nem um pingo de sono desde que as deixara. "Se você tivesse ido ao baile", disse-lhe uma das irmãs, "não teria se entediado: esteve lá uma bela princesa, a mais bela que se possa imaginar; gentilíssima, nos deu laranjas e limões."

Cinderela ficou radiante ao ouvir essas palavras. Perguntou o nome da princesa, mas as irmãs responderam que ninguém a conhecia e que até o príncipe estava pasmo. Ele daria qualquer coisa para saber quem era ela. Cinderela sorriu e lhes disse: "Então ela era mesmo bonita? Meu Deus, que sorte vocês tiveram! Ah, seu eu pudesse vê-la também! Que pena! Senhorita Javotte, pode me emprestar aquele seu vestido amarelo que usa todo dia?"

"Com certeza", respondeu a senhorita Javotte, "vou fazer isso já, já! Emprestar meu vestido para uma Gata Borralheira asquerosa como esta, só se eu estivesse completamente louca." Cinderela já esperava essa recusa, que a

HARRY CLARKE, 1922
Quando o relógio bate meia-noite, o semblante de Cinderela se anuvia, pois ela se dá conta de que precisa se desvencilhar do príncipe e voltar para a carruagem numa questão de segundos.

EDMUND DULAC, 1929
Mestre em cenas noturnas, Dulac ilumina esta com céu estrelado, luzes no castelo, a escadaria de mármore e o avental de Cinderela. Nada pode deter a moça, especialmente agora que está vestindo seus trapos e livre de seu vestido de baile. Sua simplicidade é a antítese das jovens aparentemente aristocráticas no baile.

deixou muito satisfeita; teria ficado terrivelmente embaraçada se a irmã tivesse lhe emprestado o vestido.

No dia seguinte as duas irmãs foram ao baile, e Cinderela também, mas ainda mais magnificamente trajada que da primeira vez. O filho do rei ficou todo o tempo junto dela e não parou de lhe sussurrar palavras doces. A jovem estava se divertindo tanto que esqueceu o conselho de sua madrinha. Assim foi que escutou soar a primeira badalada da meia-noite quando imaginava que ainda fossem onze horas: levantou-se e fugiu, célere como uma corça. O príncipe a seguiu, mas não conseguiu alcançá-la. Ela deixou cair um dos seus sapatinhos de vidro, que o príncipe guardou com todo cuidado.

Cinderela chegou em casa sem fôlego, sem carruagem, sem lacaios e com seus andrajos; não lhe restara nada de todo o seu esplendor senão um pé dos sapatinhos, o par do que deixara cair.

Perguntaram aos guardas da porta do palácio se não tinham visto uma princesa deixar o baile. Responderam que não tinham visto ninguém sair, a não ser uma mocinha muito malvestida, que mais parecia uma camponesa que uma senhorita.

Quando suas duas irmãs voltaram do baile, Cinderela perguntou-lhes se tinham se divertido novamente, e se a bela dama lá estivera. Responderam que sim, mas que fugira ao toque da décima segunda badalada, e tão depressa que deixara cair um de seus sapatinhos de vidro, o mais lindo do mundo. Contaram que o filho do rei o pegara, e que não fizera outra coisa senão contemplá-lo pelo resto do baile. Tinham certeza de que ele estava completamente apaixonado pela linda moça, a dona do sapatinho.

Diziam a verdade, porque, poucos dias depois, o filho do rei mandou anunciar ao som de trompas que se casaria com aquela cujo pé coubesse exatamente no sapatinho. Seus homens foram experimentá-lo nas princesas, depois nas duquesas, e na corte inteira, mas em vão. Levaram-no às duas irmãs, que não mediram esforços para enfiarem seus pés nele, mas sem sucesso. Cinderela, que as observava, reconheceu seu sapatinho e disse, sorrindo: "Deixem-me ver se fica bom em mim." As irmãs começaram a rir e a caçoar dela. Mas o fidalgo que fazia a prova do chinelo olhou atentamente para Cinderela e, achando-a belíssima, disse que o pedido era justo e que ele tinha ordens de experimentá-lo em todas as moças.

Pediu a Cinderela que se sentasse. Levou o sapato até seu pezinho e viu que

WALTER CRANE, 1873
Uma Cinderela clássica foge do príncipe. Suas roupas já não são mais de princesa, mas o sapatinho de vidro continua intacto. A escadaria de Walter Crane não lembra em nada a dos outros ilustradores.

WARWICK GOBLE, 1923
Cinderela admira o sapatinho que lhe restou. O rato, o lagarto e a abóbora no primeiro plano são tudo que ficou de sua carruagem, seu cocheiro e seus lacaios. A vassoura e a roda de fiar são os lembretes dos serviços domésticos que a prendem ao borralho, e a saia remendada é um emblema de sua condição miserável na casa. O sapatinho branco contrasta com a realidade sombria da vida de Cinderela.

ARTHUR RACKHAM, 1919

Acompanhado de um criado mouro, o mensageiro cumprimenta a jovem com o chapéu e estende-lhe o sapatinho. A estátua sobre a lareira prefigura seu novo destino.

JESSIE WILLXCOX SMITH, 1911

Muitos ilustradores centram-se no momento da história em que o sapatinho se ajusta ao pé de Cinderela. Esta Cinderela mais moderna é auxiliada com suas botinas por um jovem Príncipe Encantado.

ANÔNIMO, 1865

Quando a gata borralheira revela inesperadamente possuir um pé delicado que cabe no sapatinho de vidro, os que a cercam não podem esconder seu pasmo e surpresa.

WALTER CRANE, 1873
Na ilustração final de Crane os convivas jogam sapatinhos ("não de vidro", como o texto reforça) para comemorar o casamento de Cinderela.

cabia perfeitamente, como um molde de cera. O espanto das duas irmãs foi grande, mas maior ainda quando Cinderela tirou do bolso o outro sapatinho e o calçou. Nesse instante chegou a madrinha e, tocando com sua varinha os trapos de Cinderela, transformou-os de novo nas mais magníficas de todas as roupas.

As duas irmãs perceberam então que era ela a bela jovem que tinham visto no baile. Jogaram-se aos seus pés para lhe pedir perdão por todos os maus-tratos que a tinham feito sofrer. Cinderela perdoou tudo e, abraçando-as, pediu que continuassem a lhe querer bem.

Levaram Cinderela até o príncipe, suntuosamente vestida como estava. Ela lhe pareceu mais bela que nunca e poucos dias depois estavam casados. Cinderela, que era tão boa quanto bela, instalou as duas irmãs no palácio e as casou no mesmo dia com dois grandes senhores da corte.

Moral

É um tesouro para a mulher a formosura,
Que nunca nos fartamos de admirar.
Mas aquele dom que chamamos doçura
Tem um valor que não se pode estimar.

Foi isso que Cinderela aprendeu com a madrinha,
Que a educou e instruiu com um zelo tal,
Que um dia, finalmente, dela fez uma rainha.
(Pois também deste conto extraímos uma moral.)

Beldades, ela vale mais do que roupas enfeitadas.
Para ganhar um coração, chegar ao fim da batalha,
A doçura é que é a dádiva preciosa das fadas.
Adorne-se com ela, pois que esta virtude não falha.

Outra moral

É por certo grande vantagem
Ter espírito, valor, coragem,
Um bom berço, algum bom senso –
Talentos que tais ajudam imenso.
São dons do Céu que esperança infundem.
Mas seus préstimos por vezes iludem,
E teu progresso não vão facilitar,
Se não tiveres, em teu labutar,
Padrinho ou madrinha a te empurrar.

João e Maria[1]

JACOB E WILHELM GRIMM

João e Maria é uma história que celebra o triunfo das crianças sobre adultos hostis e exploradores. Voltando-se para angústias ligadas à fome, ao abandono e ao medo de ser devorado, mostra dois irmãozinhos unindo forças para derrotar monstros em casa e na floresta. Folcloristas referem-se a esta e outras histórias que se compadecem de protagonistas jovens e impotentes contra brutos cruéis como "As Crianças e o Bicho-Papão". Uma criança ou um grupo delas entra inocentemente na morada de um bicho-papão, uma bruxa malvada, um gigante ou outro tipo de vilão, consegue levar a melhor sobre um antagonista sanguinário e foge, muitas vezes com bens materiais na forma de joias ou ouro.

A solidariedade entre irmãos é tão rara nos contos de fadas (pense nas irmãs em *Cinderela*) que *João e Maria* proporciona uma oportunidade única para a exposição de suas vantagens. Enquanto no início do conto João toma a dianteira, serenando os medos de Maria e usando sua própria inteligência para encontrar o caminho de volta para casa, é Maria quem passa a perna na bruxa, fazendo-a entrar no forno com uma trapaça. Os irmãos na versão de "As Crianças e o Bicho-Papão" dos Grimm podem parecer um pouco bem-comportados demais para sensibilidades modernas, mas são jovens rebeldes pelos padrões do século XIX, ouvindo atrás da porta as conversas dos pais à noite, valendo-se de uma artimanha para voltar para casa, banqueteando-se gulosamente na casa da bruxa e fugindo com as joias dela depois que Maria a empurra para dentro do forno. Decididos a encontrar um caminho de volta para casa, João e Maria sobrevivem ao que as crianças temem acima de qualquer outra coisa: o abandono pelos pais e a exposição a perigos.

Na versão operística da história que Engelbert Humperdinck escreveu em 1893, as crianças, que são mandadas à floresta para colher amoras como castigo por terem negligenciado suas tarefas, terminam se libertando e também suspendendo o encantamento que transformara muitas outras em pão de mel. Um final feliz reúne as crianças, pai e a mãe.

$\mathcal{P}$erto de uma grande floresta, vivia um pobre lenhador com sua mulher e dois filhos.[2] O menininho chamava-se João e a menina chamava-se Maria. Nunca havia muito que comer na casa deles, e, durante um período de fome, o lenhador não conseguiu mais levar pão para casa. À noite ele ficava na cama aflito, remexendo-se e revirando-se em seu desespero. Com um suspiro, disse para sua mulher: "O que vai ser de nós? Como podemos cuidar de nossos pobres filhinhos quando não há comida bastante nem para nós dois?"

"Ouça-me", sua mulher respondeu. "Amanhã, ao romper da aurora, vamos levar as crianças até a parte mais profunda da floresta. Faremos uma fogueira para elas e daremos uma crosta de pão para cada uma. Depois vamos tratar dos nossos afazeres, deixando-as lá sozinhas. Nunca encontrarão o caminho de volta para casa e ficaremos livres delas."

"Oh, não!" disse o marido. "Não posso fazer isso. Quem teria coragem de deixar essas crianças sozinhas na mata quando animais selvagens vão com certeza encontrá-las e estraçalhá-las?"

"Seu bobo", ela respondeu. "Nesse caso vamos os quatro morrer de fome. É melhor você começar a lixar as tábuas para os nossos caixões."

A mulher não deu ao marido um minuto de sossego até que ele consentiu no plano dela. "Mesmo assim, sinto pena das pobres crianças", ele disse.

As crianças também não tinham conseguido dormir, porque estavam famintas, e ouviram tudo que a madrasta dizia ao pai. Maria chorou inconsolavelmente e disse a João: "Bem, agora estamos mortos."

"Fique sossegada, Maria", disse João, "pare de se preocupar. Vou descobrir uma saída."

Depois que os dois adultos tinham adormecido, João se levantou, vestiu seu paletozinho, abriu a parte de baixo da porta e escapuliu. A lua resplandecia e os seixos brancos em frente à casa cintilavam como moedas de prata. João se abaixou e pôs tantos quanto pôde no bolso do paletó. Foi então até Maria e disse: "Não se aflija, irmãzinha. Vá dormir. Deus não haverá de nos abandonar." E voltou para a cama.

Ao raiar do dia, pouco antes do nascer do sol, a madrasta se aproximou e acordou as duas crianças. "Levantem, seus preguiçosos, vamos à floresta apanhar um pouco de lenha."

A madrasta deu a cada criança um pedaço de pão dormido e disse: "Aqui está alguma coisa para o almoço. Mas não comam antes da hora, porque não terão mais nada."

Maria pôs o pão no avental, porque João tinha o bolso do paletó cheio de seixos. Partiram todos juntos pela trilha que penetrava na floresta. Depois que tinham caminhado um pouco, João parou e olhou para trás na direção da casa, e vez por outra fazia isso de novo. Seu pai disse: "João, porque a toda hora você para e olha? Preste atenção e não se esqueça de que tem pernas para andar."

"Ah, pai", João respondeu. "Estou olhando para trás para ver meu gatinho branco, que está sentado no telhado tentando me dizer adeus."

Wanda Gág, 1936
A madrasta malvada conduz a família pela mata, enquanto o lenhador, pai dos irmãos, a segue. João espalha migalhas de pão por onde passam, enquanto Maria caminha com dificuldade com os braços carregados de mantimentos.

A mulher disse: "Seu bobo, aquilo não é o seu gatinho. São os raios do sol refletindo na chaminé."

Mas João não tinha olhado para nenhum gatinho. Tinha pegado os seixos cintilantes de seu bolso e deixado-os cair no chão. Ao chegarem no meio da floresta, o pai falou: "Vão catar um pouco de lenha, crianças. Vou fazer uma fogueira para vocês não sentirem frio."

João e Maria juntaram uma pequena pilha de gravetos e fizeram fogo. Quando as chamas estavam altas o bastante, a mulher disse: "Deitem-se junto do fogo, crianças, e procurem descansar um pouco. Vamos voltar à floresta para cortar alguma lenha. Assim que acabarmos, viremos buscá-los."

João e Maria sentaram-se perto do fogo. Ao meio-dia comeram suas crostas de pão. Como podiam ouvir os golpes de um machado, estavam certos de que o pai andava por perto. Mas não era um machado que estavam ouvindo, era um galho que o pai prendera numa árvore morta e que o vento fazia bater para cá e para lá. Ficaram sentados ali por tanto tempo que seus olhos se fecharam de exaustão, e adormeceram profundamente. Quando acordaram, estava escuro como breu. Maria começou a chorar, dizendo: "Nunca vamos conseguir sair desta floresta!"

João a consolou: "Espere um pouquinho, a lua vai nos ajudar. Então vamos encontrar o caminho de volta."

Sob a luz do luar, João pegou a irmã pela mão e foi seguindo os seixos, que tremeluziam como moedas novas e apontavam o caminho de casa para eles. Caminharam a noite inteira e chegaram à casa do pai exatamente ao romper da aurora. Bateram à porta, e quando a mulher abriu e viu que eram João e Maria, disse: "Suas crianças malvadas! Por que ficaram dormindo esse tempo todo na mata? Pensamos que nunca voltariam."

O pai ficou radiante, porque não gostara nada de ter abandonado os filhos na floresta.

Pouco tempo depois, cada cantinho do país foi castigado pela fome, e uma noite as crianças ouviram o que a madrasta dizia a seu pai quando já estavam na cama. "Já comemos tudo que tínhamos de novo. Só sobrou a metade de um pão, e quando isso acabar estamos liquidados. As crianças têm que ir embora. Desta vez, vamos levá-las para o coração da floresta, de modo que não consigam encontrar uma saída. Caso contrário, não há esperança para nós."

Tudo aquilo deixou o coração do marido apertado, e ele pensou: "Seria melhor que você partilhasse a última côdea de pão com as crianças." Mas a mulher não dava ouvidos a nada que ele dizia. Não fazia outra coisa senão ralhar e censurar. Cesteiro que faz um cesto, faz um cento, e como ele cedera na primeira vez, teve de ceder também numa segunda vez.

As crianças ainda estavam acordadas e ouviram a conversa toda. Depois que os pais adormeceram, João se levantou e quis ir catar uns seixos como fizera antes, mas a mulher tinha trancado a porta e ele não pôde sair. João consolou a irmã, dizendo: "Não chore, Maria. Trate só de dormir um pouco. O bom Deus vai nos proteger."[3]

Bem cedo na manhã seguinte a mulher veio e acordou as crianças. Cada uma ganhou um pedaço de pão, desta vez menor ainda que da outra. No caminho para a mata, João amassou o pão em seu bolso e, volta e meia, parava para espalhar migalhas no chão.

"João, por que está parando tanto?" perguntou o pai. "Não pare de caminhar."

"Estava olhando para o meu pombinho, aquele que está pousado no telhado e tentando me dizer adeus", João respondeu.

"Seu bobo", disse a mulher. "Aquilo não é o seu pombinho. São os raios do sol da manhã refletindo na chaminé."

Aos pouquinhos, João havia espalhado todas as migalhas pelo caminho.

A mulher levou as crianças ainda mais para o fundo da floresta, para um lugar onde nunca tinham estado antes. Mais uma vez fez-se uma grande fogueira, e a madrasta disse: "Não se afastem daqui, meninos. Se ficarem cansados, podem dormir um pouco. Vamos entrar na floresta para cortar um pouco de lenha. À tarde, quando tivermos acabado, viremos pegá-los."

Era meio-dia e Maria dividiu seu pão com João, que havia espalhado as migalhas do dele pelo caminho. Depois adormeceram. A tarde passou, mas

Wanda Gág, 1936
João e Maria avançam por uma floresta adornada com árvores decorativas. Maria está praticamente colada no irmão, que vai à frente.

ninguém foi buscar as pobres crianças. Acordaram quando estava escuro como breu, e João consolou a irmã dizendo: "Espere um pouquinho, Maria, a lua vai nos ajudar. Então vamos poder ver as migalhas de pão que espalhei pelo caminho. Elas vão apontar o caminho de casa para nós."

Sob a luz do luar, os dois partiram, mas não conseguiram encontrar as migalhas porque os milhares de pássaros que voam por toda parte na floresta e pelos campos as tinham comido. João disse a Maria: "Vamos encontrar o caminho de casa." Mas não conseguiram encontrá-lo. Caminharam a noite inteira e depois o dia seguinte inteiro, desde a manhãzinha até tarde da noite. Tudo em vão: não acharam um caminho para sair da floresta e foram ficando cada vez com mais fome, pois não encontraram nada para comer além de umas amoras espalhadas pelo chão. Como suas pernas estavam bambas de tanto cansaço, deitaram-se embaixo de uma árvore e adormeceram.

Fazia três dias que tinham deixado a casa do pai. Começaram a andar de novo, mas só faziam se embrenhar cada vez mais na mata. Se não conseguissem uma ajuda logo, com certeza morreriam. Ao meio-dia, viram um

Kay Nielsen, 1914
A cabana na floresta parece um oásis em meio a um apavorante emaranhado de árvores. João e Maria, de mãos dadas para ilustrar sua solidariedade, encontram um abrigo que está mais próximo de suas proporções que a vasta mata ao fundo.

Wanda Gág, 1936
Numa clareira as crianças descobrem a curiosa e encantadora casa de pão, cuja porta da frente é guardada por um gato. Só o dorso arqueado do gato oferece um sinal de que poderia haver algo de sinistro atrás da porta.

Anônimo, 1936
Uma bruxa míope espreita pela porta, enquanto Maria se regala com vidraças de açúcar e João morde uma fatia de pão. O corvo no primeiro plano tem um osso agourento no bico.

Hermann Vogel, 1894
A bruxa míope espia da varanda e descobre João e Maria mordiscando sua casa. Uma cobra no primeiro plano sugere uma ligação com a história da tentação de Adão e Eva, com as crianças sucumbindo ao desejo do pão proibido. O detalhe no canto direito inferior nos conta a triste história dos dois irmãos, perdidos na mata.

67

lindo pássaro, branco como a neve, empoleirado num galho. Cantava tão docemente que pararam para ouvi-lo. Terminado seu canto, o pássaro bateu asas e foi voando à frente de João e Maria. Eles o seguiram até que chegaram a uma casinha, e o pássaro foi pousar lá no alto do telhado. Quando chegaram mais perto da casa, perceberam que era feita de pão, e que o telhado era de bolo e as janelas de açúcar cintilante.[4]

"Vamos ver que gosto tem", disse João. "Que o Senhor abençoe nossa refeição. Vou provar um pedacinho do telhado, Maria, e você pode experimentar a janela. Só pode ser doce." João ergueu o braço e quebrou um pedacinho do telhado para ver que gosto tinha. Maria debruçou-se sobre a janela e deu uma mordidinha. De repente, uma voz suave chamou lá de dentro:

"Ouço um barulhinho engraçado.

Quem está roendo o meu telhado?"

As crianças responderam:

"É o vento, leve e ligeiro,

Que sopra no seu terreiro."

Continuaram comendo, sem a menor cerimônia. João, que gostou do sabor do telhado, arrancou um grande pedaço dele, e Maria derrubou uma vidraça inteira e sentou-se no chão para saboreá-la. De repente a porta se abriu e uma mulher velha como Matusalém, apoiada numa muleta, saiu coxeando da casa. João e Maria ficaram tão apavorados que deixaram cair tudo o que tinham nas mãos. A velha sacudiu a cabeça e disse: "Olá, queridas crianças. Digam-me, como conseguiram chegar até aqui? Mas, entrem, entrem, poderão ficar comigo. Nada de mal vai lhes acontecer na minha casa."

Pegou-os pela mão e levou-os para dentro de sua casinha. Uma bela refeição de leite e panquecas, com açúcar, maçãs e castanhas, foi posta diante deles. Um pouco mais tarde, duas bonitas caminhas, com lençóis brancos, foram arrumadas para eles. João e Maria se deitaram e tiveram a impressão de estar no céu.

A velha estava só fingindo ser bondosa. Na verdade, era uma bruxa malvada,[5] que atacava criancinhas e tinha construído a casa de pão só para atraí-

ARTHUR RACKHAM

João e Maria são apanhados em flagrante enquanto provam do telhado e das janelas da casa da bruxa. Aqui o chapéu pontudo, os dedos retorcidos, o pé imenso e o nariz comprido da moradora assustam as crianças, que não se sentem nada tranquilizadas pelo sorriso no rosto da bruxa.

JESSIE WILLCOX SMITH, 1919

João deixa cair o que arrancou do telhado quando a bruxa aparece à porta. Como muitas de suas congêneres, esta bruxa é corcunda, tem mãos retorcidas e um nariz grande.

las. Assim que uma criança caía nas suas mãos, ela a matava, cozinhava e comia. Para ela, isso era um verdadeiro banquete. As bruxas têm olhos vermelhos e não conseguem enxergar muito longe, mas, como os animais, têm um olfato muito apurado e sempre sabem quando há um ser humano por perto. Quando sentiu João e Maria se aproximando, a velha riu cruelmente e siciou: "Estão no papo! Desta vez não vão escapar!" De manhã bem cedo, antes de as crianças se levantarem, ela saiu da cama e contemplou os dois a dormir tranquilamente com suas macias bochechas vermelhas. Murmurou baixinho consigo: "Vão dar um petisco muito gostoso."

Agarrou João com seu braço magricela, levou-o para um pequeno galpão e o trancou atrás da porta gradeada. João poderia gritar o quanto quisesse que não adiantaria nada. Depois foi até Maria, sacudiu-a até que acordasse, e gritou: "De pé, sua preguiçosa. Vá buscar água e cozinhar alguma coisa gostosa para seu irmão. Ele ficará lá fora no telheiro até ganhar um pouco de peso. Quando estiver gordo e bonito, vou comê-lo."

Maria começou a chorar o mais alto que pôde, mas não adiantou nada. Teve de fazer tudo que a bruxa lhe mandava. A comida mais deliciosa foi preparada para o pobre João; para Maria, só sobraram as cascas dos caranguejos. Toda manhã a velha ia furtivamente até o pequeno galpão e gritava: "Mostre o dedo, João, para eu ver se você já está gorducho!"

João então enfiava um ossinho por entre as grades, e a velha, que tinha a vista fraca, acreditava que era o dedo do menino e não conseguia entender por que ele não estava engordando. Depois de quatro semanas e João continuando magrelo como sempre, ela perdeu a paciência e resolveu que não podia esperar mais. "Maria!" gritou para a menina. "Vá apanhar água, e depressa. Pouco se me dá se o João está magro ou gordo. Amanhã vou acabar com ele e depois vou cozinhá-lo."

LUDWIG RICHTER, 1842
Esta antiga ilustração do conto dos Grimm deu o tom para representações posteriores da bruxa. Os dois irmãos se agarram, desesperados, ao serem apanhados comendo da casa. Detalhes sob a cena mostram outros momentos do conto, inclusive a fuga dos irmãos e seu encontro com o pai.

GEORGE SOPER, 1915
Parada diante de sua casa de pão, a bruxa se apoia em dois paus enquanto censura um João e uma Maria holandeses por comerem pedaços do telhado e da janela de sua casa.

ARTHUR RACKHAM, 1909
Mesmo impotente em sua gaiola, João usa sua sagacidade para passar a perna na velha, mostrando-lhe um galho como se fosse seu dedo.

HERMANN VOGEL, 1894
Com seus comparsas, o gato e o corvo, a bruxa fica impaciente para engordar João para colocá-lo no caldeirão, acima do qual aparece sua presa mais recente.

A pobre irmãzinha soluçou de aflição, as lágrimas correndo pelas faces. "Ó meu Deus, ajude-nos!" exclamou. "Se pelo menos os animais selvagens da floresta tivessem nos comido, teríamos morrido juntos."

"Poupe-me da sua choradeira!" disse a velha. "Nada pode ajudá-la agora."

De manhã cedo, Maria teve de ir encher o caldeirão e acender o fogo. "Primeiro tenho que assar pão", a velha disse. "Já aqueci o forno e sovei a massa."

Então empurrou Maria na direção do forno, que cuspia labaredas. "Engatinhe até lá dentro", disse a bruxa, "e veja se está quente o bastante para eu enfiar o pão."

O que a bruxa estava planejando era fechar a porta assim que Maria se metesse dentro do forno. Depois iria assá-la e comê-la também. Maria percebeu o que ela estava tramando e disse: "Não sei como fazer para entrar ali. Como vou conseguir?"

Arthur Rackham, 1909
A bruxa se posiciona diante do forno enquanto Maria considera as ações possíveis.

"Sua pateta", disse a velha. "Há espaço de sobra. Veja, até eu consigo entrar", e ela trepou no forno e enfiou a cabeça dentro dele. Maria lhe deu um grande empurrão que a fez cair estatelada. Então fechou e aferrolhou a porta de ferro. Ufa! A bruxa começou a soltar guinchos medonhos. Mas Maria fugiu e a bruxa perversa morreu queimada de uma maneira horrível.[6]

Maria correu para junto de João, abriu a porta do pequeno galpão e gritou: "João, estamos salvos! A bruxa velha morreu."

Como um passarinho fugindo da gaiola,[7] João voou porta afora, assim que ela se abriu. Que emoção os dois sentiram: abraçaram-se e beijaram-se e pularam de alegria! Como não havia mais nada a temer, foram direto para a casa da bruxa. Em todos os cantos havia baús cheios de pérolas e joias. "Estas aqui são melhores ainda que seixos", disse João e meteu nos bolsos o que podia.[8]

Maria juntou-se a ele: "Vou levar alguma coisa para casa também." E encheu seu aventalzinho.

"Vamos embora agora mesmo", disse João. "Temos que sair desta floresta de bruxa."

Após andar por várias horas, deram com um rio muito largo. "Não vamos conseguir atravessar", disse João. "Não estou vendo nenhuma ponte."

"Também não há nenhum barco por aqui", notou Maria, "mas ali vem uma pata branca. Ela vai nos ajudar a atravessar, se eu pedir."

Gritou:

"Ajude-nos, ajude-nos, patinha,

Que a sorte nos abandonou.

Não vemos ponte nem canoinha,

Só o seu socorro nos sobrou."

Lá veio a pata, patinhando. João subiu nas suas costas e chamou a irmã para se sentar na garupa. "Não", disse Maria, "seria uma carga pesada demais para a patinha. Ela pode nos levar um de cada vez."

Foi exatamente o que a boa criaturinha fez. Depois que chegaram sãos e salvos do outro lado e caminharam por algum tempo, a mata começou a lhes parecer cada vez mais familiar. Finalmente avistaram a casa do pai lá longe. Começaram a correr e entraram em casa numa disparada, abraçando o pai. O homem tinha passado maus momentos desde que abandonara os filhos na floresta. Sua mulher tinha morrido.[9] Maria esvaziou seu avental, e pérolas e joias rolaram por todo o piso. João enfiou as mãos nos bolsos e tirou um punhado de joias depois do outro. Suas aflições tinham terminado e eles viveram juntos em perfeita felicidade.

Minha história terminou.[10] Entrou por uma porta, saiu pela outra, quem quiser que conte outra.

A Bela e a Fera

JEANNE-MARIE LEPRINCE DE BEAUMONT

Praticamente todas as culturas conhecem a história da Bela e a Fera e as diferenças que as duas personagens são obrigadas a harmonizar para se unirem em matrimônio. *A Bela e a Fera* foi celebrada como a história exemplar do amor romântico, demonstrando seu poder de transcender as aparências físicas. Sob muitos aspectos, porém, é também uma trama rica em oportunidades para a expressão das angústias de uma mulher com relação ao casamento, e é possível que tenha circulado em certa época como uma história para aplacar os medos de moças que se viam obrigadas a casamentos arranjados com homens mais velhos. Em culturas em que casamentos impostos eram a regra, este era um conto que podia encorajar mulheres para uma aliança que exigia que apagassem seus próprios desejos ou pusessem sua vontade de riqueza acima de outras considerações.

Eros e Psique, a mais antiga versão conhecida de *A Bela e a Fera*, foi publicada no século II d.C. em *Metamorfoses de Lúcio*, obra também conhecida como O *asno de ouro*, escrita em latim pelo eminente retórico Apuleio de Madaura. A história, contada por uma mulher "bêbada e semilouca" para uma jovem noiva raptada por bandidos no dia de seu casamento, é descrita como um conto de fadas destinado a consolar a cativa atormentada. Mas em *Eros e Psique* a "fera" só é fera segundo rumores, e Psique, a heroína do conto, resolve o conflito romântico não só mostrando compaixão, mas executando uma série de trabalhos. Ainda assim, parece evidente que a maior parte das versões anglo-americanas e europeias do conto derivou da história de Apuleio sobre as complexidades do amor romântico ou foi contaminada por ela de alguma maneira.

A versão de *A Bela e a Fera* mais conhecida foi escrita em 1756 por Madame de Beaumont (Jeanne-Marie Leprince de Beaumont) para publicação numa revista destinada a meninas e moças e traduzida para o inglês três anos depois. Dando indícios de que pretende ser um meio para instruir crianças quanto ao valor das boas maneiras, da boa criação e do bom comportamento, esta *A Bela e a Fera* conclui com uma profusão de recomendações e condenações. A Bela "preferiu a virtude às aparências" e tem "muitas virtudes", e ingressa num casamento "fundado na virtude". Suas duas irmãs, em contraposição, têm corações "cheios de inveja e malícia" e são transformadas em estátuas que simbolizam sua essência dura, fria.

As virtudes da Bela, como seu nome na história deixa claro, emanam de sua aparência atraente e de seu caráter de ouro. Após descobrir que a Fera se dispõe a aceitar uma filha em lugar do pai, ela se declara afortunada, pois terá "o prazer de salvar" o pai e provar seus "sentimentos ternos por ele". Sem dúvida nem toda "Bela" é uma vítima tão disposta. A heroína da história norueguesa *A leste do Sol e a oeste da Lua* (incluída neste volume como conto 14), por exemplo, precisa ser convencida pelo pai a se casar com a fera (um urso branco). Mas muitas beldades não somente se dispõem a se sacrificar por seus pais, como casam de bom grado com uma fera movidas por piedade pela sua condição. A Bela de Madame Beaumont chega a uma conclusão que hoje poucos aceitariam sem reservas como uma receita para um casamento feliz. Afirmando que nem "aparência" nem "grande inteligência" são o que conta, a Bela rejeita a paixão do amor romântico e afirma que os sentimentos de "respeito, amizade e gratidão" são suficientes para um bom casamento.

A Bela e a Fera continua sendo uma forte inspiração para meditarmos sobre o que valorizamos num cônjuge. Enraizado, como se viu, numa cultura em que casamentos arranjados eram a norma, o conto de Madame de Beaumont sanciona, para as mulheres, a obediência, a abnegação e uma forma de amor baseada na gratidão e não na paixão, ao mesmo tempo em que nos dá uma Fera que aprecia claramente a perfeição física somada à delicadeza e à compaixão. À medida que lemos a história, porém, podemos ver esses valores contestados de várias maneiras. Somos capazes de imaginar, como Chaucer fez no conto da Esposa de Bath, uma história que pudesse ser chamada "O Belo e a Fera"? Por que a Bela é fisicamente perfeita enquanto a Fera pode continuar sendo um cônjuge perfeito apesar de sua aparência? Por que a história termina subvertendo seus próprios termos, ao transformar os dois cônjuges em imagens da perfeição física? Sente a Bela algum desapontamento após a transformação da Fera, como o faz na versão cinematográfica de Jean Cocteau, feita na França logo após a Segunda Guerra Mundial?

Assim como versões orais de séculos anteriores exploravam as possibilidades cômicas de histórias em que moças ficavam noivas de porcos, porcos-espinhos, cobras, sapos ou asnos, também as versões modernas fazem bom uso das oportunidades para a sátira social e a ironia. Atualmente produzimos histórias que celebram a superioridade dos animais sobre os seres humanos, com "finais felizes" marcados pela transformação da "Bela" do conto numa nobre fera. Em obras que vão de *Frog Prince Continued*, de Jon Sciezka, a *The Tiger's Bride*, de Angela Carter, vemos uma mudança ideológica profunda, que revela que os seres humanos são as verdadeiras feras necessitadas de redenção.

𝒠ra uma vez um rico negociante[1] que vivia com seus seis filhos, três rapazes e três moças. Sendo um homem inteligente, não poupou despesas na educação dos filhos, dando-lhes excelente instrução. Suas filhas eram muito bonitas, mas a caçula principalmente despertava grande admiração. Quando era pequena, só a chamavam "a bela menina". Assim foi que o nome "Bela" pegou – o que deixava suas irmãs muito enciumadas.

Essa caçula, além de mais bela que as irmãs, era também melhor que elas. As duas mais velhas se orgulhavam muito de ser ricas. Davam-se ares de grandes damas e não queriam receber visitas das outras filhas de comerciantes. Só gostavam da companhia de gente da nobreza. Todos os dias iam ao baile, ao teatro, saíam a passeio e zombavam da caçula, que ocupava a maior parte de seu tempo lendo bons livros.[2]

Como se sabia que as moças eram muito ricas, vários negociantes ricos as pediam em casamento. Mas as duas mais velhas respondiam que nunca se casariam, a menos que encontrassem um duque, ou, pelo menos, um conde. Bela (pois já lhes disse que esse era o nome da mais nova), Bela, como eu ia dizendo, agradecia com muita polidez aos que queriam desposá-la, mas dizia que era muito jovem e que desejava fazer companhia ao pai por alguns anos.

De repente, o negociante perdeu sua fortuna. Só lhe restou uma pequena casa no campo, bem longe da cidade. Chorando, disse às filhas que teriam de

Edmund Dulac, 1910
A Bela de Dulac, com seu talento musical, é apresentada como uma jovem de cabelos negros que afugenta a solidão com a música. O cenário um tanto desolado espelha seus sentimentos.

ir morar lá e trabalhar como camponeses para sobreviver. As duas filhas mais velhas responderam que não queriam deixar a cidade, e que tinham vários admiradores que ficariam felicíssimos em se casar com elas, mesmo que não tivessem mais fortuna. Mas essas gentis senhoritas estavam enganadas. Seus admiradores não queriam mais nem olhar para elas agora que estavam pobres. Como ninguém gostava delas, por causa de seu orgulho, dizia-se: "Que banquem as grandes damas agora, pastoreando carneiros." Mas, ao mesmo tempo, todo o mundo repetia: "Quanto a Bela, temos muita pena de sua desgraça. É uma moça tão boa! Fala com os pobres com tanta bondade, é tão meiga, tão virtuosa..."

Houve até vários fidalgos que quiseram se casar com Bela, embora ela não tivesse um tostão. Mas ela lhes explicou que não tinha coragem de abandonar o pai na miséria, que iria com ele para o campo e o ajudaria com o trabalho. No começo, a pobre Bela ficara muito aflita por perder sua fortuna, mas refletira: "Por mais alto que eu chorasse, isso não me devolveria a minha fortuna. Tenho de tratar de ser feliz sem ela."

Já instalados em sua casa no campo, o negociante e as três filhas se ocuparam lavrando a terra. Bela levantava às quatro horas da madrugada e se apressava em limpar a casa e preparar o café da manhã para a família. No começo foi muito difícil, pois não estava acostumada a trabalhar como uma criada. Passados dois meses, porém, ficou mais forte e o trabalho árduo lhe deu uma saúde perfeita. Quando terminava seus afazeres, lia, tocava cravo ou cantava enquanto fiava. Suas duas irmãs, por outro lado, morriam de tédio.[3] Levantavam-se às dez da manhã, passeavam o dia inteiro e se distraíam lamentando a perda de seus belos vestidos e das antigas companhias.

"Aí está nossa caçula", diziam entre si. "Tem uma alma tão grosseira e é tão idiota que está contente com sua triste situação."

O bom negociante não pensava como as filhas. Sabia que Bela era uma moça especial, ao contrário das irmãs. Admirava a virtude dessa jovem, e sobretudo sua paciência, pois as irmãs, não contentes em deixá-la fazer todo o trabalho doméstico,[4] insultavam-na a todo instante.

Fazia um ano que a família vivia na solidão quando o negociante recebeu uma carta informando que um navio, que trazia mercadorias suas, acabava de atracar com segurança. Essa notícia virou a cabeça das duas irmãs mais velhas, que acharam que finalmente iriam deixar o campo, onde tanto se entediavam. Alcançaram o pai na porta e suplicaram que lhes trouxesse vestidos, golas de pele, perucas e toda sorte de bagatela. Bela não lhe pediu nada, pois pensou consigo mesma que todo o dinheiro ganho com as mercadorias não bastaria para comprar o que as irmãs desejavam.

"Não quer que eu traga nada para você?" perguntou o pai.

"Já que tem a bondade de pensar em mim, poderia me trazer uma rosa,[5] pois essa flor não cresce aqui."

Não é que a Bela fizesse muita questão de uma rosa, mas não queria condenar o comportamento das irmãs. Estas, aliás, teriam dito que era para ser diferente que ela não pedia nada.

O bom negociante partiu. Chegando ao porto, porém, descobriu que havia problemas legais com suas mercadorias e, depois de muita contrariedade, voltou tão pobre como era antes. Só lhe faltavam cinquenta quilômetros para chegar em casa, e ele já sentia o prazer de rever as filhas. Antes de chegar,

EDMUND DULAC, 1910
Num cenário esplendoroso, o pai de Bela delicia-se com o magnífico banquete à sua frente. A imagem é idílica, mas o detalhe do pé com garras é um forte agouro de que nem tudo é tão sereno quanto parece.

porém, tinha de atravessar um grande bosque, e ali se perdeu. Nevava horrivelmente, e o vento era tão forte que o derrubou duas vezes do cavalo. Ao cair da noite, pensou que morreria de fome, ou de frio, ou que seria comido pelos lobos que ouvia uivar à sua volta.

De repente, no fim de um comprido túnel de árvores, viu uma luz forte, mas que parecia muito distante. Seguiu naquela direção e viu que a luz saía de um grande palácio, todo iluminado. O negociante agradeceu a Deus pelo socorro que lhe enviava e tratou de chegar logo àquele castelo. Ficou surpreso ao não ver ninguém nos pátios. Seu cavalo, que o seguia, vendo um grande estábulo vazio, entrou. Encontrando lá feno e aveia, o pobre animal, que estava morto de fome, pôs-se a comer com um apetite voraz. O negociante o amarrou no estábulo e rumou para o castelo. Não havia ninguém à vista, mas, tendo entrado num amplo salão, encontrou um bom fogo e uma mesa repleta de comida, com prato e talheres para uma só pessoa. Como a chuva e a neve o haviam encharcado até os ossos, aproximou-se do fogo para se aquecer, pensando consigo: "O dono da casa ou seus criados me perdoarão a liberdade que tomei. E certamente logo vão aparecer."

Esperou um longo tempo mas, como soavam onze horas e ninguém aparecia, não resistiu à fome: pegou um frango e o comeu em duas mordidas, tremendo. Tomou também algumas taças de vinho e, mais animado, saiu da sala e atravessou várias salas grandes e magnificamente mobiliadas. Finalmente, encontrou um quarto onde havia uma boa cama. Como passava da meia-noite e estava exausto, resolveu fechar a porta e se deitar.

Quando se levantou, no dia seguinte, já eram dez horas da manhã. Para sua surpresa, encontrou uma roupa muito limpa no lugar da sua, que estava toda estragada. "Com certeza", disse consigo, "este palácio pertence a uma boa fada que teve piedade da minha situação."

Olhou pela janela e não viu mais neve, mas alamedas de flores que encantavam a vista. Voltou para o salão onde ceara na véspera e percebeu uma mesinha em que havia chocolate quente.

"Muito obrigado, senhora Fada", disse em voz alta, "por ter tido a bondade de pensar em meu café da manhã."

Depois de tomar seu chocolate, o bravo negociante foi à procura de seu cavalo. Ao passar por um canteiro de rosas, lembrou-se do pedido de Bela e colheu um ramo com várias flores. No mesmo instante, um grande barulho ecoou, e ele viu aproximar-se uma fera tão horrorosa que quase desmaiou.

"O senhor é bem ingrato", disse-lhe a Fera com uma voz terrível. "Salvei sua vida, recebo-o no meu castelo e, para minha decepção, o senhor rouba minhas rosas, que amo mais que tudo no mundo. Só a morte pode reparar essa falta. Dou-lhe quinze minutos para pedir perdão a Deus."

O negociante caiu de joelhos e suplicou à Fera:

"Perdoai-me, Vossa Alteza, não tinha intenção de vos ofender colhendo uma rosa para atender o pedido de uma de minhas filhas."

"Não me chamo Vossa Alteza", respondeu o monstro, "mas Fera. E, de minha parte, não gosto de elogios, gosto que se diga o que se pensa. Por isso, não tente me comover com bajulação. Mas disse que tem filhas. Disponho-me a perdoá-lo com a condição de que uma de suas filhas se ofereça voluntariamente para morrer no seu lugar. Não me venha com lero-lero. Parte, e se suas

W. Heath Robinson, 1921
Embora esta Fera pareça próxima da forma humana, os membros superiores e a cabeça têm um aspecto feroz. Pronta a atacar quando descobrir um invasor em sua propriedade, esta Fera ainda está por ser domesticada.

filhas se recusarem a morrer por você, jure que você estará de volta dentro de três dias."

O bom homem não tinha nenhuma intenção de sacrificar uma das filhas àquele monstro malvado, mas pensou: "Pelo menos terei o prazer de abraçar minhas filhas mais uma vez." Assim, jurou que voltaria, e a Fera lhe disse que podia partir quando quisesse. "Mas não quero que vá de mãos vazias. Volta ao quarto onde dormiu e lá encontrará um grande cofre vazio. Pode pôr dentro dele tudo que lhe agrade, mandarei levá-lo à sua casa."

Então a Fera se afastou, e o bom homem pensou: "Se tenho de morrer, terei o consolo de deixar alguma coisa para minhas pobres filhas."

Voltou ao quarto onde dormira e, encontrando ali grande quantidade de moedas de ouro, encheu com elas o cofre de que a Fera havia falado. Fechou-o, foi buscar seu cavalo no estábulo e deixou o palácio com uma tristeza tão grande quanto a alegria que sentira ao nele entrar. Seu cavalo escolheu instintivamente uma das trilhas da floresta e, em poucas horas, o negociante chegou à sua casinha.

WALTER CRANE, 1875
Além do cenário tipicamente europeu, a figura da Fera, um javali, tem postura e trajes humanos.

LANCELOT SPEED, 1913
O pai de Bela, dotado de uma aparência oriental com sua capa, seu turbante e seus chinelos, encolhe-se diante de uma fera ereta cujo magnífico castelo surge no pano de fundo. As modestas posses do negociante, envoltas num lenço grande, contrastam com a vastidão dos domínios da Fera.

Suas filhas se reuniram em torno dele, mas, em vez de se alegrar com seus carinhos, o negociante pôs-se a chorar ao vê-las. Tinha na mão o ramo de rosas que trazia para Bela. Ao entregá-lo, disse: "Bela, guarde estas rosas. Elas custaram muito caro a seu pobre pai." E imediatamente contou à família a funesta aventura que vivera. Ao ouvir seu relato, as duas filhas mais velhas gritaram alto e lançaram insultos a Bela, que não chorava. "Vejam o resultado do orgulho desta criatura", disseram. "Por que não pediu artigos de toalete como nós? Mas não, a senhorita queria ser diferente. Vai causar a morte de nosso pai, e não derrama uma lágrima."

"Seria totalmente inútil", insistiu Bela. "Por que eu choraria a morte de meu pai? Ele não vai morrer. Como o monstro está disposto a aceitar uma de suas filhas, vou me entregar à sua fúria. Estou muito feliz, porque, morrendo, terei a alegria de salvar meu pai e lhe provar minha ternura."

"Não, minha irmã", responderam-lhe seus três irmãos. "Você não vai morrer. Vamos encontrar esse monstro e perecer em suas garras se não conseguirmos matá-lo."

"Não contem com isso, meus filhos", disse-lhes o negociante. "A força da Fera é tamanha que não alimento nenhuma es-

WALTER CRANE, 1875
O negociante volta para casa, trazendo na mão a rosa de Bela. A história de Madame Beaumont é tratada por Crane com ilustrações fortes e vívidas.

perança de matá-lo. Fico comovido com o bom coração de Bela, mas não quero expô-la à morte. Estou velho e não me resta muito tempo de vida. Perderei apenas alguns anos, o que só lamento por vossa causa, meus queridos filhos."

"Não irá a esse palácio sem mim", disse-lhe Bela. "Não pode me impedir de segui-lo. Embora seja jovem, não sou muito apegada à vida, e prefiro ser devorada por esse monstro a morrer da dor que sentiria com sua perda."

Foi inútil argumentar: Bela estava absolutamente decidida a partir para o palácio. A ideia deixou suas irmãs encantadas, pois as virtudes da caçula lhes inspiravam muito ciúme. O negociante estava tão entregue à dor de perder a filha, que não se lembrou do cofre que enchera de ouro. Porém, assim que se fechou em seu quarto para se deitar, ficou muito espantado por encontrá-lo junto à sua cama. Resolveu não contar aos filhos que ficara tão rico, porque as moças teriam desejado voltar para a cidade e ele estava decidido a morrer no campo. Mas confiou o segredo a Bela, que por sua vez lhe contou que, durante a ausência dele, alguns fidalgos lá haviam estado. Dois deles amavam suas irmãs. Ela pediu ao pai que as casasse. E era tão boa que ainda gostava delas, e as perdoava de todo coração pelo mal que lhe haviam feito.[6]

As duas moças malvadas esfregaram cebola nos olhos para chorar quando Bela partiu com o pai. Mas os irmãos choraram de verdade, assim como o negociante. Só Bela não chorou, pois não queria aumentar a dor dos outros.

O cavalo tomou o caminho do palácio e, ao anoitecer, puderam vê-lo, iluminado como da primeira vez. Deixando o cavalo sozinho no estábulo, o negociante entrou com a filha no grande salão, onde encontraram uma mesa magnificamente servida, com talheres para dois. O negociante não tinha estômago para comer, mas Bela, esforçando-se para parecer tranquila, sentou-se à mesa e o serviu. E pensava consigo: "A Fera quer me engordar antes de me comer, visto que me serve esta bela refeição." Assim que acabaram de cear, ouviram um grande barulho e o negociante disse adeus à filha, chorando, porque sabia que a Fera se aproximava. Bela não pôde conter um arrepio ao ver aquela figura horrível. Mas controlou-se o melhor que pôde, e quando o monstro lhe perguntou se viera por vontade própria respondeu, tremendo, que sim.

EDMUND DULAC, 1910

Apesar de sua humilde montaria, Bela parece magnífica na paisagem gelada diante do castelo da Fera. Ela se prepara estoicamente para atravessar o limiar do ambiente seguro, ainda que enevoado, do território familiar para os perigos do castelo. A paisagem verdejante que envolve o castelo sugere que a Fera vive num palácio encantado.

"Você é muito bondosa", disse a Fera, "e sou-lhe muito agradecido. Quanto ao senhor, meu bom homem, parta pela manhã, e nunca mais ouse voltar aqui. Adeus, Bela."

"Adeus, Fera", ela respondeu, e o monstro se retirou no mesmo instante.

"Ah, minha filha!" disse o negociante abraçando Bela. "Estou quase morto de pânico. Acredite no seu pai, deixe eu ficar aqui."

"Não, meu pai", Bela respondeu com firmeza. "O senhor partirá amanhã cedo, e me entregará à misericórdia do céu. Talvez lá no alto tenham piedade de mim."

Os dois se recolheram achando que não dormiriam a noite inteira, porém, mal haviam se deitado, seus olhos se fecharam. Durante seu sono, Bela viu uma dama que lhe disse: "Estou contente com seu bom coração, Bela. Sua boa ação, oferecendo a própria vida para salvar a do seu pai, não ficará sem recompensa."[7]

Ao acordar, Bela contou o sonho ao pai e, embora isso o consolasse um pouco, não o impediu de soluçar alto quando teve de se separar de sua querida filha.

Depois que o pai partiu, Bela sentou-se no grande salão e começou a chorar também. Mas, como era muito corajosa, pôs-se nas mãos de Deus e decidiu não se atormentar durante o pouco tempo de vida que lhe restava, pois acreditava firmemente que a Fera iria devorá-la ao cair da noite.

Enquanto esperava, resolveu visitar o castelo. Não pôde deixar de admirar sua beleza. Qual não foi sua surpresa, porém, quando encontrou uma porta sobre a qual estava escrito: "Aposentos de Bela!" Abriu-a num impulso e ficou fascinada com a magnificência que ali reinava. O que mais chamou sua atenção, porém, foi um grande armário de livros, um cravo e vários livros de música.

"Não querem que eu me aborreça", murmurou. Mas em seguida pensou: "Se eu tivesse só um dia para passar aqui, não estariam me cobrindo com tantos presentes." Esse pensamento a animou. Abriu o armário e viu um livro em que estava escrito em letras douradas: *Vossos desejos são ordens. Aqui, sois a rainha e a senhora.*

"Pobre de mim!" pensou, com um suspiro. "Tudo que desejo é rever meu pai e saber o que está fazendo agora." Foi só um pensamento, mas qual não foi sua surpresa quando, ao olhar para um grande espelho, viu nele a sua casa, onde seu pai chegava com um semblante carregado de tristeza. Suas irmãs iam ao encontro dele e, apesar das caretas que faziam para parecer tristes, a alegria que sentiam pela perda da irmã transparecia nos seus rostos. Num instante tudo aquilo desapareceu, e Bela admitiu que a Fera era bem indulgente, e que ela não devia temê-la.

Ao meio-dia encontrou a mesa posta e, enquanto almoçava, ouviu um excelente concerto, embora não visse ninguém. À noite, ao se sentar à mesa, ouviu o barulho que a Fera fazia e não pôde conter um calafrio.

"Bela", disse o monstro, "incomodo se a vejo cear?"[8]

"É o senhor quem reina neste castelo", disse a Bela, tremendo.

"Não", respondeu a Fera, "não há aqui outra senhora além de Bela. Caso a esteja aborrecendo, uma palavra sua e vou-me embora. Diga, a senhorita me acha muito feio?"

"Acho sim", disse a Bela. "Não sei mentir. Mas acredito que é muito bom."

"Tem razão", disse o monstro, "mas, além de feio, não tenho inteligência; afinal não passo de um animal."

"Não pode ser um animal se acha que não tem inteligência", replicou Bela. "Um tolo nunca sabe que é tolo."

"Então coma, Bela", disse o monstro, "e trate de não se aborrecer na sua casa. Pois tudo isto é seu, e eu ficaria desolado se você não estivesse contente."

"O senhor é mesmo bondoso", disse a Bela. "Confesso que seu coração me agrada muito. Quando penso nele, o senhor não me parece tão feio."

"Ah, senhorita, é verdade", respondeu a Fera. "Tenho um bom coração, mas sou um monstro."

"Muitos homens são mais monstruosos", disse Bela, "e gosto mais do senhor com essa aparência que daqueles que, por trás de uma aparência de homens, escondem um coração falso, corrompido, ingrato."

"Se eu fosse inteligente", respondeu a Fera, "agradeceria com um grande elogio. Mas sou um idiota, e tudo que posso dizer é que fico muito grato."

Bela ceou com bom apetite. Quase não sentia mais medo do monstro. Mas esteve a ponto de morrer de susto quando a Fera lhe perguntou:

"Bela, aceita ser minha mulher?"

Ficou algum tempo sem responder. Tinha medo de provocar a cólera do monstro recusando-o. Mesmo assim, disse, tremendo:

"Não, Fera."

Naquele instante o pobre monstro deu um suspiro profundo, e soltou um assobio tão medonho que ressoou pelo palácio todo. Mas Bela logo se tranquilizou, porque a Fera lhe disse tristemente: "Adeus, Bela", e saiu do salão, virando-se de vez em quando para olhar para ela mais uma vez. Ao se ver sozinha, Bela sentiu grande compaixão por aquela pobre Fera. "Ai", pensou, "é mesmo pena que seja tão feio. É tão bom!"

Bela passou três meses naquele palácio, em total tranquilidade. Todas as noites, a Fera lhe fazia uma visita, a distraía durante a ceia com uma boa conversa, mas nunca com o que, em sociedade, chamamos de espirituosidade. Sua presença frequente fizera Bela se acostumar com sua feiura e, longe de temer o momento da sua visita, consultava muitas vezes seu relógio para ver se já estava perto de nove horas, pois era a essa hora em que a Fera aparecia. Só uma coisa afligia Bela: é que o monstro, antes de ir se deitar, sempre lhe perguntava se ela queria se casar com ele e parecia profundamente ferido quando a resposta era não.

Um dia, a Bela falou: "O senhor está me fazendo sofrer, Fera. Gostaria de poder desposá-lo, mas sou muito sincera para iludi-lo, dizendo que isso um dia vai acontecer. Serei sempre sua amiga, procure se contentar com isso."

"Não me resta outra coisa", respondeu a Fera. "Não me engano a meu respeito, sei que sou horrível. Mas a amo muito e, seja como for, fico muito feliz por aceitar permanecer aqui. Prometa que não me deixará."

Bela ruborizou a essas palavras. Soubera por seu espelho que o pai estava doente de tristeza por tê-la perdido, e desejava revê-lo.

"Posso prometer nunca deixá-lo para sempre", disse Bela, "mas tenho tanta vontade de rever meu pai que morreria de dor se me recusasse esse prazer."

WALTER CRANE, 1875
Bela resiste enquanto a Fera tenta conquistá-la. Note-se a riqueza dos detalhes, que não deixam dúvidas sobre o luxo do palácio.

"Preferiria morrer a fazê-la sofrer", respondeu a Fera. "Vou enviá-la à casa de seu pai. Mas se a senhorita não voltar, sua pobre Fera morrerá de dor."

"Não", disse Bela, chorando. "Meu amor é muito grande para causar sua morte. Prometo voltar em oito dias. O senhor me permitiu saber que minhas irmãs estão casadas e meus irmãos partiram para o exército. Meu pai está sozinho, permita que eu passe uma semana com ele."

"Estará lá amanhã cedo", disse a Fera. "Mas lembre-se da sua promessa. Quando quiser voltar, só precisa pôr seu anel sobre uma mesa ao se deitar."

Ao dizer estas palavras, a Fera suspirou como era do seu costume e Bela foi se deitar triste por tê-lo feito sofrer. De manhã, ao despertar, estava na casa do pai. Ao tocar uma sineta que estava ao lado da cama, viu entrar uma criada, que deu um grande grito ao vê-la. A esse grito o negociante acorreu, quase morrendo de alegria ao rever sua querida filha. Ficaram abraçados por um bom quarto de hora. Bela, após o alvoroço do reencontro, lembrou que não teria nada para vestir, mas a criada lhe contou que acabara de encontrar num quarto vizinho um grande baú, cheio de vestidos dourados enfeitados com diamantes. Em pensamento, Bela agradeceu à Fera por suas atenções. Pegou o menos rico daqueles vestidos e disse à criada que trancasse os outros, pois ia dá-los de presente às irmãs. Mal pronunciara essas palavras, porém, o baú desapareceu. Seu pai então lhe disse que a Fera queria que ela guardasse tudo aquilo para si e, imediatamente, os vestidos e o baú voltaram para o mesmo lugar.

Enquanto Bela se vestia, foram avisar suas irmãs, que vieram com seus maridos. Todas as duas estavam muito infelizes. A mais velha se casara com um fidalgo, belo como o amor. Mas ele estava tão apaixonado por sua própria imagem que não pensava em outra coisa da manhã à noite, e desprezava a beleza da esposa. A segunda se casara com um homem muito inteligente. Mas ele só usava sua inteligência para espicaçar todo o mundo, a começar por sua mulher. As irmãs de Bela quase morreram de desgosto ao vê-la vestida como uma princesa e mais bela que o dia. Em vão Bela tentou confortá-las, nada podia diminuir sua inveja, que aliás aumentou muito quando Bela lhes contou como era feliz. As duas invejosas desceram ao jardim para chorar à vontade, e pensaram: "Por que essa criatura insignificante é mais feliz que nós? Não somos mais encantadoras que ela?"

"Minha irmã", disse a mais velha, "tive uma ideia. Vamos segurar a Bela aqui por mais de oito dias.' Aquela Fera idiota ficará furiosa por ela lhe ter faltado com a palavra e talvez a devore."

"Está certo, minha irmã", respondeu a outra. "Para isso, vamos precisar lhe fazer mil agrados." Tendo tomado essa decisão elas entraram em casa e foram tão afetuosas com Bela que esta chorou de alegria. Quando os oito dias tinham se passado, as duas irmãs quase arrancaram os cabelos, fingindo tal desespero com a sua partida que Bela prometeu ficar mais oito dias. Ao mesmo tempo, ela se recriminava pela dor que causaria à sua pobre Fera, a quem amava de todo o coração, e de quem sentia muita falta. Na décima noite que passou na casa do pai, Bela sonhou que estava no jardim do palácio e que via a Fera, deitada na grama e quase morrendo, censurando-a por sua ingratidão. Bela acordou num sobressalto e caiu em prantos.

ARTHUR RACKHAM, 1915
Mais parecida com um morcego sem asas, essa Fera, com lágrimas nos olhos, desperta a piedade de Bela. Mais extravagante e proporcional que a maioria das Feras, a criatura de Rackham inspira compaixão mas também oferece um toque de alívio cômico à história.

ANÔNIMO, 1811
Apesar das diferenças em seus aspectos físicos, a Bela e a Fera partilham a determinação de ir em frente. Esta Fera é inteiramente animal, sem vestígio de característica humana.

WARWICK GOBLE, 1923
Bela sente piedade desta Fera, infeliz, cujo corpo principesco não pode compensar uma cabeça equina.

WALTER CRANE, 1875
Bela se desespera ao ver a Fera caída no roseiral. Os criados-macacos dão um toque cômico à cena, contrastando com o drama dos acontecimentos.

"Não é muita maldade minha", disse ela consigo mesma, "fazer sofrer a Fera que é só bondade para mim? É culpa dele se é tão feio, se não é muito inteligente? Ele é bom, e isso vale mais que todo o resto. Por que não quis me casar com ele? Seria mais feliz ao lado dele que minhas irmãs com seus maridos. Não é nem a beleza, nem a inteligência de um marido que fazem uma mulher feliz. É o caráter, a virtude, a bondade. A Fera tem todas essas boas qualidades. Não o amo; mas tenho por ele estima, amizade e gratidão. Vamos, é errado fazê-lo infeliz. Eu me condenaria o resto da vida."

A essas palavras, Bela se levantou, pôs seu anel sobre a mesa e voltou para a cama. Adormeceu assim que se deitou e, ao acordar de manhã, viu com alegria que estava no palácio da Fera. Vestiu-se magnificamente para lhe agradar e morreu de tédio o dia inteiro esperando dar nove horas da noite. Mas quando o relógio por fim soou nove horas, a Fera não apareceu.

Bela temeu então ter causado a sua morte. Correu por todo o palácio, gritando alto. Estava desesperada. Após ter procurado em toda parte, lembrou-se do seu sonho e correu para o jardim, na direção do canal, onde o tinha visto. Encontrou a pobre Fera caída no chão, inconsciente, e pensou que tinha morrido.

Atirou-se sobre seu corpo, sem sentir horror por sua aparência, e ao perceber que o coração ainda batia pegou água no canal e jogou-a sobre seu rosto. A Fera abriu os olhos e disse a Bela: "Você esqueceu sua promessa. A dor de perdê-la me fez decidir morrer de fome. Mas morro contente, pois tive o prazer de revê-la mais uma vez."

"Não, meu caro, não vai morrer", respondeu Bela. "Vai viver para se tornar meu esposo. Desde já lhe concedo minha mão, e juro que pertencerei somente a você. Ai de mim, acreditava que era só amizade, mas a dor que sinto demonstra que não poderia viver sem a sua presença."

Mal pronunciara essas palavras, Bela viu o castelo resplandecer de luz, os fogos de artifício, a música, tudo anunciava uma festa, mas aqueles esplendores não prenderam sua atenção. Voltou-se para sua Fera, cujo estado a inquietava. Que surpresa teve! A Fera desaparecera e tudo que a Bela viu a seus pés foi um príncipe mais belo que o amor, que a agradeceu por ter desfeito seu encantamento. Embora o príncipe merecesse toda a sua atenção, Bela não pôde deixar de perguntar onde estava a Fera.

"Está a seus pés", disse-lhe o príncipe. "Uma fada má condenou-me a viver sob essa forma[10] até que uma bela moça consentisse em me desposar. Proibiu-me também de deixar minha inteligência aparecer. Você foi a única pessoa no mundo boa o bastante para se deixar tocar pela bondade do meu caráter. Nem lhe oferecendo minha coroa posso saldar toda a dívida de gratidão que tenho com você."

Bela, feliz com a surpresa, deu a mão a esse belo príncipe para se erguer. Foram juntos para o castelo, e ela quase morreu de alegria ao encontrar no salão o pai e toda a família, que a bela dama do sonho havia transportado para lá.

"Bela", disse-lhe essa dama, que era uma fada, "venha receber a recompensa por sua boa escolha: você preferiu a virtude à beleza e à inteligência, portanto merece encontrar todas essas qualidades reunidas numa mesma pessoa. Vai se tornar uma grande rainha. Espero que o trono não destrua suas virtudes. Quanto às senhoritas", disse a fada para as duas irmãs da Bela, "conheço seus corações, e toda a malícia que encerram. Vou transformá-las em duas estátuas. Mas conservarão toda a sua razão sob a pedra que as recobrirá. Permanecerão na porta do palácio de sua irmã e não lhes imponho outro castigo a não ser testemunhar a felicidade dela. Só poderão retornar a seu estado anterior no momento em que reconhecerem seus erros, mas acho que serão estátuas para sempre. Podemos nos corrigir do orgulho, da cólera, da gula e da preguiça. Mas a conversão de um coração mau e invejoso é uma espécie de milagre."

No mesmo instante a fada moveu sua varinha, que transportou todos os que ali estavam para o reino do príncipe. Seus súditos o receberam com alegria, e ele se casou com Bela, que viveu com ele por muitos e muitos anos, numa felicidade perfeita, pois era fundada na virtude.

Branca de Neve[1]

JACOB E WILHELM GRIMM

O DESENHO ANIMADO de longa-metragem *Branca de Neve e os sete anões*, de Walt Disney (1937), ofuscou de tal modo outras versões da história que é fácil esquecer que o conto está amplamente disseminado em diversas culturas. A heroína pode comer uma maçã envenenada em sua encarnação cinematográfica, mas na Itália é igualmente provável que seja envenenada por um pente ou por um bolo, ou sufocada por um cordão. A rainha de Disney, que pede o coração de Branca de Neve ao caçador que a leva para o bosque, parece contida se comparada à rainha má dos Grimm, que ordena ao homem que volte com os pulmões e o fígado da moça, na intenção de comê-los cozidos na salmoura. Na Espanha, a rainha, ainda mais sanguinária, pede uma garrafa de sangue cuja rolha seja o dedão da menina. Na Itália, ela instrui o caçador a voltar com os intestinos da moça e sua blusa ensanguentada. O filme de Disney deu muito destaque ao fato de Branca de Neve ter um caixão de vidro, mas em outras versões do conto esse caixão é feito de ouro, de prata ou de chumbo, ou é incrustado de pedras preciosas. Embora seja muitas vezes mostrado no alto de uma montanha, esse ataúde pode também descer um rio ao sabor da corrente, ou ser posto sobre uma árvore, pendurado nos caibros ou trancado num cômodo e cercado com velas.

Em seus detalhes, *Branca de Neve* pode variar imensamente de cultura para cultura, mas possui um núcleo estável e facilmente identificável no conflito entre mãe e filha. Em muitas versões do conto a rainha má é a mãe biológica da menina, não uma madrasta. (Os Grimm, num esforço para preservar a santidade da maternidade, não se cansavam de transformar mães em madrastas.) A luta entre Branca de Neve e a rainha má domina de tal modo a paisagem psicológica deste conto de fadas que Sandra Gilbert e Susan Gubar, num livro que foi um marco na crítica literária feminina, sugeriram que ele fosse rebatizado como "Branca de Neve e sua madrasta perversa". Em *The Madwoman in the Attic*, elas mostram como a história dos Grimm encena uma disputa entre a "mulher-anjo" e a "mulher-monstro" da cultura ocidental. Para elas, o que impulsiona a trama de *Branca de Neve* é a relação entre duas mulheres, "a primeira, bela, jovem, pálida; a outra, igualmente bela, porém mais velha, mais impetuosa; a primeira, uma filha; a outra, uma mãe; a primeira, meiga, ingênua, passiva; a outra, ardilosa e ativa; a primeira uma espécie de anjo; a outra, uma verdadeira bruxa."

Gilbert e Gubar, em vez de ler a história como uma trama edipiana em que mãe e filha rivalizam sexualmente pela aprovação do pai (encarnado como a voz no espelho), sugerem que o conto espelha nossa divisão cultural da feminilidade em dois componentes, uma divisão que ganha grande relevo em nossa versão mais popular do conto. Em *Branca de Neve e os sete anões* de Disney, encontramos os dois componentes veementemente polarizados: de um lado, numa mulher tomada pela inveja assassina, repulsivamente fria, e, de outro, numa menina inocentemente meiga, exímia em todos os trabalhos domésticos. Ao mesmo tempo, porém, o filme de Disney faz da rainha má uma personagem de energia narrativa eletrizante, tornando Branca de Neve tão insípida que ela precisa de um elenco de apoio de sete personagens para animar suas cenas. Afinal, foi a presença destrutiva, perturbadora e desagregadora da madrasta que infundiu no filme o grau de fascínio que facilitou sua ampla circulação e permitiu que adquirisse tal domínio sobre nossa cultura.

É pouco provável que crianças, ao lerem este conto, deem-lhe a interpretação acima. Para elas, esta será a história de um conflito entre mãe e filha que, segundo Bruno Bettelheim, oferece prazeres catárticos na horripilante punição que impõe à rainha invejosa. Mais uma vez, como em *Cinderela*, a mãe boa está morta, e na história a única ajuda real que ela presta está no legado de sua beleza. Branca de Neve tem de se contentar com uma vilã duplamente encarnada, como uma rainha bela, orgulhosa e má e como uma bruxa feia, sinistra e perversa. Não espanta que ela seja reduzida a um papel de pura passividade, uma "pateta" nas palavras da poeta Anne Sexton. Em sua validação do ódio assassino como um afeto "natural" na relação entre filha e mãe/madrasta e sua promoção da juventude, da beleza e do trabalho árduo, *Branca de Neve* não deixa de ter dimensões problemáticas – o que não a impediu de subsistir como uma das histórias mais influentes de nossa cultura. Em 1997 Michael Cohn intensificou os elementos soturnos e góticos da história em seu *Branca de Neve: Um conto de terror*, estrelado por Sigourney Weaver.

ra uma vez uma rainha. Um dia, no meio do inverno, quando flocos de neve grandes como plumas caíam do céu, ela estava sentada a costurar, junto de uma janela com uma moldura de ébano. Enquanto costurava, olhou para a neve e espetou o dedo com a agulha. Três gotas de sangue caíram sobre a neve. O vermelho pareceu tão bonito contra a neve branca que ela pensou: "Ah, se eu tivesse um filhinho branco como a neve, vermelho como o sangue e tão negro como a madeira da moldura da janela."[2] Pouco tempo depois, deu à luz uma menininha que era branca como a neve, vermelha como o sangue e negra como o ébano. Chamaram-na Branca de Neve. A rainha morreu depois do nascimento da criança.[3]

Um ano mais tarde seu marido, o rei, casou-se com outra mulher. Era uma dama belíssima, mas orgulhosa e arrogante, e não podia suportar a ideia de que alguém fosse mais bonita que ela. Possuía um espelho mágico e, sempre que ficava diante dele para se olhar, dizia:

"Espelho, espelho meu,

Existe outra mulher mais bela do que eu?"

E o espelho sempre respondia:

"Não, minha Rainha, sois de todas a mais bela."[4]

Então ela ficava feliz, pois sabia que o espelho sempre dizia a verdade.

Branca de Neve estava crescendo e, a cada dia que passava, ficava mais bonita. Quando chegou aos sete anos,[5] havia se tornado tão bonita quanto

Arthur Rackham, 1909
Emoldurada pela fumaça que sobe das velas, a orgulhosa rainha olha para o espelho, apoiado num suporte antropomorfizado. Chama a atenção a harmonia dos traços desta ilustração.

o dia e mais bonita que a própria rainha. Um dia a rainha perguntou ao espelho:

"Espelho, espelho meu,
Existe outra mulher mais bela do que eu?"

O espelho respondeu:

"Ó minha Rainha, sois muito bela ainda,
Mas Branca de Neve é mil vezes mais linda."

Ao ouvir estas palavras a rainha pôs-se a tremer, e seu rosto ficou verde de inveja. Desse momento em diante, odiou Branca de Neve.[6] Sempre que batia os olhos nela, seu coração ficava frio como uma pedra. A inveja e o orgulho medraram como pragas em seu coração. Dia ou noite, ela não tinha um momento de paz.

Um dia chamou um caçador e disse: "Leve a criança para a floresta. Nunca mais quero ver a cara dela. Traga-me seus pulmões e seu fígado como prova de que a matou."

O caçador obedeceu e levou a menina para a mata, mas no momento exato em que estava puxando sua faca de caça e prestes a mirar seu coração inocente, ela começou a chorar e a suplicar: "Misericórdia, meu bom caçador, poupe minha vida. Prometo correr para dentro da mata e nunca mais voltar."

Branca de Neve era tão bonita que o caçador teve pena dela e disse: "Então vá, fuja, pobre criança!"

"Os animais selvagens não tardarão a devorá-la", pensou, mas lhe pareceu seu coração aliviado de um grande peso, pois pelo menos não teria de matar a menina. Naquele instante um filhote de javali passou correndo, e o caçador matou-o a estocadas. Retirou os pulmões e o fígado e os levou para a rainha como prova de que matara a criança. O cozinheiro recebeu instruções de

GEORGE SOPER, 1915
Embora de baixa estatura, esta Branca de Neve mais parece uma mulher pequena que uma menina. De composição quase teatral, a cena tem certa qualidade formal, dramática.

THEODOR HOSEMANN, 1847
Vestida de branco e ajoelhada, Branca de Neve suplica ao caçador que poupe a sua vida. Espada em punho, o elegante caçador se compadece da menina.

fervê-los na salmoura, e a perversa mulher os comeu,[7] pensando que estava comendo os pulmões e o fígado de Branca de Neve.

A pobre menina foi deixada sozinha na vasta floresta. Estava tão assustada que ficou a olhar para cada folha de cada árvore, sem saber o que fazer. Depois começou a correr, passando sobre pedras pontudas e entre espinheiros. De vez em quando, feras passavam por ela, mas não lhe faziam mal. Ela correu enquanto suas pernas aguentaram. Ao cair da noite, avistou uma cabaninha e entrou para descansar. Todas as coisas na casa eram minúsculas, mas tão caprichadas e limpas que não se podia acreditar.[8] Havia uma mesinha, com sete pratinhos sobre uma toalha branca. Sobre cada pratinho havia uma colher; além disso havia sete faquinhas e garfinhos e sete canequinhas. Contra a parede, sete caminhas lado a lado, todas arrumadas com lençóis brancos como a neve. Branca de Neve estava com tanta fome e com tanta sede que comeu um pouquinho de salada e um bocadinho de pão de cada pratinho e tomou uma gota de vinho de cada canequinha. Não queria tirar tudo de um só. Mais tarde, sentiu-se tão cansada que tentou se deitar numa das camas, mas nenhuma parecia lhe servir. A primeira era comprida demais, a segunda, curta demais, mas a sétima tinha o tamanho certo,[9] e ali ela ficou. Rezou suas orações e adormeceu profundamente.

Franz Juttner, 1905
Lobos espreitam enquanto esta jovem Branca de Neve procura abrigo.

Arthur Rackham, 1909
Curvados pelo peso de um complexo equipamento de trabalho, os anões voltam para casa.

Era noite fechada lá fora quando os proprietários da cabana retornaram. Eram sete anões que trabalhavam o dia inteiro nas montanhas,[10] garimpando a terra e escavando em busca de minérios. Eles acenderam sete lanterninhas e, quando a cabana se iluminou, viram que alguém passara por ali, pois nem tudo estava como haviam deixado.

O primeiro anão perguntou: "Quem se sentou na minha cadeirinha?"

O segundo perguntou: "Quem comeu do meu pratinho?"

O terceiro perguntou: "Quem comeu o meu pãozinho?"

O quarto perguntou: "Quem comeu minha saladinha?"

O quinto perguntou: "Quem usou o meu garfinho?"

O sexto anão perguntou: "Quem cortou com a minha faquinha?"

E por último o sétimo perguntou: "Quem bebeu da minha canequinha?"

O primeiro anão olhou em volta e viu que seus lençóis estavam amassados e disse: "Quem se deitou na minha caminha?"

Os outros vieram correndo e todos gritaram: "Alguém andou dormindo na minha cama também!"

Quando o sétimo anão olhou para sua caminha, viu Branca de Neve deitada nela, dormindo a sono solto. Gritou para os outros, que foram correndo e ficaram tão assombrados que todos ergueram suas sete lanterninhas para iluminar Branca de Neve.

"Ó céus, ó céus!" todos exclamaram. "Que bela menina!"

Os anões ficam tão encantados com aquela visão que resolveram não acordá-la, deixá-la continuar dormindo em sua caminha. O sétimo anão dormiu uma hora com cada um dos companheiros, até que a noite chegou ao fim.

De manhã Branca de Neve acordou. Quando viu os anões, ficou amedrontada, mas eles foram amáveis, e perguntaram: "Qual é o seu nome?"

"Meu nome é Branca de Neve", ela respondeu.

"Como conseguiu chegar a esta casa?" eles quiseram saber.

Branca de Neve contou-lhes como sua madrasta havia tentado matá-la e como o caçador poupara sua vida. Contou que correra o dia inteiro até chegar à cabana deles.

Os anões lhe disseram: "Se quiser cuidar da casa para nós,[11] cozinhar, fazer as camas, lavar, costurar, tricotar e manter tudo limpo e arrumadinho, pode ficar conosco, e nada lhe faltará."

"Sim, quero ficar, não desejo outra coisa", Branca de Neve respondeu, e ficou com eles.

Branca de Neve cuidava da casa para os anões. De manhã eles iam para o alto das montanhas em busca de minérios e ouro. Ao cair da noite vol-

WARWICK GOBLE, 1923
Cercada pelos sete anões, que parecem ao mesmo tempo encantados e perplexos com a sua presença, Branca de Neve negocia os termos da sua hospedagem. A roupa de cama e o próprio leito dão à cena um aspecto contemporâneo.

tavam, e o jantar estava pronto à sua espera. Como a menina passava os dias sozinha, os anões a advertiram seriamente: "Tome cuidado com sua madrasta. Ela não vai demorar a saber que está aqui. Não deixe ninguém entrar na casa."

Mas a rainha, acreditando que havia comido os pulmões e o fígado de Branca de Neve, estava certa de que era novamente a mais bela de todas. Foi até o espelho e perguntou:

"Espelho, espelho meu,

Existe outra mulher mais bela do que eu?"

O espelho respondeu:

"És sempre bela, minha cara rainha

Mas na colina distante, por sete anões cercada,

Branca de Neve ainda vive e floresce,

E sua beleza jamais foi superada."

Ao ouvir estas palavras a rainha ficou pasma, pois sabia que o espelho nunca dizia uma mentira. Compreendeu que o caçador certamente a enganara e que Branca de Neve estava viva. E pôs-se a maquinar uma maneira de se livrar dela. Se não fosse a mais bela de todo o reino, nunca seria capaz de sentir outra coisa senão inveja. Finalmente concebeu um plano.[12] Pintou o rosto e vestiu-se como uma velha vendedora ambulante, tornando-se completamente irreconhecível. Assim disfarçada, viajou para além das sete colinas até a casa dos sete anões. Lá chegando, bateu à porta e anunciou: "Mercadorias bonitas a precinho camarada."

Branca de Neve espiou pela janela e disse: "Bom dia, minha boa mulher. O que a senhora tem para vender?"

"Coisas boas, coisas bonitas", ela respondeu. "Cordões multicoloridos para o corpete", e puxou um cadarço de seda tecido de muitas cores.

"Posso deixar esta boa mulher entrar", Branca de Neve pensou, e, correndo o ferrolho da porta, comprou o bonito cadarço.

"Oh, minha filha, como você está desarrumada. Venha, deixe que eu arrume o cadarço como convém."

Branca de Neve não estava nem um pouquinho desconfiada. Postou-se diante da velha e deixou que ela arrumasse o cadarço novo. A velha apertou o cadarço tanto e tão depressa que Branca de Neve ficou sem ar[13] e caiu no chão como se estivesse morta.

"Agora quero ver quem é a mais bela de todas", disse a velha, afastando-se depressa.

Não muito depois, ao anoitecer, os sete anões voltaram para casa. Quando viram sua amada Branca de Neve estendida no chão, ficaram horrorizados. Como não se mexia, nem um pouquinho, não tiveram dúvida de que estava morta. Ergueram-na e, percebendo que o cadarço de seu corpete estava apertado demais, cortaram-no em dois. Branca de Neve então começou a respirar, e pouco a pouco voltou à vida. Quando os anões souberam do que tinha acontecido, disseram: "A velha vendedora ambulante não era outra senão a rainha má. Tome cuidado e não deixe ninguém entrar, a menos que estejamos em casa."

Ao chegar de volta em casa, a rainha foi até o espelho e perguntou:

"Espelho, espelho meu,

Existe outra mulher mais bela do que eu?"

O espelho respondeu como de costume:

"És sempre bela, minha cara rainha

Mas na colina distante, por sete anões cercada,

Branca de Neve ainda vive e floresce,

E sua beleza jamais foi superada."

Quando a rainha ouviu essas palavras, o sangue gelou suas veias. Ficou horrorizada ao saber que Branca de Neve continuava viva. "Mas desta vez", disse ela, "inventarei alguma coisa para destruí-la."

Usando toda a bruxaria que conhecia, fabricou um pente envenenado. Depois trocou de roupa e se disfarçou de velha mais uma vez. E novamente viajou para além das sete colinas até a casa dos sete anões, bateu à porta e anunciou: "Mercadorias bonitas a precinho camarada."

Branca de Neve espiou pela janela e disse: "Vá embora, não posso deixar ninguém entrar."

"Mas pode ao menos dar uma olhada", disse a velha, e, pegando um pente envenenado, segurou-o no ar. A menina gostou tanto daquele pente que caiu como um patinho e abriu a porta. Quando chegaram a um acordo sobre o preço, a velha disse: "Agora vou pentear seu cabelo como ele merece."

A pobre Branca de Neve não desconfiou de nada e deixou a mulher fazer como queria. Mal o pente tocou no seu cabelo, porém, o veneno fez efeito e a menina tombou no chão, sem sentidos.

"Pronto, minha bela", disse a perversa mulher. "Está liquidada."

E partiu a toda pressa.

Felizmente, os anões já estavam a caminho de casa, pois já era quase noite. Quando viram Branca de Neve caída no chão como morta, desconfiaram imediatamente da madrasta. Ao examiná-la, descobriram o pente venenoso. Assim que o desemaranhavam de seu cabelo, Branca de Neve voltou à vida e lhes contou o que havia acontecido. Mais uma vez eles lhe recomendaram que tivesse cuidado e nunca mais abrisse a porta para ninguém.

Em casa, a rainha se dirigiu ao espelho e perguntou:

"Espelho, espelho meu,

Existe outra mulher mais bela do que eu?"

O espelho respondeu como de costume:

"És sempre bela, minha cara rainha

Mas na colina distante, por sete anões cercada,

Branca de Neve ainda vive e floresce,

E sua beleza jamais foi superada."

Ao ouvir as palavras pronunciadas pelo espelho, a rainha começou a tremer de raiva. "Branca de Neve tem de morrer!" exclamou. "Mesmo que isso custe a minha vida."

Foi para uma câmara secreta, onde ninguém jamais pisava, e confeccionou uma maçã cheia de veneno. Do lado de fora, era bonita – branca com as faces vermelhas[14] –, vê-la era desejá-la. Mas quem lhe desse a menor das mordidas, morreria. Quando a maçã ficou pronta, a rainha pintou o rosto de novo, vestiu-se como uma camponesa e viajou para além das sete colinas até a casa dos sete anões.

A velha bateu à porta, e Branca de Neve pôs a cabeça pela janela para dizer: "Não posso deixar ninguém entrar. Os sete anões proibiram."

"Não faz mal", a camponesa respondeu. "Logo vou me livrar das minhas maçãs. Tome, dou-lhe esta."

"Não", disse Branca de Neve. "Estou proibida de aceitar qualquer coisa."

"Está com medo de que esteja envenenada?" perguntou a mulher. "Veja, vou partir a maçã ao meio. Você come a parte vermelha, eu como a branca."

A maçã fora feita com tanta perícia que só a parte vermelha tinha veneno. Branca de Neve sentiu um ardente desejo pela linda maçã e, quando viu a camponesa dar uma mordida, não pôde resistir mais. Enfiou a mão pela janela e pegou a metade envenenada. Assim que mordeu, caiu morta no chão. A rainha contemplou-a com olhos furiosos e explodiu numa gargalhada: "Branca como a neve, vermelha como o sangue, negra como o ébano![15] Desta vez os anões não conseguirão trazê-la de volta à vida!"

Em casa, ela perguntou ao espelho:

GUSTAF TENGGREN, 1923
A bruxa morde a maçã para provar a Branca de Neve que ela pode comer sem medo. O cenário e os trajes criam um efeito mais realista que o da maioria das ilustrações de contos de fadas.

"Espelho, espelho meu,
 Quem é de todas a mais bela?"
E ele finalmente respondeu:
"Sois vós, minha rainha, do reino a mais bela."
Finalmente o coração invejoso da rainha ficou em paz (tanto quanto um coração invejoso pode ficar em paz).

Quando os anões voltaram para casa ao cair da noite, encontraram Branca de Neve estendida no chão. Nem um sopro exalava de seus lábios. Estava morta. Ergueram-na e procuraram em volta algo que pudesse ser venenoso. Desataram seu corpete, pentearam seu cabelo, banharam-na com água e vinho, mas foi tudo em vão. A querida menina se fora, e nada podia trazê-la de volta. Depois de colocarem Branca de Neve num caixão, todos os sete se sentaram em volta dele e a velaram. Choraram por três dias. Estavam prontos para enterrá-la, mas ela ainda parecia viva, com bonitas faces vermelhas.

Os anões disseram: "Não podemos enterrá-la na terra escura." Assim, mandaram fazer um caixão de vidro transparente que permitia ver Branca

ARTHUR RACKHAM, 1909
Um anão toma o pulso de Branca de Neve, apreensivo, enquanto os outros tentam em vão reanimá-la.

de Neve de todos os lados. Colocaram-na dentro dele, escreveram seu nome nele com letras douradas[16] e acrescentaram que se tratava da filha de um rei. Levaram o caixão até o topo de uma montanha, e um dos anões ficava sempre junto dele, montando guarda. Animais também foram chorar Branca de Neve, primeiro uma coruja, depois um corvo e por último um pombo.

Branca de Neve ficou no caixão por muito, muito tempo. Mas não se decompôs, e dava a impressão de estar dormindo, pois continuava branca como a neve, vermelha como o sangue, e com os cabelos tão negros como o ébano.

Um dia o filho de um rei atravessava a floresta quando chegou à cabana dos anões. Esperava poder passar a noite ali. Quando subiu no alto da montanha, viu o caixão com a linda Branca de Neve deitada dentro dele e leu as palavras escritas com letras douradas. Disse então aos anões: "Deixai-me levar este caixão. Eu lhes darei o que quiserem em troca."

Os anões responderam: "Não o venderíamos nem por todo o ouro do mundo."

KAY NIELSEN, 1914
Preservada num caixão de vidro, esta Branca de Neve tem a palidez e o aspecto da morte. Os sete anões velam a jovem, num cenário que ressalta a exibição do ataúde.

Ele disse: "Deem-me então como um presente, pois não posso viver sem ver Branca de Neve. Vou honrá-la e tratá-la como se fosse a minha amada."

Ao ouvirem estas palavras, os bons anões se apiedaram e lhe entregaram o caixão. O príncipe ordenou a seus criados que pusessem o ataúde sobre os ombros e o transportassem. Mas aconteceu que eles tropeçaram num arbusto e o solavanco soltou o pedaço de maçã envenenado que estava entalado na garganta de Branca de Neve.[17] Ela voltou à vida e exclamou: "Céus, onde estou?"

O príncipe ficou emocionado e disse: "Você vai ficar comigo", e contou-lhe o que acontecera. "Eu te amo mais que tudo no mundo", ele disse. "Venha comigo para o castelo do meu pai, seja minha noiva." Branca de Neve sentiu afeição pelo príncipe, e partiu com ele. As núpcias foram celebradas com enorme esplendor.

A madrasta perversa de Branca de Neve também foi convidada para a festa de casamento. Vestiu belas roupas, plantou-se diante do espelho e disse:

"Espelho, espelho meu,

Quem é de todas a mais bela?"

"Ó minha Rainha, sois muito bela ainda,

Mas a jovem rainha é mil vezes mais linda."

A malvada mulher lançou uma praga e ficou tão paralisada de medo que não soube o que fazer. Primeiro resolveu não ir à festa de casamento. Como isso não a acalmou nem um pouco, viu-se obrigada a ver a jovem rainha. Quando entrou no castelo, Branca de Neve a reconheceu no mesmo instante. A rainha ficou tão aterrorizada que estacou ali, sem conseguir se mexer um centímetro. Sapatos de ferro já haviam sido aquecidos para ela sobre um fogo de carvões. Foram levados com tenazes e postos bem na sua frente. Ela teve de calçar os sapatos de ferro incandescentes[18] e dançar com eles até cair morta no chão.

A Bela Adormecida[1]

JACOB E WILHELM GRIMM

A HISTÓRIA DA BELA ADORMECIDA dos Grimm é considerada uma versão reduzida de *Sol, Lua e Tália* (1636), de Giambattista Basile, e de *A Bela Adormecida no bosque* (1697), de Charles Perrault. Na história de Basile, Tália (cujo nome deriva da palavra grega *thaleia*, ou "a florescente") enfia por acidente sob a unha uma farpa presa ao linho e cai morta. O rei que descobre Tália num castelo abandonado já é casado, mas fica tão arrebatado de desejo que "colhe dela os frutos do amor" enquanto ela ainda dorme. Tália é despertada de seu profundo sono quando uma das duas crianças que deu à luz, exatamente nove meses depois da visita do rei, suga a lasquinha de seu dedo. Quando a mulher do rei fica sabendo da existência de Tália e seus dois filhos, Sol e Lua, ordena suas mortes, mas ela mesma perece no fogo que prepara para Tália, enquanto os outros vivem felizes para sempre.

A Bela Adormecida de Perrault é despertada quando um príncipe se ajoelha aos seus pés, e os dois se envolvem num caso de amor que produz uma filha chamada Aurora e um filho chamado Dia. Embora se case com a Bela Adormecida, o príncipe é logo convocado para a guerra e confia a mulher e os filhos aos cuidados da mãe, que é descendente de uma "raça de bichos-papões". As inclinações canibalescas da rainha a dominam, mas uma camareira bondosa poupa a vida da mãe e dos filhos, substituindo-os por animais. No fim, a rainha, surpreendida pelo filho no ato de tentar assassinar sua família, se atira de cabeça num tanque cheio de "sapos, víboras, cobras e serpentes".

A Bela Adormecida dos Grimm tem uma integridade narrativa que a tornou mais atraente que a história de Basile e o conto de Perrault, pelo menos para o público norte-americano. A segunda fase da ação nas versões italiana e francesa apresenta conflitos do casal que, segundo alguns folcloristas, constituem narrativas separadas. Não é nada incomum contadores de histórias emendarem contos diferentes para produzir uma narrativa que mostre tanto conflitos pré-nupciais quanto o que acontece no casamento não tão feliz para sempre.

Heroína feminina essencial dos contos de fadas, Bela Adormecida é a lendária princesa passiva, que espera ser libertada por um príncipe. Desprovida de iniciativa, assemelha-se à catatônica Branca de Neve, que nada pode fazer além de permanecer deitada à espera do Príncipe Encantado. No entanto, este clichê sobre as heroínas dos contos de fadas ignora as muitas meninas e mulheres sagazes e desembaraçadas que são capazes de se desvencilhar do perigo. Antologias de Kathleen Ragan, Angela Carter, Alison Lurie e Ethel Johnston Phelps ressuscitaram outras histórias sobre heroínas fortes, corajosas e criativas que salvam a si mesmas e a outros, fornecendo assim provas relevantes de que nem todas as princesas esperam passivamente pelo Príncipe Encantado.

á muitos e muitos anos viviam um rei e uma rainha. Dia após dia eles diziam um para o outro: "Oh, se pelo menos pudéssemos ter um filho!"[2] Mas nada acontecia. Um dia, quando a rainha estava se banhando, uma rã saiu da água, rastejou para a borda e lhe disse: "Seu desejo será realizado. Antes que se passe um ano, dará à luz uma filha."

A previsão da rã se realizou,[3] e a rainha deu à luz uma menina tão bonita que o rei ficou fora de si de contentamento e preparou um grande banquete. Convidou parentes, amigos e conhecidos, e mandou chamar também as feiticeiras do reino, pois esperava que viessem a ser bondosas e generosas para com sua filha. Havia treze feiticeiras ao todo, mas como o rei só tinha doze pratos de ouro para servir o jantar, uma das mulheres teve de ficar em casa.

O banquete foi celebrado com grande esplendor e, quando se aproximava do fim, as feiticeiras concederam suas dádivas mágicas à menina.[4] A primeira lhe conferiu virtude, a segunda lhe deu beleza, a terceira, fortuna, e assim por diante, até que a menina tivesse tudo que se pode desejar deste mundo. No exato momento em que a décima primeira mulher estava concedendo sua dádiva, a décima terceira do grupo surgiu. Não fora convidada e agora desejava se vingar.[5] Sem olhar para ninguém ou dizer uma palavra a quem quer que fosse, gritou bem alto: "Quando a filha do rei fizer quinze anos, es-

Edmund Dulac, 1912

A fada má, que mais parece uma avó irada que uma feiticeira descontente, prepara-se para lançar a maldição sobre a princesa, enquanto pais e cortesãos horrorizados observam, impotentes.

Edmund Dulac, 1912

No quarto da torre, uma Bela Adormecida exageradamente vestida fica fascinada com a máquina de fiar que descobre e com a atividade subversiva da velha.

petará o dedo num fuso e cairá morta." E, sem mais uma palavra, virou as costas a todos e deixou o salão.

Todos ficaram apavorados, mas no mesmo instante a décima segunda do grupo de mulheres se levantou. Ainda restava um desejo a conceder para a menina, e, embora a feiticeira não pudesse suspender o feitiço maligno, podia abrandá-lo. Assim, ela disse: "A filha do rei não morrerá, cairá num sono profundo que durará cem anos." O rei, que queria fazer o possível e o impossível para preservar a filha da desgraça, ordenou que todos os fusos do reino inteiro fossem reduzidos a cinzas.

Quanto à menina, todos os desejos proferidos pelas feiticeiras se realizaram, pois ela era tão bonita, bondosa, encantadora e ajuizada que não havia um que nela pusesse os olhos e não passasse a amá-la. Exatamente no dia em que a menina completou quinze anos, o rei e a rainha saíram e ela ficou sozinha em casa. Vagou pelo castelo, espionando um cômodo após o outro, e acabou ao pé de uma velha torre. Depois de subir uma estreita escada em caracol dentro da torre, viu-se diante de uma portinha com uma chave velha e enferrujada na fechadura.⁶ Quando rodou a chave, a porta girou e revelou um quartinho minúsculo. Nele estava uma velha com seu fuso, muito ocupada em fiar linho.

"Boa tarde, vovó", disse a princesa. "Que está fazendo aqui?"

"Estou fiando linho",⁷ respondeu a velha, cumprimentando a menina com a cabeça.

"O que é isso bamboleando assim tão esquisito?" a menina perguntou. E pôs a mão no fuso, pois também queria fiar. O feitiço começou a fazer efeito imediatamente, pois espetara o dedo no fuso.⁸

Assim que tocou a ponta do fuso, a menina caiu prostrada numa cama que havia ali perto e caiu num sono profundo. Seu torpor espalhou-se por todo o castelo.⁹ O rei e a rainha, que acabavam de voltar para casa e estavam entrando no grande salão, adormeceram, e com eles toda a corte.

Os cavalos adormeceram nos estábulos, os cães no quintal, os pombos no telhado e as moscas na parede. Até o fogo que crepitava na lareira morreu e adormeceu. O assado parou de chiar, e o cozinheiro, que estava a ponto de puxar o cabelo do auxiliar de cozinha porque ele fizera uma tolice,

GUSTAVE DORÉ, 1861
Uma Bela Adormecida curiosa estica a mão para tocar no fuso que a fará dormir. A ave empoleirada sobre a cadeira dá um toque sinistro a esta cena de tranquilidade doméstica. A porta no fundo vincula a cena à abertura de uma porta proibida no *Barba Azul*. Note-se também a posição inusitada do gato, uma figura associada à curiosidade, agachado de maneira a chamar a atenção para a porta.

deixou-o escapar e adormeceu. O vento também amainou, e nem mais uma folha balançou nas árvores fora do castelo.

Logo uma cerca viva de urzes começou a crescer em volta do castelo. A cada ano ficava mais alta, até que um dia encobria o castelo inteiro. Ficara tão espessa que não deixava ver nem a flâmula no alto do torreão do castelo. Por todo o reino, circularam histórias sobre a bela Rosa da Urze, alcunha dada à princesa adormecida. De vez em quando um príncipe tentava abrir caminho através da cerca viva para chegar ao castelo. Mas nenhum jamais conseguia, porque as urzes se entrelaçavam umas às outras como se estivessem de mãos dadas, e os jovens que se enredavam nelas e não conseguiam se desprender morriam. Era uma morte terrível.[10]

Passados muitos e muitos anos, um outro príncipe apareceu no reino. Ouviu um velho falar sobre uma cerca viva de urze que, ao que se dizia, escondia um castelo. Nele, segundo o velho, uma princesa fabulosamente bela, chamada Rosa da Urze, estava dormindo havia cem anos, junto com

GUSTAVE DORÉ, 1861
O príncipe recebe instruções sobre como chegar ao castelo em que jaz Bela Adormecida. A vegetação, que domina a cena, faz o castelo parecer inacessível à minúscula figura ancorada numa paisagem escarpada. Enquanto outros caçam e colhem, o príncipe sai em busca de aventura.

GUSTAVE DORÉ, 1861
O príncipe de *A Bela Adormecida no bosque* de Perrault caminha sob um escuro túnel de árvores em direção aos degraus do castelo, o foco de luz da cena.

o rei, a rainha e toda a corte. O velho ouvira de seu avô que muitos outros príncipes haviam tentado romper a cerca viva de urze, mas haviam ficado presos pela planta e morrido mortes horríveis. O jovem disse: "Eu não tenho medo. Vou encontrar esse castelo para poder ver a bela Rosa da Urze." O bondoso velho fez o que podia para dissuadir o príncipe, mas ele não lhe deu ouvidos.

Aconteceu que o prazo de cem anos acabara de se esgotar, e chegara o dia em que a Rosa da Urze iria acordar. Quando se aproximou da cerca viva de urzes, o príncipe não encontrou nada senão grandes e lindas flores. Elas se afastaram para lhe abrir caminho[11] e o deixaram passar são e salvo; depois se fecharam atrás dele, formando uma cerca.

No pátio, os cavalos e os cães de caça malhados estavam deitados no mesmo lugar, profundamente adormecidos, e os pombos permaneciam empoleirados com as cabecinhas metidas debaixo das asas. O príncipe avançou até o castelo e viu que até as moscas dormiam a sono solto nas paredes. O cozinheiro ainda estava na cozinha, com a mão erguida no ar como se estivesse a ponto de agarrar o auxiliar de cozinha, e a criada continuava sentada à mesa, com uma galinha preta que estava prestes a depenar.

Indo um pouco adiante, o príncipe chegou ao salão, onde viu a corte inteira dormindo profundamente, com o rei e a rainha deitados bem junto de

Gustave Doré, 1861
O príncipe passa por cães, cavalos e cortesãos, adormecidos quando a princesa espetou o dedo no único fuso do reino. Videiras cresceram sobre algumas das figuras.

GUSTAVE DORÉ, 1861
No caminho para o quarto da Bela Adormecida, o príncipe encontra esta estranha cena, em que uma farta refeição, interrompida pelo encantamento, aparece destruída, em meio a gigantescas teias de aranha.

GUSTAVE DORÉ, 1861
O príncipe corre para a Bela Adormecida, cuja "beleza radiante" é descrita como tendo "um lustro sobrenatural" na versão de Perrault deste conto. Não fica claro como ela foi transportada da torre para este caramanchão.

EDMUND DULAC, 1912
Reclinada em seu leito, com querubins flutuando sobre ela, jaz a princesa, enquanto o príncipe se aproxima. Um gato dorme na almofada característica de Dulac, com borlas.

EDWARD BURNE-JONES, 1870-90
Os aposentos da Rosa mostra Bela Adormecida como uma imagem de perfeição estética. Cercada de figuras adormecidas, jaz num ambiente ricamente decorado em que as urzes aparecem como ornamentos, não como perigo.

WARWICK GOBLE, 1923
A Bela Adormecida em esplendor, com drapejamentos atrás de si, encimada por um dossel e coberta por uma manta ricamente bordada. O príncipe está prestes a despertá-la, observado por um cachorrinho.

WALTER CRANE, 1876
Bela Adormecida e seu príncipe parecem desproporcionalmente grandes em comparação com as figuras ainda cambaleantes de sono. No fundo, vemos a velha fugindo com o fuso nas mãos. A cena emoldurada por pilares ganha um ar de retrato.

seus tronos. Seguiu em frente, e tudo estava tão silencioso que podia ouvir sua própria respiração.

Finalmente chegou à torre e abriu a porta do quartinho em que a Rosa da Urze dormia. Lá estava a princesa deitada, tão bonita que ele não conseguia tirar os olhos dela. Então, curvou-se e beijou-a.

Mal o príncipe lhe roçara os lábios, a Rosa da Urze despertou,[12] abriu os olhos e sorriu docemente para ele. Desceram juntos a escada. O rei, a rainha e toda a corte haviam despertado e olhavam uns para os outros com grande espanto. Os cavalos no pátio se levantaram e se sacudiram. Os cães de caça se ergueram de um salto e abanaram os rabos. Os pombos botaram as cabeças para fora das asas, olharam em volta e revoaram para os campos. As moscas começaram a se arrastar pelas paredes. O fogo na cozinha crepitou, rebentou em chamas e começou a cozinhar a comida de novo. O assado voltou a chiar. O cozinheiro deu uma palmada tão forte no auxiliar de cozinha que ele berrou. A criada terminou de depenar a galinha.

O casamento da Rosa da Urze e do príncipe foi celebrado com grande esplendor, e os dois viveram felizes para sempre.

Rapunzel [1]

JACOB E WILHELM GRIMM

A HISTÓRIA DE UMA MENINA trancada numa torre toca em um ponto sensível em culturas que enclausuram jovens em conventos, isolando-as ou segregando-as da população masculina. Já se aventou que "A donzela da torre", como *Rapunzel* é conhecida pelos folcloristas, baseia-se na lenda de santa Bárbara, que foi encerrada numa torre pelo pai; em *O livro da cidade das senhoras* (1405), Christine de Pisan relata como o pai de Bárbara a fechou numa torre por recusar propostas de casamento. Mas a história de Rapunzel parece enraizada numa tendência cultural mais genérica a "prender as filhas" e protegê-la de aventureiros.

Rapunzel desdobra-se em dois atos, o primeiro começando com o marido, a mulher e o desejado *rapunzel* [rapôncio, um tipo de verdura], que é proibido e obtido mediante uma transgressão (pular o muro). Na segunda fase da ação, a menina Rapunzel é mantida numa torre, proibida aos demais. Quando a feiticeira descobre a transgressão do príncipe (escalar o muro da torre), pune novamente, desta vez cegando-o. O desfecho reúne os parceiros separados, restaura a visão do príncipe e abole os desejos proibidos que desencadearam a narrativa.

Em *Rapunzel*, como em *Rumpelstiltskin* e *A Bela e a Fera*, um adulto entrega uma criança em troca de bem-estar ou segurança pessoal.

Essa permuta desigual, apresentada como se fosse corriqueira, nunca é questionada ou contestada de modo algum pelos personagens. Trata-se, sem dúvida, de um sinal de desespero, bem como de um passo que aumenta enormemente o interesse da trama. Enquanto os pais no início da história negociam a menina de maneira quase cavalheiresca, Mãe Gothel aparece como a quintessência da figura parental superprotetora, isolando Rapunzel do contato humano e mantendo-a prisioneira numa torre que não tem escadas nem porta. Na cena final da história, o poder do amor e da compaixão triunfa, e Rapunzel vive feliz para sempre com o príncipe e seus gêmeos. Em algumas versões, como na francesa "A afilhada da fada na torre", as coisas terminam mal, com a fada transformando Rapunzel numa rã e amaldiçoando o príncipe com um focinho de porco. Muita coisa na história gira em torno do personagem que corporifica a figura materna, que é apresentado como perverso em algumas versões e como um guardião benévolo em outras. A saída de Rapunzel da torre pode ser vista, dependendo do caráter da feiticeira, como um ato de engenhosa habilidade ou de profunda traição.

A primeira versão literária de "A donzela da torre" foi publicada no *Pentamerone* (1636) de Giambattista Basile. O nome da heroína de Basile, Petrosinella, é derivado da palavra italiana para salsa. Enquanto a *Rapunzel* dos Grimm se move num registro soturno, com o exílio da heroína e a cegueira do príncipe, a versão de Basile é jovial, com efeitos humorísticos e tiradas obscenas. Quando o príncipe entra na torre, por exemplo, ele e Petrosinella se tornam amantes imediatamente: "Pulando da janela na sala, ele saciou seus desejos, e ingeriu daquele doce molho de salsa do amor."

Os Grimm basearam sua *Rapunzel* numa versão literária do século XVIII de autoria de Friedrich Schulz, que por sua vez a tomara de um conto de fadas literário francês publicado por Charlotte-Rose

Caumont de La Force. Sua Rapunzel é assim uma forma híbrida, tomando elementos de diferentes culturas e meios sociais.

Como muitos personagens de contos de fadas, Rapunzel deu nome a uma síndrome, que Margareth Atwood define em sua análise dos personagens do conto: "Rapunzel, o personagem principal; a bruxa malvada que a aprisionou, geralmente sua mãe ...; a torre em que é aprisionada – as atitudes da sociedade, usualmente simbolizadas por sua casa e filhos...; e o Libertador, um belo príncipe de pouca substancialidade... [Na] Síndrome de Rapunzel, o Libertador não é de grande valia." O melhor que Rapunzel tem a fazer, segundo Atwood, é "aprender a lutar". E lutar é que o ela faz, primeiro no deserto com seus gêmeos, e depois quando encontra seu amado e lhe restitui a visão.

ra uma vez um homem e uma mulher[2] que desejavam um filho havia muitos anos, mas sem sucesso. Um dia a mulher pressentiu que Deus ia satisfazer seu desejo. Nos fundos da casa em que moravam havia uma janelinha que dava para um esplêndido jardim, cheio de lindas flores e verduras. Era cercado por um muro alto,[3] e ninguém ousava entrar ali porque pertencia a uma poderosa feiticeira temida por todos nas redondezas. Um dia a mulher estava à janela, olhando para o jardim. Seus olhos foram atraídos para um certo canteiro, que estava plantado com o mais viçoso rapunzel, um tipo de alface. Parecia tão fresco e verde que ela foi tomada pela ânsia de colhê-lo. Simplesmente tinha de conseguir um pouco para sua próxima refeição. A cada dia seu desejo crescia, e ela começou a se consumir, pois sabia que nunca conseguiria um pouco daquele rapunzel. Vendo o quanto estava pálida e infeliz, seu marido lhe perguntou: "O que está acontecendo, querida esposa?"

"Se eu não conseguir um pouco daquele rapunzel do jardim atrás da nossa casa, vou morrer", ela respondeu.

O marido, que a amava muito, pensou: "Em vez de deixar minha mulher morrer, é melhor ir buscar um pouco daquele rapunzel, custe o que custar."

Ao cair da noite, ele subiu no muro e pulou no jardim da feiticeira, arrancou correndo um punhado de rapunzel e levou-o para a mulher. No mesmo

OTTO SPECKTER, 1857
Páginas misturando texto e ilustrações eram apreciadas na Alemanha do século XIX. Enquanto lê a história, o leitor pode consultar imagens que mostram o pai apanhado pela feiticeira no jardim, Rapunzel jogando sua trança, a punição do príncipe pela feiticeira e o encontro dos amantes.

instante ela fez uma salada, que comeu com voracidade. O rapunzel era tão gostoso, mas tão gostoso, que no dia seguinte seu apetite por ele ficou três vezes maior. O homem não viu outro jeito de sossegar a mulher senão voltar ao jardim para pegar mais.

Ao cair da noite lá estava ele de novo, mas depois que pulou o muro o pavor tomou conta dele, pois ali estava a feiticeira,[4] bem à sua frente. "Como ousa entrar no meu jardim às escondidas e pegar meu rapunzel como um ladrão barato?" ela perguntou com um olhar furioso. "Ainda se arrependerá por isso."

"Oh, por favor", ele respondeu, "tenha misericórdia! Só fiz isso porque fui obrigado. Minha mulher avistou seu rapunzel pela janela. Seu desejo de comê-lo foi tão grande que ela disse que morreria se eu não lhe conseguisse um pouco."

A raiva da feiticeira arrefeceu e ela disse ao homem: "Se o que disse é verdade, vou deixá-lo levar tanto rapunzel quanto quiser. Mas com uma condição: terá de me entregar a criança quando sua mulher der à luz.[5] Cuidarei dela como uma mãe, e não lhe faltará nada."

Arthur Rackham, 1916
A feiticeira assusta o homem à procura de "rapunzel" para sua mulher. Uma megera horrenda e de cenho franzido, ela estende uma mão retorcida para deter o intruso. As árvores firmadas com estacas no jardim sugerem uma mulher empenhada no crescimento correto do que está sob sua supervisão.

Como estava apavorado, o homem concordou com tudo. Quando chegou o momento da entrega, a feiticeira apareceu pontualmente, deu à criança o nome Rapunzel e a levou embora.

Rapunzel era a menina mais bonita do mundo. Ao completar doze anos, a feiticeira a levou para a floresta e a trancou numa torre que não tinha escadas nem porta. Lá no alto da torre havia uma janelinha minúscula.[6] Sempre que queria entrar, a feiticeira se plantava no pé da torre e chamava:

"Rapunzel, Rapunzel!
Jogue as suas tranças."

Rapunzel tinha cabelos longos, tão finos e bonitos como ouro fiado.[7] Sempre que ouvia a voz da feiticeira, ela desenrolava as tranças, amarrava-as no trinco da janela e as deixava cair até o chão. A feiticeira subia então por elas para entrar na torre.

Alguns anos mais tarde, aconteceu que o filho de um rei estava atravessando a floresta a cavalo. Passou bem junto à torre e ouviu uma voz tão bela que parou para escutar. Era Rapunzel, que, inteiramente sozinha na torre, passava seus dias a cantar doces melodias para si mesma. O príncipe quis subir para vê-la e deu a volta na torre à procura de uma porta, mas não achou nenhuma. Voltou para casa em seu cavalo, mas a voz de Rapunzel comovera

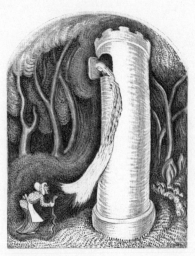

WANDA GÁG, 1936
Curvada pela idade, a feiticeira observa enquanto Rapunzel solta seu cabelo, que toma a forma de um rabo de peixe.

ARTHUR RACKHAM, 1917
Obedientemente, Rapunzel deixa cair seu cabelo dourado para a feiticeira, que sobe agilmente por essa escada, descalça. As urzes no primeiro plano sugerem uma conexão com a história da Bela Adormecida, também conhecida como Rosa da Urze.

OTTO UBBELOHDE, 1907
Nesta outra ilustração para a mesma cena a torre tem uma aparência um pouco menos assustadora que o habitual.

HEINRICH LEFLER, 1905
Tranças douradas com a aparência de fios de lã são o centro da atenção neste retrato de Rapunzel. Uma gárgula afugenta os intrusos. A moldura elaborada, com suas corujas severas encarando o espectador, enfatiza o tema da vigilância na história.

Ernst Liebermann, 1922
Rapunzel está assustada com o aparecimento de um jovem no lugar da feiticeira. A cama confortável, os ricos drapeados, o traje gracioso e o espelho ornamentado criam uma atmosfera sensual em seu refúgio na mata.

seu coração tão intensamente que ele passou a ir à floresta todos os dias para ouvi-la. Certa vez, quando estava escondido atrás de uma árvore, viu a feiticeira chegar à torre e ouviu-a chamando:

"Rapunzel, Rapunzel!

Jogue as suas tranças."

Rapunzel jogou as tranças e a feiticeira subiu até ela.

"Se é por essa escada que se sobe até o alto da torre, gostaria de tentar a minha sorte nela também." E no dia seguinte, quando mal começava a escurecer, o príncipe foi até a torre e chamou:

"Rapunzel, Rapunzel!

Jogue as suas tranças."

As tranças caíram, e o príncipe subiu por elas.

A princípio, ao ver um homem entrar pela janela, Rapunzel ficou apavorada, especialmente porque nunca tinha visto um. Mas o príncipe começou a falar de uma maneira gentil e lhe contou que ficara tão comovido com sua voz que não teria tido paz se não pusesse os olhos nela. Logo Rapunzel perdeu o medo, e quando o príncipe, que era jovem e bonito, perguntou se ela queria se casar com ele, pensou consigo mesma: "Ele vai gostar mais de mim que a velha Mãe Gothel."[8] E assim aceitou, deu-lhe a mão e disse: "Quero ir embora daqui com você, mas não sei como sair desta torre. Cada vez que vier me visitar, traga uma meada de seda, e trançarei uma escada. Quando estiver pronta, descerei e poderá me levar em seu cavalo."

Os dois combinaram que ele viria visitá-la toda noite, pois durante o dia a velha estava lá. A feiticeira não notou nada até que, um dia, Rapunzel lhe disse: "Diga-me, Mãe Gothel, por que é tão mais difícil içar a senhora do que o jovem príncipe?" Ele sobe até aqui num piscar de olhos."

"Menina malvada!" gritou a feiticeira. "O que fez? Achei que a tinha isolado do resto do mundo, mas você me traiu."

Num ataque de fúria, agarrou o belo cabelo de Rapunzel, enrolou as tranças na sua mão esquerda e passou-lhes uma tesoura com a direita. Rápidas tesouradas, zip, zap, e as tranças caíram no chão. A feiticeira era tão cruel que levou a pobre Rapunzel para um deserto, onde ela teve de viver uma vida miserável e infeliz.

No mesmo dia em que mandara Rapunzel embora, a feiticeira amarrou as tranças cortadas ao trinco da janela e, quando o príncipe chegou e chamou:

"Rapunzel, Rapunzel! Jogue as suas tranças", ela deixou as tranças tombarem.

KAY NIELSEN, 1922
Uma feiticeira monstruosa com melenas desgrenhadas e nariz deformado empunha a enorme tesoura com que cortará a longa trança de Rapunzel. O cabelo trançado espalha-se como uma cobra em torno dos pés da feiticeira. O pássaro na gaiola é uma metáfora da pobre Rapunzel.
A força desta ilustração deriva em parte do impressionante contraste entre as linhas simples e fluidas do vestido da menina e as feições grotescas do corpo da velha.

O príncipe subiu, mas em vez de sua preciosa Rapunzel quem esperava por ele era a feiticeira, com um olhar irado e venenoso. "Arrá!" ela gritou, triunfante. "Veio à procura da esposa queridinha,[10] mas a bela ave já não está no seu ninho, cantando. A gata a pegou e, antes de terminar o serviço, vai arranhar os seus olhos também. Você perdeu Rapunzel para sempre. Nunca a verá de novo."

O príncipe ficou transtornado de dor e, em seu desespero, saltou do alto da torre. Sobreviveu, mas seus olhos foram arranhados pela sarça que crescia no pedaço de chão em que caiu. Vagou pela floresta, incapaz de ver as coisas. Só encontrou raízes e bagas para comer, e passava seu tempo a chorar e a lastimar a perda de sua querida esposa.

O príncipe vagou de um lado para outro em sua desgraça por muitos anos e finalmente chegou ao deserto onde Rapunzel mal conseguia sobreviver com os gêmeos – um menino e uma menina – que dera à luz. Ouvindo uma voz que lhe soou familiar, o príncipe a seguiu. Quando se aproximou o bastante da pessoa que cantava, Rapunzel o reconheceu. Enlaçou-o com os braços, e chorou. Duas dessas lágrimas caíram nos olhos do príncipe, e de repente ele passou a ver como antes, claramente.

O príncipe voltou para seu reino com Rapunzel e lá houve grande comemoração. Viveram felizes e alegres por muitos e muitos anos.

O rei sapo ou Henrique de Ferro[1]

JACOB E WILHELM GRIMM

ESTA HISTÓRIA, a primeira dos *Contos da infância e do lar*, exibe claras semelhanças com *A Bela e a Fera*. Assim como Bela, a princesa é obrigada a aceitar um pretendente animal, mas sente uma invencível repulsa pelo sapo, que a ajudara a sair de um apuro quando ela precisou. Apesar das advertências do pai para que aceitasse o animal como seu "companheiro" ("Se fez uma promessa, tem de cumprila", "Não deveria desdenhar alguém que a ajudou quando estava em dificuldade"), a princesa torce o nariz à ideia de partilhar sua cama com um sapo. Num acesso de fúria atira-o contra a parede: "Descanse agora, sapo asqueroso."

Bruno Bettelheim viu em *O rei sapo* uma versão condensada do processo de amadurecimento, com a princesa avançando entre o princípio do prazer (representado por seu brincar) e os ditames do superego (representados pelas ordens do pai). Sua interpretação ajuda a compreender por que o conto tem uma combinação tão poderosa de elementos eróticos e didáticos. No final a princesa, em vez de superar sua aversão e beijar o sapo (como em algumas versões disseminadas nos Estados Unidos), faz valer seus direitos e expressa seus verdadeiros sentimentos. "Para ser capaz de amar, uma pessoa tem primeiro de se tornar capaz de sentir; mesmo que os sentimentos sejam negativos, isso é melhor que nenhum sentimento."

Em vez de mostrar como a compaixão e a subordinação conduzem ao verdadeiro amor, como em *A Bela e a Fera*, *O rei sapo* reconhece um ato de rebeldia como expressão de sentimento genuíno. A princesa pode ter deixado de cumprir uma promessa, mas foi capaz de impor limites a seu importuno pretendente, e isso, acima de tudo, o salva do feitiço.

Antigamente, no tempo de dom João Charuto, vivia um rei cujas filhas eram todas belas. A mais nova era tão bonita que até o sol, que já vira tanta coisa, ficava maravilhado quando seu rosto brilhava.

Havia uma floresta densa, escura, perto do castelo do rei, e nela, debaixo de uma velha tília, tinha uma fonte. Quando fazia muito calor, a filha do rei ia para a mata e se sentava à beira da fonte fresca. Para não se entediar, levava sua bola de ouro, para jogá-la no ar e pegá-la. Era sua brincadeira favorita.

Um dia, quando a princesa estendeu as mãos para apanhar a bola de ouro, ela escapou, caiu no chão e rolou direto para a água. A princesa seguiu a bola com os olhos, mas ela desapareceu naquela fonte tão funda que nem se conseguia ver o fundo. Os olhos da princesa ficaram marejados de lágrimas, e ela se pôs a chorar cada vez mais alto, incapaz de se conter. Uma voz interrompeu seu choro e gritou: "O que aconteceu, princesa? Até as pedras chorariam, se pudessem ouvi-la."

Virando-se para descobrir de onde vinha a voz[2], ela viu um sapo que pusera sua feia cabeçorra fora d'água.

"Oh, é você, seu velho chapinhador", cumprimentou ela. "Estou chorando porque minha bola de ouro caiu na fonte."

"Fique sossegada e pare de chorar", disse o sapo. "Acho que posso ajudá-la, mas o que vai me dar se eu apanhar seu brinquedinho?"

Walter Crane, 1875
O sapo contempla a desolada princesa. Chama a atenção a quantidade e a variedade de apetrechos pendurados na cintura da princesa.

Maxfield Parrish, 1934
A princesa e o príncipe sapo se encaram. A majestosa floresta atrás dos dois, com sua iluminação inusitada, é uma clássica paisagem de Parrish.

"Tudo que quiser, querido sapo", ela respondeu. "Meus vestidos, minhas pérolas e minhas joias, até a coroa de ouro que estou usando."[3]

O sapo respondeu: "Não quero seus vestidos, suas pérolas e joias ou sua coroa de ouro. Mas se prometer gostar de mim e deixar que eu seja seu companheiro e brinque com você, que fique do seu lado na mesa e coma do seu pratinho de ouro, beba do seu copinho e durma na sua caminha, se me prometer tudo isto, mergulharei na fonte e trarei de volta sua bola de ouro."

"Ah, sim", disse ela. "Darei tudo o que quiser desde que traga aquela bola de volta para mim." Enquanto isso, porém, não parava de pensar: "Que disparates esse sapo estúpido está dizendo! Lá está ele na água, coaxando sem parar com todos os outros sapos. Como poderia alguém querê-lo como companheiro?"

Uma vez que a princesa lhe deu sua palavra, o sapo enfiou a cabeça na água e afundou na fonte. Passado algum tempo, apareceu de volta chapinhando com a bola na boca e atirou-a no capim. Quando a princesa viu o lindo brinquedo na sua frente, ficou radiante. Pegou-o e saiu correndo com ele.

OTTO UBBELOHDE, 1907
A princesa parece intrigada. O sapo, que emerge de uma fonte com uma máscara patriarcal, parece mostrar alguma piedade pela perda que a princesa sofreu.

"Espere por mim", gritou o sapo. "Leve-me com você. Não consigo correr assim."

Coaxou o mais alto que pôde, mas não adiantou nada. Sem lhe dar a menor atenção, a princesa correu para casa o mais rápido que suas pernas permitiam, e bem depressa se esqueceu do pobre sapo, que teve de voltar rastejando para a fonte.

No dia seguinte, a princesa sentou-se para jantar com o rei e alguns cortesãos. Estava entretida, comendo em seu pratinho de ouro, quando ouviu alguma coisa se arrastando pela escada de mármore acima, ploc, plac, ploc, plac. Ao chegar no alto da escada, a coisa bateu à porta e chamou: "Princesa, princesa caçula, deixe-me entrar!"

A princesa correu até a porta para ver quem estava ali. Ao abrir, viu o sapo bem na sua frente. Apavorada, bateu a porta com toda força e voltou à mesa. O rei, percebendo que o coração dela batia forte, disse: "Do que está com medo, minha filha? Será que está aí à porta alguma espécie de gigante que veio pegá-la?"

"Oh, não", ela respondeu. "Não era um gigante, mas era um sapo repulsivo."

"O que quer um sapo contigo?"

"Oh, querido pai, ontem quando eu estava brincando junto à fonte minha bolinha de ouro caiu na água. Chorei tanto que o sapo foi buscá-la para mim.

WALTER CRANE, 1875
A princesa se divide entre as ordens do pai e seus próprios instintos. As duas figuras que sobem a escada ao fundo parecem espantadas ou enojadas com a presença do sapo.

ANNE ANDERSON, 1930
Conviva indesejado, o sapo se serve da comida no prato da princesa, enquanto o rei e os criados refletem sobre a inusitada situação.

E, como ele insistiu, prometi que poderia se tornar meu companheiro. Nunca pensei que ele seria capaz de sair da água. Agora está aí fora e quer entrar para ficar comigo."

Naquele instante ouviu-se uma segunda batida à porta, e uma voz gritou: "Princesa, princesinha,[4]

Deixe-me entrar.

Acaso esqueceu

O que lá, junto à fonte fria,

Chegou a jurar?

Princesa, princesinha,

Deixe-me entrar."

O rei declarou: "Se fez uma promessa, então tem de cumpri-la.[5] Vá e deixe-o entrar."

WALTER CRANE, 1875
Os serviçais se divertem com a situação, apesar do ar inconsolável da princesa.
Note-se a semelhança de gestos e expressão entre o rei e a ave empoleirada a seu lado.

A princesa foi abrir a porta. O sapo pulou para dentro da sala e seguiu-a até que ela chegou à sua cadeira. Então ele exclamou: "Erga-me e ponha-me do seu lado."

A princesa hesitou, mas o rei ordenou que obedecesse. Uma vez sobre a cadeira, o sapo quis ficar sobre a mesa, e uma vez que estava lá, disse: "Empurre seu pratinho de ouro para mais perto de mim para podermos comer juntos."

A princesa fez o que ele mandou, mas era óbvio que não estava feliz com aquilo. O sapo tinha adorado a refeição, mas ela engasgou a quase cada garfada. Finalmente o sapo disse: "Já comi bastante e estou cansado. Leve-me para o seu quarto e dobre a colcha de seda em sua caminha."

A princesa começou a chorar, com medo do sapo viscoso. Não ousava tocá-lo, e agora ele ia dormir em sua cama bonita e limpa. O rei se zangou e disse: "Não deveria desdenhar alguém que a ajudou quando estava em dificuldade."

A princesa apanhou o sapo com dois dedos, carregou-o até seu quarto e o pôs num canto. Quando ia se deitar, ele veio se arrastando e disse: "Estou

 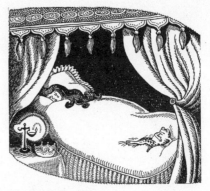

FERNANDE BIEGLER, 1921
Na ponta dos pés, com uma colcha puxada sobre o corpo para esconder sua nudez, a princesa está horrorizada com o sapo no pé da cama. A coroa na cabeça do sapo, sugerindo que talvez ele seja mais do que aparenta, não parece tranquilizá-la.

WANDA GÁG, 1936
A princesa, chorosa e encolhida, contrasta com o sapo refestelado na ponta da cama. A coroa na mesa de cabeceira é o único sinal de que esta menininha não é exatamente uma criança comum.

cansado e quero dormir, tanto quanto você. Erga-me e ponha-me na sua cama, senão vou contar para o seu pai."

Exasperada com aquilo, a princesa pegou o sapo e o atirou com toda força contra a parede.[6] "Descanse agora, sapo asqueroso!"

Quando o sapo caiu no chão, não era mais um sapo, mas um príncipe com olhos bonitos e brilhantes. Por ordem do pai da princesa, tornou-se o querido companheiro e marido dela. Contou-lhe que uma bruxa malvada lançara um feitiço sobre ele[7] e que somente a princesa poderia libertá-lo. Planejaram partir no dia seguinte para o reino dele.

Os dois adormeceram e, de manhã, depois que o sol os despertou, chegou uma carruagem. Era puxada por oito cavalos brancos com arreios dourados e penachos de avestruz brancos nas cabeças. Atrás da carruagem vinha o Fiel Henrique, o servo do jovem rei. O Fiel Henrique ficara tão entristecido com a transformação de seu senhor em sapo que lhe tinham posto três arcos em volta do peito para impedir que seu coração arrebentasse de dor e sofrimento. Agora a carruagem chegara para levar o jovem rei de volta ao seu reino, e o Fiel Henrique ergueu os dois, ajudando-os a entrar na carruagem, e tomou

WALTER CRANE, 1875
A ilustração de Crane para esse conto dos irmãos Grimm mostra a cena da transformação de forma fantástica e cômica.

WALTER CRANE, 1875
O cortejo real volta-se em direção ao som produzido pelo arco que se arrebenta de felicidade no peito do Fiel Henrique. Note-se a bandeira com um sapo que enfeita o caminho: assim como em Cinderela, Crane recorre a um elemento marcante do conto como adereço para a cena do casamento.

seu lugar na traseira. Estava eufórico com a quebra do feitiço. Depois de percorrerem uma boa distância, o príncipe ouviu um estalo atrás de si, como se alguma coisa se tivesse quebrado.[8] Virou-se para trás e exclamou: "Henrique, a carruagem está desabando!"

"Não, meu senhor, não é a carruagem. É um arco cá no meu peito rebentando,
Retesado que foi pelo meu sofrimento
Quando na fonte vi o senhor a chapinhar,
Tão belo príncipe como um sapo a coaxar!"

Duas outras vezes o príncipe ouviu o estalo, e achou que a carruagem estava se desmantelando. Mas era só o barulho dos arcos em volta do peito do Fiel Henrique a se romper, porque seu senhor fora libertado e ele estava feliz.

Rumpelstiltskin

JACOB E WILHELM GRIMM

Rumpelstiltskin RECEBE muitos nomes. Titeliture, Purzinigele, Batzibitzili, Panzimanzi e Whuppity Stoorie são apenas alguns de seu apelidos. Quer apareça como Ricdin-Ricdon num conto francês ou como Tom Tit Tot num conto inglês, sua essência e função pouco se alteram. Não se pode dizer o mesmo da heroína do conto. Embora seja quase sempre uma menina de origem humilde, seus outros atributos e talentos mudam por completo de um conto para outro. Em algumas versões da história, é preguiçosa e muitas vezes glutona também; em outros é trabalhadeira, uma filha diligente capaz de fiar ouro com palha, mesmo sem um ajudante. Numa das versões de *Rumpelstiltskin* registradas pelos Grimm, por exemplo, a heroína precisa de ajuda porque foi "amaldiçoada" com o dom de fiar ouro com linho, sendo incapaz de produzir "um único fio de linho".

O que torna *Rumpelstiltskin* particularmente perturbador para os que buscam orientação moral para crianças em contos de fadas é a maneira como a trama gira em torno da impostura e da cobiça. O moleiro logra o rei, levando-o a pensar que sua filha pode transformar palha em ouro; a filha do moleiro engana o rei; o rei se casa porque tem ânsia de ouro. Finalmente, a rainha não só se furta aos termos do contrato firmado com Rumpelstiltskin, como se envolve num jogo cruel, fazendo-se de tola, quando ensaia vários nomes antes de pronunciar aquele que a libertará do terrível pacto feito num momento de desespero. O elenco de personagens não é nem brilhante, nem engenhoso, nem perspicaz. Ao contrário, todos parecem imprudentes, irresponsáveis e afoitamente oportunistas. E o único triunfo real da rainha parece ser descobrir "O nome do ajudante", como a história é conhecida pelos folcloristas.

Rumpelstiltskin é quase universalmente conhecido em culturas que dependiam da fiação para as roupas que o povo usava. A fiação, segundo o filósofo alemão Walter Benjamin, que escreveu um ensaio sobre a narrativa de histórias à moda antiga, produz mais do que têxteis – é também um celeiro de textos, ao criar aquela interminável extensão de tempo que requer o lenitivo da narrativa de histórias. *Rumpelstiltskin* nos mostra como a palha do trabalho doméstico pode ser transformada no ouro que prende o coração de um rei. É um conto que tem por tema o trabalho que origina a narrativa de histórias, sugerindo por sua vez que há uma troca justa entre os trabalhos geradores de vida da rainha e os trabalhos preservadores da vida do minúsculo gnomo. Transformando palha em ouro, Rumpelstiltskin é menos um ajudante demoníaco que um agente de transformação, uma figura que se torna heroica em seu poder de proteger a vida e demonstrar compaixão. Não surpreende, portanto, que muitas versões de sua história o mostrem como uma figura jovial, que foge rapidamente do palácio numa colher, em vez de um gnomo corrompido que se rasga em dois quando seu nome é descoberto.

ra uma vez um moleiro. Era muito pobre, mas tinha uma linda filha. Um dia, o moleiro teve uma audiência com o rei. E, para ostentar alguma importância,[1] declarou: "Tenho uma filha que é capaz de fiar ouro com palha."

"Ah, esse é um talento que vale a pena ter", disse o rei ao moleiro. "Se sua filha é assim tão hábil quanto diz, traga-a até meu palácio amanhã. Vou pô-la à prova."

Quando a menina chegou ao palácio, o rei a enfiou num quarto cheio de palha, deu-lhe uma roda de fiar e um fuso, e disse: "Comece a trabalhar agora mesmo. Se não conseguir transformar esta palha em ouro até amanhã de manhã, morrerá." E o rei saiu e trancou a porta atrás de si, deixando-a completamente sozinha lá dentro.

A pobre filha do moleiro ficou ali sem saber o que fazer. Não tinha a mais remota ideia de como fazer fios de ouro com palha. Sentiu-se tão infeliz que pôs-se a chorar. De repente a porta se abriu, e um homenzinho minúsculo entrou e disse: "Boa noite, Senhoritinha Moleiro. Por que soluça tanto?"

"Ai de mim", a menina respondeu. "Disseram-me para fiar ouro com palha e não tenho a menor ideia de como se faz isso."

O homenzinho perguntou: "O que me daria se eu o fizesse para você?"

"Meu colar", a menina respondeu.

O homenzinho pegou o colar, sentou-se à roda de fiar e, zump, zump, zump, a roda girou três vezes, e a segunda bobina ficou cheia. Trabalhou até o alvorecer, e nessa altura toda a palha tinha sido fiada e todas as bobinas estavam cheias de ouro.

Pela manhã, o rei se dirigiu ao quarto. Ao ver todo aquele ouro, ficou pasmo e radiante, mas agora ansiava mais do que nunca pelo precioso metal. Ordenou à filha do moleiro que fosse para um quarto muito maior, também cheio de palha, e disse a ela que, se tinha amor à vida, devia tratar de fiar aquilo tudo até o romper da aurora. A menina não sabia o que fazer e começou a chorar. A porta se abriu como da outra vez, e o homenzinho minúsculo reapareceu e perguntou: "O que me daria se eu transformasse a palha em ouro para você?"

"Dou-lhe o anel que trago no dedo", a menina respondeu. O homenzinho pegou o anel, começou a girar a roda e, ao romper da aurora, havia transformado toda a palha em rutilantes fios de ouro. O rei não coube em si de contente ao ver o ouro, mas sua cobiça ainda não estava satisfeita. Dessa vez ordenou à menina ir para um quarto ainda maior, naturalmente também cheio

Eugen Neureuther, 1878
Muitos ilustradores do século XIX retratavam múltiplas cenas de um conto de fadas numa única página. Essas "deixas" visuais da trama criavam a oportunidade para o ressurgimento da narração oral da história, mesmo quando o texto era incluído junto com as imagens.

de palha, e disse: "Fie esta palha e transforme-a em ouro numa noite. Se conseguir, eu a farei minha esposa."

"Ela não passa da filha de um moleiro", pensou, "mas nem procurando pelo mundo inteiro eu poderia encontrar uma esposa mais rica."

Quando a menina ficou só, o homenzinho apareceu pela terceira vez e perguntou: "O que me daria se eu fiasse a palha para você de novo?"

"Não me restou mais nada para dar", a menina respondeu.

"Prometa-me então que me dará seu primeiro filho, quando se tornar rainha."[2]

"Quem sabe o que pode acontecer até lá?" pensou a filha do moleiro. Como estava desesperada para encontrar uma saída, prometeu ao homenzinho dar-lhe o que pedia, e, mais uma vez, ele se pôs a trabalhar e transformou a palha em ouro.

Ao voltar pela manhã e encontrar tudo como era do seu desejo, o rei fez os preparativos para o casamento e a bonita filha do moleiro se tornou rainha.

Arthur Rackham, 1918
Curvado pelos anos e com um rabo que sugere origens diabólicas, Rumpelstiltskin parece um mago encarquilhado.

143

ARTHUR RACKHAM, 1909
Rumpelstiltskin dança triunfalmente em volta da fogueira, certo de que a rainha não adivinhará seu nome.

Um ano depois deu à luz uma linda criança. Ela se esquecera do homenzinho, mas um dia ele apareceu subitamente em seu quarto e disse: "Passe para cá o que me prometeu."

Aterrada, a rainha ofereceu-lhe toda a riqueza do reino se a deixasse ficar com a criança. Mas o homenzinho respondeu: "Prefiro uma criatura viva a todos os tesouros do mundo."[3] Como as lágrimas e os soluços da rainha eram de partir o coração, o homenzinho teve piedade dela. "Vou lhe dar três dias", declarou. "Se até lá conseguir adivinhar meu nome, poderá ficar com a criança."[4]

Durante toda a noite a rainha quebrou a cabeça, pensando em todos os nomes que já ouvira. Enviou um mensageiro para perguntar por todo o reino se havia algum nome que esquecera. Quando o homenzinho voltou no dia seguinte, ela começou com Gaspar, Melquior e Baltazar e recitou, um por um, todos os nomes que já ouvira na vida. Mas a cada um o homenzinho dizia: "Esse não é o meu nome."

No dia seguinte ela mandou o mensageiro perguntar os nomes de todas as pessoas nas redondezas, e arriscou dizer os nomes mais raros e esquisitos

GEORGE CRUIKSHANK, 1823
Rumpelstiltskin está prestes a se rasgar em dois, enquanto cortesãos olham, divertidos. Note-se como a roupa, o chapéu, a bengala e a cara do gnomo lhe dão um aspecto diabólico.

KAY NIELSEN, 1925
Um Rumpelstiltskin enfurecido começa a se rasgar em dois. A serenidade dos cortesãos, expressa nas simetrias perfeitas da composição, é rompida pelo gnomo louco.

para o homenzinho: "Por acaso se chama Pancrácio, Energúmeno ou Prolegômeno?" Mas a cada vez ele respondia: "Esse não é o meu nome."

No terceiro dia o mensageiro voltou e disse: "Não consegui descobrir nem um nome novo sequer, mas, ao fazer uma curva na floresta, no sopé de uma enorme montanha, longe, mais ou menos onde Judas perdeu as botas, topei com uma cabaninha. Diante dela ardia uma fogueira, e um homenzinho muito, muito esquisito dançava em torno dela, pulando com uma perna só e cantando:

Amanhã vai haver festança,

Pois terei comigo a criança.

A rainha nunca vai adivinhar

E de Rumpelstiltskin me chamar."

Você pode imaginar a felicidade da rainha ao ouvir esse nome. O homenzinho voltou e perguntou: "Muito bem, Vossa Majestade, quem sou eu?"

A rainha respondeu: "Você se chama Conrado?"

"Não, não me chamo."

"Seu nome é Pedro?"

"Não, não é."

"Não seria seu nome, por acaso, Rumpelstiltskin?"

"O Demônio lhe contou isso, o Demônio lhe contou!" o homenzinho vociferou, e a raiva foi tamanha que ele bateu o pé direito com tal força que entrou pelo assoalho até a cintura. Depois, em sua fúria, agarrou o pé esquerdo com as duas mãos e se rasgou em dois.

João e o pé de feijão[1]

JOSEPH JACOBS

Modelo do conto popular britânico, *João e o pé de feijão* reencena um conflito conhecido a partir das histórias de Ulisses e dos ciclopes, Davi e Golias, o Pequeno Polegar e o bicho-papão. O fraco mas astuto João consegue derrotar um gigante imbecil, adquire sua fortuna e volta para casa triunfante. Embora amplamente disseminada na Inglaterra e em suas antigas colônias, essa história teve poucas variantes em outras terras, embora agora já se tenha enraizado em muitas culturas. Nenhum texto abalizado de *João e o pé de feijão* chegou a se firmar como a narrativa mestra de que todas as outras variantes derivam; o que se tem são várias versões literárias concorrentes que se inspiram, em vários graus, em fontes orais.

As aventuras de João foram registradas em primeiro lugar por Benjamin Tabart em 1807 como *A história de João e o pé de feijão*. Tabart baseou-se sem dúvida em versões orais que circulavam na época, embora afirmasse que a fonte de seu conto era um "manuscrito original". O que chama a atenção no João de Tabart é sua evolução de um menino "indolente, desleixado e extravagante" para um filho "cumpridor dos seus deveres e obediente". Em vez de se casar com uma princesa e conquistar um trono, João viveu com sua mãe "muitos e muitos anos, e foi feliz para sempre".

O João de Tabart torna-se um personagem exemplar, um modelo para crianças que ouvem sua história. Não é de maneira alguma o ladrão que foge com os bens do gigante, mas um menino que está recuperando o que de direito lhe pertence: João fica sabendo por uma fada que seu pai foi fraudado e assassinado pelo gigante lá do alto do pé de feijão, e que ele estava destinado a vingar a morte do pai. Uma forte cobertura moral transforma o que outrora foi provavelmente uma história palpitante de aventura e maquinação astuta numa história moralmente edificante.

Quando Joseph Jacobs começou a compilar histórias para sua antologia *English Fairy Tales*, preteriu a "History of Jack and the Bean-Stalk" de Tabart como "muito pobre" e reconstruiu a versão de sua infância. Recorrendo à lembrança de uma versão contada por volta de 1860 por sua ama, na Austrália, Jacobs produziu uma história relativamente isenta do impulso moralizante que permeia a narrativa de Tabart. A folclorista britânica Katherine Briggs referiu-se à versão de Jacobs como o "original", mas ela é de fato simplesmente um dos muitos esforços feitos para recapturar o espírito das versões orais em ampla circulação durante o século XIX.

No sul dos montes Apalaches, João tornou-se um herói popular, uma figura trapaceira que vive de suas artimanhas, com a diferença de que o João norte-americano rouba armas de fogo, facas e cobertas, em vez de ouro, galinhas que botam ovos de ouro e harpas que tocam sozinhas. Em 1952 uma adaptação cinematográfica de *João e o pé de feijão* foi estrelada por Bud Abbott e Lou Costello, com este último representando João, uma "criança-problema" adulta.

ra uma vez uma pobre viúva que tinha apenas um filho, chamado João, e uma vaca, chamada Branca Leitosa.[2] A única coisa que garantia o seu sustento era o leite que a vaca dava toda manhã e que eles levavam ao mercado e vendiam. Uma manhã, porém, Branca Leitosa não deu leite nenhum, e os dois não sabiam o que fazer.

"O que vamos fazer? O que vamos fazer?" perguntava a viúva, torcendo as mãos.

"Coragem, mãe. Vou arranjar trabalho em algum lugar", respondeu João.

"Tentamos isso antes, e ninguém quis lhe dar emprego",[3] disse a mãe. "Temos de vender Branca Leitosa e, com o dinheiro, montar uma lojinha, ou coisa assim."

"Certo, mãe", disse João. "Hoje é dia de feira, daqui a pouco vou vender Branca Leitosa e aí veremos o que fazer."

Assim, ele pegou a vaca pelo cabresto e lá se foi. Não tinha ido longe quando encontrou um homem de jeito engraçado, que lhe disse: "Bom dia, João."

"Bom dia", João respondeu, e ficou a matutar como o outro sabia seu nome.

"Então, João, para onde está indo?" perguntou o homem.

"Vou à feira vender esta vaca aqui."

"Ah, você parece mesmo o tipo de sujeito que nasceu para vender vacas", disse o homem. "Será que sabe quantos feijões fazem cinco?"

WALTER CRANE, 1875
Um sujeito esquisito oferece ao ingênuo João um punhado de feijões em troca da vaca. Note-se que ao fundo temos não apenas um cenário mas, em verdade, a cena precedente, quando João parte com a vaca para vendê-la.

"Dois em cada mão e um na sua boca", respondeu João, esperto como o quê.[4]

"Está certo", disse o homem. "E aqui estão os feijões", continuou, tirando do bolso vários feijões esquisitos. "Já que é tão esperto", disse, "não me importo de fazer uma barganha contigo – sua vaca por estes feijões."

"Que tal você ir embora?" disse João.

"Ah! Você não sabe o que são estes feijões", disse o homem. "Se os plantar à noite, de manhã terão crescido até o céu."

"Verdade?" falou João. "Não diga!"

"Sim, é verdade, e se isso não acontecer pode pegar sua vaca de volta."

"Certo", disse João, entregando o cabresto de Branca Leitosa ao sujeito e enfiando os feijões no bolso.

Lá se foi João de volta para casa e, como não tinha ido muito longe, o sol ainda não morrera quando chegou à sua porta.

"Já de volta, João?" perguntou a mãe. "Vejo que não vem com Branca Leitosa, sinal de que a vendeu. Quanto conseguiu por ela?"

"Nunca adivinhará, mãe", disse João.

"Não, não diga isso. Meu bom menino! Cinco libras, dez, quinze, não, não pode ter conseguido vinte."

"Eu disse que a senhora não conseguiria adivinhar. O que me diz destes feijões? São mágicos, plante-os à noite e..."

"Quê?" disse a mãe de João. "Será que você foi tão tolo, tão bobalhão e idiota a ponto de entregar minha Branca Leitosa, a melhor vaca leiteira da paróquia, e além disso carne da melhor qualidade, em troca de um punhado de reles feijões? Tome! Tome! Tome! E quanto a seus preciosos feijões aqui, vou jogá-los pela janela. Agora, já para a cama. Por esta noite, não tomará nenhuma sopa, não engolirá nenhuma migalha."

Assim João subiu a escada até seu quartinho no sótão, triste e sentido, é claro, tanto por causa da mãe quanto pela perda do jantar.

Finalmente caiu no sono.

Quando acordou, o quarto parecia muito engraçado. O sol batia em parte dele, mas todo o resto estava bastante escuro, sombrio. João pulou da cama, vestiu-se e foi à janela. E o que você pensa que ele viu? Ora, os feijões que sua mãe jogara no jardim pela janela tinham brotado num grande pé de feijão, que subia, subia, subia até chegar ao céu. No fim das contas, o homem tinha falado a verdade.

MAXFIELD PARRISH, 1923
Neste anúncio das sementes Ferry's, um João radiante está prestes a plantar os feijões mágicos.

WALTER CRANE, 1875
João sobe pelo pé de feijão. No canto direito inferior, a cena em que a mãe briga com ele por ter trocado uma vaca por um punhado de feijões.

Como o pé de feijão crescera quase rente à sua janela, João só precisou abri-la e saltar na planta, que crescia como uma grande escada.[5] Assim, João subiu e subiu e subiu e subiu e subiu e subiu e subiu até que por fim alcançou o céu. Ao chegar lá, encontrou uma estrada larga e longa que seguia reta como uma seta. Pôs-se a andar pela estrada, e andou, andou, andou até chegar a uma casa alta, grande e maciça, e na soleira estava uma mulher alta, grande, maciça.

"Bom dia, senhora", disse João, com muita polidez. "Poderia ter a bondade de me servir um café da manhã?" (Pois ele não pudera comer nada na noite anterior, como você sabe, e estava faminto como um caçador.)

"É café da manhã o que você quer, é?" disse a mulher alta, grande, maciça.[6] "É café da manhã que você vai virar se não cair fora daqui. Meu homem é um ogro[7] e não há nada que ele aprecie mais do que meninos grelhados com torrada. Trate de chispar daqui porque ele não demora."

"Oh! Por favor, senhora, dê-me alguma coisa para comer. Não como nada desde ontem de manhã, verdade verdadeira, senhora", disse João. "Tanto faz ser grelhado quanto morrer de fome."

Bem, no fim a mulher do ogro não era assim tão má.[8] Levou João até a cozinha e lhe deu um naco de pão e queijo e um jarro de leite. Mas João ainda não estava nem na metade da refeição quando tump! tump! tump! a casa inteira começou a tremer com o barulho de alguém se aproximando.

"Misericórdia! É meu velho", disse a mulher do ogro. "Ó céus, o que fazer? Corra e se enfie aqui." E ela entrouxou João dentro do forno no instante em que o ogro entrou.

Ele era grandalhão, não resta dúvida. Trazia na cinta três bezerros amarrados pelas patas traseiras. Entrando, desenganchou-os e jogou-os sobre a mesa, dizendo: "Aqui, mulher, faça-me uns dois destes grelhados para o café da manhã. Hum! Que cheiro é este que estou sentindo?"

"Fi-feu-fo-fum,

Farejo o sangue de um inglês.[9]

Esteja vivo ou morto, doente ou são,

Vou raspar-lhe os ossos e comer com pão."

"Que bobagem, meu querido", disse a mulher. "Está sonhando. Ou, quem sabe, está sentindo o cheiro das sobras do garotinho que você comeu com tanto gosto no jantar de ontem. Vamos, vá tomar um banho e se arrumar.[10] Quando voltar, seu café da manhã estará à sua espera."

Assim o ogro saiu e João estava quase pulando fora do forno e fugindo quando a mulher lhe disse para não fazer aquilo. "Espere até que ele adormeça", disse ela. "Ele sempre tira um cochilo depois do café da manhã."

Bem, o ogro tomou seu café da manhã e em seguida foi até um grande baú e de lá tirou um par de sacos de ouro.[11] Depois sentou-se e ficou contando, até que, finalmente, começou a cabecear e a roncar, fazendo a casa toda tremer outra vez.

Então João se esgueirou do forno, pé ante pé, e, ao passar pelo ogro, pegou um dos sacos de ouro de debaixo do braço dele, e pernas para que te quero, até chegar ao pé de feijão. De lá, atirou o saco de ouro, que, é claro, caiu no jardim da sua mãe. Depois foi descendo e descendo até que finalmente chegou em casa e contou tudo à mãe. Mostrando-lhe o saco de ouro, disse: "Está vendo, mãe, eu não estava certo quanto aos feijões? São mágicos mesmo, como pode ver."

Por algum tempo, viveram do saco de ouro, mas um belo dia ele acabou. João resolveu então arriscar a sorte mais uma vez[12] no alto do pé de feijão. Assim, numa bela manhã, acordou cedo e subiu no pé de feijão. Subiu, subiu, subiu, subiu, subiu, subiu, até que por fim chegou de novo a uma estrada e foi dar na casa alta, grande e maciça onde estivera antes. Lá, é claro, havia uma mulher alta, grande e maciça parada na soleira.

"Bom dia, senhora", disse João, bem atrevido. "Poderia ter a bondade de me dar alguma coisa para comer?"

"Vá embora, meu menino", disse a mulher grande e alta, "senão meu marido vai comê-lo no café da manhã. Mas não é o rapazinho que esteve aqui antes? Sabe que naquele mesmo dia ele perdeu um de seus sacos de ouro?"

"Isso é estranho, senhora", disse João. "Acho que teria algo para lhe contar sobre isso, mas estou com tanta fome que só posso falar depois que tiver comido alguma coisa."

ANÔNIMO
Enquanto o ogro dorme, João vai sorrateiramente até a mesa para se apossar de um dos sacos de ouro.

MAXFIELD PARRISH, 1904
A clava primitiva do gigante contrasta tão acentuadamente com a delicada espada de João quanto o próprio gigante com João. Esta ilustração, para a capa de *Poems of Childhood*, revela a beleza e a força da juventude.

Bem, a mulher grande e alta ficou tão curiosa que o levou para dentro e lhe deu alguma coisa para comer. Mas assim que João começou a mastigar, o mais devagar que podia, tump! tump! ouviram os passos do gigante. Mais que depressa a mulher enfiou João no forno.

Tudo aconteceu como da outra vez: o ogro entrou em casa e disse:
"Fi-feu-fo-fum,
Farejo o sangue de um inglês.
Esteja vivo ou morto, doente ou são,
Vou raspar-lhe os ossos e comer com pão",
e comeu três bois grelhados como café da manhã. Depois falou: "Mulher, traga-me a galinha que bota os ovos de ouro." Assim ela fez e o ogro disse: "Bota", e a galinha botou um ovo todo de ouro. Em seguida o ogro começou a cabecear e a roncar até fazer a casa tremer.

ARTHUR RACKHAM, 1933
A mulher do ogro avisa João para ficar quieto, mas ele não resiste a pôr a cabeça para fora do forno e espiar o ogro, que contempla satisfeito o ovo de ouro junto à sua galinha.

ANÔNIMO
De seu esconderijo, João espia enquanto o ogro contempla a galinha que bota ovos de ouro.

WALTER CRANE, 1875

Enquanto o ogro dorme, João foge com a galinha dos ovos de ouro. A caveira na tatuagem e na cadeira do gigante reforçam seu ar de mau. No entanto, essa aparência é quebrada por desconcertantes toques femininos em seus trajes, como os laçarotes ou a manga bufante e a saia, cujas estampas repetem o padrão da parede e do alto da porta.

Então João se esgueirou do forno, pé ante pé, passou a mão na galinha dourada e fugiu como um corisco. Mas dessa vez a galinha cacarejou e acordou o ogro e, assim que saiu da casa, João ouviu-o bradar: "Mulher, mulher, o que você fez com minha galinha dourada?"

E a mulher respondeu: "Por que pergunta, querido?"

Mas isso foi tudo que João escutou, porque mais que depressa ele correu até o pé de feijão e desceu num átimo. Quando chegou em casa, mostrou à mãe a maravilhosa galinha e deu a ordem: "Bota."

Mas João não ficou satisfeito e, não demorou muito, decidiu arriscar a sorte mais uma vez lá no topo do pé de feijão. Assim, numa bela manhã, acordou cedo e subiu no pé de feijão. E subiu, subiu, subiu, subiu, até que chegou no alto. Dessa vez, porém, teve a prudência de não ir direto à casa do ogro. Ao se aproximar, esperou atrás de um arbusto até ver a mulher do ogro sair com um balde para apanhar água. Então entrou sorrateiramente na casa e se meteu no caldeirão de ferver roupa. Não fazia muito tempo que estava lá quando ouviu tump! tump! tump! como antes e o ogro entrou com a mulher:

"Fi-feu-fo-fum,

Farejo o sangue de um inglês.

Esteja vivo ou morto, doente ou são,

Vou raspar-lhe os ossos e comer com pão."

E exclamou: "Sinto o cheiro dele, mulher, sinto o cheiro dele."

"Sente mesmo, meu bem?" respondeu a mulher do ogro. "Nesse caso, se é o patifezinho que roubou seu ouro e a galinha que botava ovos de ouro, com certeza se meteu no forno." E os dois correram até o forno. Mas João, por sorte, não estava lá, e a mulher do ogro disse: "Você e esse seu Fi-feu-fo-fum! Ora, com certeza você está sentindo o cheiro do menino que pegou ontem à noite e que acabo de grelhar para o seu café da manhã. Como eu sou esquecida e você é desatento, para não sabermos distinguir entre vivo e morto depois de tantos anos."

O ogro sentou-se então para tomar seu café da manhã, e de fato o tomou, mas vez por outra murmurava: "Eu poderia jurar..." e levantava, e vasculhava a despensa, os armários, tudo. Só não pensou, por sorte, no caldeirão.

Terminado o seu café da manhã, o ogro gritou: "Mulher, mulher, traga-me minha harpa dourada." Assim ela fez e pôs o instrumento na mesa diante dele. Então ele disse: "Toca." E a harpa de ouro tocou belissimamente. E continuou tocando até que o ogro adormeceu e começou a roncar como um trovão.

Então João ergueu a tampa do caldeirão de mansinho, escapuliu como um camundongo e se arrastou de gatinhas até chegar à mesa, onde se agachou, passou a mão na harpa dourada e disparou com ela para a porta. Mas a harpa chamou, bem alto: "Senhor! Senhor!" E o ogro acordou bem a tempo de ver João fugindo com ela.

João correu o mais depressa que pôde, mas o ogro foi atrás na disparada, e logo o teria agarrado, não fosse por João estar na dianteira, esquivar-se um pouco e saber para onde ia. O ogro não estava a mais de vinte metros de distância quando João chegou ao pé de feijão, e o que ele viu foi João desaparecer e, ao chegar ao fim da estrada, viu João lá embaixo, descendo numa correria desatinada. Bem, como não gostou da ideia de se arriscar em semelhante escada, o ogro parou e esperou, de modo que João ganhou outra vantagem. Naquele instante, porém, a harpa chamou: "Senhor! Senhor!" e o ogro se pendurou no pé de feijão, que se sacudiu com seu peso. Lá ia João, descendo, e atrás dele descia o ogro. Nessa altura João tinha descido, descido e descido tanto que estava muito perto de casa. Por isso gritou: "Mãe! Mãe! traga-me um machado, traga-me um machado." E a mãe veio correndo com o machado na mão. Ao chegar no pé de feijão, porém, ficou paralisada de pavor, pois dali viu o ogro com suas pernas já atravessando as nuvens.

WARWICK GOBLE, 1923
João desce graciosamente do pé de feijão com a galinha dos ovos de ouro. Vagens e flores de feijão criam um belo efeito decorativo.

WALTER CRANE, 1875
As mãos do ogro quase alcançam João, enquanto ele desce pelo pé de feijão com a harpa, que parece querer se agarrar aos galhos e a seu senhor.

ANÔNIMO

Machado ainda na mão, João mostra à mãe o que aconteceu com o ogro quando o pé de feijão foi derrubado. A fada boa que paira sobre João aparece em algumas versões do conto para informá-lo de que o ogro se apropriara da fortuna do pai e que ele tem todo o direito de recuperá-la, mesmo mediante roubo.

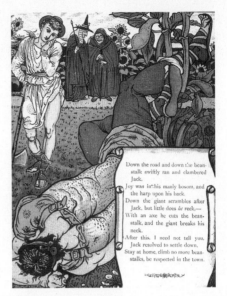

WALTER CRANE, 1875

João observa o ogro caído no chão. A feiticeira ao fundo é a personagem que, na versão da história ilustrada por Crane, conta a João que o gigante fizera seu pai perder a fortuna e a vida.

Mas João pulou no chão e agarrou o machado. Deu uma machadada tal no pé de feijão que o partiu em dois. Sentindo o pé de feijão balançar e estremecer, o ogro parou para ver o que estava acontecendo. Nesse momento João deu outra machadada e o pé de feijão acabou de se partir e começou a vir abaixo. Então o ogro despencou e quebrou a cabeça enquanto o pé de feijão desmoronava.

João mostrou à mãe a harpa dourada, e assim, exibindo a harpa e vendendo os ovos de ouro, ele e sua mãe ficaram muito ricos, tanto que ele se casou com uma magnífica princesa,[13] e todos viveram felizes para sempre.

Barba Azul[1]

CHARLES PERRAULT

CONHECIDO COMO NARIZ DE PRATA na Itália e como Senhor do Inferno na Grécia, o francês Barba Azul tem muitos primos folclóricos. O azul de sua barba dá ao leitor uma pista de sua natureza exótica, extraterrena. Trata-se de um homem que é justificadamente rejeitado como marido, apesar de sua fortuna e poder. Com seus sabres erguidos, suas alcovas proibidas, cadáveres pendurados em ganchos e assoalhos ensanguentados, *Barba Azul* é feito de horror. E, embora tenha um final feliz (a heroína se casa com um "homem digno" que varre as lembranças de seu primeiro casamento), esta é mais uma narrativa moral sobre o casamento que uma celebração da beatitude conjugal. Perrault nos faz ir além do "felizes para sempre", para entrar num pesadelo pós-marital.

Historiadores da cultura assinalaram que o *Barba Azul* de Perrault talvez se baseie em fatos, além de difundir as iniquidades de vários nobres, entre eles Cunmar da Bretanha e Gilles de Rais. Mas nem Cunmar, o Amaldiçoado, que decapitou sua mulher grávida, Trifine, nem Gilles de Rais, o marechal da França que foi enforcado em 1440 pelo assassinato de centenas de crianças, se apresentam como modelos convincentes de Barba Azul. Esse aristocrata francês continua sendo uma construção da fantasia coletiva, uma figura folclórica.

A história de Barba Azul foi vista tradicionalmente como girando em torno da curiosidade da esposa, que nunca consegue "resistir" à tentação de espiar o quarto que lhe foi proibido. Também Perrault apresenta a mulher de Barba Azul como uma figura que sofre de um excesso de curiosidade, uma mulher que comete o erro quase fatal de desobedecer a seu marido. Na moral que extrai da história, Perrault traça um paralelo entre a curiosidade intelectual da mulher de Barba Azul e a curiosidade sexual das mulheres em geral, sugerindo assim que sua protagonista é uma típica filha de Eva. Ao apontar o parentesco da heroína com certas figuras literárias, bíblicas e míticas (notadamente Psique, Eva e Pandora), Perrault nos dá um conto que solapa deliberadamente a tradição em que a heroína é uma agente engenhosa de sua própria salvação. Em vez de celebrar a coragem e a sabedoria da mulher de Barba Azul ao descobrir a horrível verdade sobre as ações assassinas do marido, Perrault e muitos outros que contam a história subestimam seu ato de insubordinação.

Barba Azul, com seu foco em conflitos pós-maritais, serve como um lembrete de que os contos de fadas e as lendas populares tiveram origem numa cultura adulta. Essas histórias eram contadas em volta da lareira e na cozinha para amenizar os cansaços do dia. Elas condensam verdades coletivas – a sabedoria dos tempos – sobre romance, corte, casamento, divórcio e morte, e são transmitidas de geração em geração. Bisbilhotice e verdade divina, bisbilhotice como verdade divina, essas histórias, hoje muitas vezes referidas como contos da carochinha, representam uma tradição narrativa passada, uma tradição que fluía sobretudo através da fala das mulheres, até que foi apropriada por editores e compiladores que a canalizaram para uma cultura impressa.

&ra uma vez um homem que possuía casas magníficas, tanto na cidade quanto no campo. Suas baixelas eram de ouro e prata, as cadeiras, estofadas com tapeçarias, as carruagens, recobertas de ouro. Mas, por desgraça, esse homem tinha também a barba azul. A barba o tornava tão feio e terrível que mulheres e moças fugiam quando batiam os olhos nele.

Uma dama nobre que vivia nas vizinhanças tinha duas filhas que eram verdadeiras beldades. O homem pediu a essa senhora a mão de uma das suas filhas e deixou que ela mesma escolhesse qual das duas lhe daria. Nenhuma das moças quis aceitar a proposta, e ficaram empurrando o pedido de uma para a outra, sem conseguirem se convencer de casar com um homem de barba azul. O que aumentava ainda mais aquela aversão é que o homem já se casara com várias mulheres e ninguém sabia o que fora feito delas.

Para criar amizade, Barba Azul levou as moças e a mãe, mais três ou quatro das amigas mais íntimas delas e alguns rapazes da vizinhança, para uma de suas casas de campo. Lá passaram oito dias inteiros. Foi uma sucessão de passeios, caçadas e pescarias, danças, banquetes e ceias. À noite, estavam sempre tão ocupados em pregar peças uns nos outros que nunca dormiam. Enfim, tudo correu tão bem que a irmã caçula começou a pensar que a barba daquele homem não era assim tão azul, e que ele era de fato um perfeito cavalheiro. Assim que voltaram para a cidade, realizou-se o casamento.

Passado um mês, Barba Azul disse à mulher que tinha de partir em viagem para cuidar de um negócio importante na província. Ficaria fora pelo menos seis semanas. Insistiu que ela se divertisse na sua ausência. Poderia, se quisesse, convidar suas melhores amigas e levá-las para a casa de campo. Que as recebesse sempre muito bem.

Deu à mulher uma argola com chaves penduradas e disse: "Estas são as chaves dos dois grandes depósitos, aqui estão as das baixelas de ouro e prata que não são de uso diário, estas são as dos meus cofres-fortes, onde guardo meu ouro e minha prata, estas as dos escrínios onde guardo minhas pedrarias, e aqui está a chave mestra de todos os aposentos da casa. Quanto

HARRY CLARKE, 1922
O Barba Azul de Clarke faz uma figura interessante com seus meiões listrados e sua casaca. Esteta e janota, este Barba Azul parece satisfeito na solidão de seus domínios.

KAY NIELSEN, 1930
O sinistro Barba Azul de Kay Nielsen tem uma barba longa e escorrida e anda com uma imponente bengala. Sua coquete esposa parece ignorar os perigos que a esperam quando se apossar da chave do gabinete proibido.

a esta pequenina aqui, é a chave do gabinete na ponta da longa galeria do térreo. Abra tudo que quiser. Vá aonde bem entender. Mas proíbo-lhe terminantemente de entrar nesse quartinho, e se abrir uma fresta que seja dessa porta nada a protegerá da minha ira."

A esposa prometeu cumprir exatamente as ordens do marido. Barba Azul lhe deu um beijo de despedida, entrou na carruagem e iniciou sua viagem.

As vizinhas e as amigas da jovem recém-casada não esperaram convite para ir visitá-la, tal a impaciência delas em ver os esplendores da casa. Não haviam ousado ir lá enquanto o marido estava em casa, assustadas por sua barba azul. Sem perder tempo, começaram a explorar os quartos, gabinetes, guarda-roupas, cada um mais belo e suntuoso que o outro. Depois subiram para ver os depósitos, e ficaram pasmas diante do número e da beleza das tapeçarias, camas, sofás,

WALTER CRANE, 1875
O Barba Azul de Crane tem aparência europeia, mas vai se tornando mais diabólico no desenrolar da história.

GUSTAVE DORÉ, 1861
Barba Azul entrega à mulher a chave do gabinete proibido, advertindo-a, dedo em riste, para não usá-la. A mulher parece enfeitiçada por esse objeto proibido. Nem os olhos saltados de Barba Azul são capazes de distrair sua atenção.

cristaleiras, mesas de vários formatos. Havia espelhos em que a pessoa podia se ver da cabeça aos pés. Alguns espelhos tinham moldura de vidro, outros de prata ou de vermeil, mas todos eram os mais belos e os mais magníficos que já se tinha visto.

As convidadas não paravam de exagerar e invejar a felicidade da amiga. Esta, no entanto, não estava se divertindo nada em ver todo aquele luxo, pois estava ansiosíssima para abrir o gabinete do térreo. Estava tão atormentada por sua curiosidade[2] que, sem lembrar que era grosseiro abandonar suas amigas, desceu por uma escadinha secreta, e tão depressa que por duas ou três vezes achou que fosse cair. Ao chegar à porta do gabinete, parou por um momento, pensando na proibição do marido e considerando que podia lhe ocorrer uma desgraça caso desobedecesse. Mas a tentação era grande demais. Não pôde resistir a ela e, tremendo, pegou a chavezinha e abriu a porta.

EDMUND DULAC, 1910
Numa cena que mais lembra um harém, a mulher de Barba Azul e suas convidadas se regalam com os luxos do castelo.

ANÔNIMO
Esta pequenina ilustração de um livro de desenhos publicado nos Estados Unidos sugere que a lição sobre a desobediência se aplica tanto a crianças quanto a mulheres.

De início não conseguiu ver coisa alguma, pois as janelas estavam fechadas. Após alguns instantes, começou a perceber que o assoalho estava todo coberto de sangue coagulado, e que naquele sangue se refletiam os cadáveres de várias mulheres mortas e penduradas ao longo das paredes (eram todas as mulheres que Barba Azul desposara[3] e degolara, uma depois da outra).

Pensou que ia morrer de pavor e, ao puxar a chave da fechadura, ela caiu da sua mão. Depois de respirar fundo, apanhou a chave, trancou a porta e subiu ao seu quarto para recobrar a calma. Mas seus nervos estavam em frangalhos, não conseguiu se tranquilizar. Notando que a chave do gabinete estava

OTTO BRAUSEWETTER, 1865
A mulher de Barba Azul foge horrorizada quando vê os corpos mutilados das ex-esposas do marido numa tina.
Um machado apoiado na tina nos revela a arma do crime. Note-se como as chaves ainda pendem da cintura da jovem.

HERMANN VOGEL, 1887
Chocada, a mulher de Barba Azul deixa a chave do gabinete proibido cair no piso ensanguentado. Os cadáveres das esposas, pendurados na parede como se estivessem em exposição, sugerem que Barba Azul é um mestre na arte do assassinato. O cepo e o machado no primeiro plano revelam o local dos crimes.

manchada de sangue,[4] esfregou-a duas ou três vezes, mas o sangue não saiu. Tentou lavá-la e esfregá-la com areia e saibro também. Mas o sangue não saía, pois a chave era encantada e não havia meio de remover aquela mancha. Quando se conseguia limpar o sangue de um lado da chave, ele reaparecia no outro.

Barba Azul chegou de sua viagem naquela noite mesmo, dizendo que a caminho recebera cartas lhe informando que o negócio que exigira a sua presença fora concluído de maneira vantajosa para ele. Sua esposa fez tudo que pôde para lhe demonstrar que estava radiante com seu rápido retorno. No dia seguinte, ele pediu as chaves de volta e ela as devolveu, mas com uma mão tão trêmula que ele adivinhou facilmente tudo que acontecera.

"Por que a chave do gabinete não está com as outras?" ele perguntou.

"Com certeza eu a deixei lá em cima, sobre a minha mesa."

"Não deixe de devolvê-la logo mais", disse Barba Azul.

Após várias desculpas, ela teve de trazer a chave. Depois de examiná-la, Barba Azul perguntou à mulher:

"Por que a chave está manchada de sangue?"

EDMUND DULAC, 1910
Com chaves jogadas no chão como um sinal de sua indignação, Barba Azul, usando um turbante enorme, está decidido a acrescentar esta oitava mulher à coleção que tem em sua câmara de horrores.

"Não tenho a menor ideia", respondeu a pobre mulher, mais pálida que a morte.

"Não tem a menor ideia", replicou Barba Azul, "mas eu tenho. Você quis entrar no gabinete! Muito bem, senhora, entrará nele e tomará seu lugar junto das damas que lá viu."

Ela se jogou aos pés do marido, chorando e pedindo perdão, demonstrando um arrependimento verdadeiro por não ter sido obediente. Teria comovido um rochedo, bela e desesperada como estava. Mas Barba Azul tinha o coração mais duro que um rochedo.

"Tem de morrer, senhora", ele lhe disse, "e imediatamente."

"Já que tenho de morrer", ela respondeu, fitando-o com olhos banhados de lágrimas, "dê-me só um tempinho para eu fazer minhas preces."[5]

"Dou-lhe um quarto de hora", disse Barba Azul, "mas nem um segundo a mais."

Quando ficou sozinha, ela chamou sua irmã e lhe disse:

WALTER CRANE, 1875
Barba Azul repreende a mulher, que implora por perdão. A ampulheta sobre o baú lembra-nos de que a mulher e sua irmã Ana correm contra o tempo para escapar da morte.

Arthur Rackham, 1919
O desenho em silhueta de Rackham apresenta um fascinante corte transversal do palácio de Barba Azul: o marido exige que a mulher desça para ser executada, a mulher tenta saber se seus irmãos estão a caminho e a irmã Ana espreita o horizonte à procura deles.

"Minha irmã Ana (pois era assim que ela se chamava), suba no alto da torre, eu lhe peço, e veja se meus irmãos estão chegando.⁶ Eles me prometeram que viriam hoje. Se os vir, faça-lhes sinais para que se apressem."

A irmã Ana subiu ao alto da torre e de vez em quando a pobre desesperada gemia: "Ana, minha irmã Ana, não está vendo chegar ninguém?"

E a irmã Ana respondia: "Só vejo o sol coruscante e o capim verdejante."

Então Barba Azul, com um grande cutelo na mão, gritou para a mulher a plenos pulmões:

"Desça já, ou subirei aí."

"Um momento, senhor, por favor", a mulher lhe respondeu, e logo perguntou baixinho:

"Ana, minha irmã, não está vendo chegar ninguém?"

E a irmã Ana respondeu:

"Só vejo o sol coruscante e o capim verdejante."

"Trate de descer depressa", gritou Barba Azul, "ou subirei aí."

"Já vou!" respondeu a mulher, e implorou:

"Ana, minha irmã, não está vendo chegar ninguém?"

"Estou vendo", ela respondeu, "dois cavaleiros que vêm para este lado, mas ainda estão muito longe... Deus seja louvado!" ela exclamou um instante depois. "São os meus irmãos. Estou fazendo todos os sinais que posso para que se apressem."

Barba Azul se pôs a gritar tão alto que a casa toda tremeu. A pobre mulher desceu e foi se jogar aos pés dele, debulhando-se em lágrimas, toda descabelada.

"Isso não adianta nada", disse Barba Azul. "Você tem de morrer."

Agarrando-a pelos cabelos com uma das mãos e com a outra erguendo o cutelo no ar, estava pronto para lhe cortar a cabeça. A pobre mulher, voltando-se para ele com olhos moribundos, suplicou que lhe desse um momento para se preparar.

"Não", ele respondeu, "recomende a alma a Deus." E erguendo o braço...

Nesse instante bateram à porta com tanta força que Barba Azul ficou simplesmente paralisado. A porta foi aberta, e logo viram entrar dois cavaleiros que, empunhando a espada, correram diretamente para Barba Azul. Reconhecendo os irmãos de sua mulher, um dragão, o outro mosqueteiro, ele saiu correndo para salvar sua pele. Mas os dois irmãos o perseguiram tão de perto que o agarraram antes que conseguisse chegar à escada. Atravessaram seu corpo com suas espadas e o deixaram cair morto. A pobre mulher, quase tão morta quanto o marido, nem teve forças para se levantar e abraçar os irmãos.

WALTER CRANE, 1875

A irmã Ana faz sinais desesperados para os irmãos, que podem ser vistos pela janela, enquanto a mulher de Barba Azul tenta escapar de sua fúria.

ANÔNIMO, 1865

Um cruel e enfurecido Barba Azul agarra a mulher pelo pulso e se prepara para assassiná-la. No fundo os dois irmãos se apressam para alcançar a irmã antes que seja tarde demais.

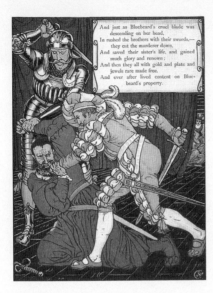

WALTER CRANE, 1875
Os irmãos dominam um Barba Azul enfurecido. Pode-se entrever, atrás da cortina, a mulher de Barba Azul sendo socorrida pela irmã Ana.

Aconteceu que Barba Azul não tinha herdeiros e que assim sua mulher continuou na posse de todos os seus bens. Ela empregou parte da sua fortuna para casar a irmã Ana com um jovem fidalgo que a amava havia muito tempo. Outra parte na compra de patentes de capitão para seus dois irmãos. E o resto no seu próprio casamento com um homem muito direito[7] que a fez esquecer o que sofrera com Barba Azul.

ORAL

A curiosidade, apesar de seus encantos,
Muitas vezes custa sentidos prantos;
É o que vemos todo dia acontecer.
Perdoem-me as mulheres, esse é um frívolo prazer.
Assim que o temos, ele deixa de o ser
E é sempre muito caro de obter.

Outra moral

Basta ter um pouco de bom senso,
E ter vivido da vida um bocado,
Pra ver logo que esta história
É coisa de um tempo passado.
Já não existe esposo tão terrível,
Nem que exija o impossível.
Mesmo sendo ciumento, ou zangado,
Junto da mulher ele sorri, calado.
E quer tenha a barba azul, roxa ou amarela
Quem manda na casa é mesmo sempre ela.

O pé de zimbro[1]

PHILIPP OTTO RUNGE[2]

COM SUAS DESCRIÇÕES SINISTRAS de decapitação e canibalismo, *O pé de zimbro* (também conhecido como "Minha mãe me matou, meu pai me comeu") é provavelmente o mais chocante de todos os contos de fadas. Na maioria das versões, o personagem principal é um menino, embora ocasionalmente, como na história britânica "A roseira", uma menina sofra a transformação numa ave. As cenas da decapitação do menino pela mãe e de sua ingestão pelo pai não impediram P.L. Travers, a autora de *Mary Poppins,* de qualificar o conto como "belo", nem J.R.R. Tolkien de se referir à "beleza e ao horror" da história, com seu "começo intenso e trágico".

A "beleza" de O *pé de zimbro* provavelmente depende menos de seu apelo estético que do fato de tratar de ansiedades que nos fascinam em sua evocação de puro terror. Na madrasta encontramos uma figura que representa o poder materno enlouquecido, a encarnação de uma força natural tão cruel e inexorável que realça a fraqueza e o desamparo das crianças. Na versão dos Grimm, o menino é transformado de volta à forma humana e reunido ao pai e à irmã pra viver num lar sem mãe. Mas em algumas versões, como na escocesa "Pipperty Pew", o menino permanece uma ave, enquanto "o pai e a filha viveram felizes e morreram felizes".

Embora perturbada pelas complexidades das associações biológicas da mãe com a natureza e a morte, a pungência do parágrafo de abertura de O *pé de zimbro* ainda faz um marcante contraste com os horrores dos principais episódios do conto, urdidos em grande parte pela mãe/madrasta. A mãe biológica é apresentada como um contraponto "natural" para a madrasta, que representa a afetação e o artifício em sua forma mais temida e temível. A copresença de nascimento e morte é introduzida na primeira cena, depois duplicada e repetida como renascimento e assassinato no corpo do conto.

No fim, *O pé de zimbro* elimina tanto a mãe biológica quanto a madrasta, fornecendo-nos um quadro em que irmão, irmã e pai estão sentados juntos à mesa, jantando. Este é o mesmo "felizes para sempre" que conhecemos de *João e Maria* e inúmeros contos de fadas. *O pé de zimbro* parece pôr em cena o processo de crescimento sem a presença da mãe, que em nossa cultura representa dependência e domesticidade, e sem a referência ao pai, que, em virtude de sua tradicional ausência na criação dos filhos, passa a significar autonomia. Ao esmagarem a mãe e unirem-se ao pai, as crianças conseguem trilhar "com sucesso" o caminho da dependência à autonomia. É importante ter em mente que versões desta e de outras histórias só são sagradas como documentos culturais que mapeiam os percursos de desenvolvimento de uma outra época. Desde que Runge registrou este conto as coisas mudaram e estão mudando o bastante para que comecemos a produzir variantes desta história cultural, que demoniza a mãe de uma maneira impressionante e representa o pai como passivo e desinteressado.

Muito tempo atrás, nada menos que dois mil anos,[3] havia um homem rico casado com uma mulher bonita e piedosa. Eles se amavam muito, mas não tinham filhos,[4] por mais que os desejassem. Dia e noite a mulher rezava pedindo um filho, mas apesar disso nada conseguiam.

Diante da casa havia um jardim, e no jardim crescia um pé de zimbro. Uma vez, durante o inverno, a mulher estava descascando uma maçã debaixo da árvore,[5] e enquanto a descascava cortou o dedo. O sangue pingou na neve. "Ah", disse a mulher, suspirando fundo. "Se pelo menos eu tivesse uma criança vermelha como o sangue e branca como a neve!"[6] Depois de dizer essas palavras, começou a se sentir melhor, pois teve a impressão de que elas iriam resultar em alguma coisa. E voltou para casa.

Um mês se passou, e a neve derreteu.[7] Dois meses se passaram, tudo se tornara verde. Três meses se passaram, e as flores estavam brotando do chão. Quatro meses se passaram, e as árvores na mata estavam crescendo, seus galhos verdes se entrelaçando. A mata ressoava com o canto dos pássaros e flores caíam das árvores. E assim o quinto mês passou. E quando a mulher se sentava debaixo do pé de zimbro, seu coração saltava de alegria, tão perfumada a árvore estava. Ela caía de joelhos e não cabia em si de felicidade. Depois que o sexto mês se passou, o fruto ficou grande e firme e ela ficou muito sossegada. No sétimo mês ela colheu as bagas do zimbro e se deliciou com elas até ficar se sentindo muito mal e doente. Depois que o oitavo mês se passou, ela chamou o marido e lhe disse: "Se eu morrer, enterre-me debaixo do zimbro." Depois disso, sentiu-se melhor e ficou tranquila até que o nono mês passou. Então deu à luz uma criança branca como a neve e vermelha como o sangue. Quando viu o filho, ficou tão feliz que morreu de alegria.[8]

O marido a enterrou debaixo do pé de zimbro e chorou dia após dia. Depois de algum tempo sentiu-se melhor, mas ainda chorava de vez em quando. Finalmente parou de chorar e se casou pela segunda vez.

Teve uma filha com a segunda mulher. A criança do primeiro casamento fora um menininho, vermelho como o sangue e branco como a neve. Sempre que olhava para sua filha, a mulher sentia amor por ela, mas sempre que olhava para o menino, ficava infeliz. Parecia-lhe que, onde quer que fosse, ele estava sempre no caminho, e ela não parava de pensar em garantir que, no fim das contas, sua filha herdasse tudo.[9] O demônio se apossou de tal maneira da mulher que ela começou a odiar o menino, dando-lhe palmadas a torto e a direito, beliscando-o aqui e soltando um sopapo ali. O pobre menino vivia aterrorizado, e quando voltava para casa depois da escola não tinha um minuto de paz.

Um dia a mulher entrou na despensa. Sua filhinha foi atrás e perguntou: "Mãe, me dá uma maçã?"

"Mas é claro, minha filha", disse a mulher. Abriu uma arca de tampa grande e pesada, trancada com um cadeado de ferro, tirou uma bonita maçã e entregou-a à menina.

"Mãe," perguntou a menininha, "o Irmão pode ganhar uma também?"

A mulher ficou irritada, mas respondeu: "Pode. Ele pode ganhar uma quando voltar da escola."

A mulher olhou então pela janela e viu o menino voltando para casa. Como se estivesse possuída pelo diabo,[10] arrancou a maçã da mão da filha e disse: "Você não pode ganhar uma antes do seu irmão." Jogou a maçã na arca e trancou-a.

O menino entrou e o demônio fez a mulher sussurrar para ele, docemente: "Meu filho, gostaria de uma maçã?" Mas lançou-lhe um olhar cheio de ódio.

"Mãe," disse o menino, "que olhar assustador! Sim, me dê uma maçã."

A mulher teve a sensação de que alguém a obrigava a dizer: "Venha comigo." E, abrindo a tampa da arca, ela completou: "Tire você mesmo uma maçã."

Quando o menino se curvou, o diabo a instigou, e *bam*! Ela bateu a tampa com tanta força que a cabeça do menino caiu dentro da arca com as maçãs. Então, tomada pelo medo, pensou: "Como vou sair desta?" Foi até seu quarto e pegou um lenço branco na gaveta da cômoda. Pôs a cabeça do menino de volta sobre o pescoço e amarrou o lenço em volta, de modo que parecia não haver nada de errado. Depois o sentou numa cadeira diante da porta e pôs uma maçã na sua mão.

Mais tarde a pequena Marlene foi à cozinha à procura da mãe e encontrou-a de pé junto ao fogo, mexendo freneticamente uma panela de água quente. "Mãe", disse a pequena Marlene, "o Irmão está sentado junto à porta e parece pálido. Está com uma maçã na mão e quando lhe pedi que a desse para mim, não respondeu. Fiquei muito assustada."

"Volte lá", a mãe disse, "e se ele não der resposta, dê-lhe uma bofetada."

A pequena Marlene foi até lá e disse: "Irmão, dê a maçã para mim."

O menino não respondeu. Diante disso Marlene lhe deu uma bofetada e a cabeça dele voou pelos ares. Ela ficou tão apavorada que começou a gritar e a chorar. Correu até a mãe e disse: "Mãe, arranquei fora a cabeça do Irmão!" E chorava tanto que não conseguia parar.

Ludwig Richter, 1857
Com implacável determinação, a madrasta bate a tampa da arca sobre o menino e o degola. O sol que entra pela janela sugere que ela não conseguirá esconder seus crimes.

Hermann Vogel, 1893
A pequena Marlene olha o irmão, estranhando sua palidez. O lenço amarrado em volta do pescoço do menino oculta o crime da madrasta.

"Marlene", disse a mãe, "que coisa medonha você fez! Mas não diga nada a ninguém, pois não há nada que possamos fazer. Vamos guisá-lo e fazer um ensopado."

A mãe pegou então o menino e fez dele picadinho.[11] Jogou os pedaços numa panela e preparou um ensopado. Marlene ficou junto ao fogo e chorou, mas chorou tanto que as lágrimas caíram na panela e nem foi preciso pôr sal na comida.

Quando o pai chegou em casa, sentou-se à mesa e perguntou: "Onde está meu filho?"

A mãe trouxe uma enorme travessa de ensopado, enquanto Marlene chorava, sem conseguir parar.

"Onde está meu filho?" o pai perguntou de novo.

"Oh", disse a mãe, "ele viajou, foi visitar o tio-avô da mãe. Está pretendendo passar um tempo por lá."

"O que ele foi fazer lá? Saiu sem nem me dizer adeus."

"Bem, ele queria muito ir e perguntou se poderia ficar por seis semanas. Eles cuidarão bem dele."

"Oh, isto me deixa tão triste", disse o marido. "Não é direito. Devia ter se despedido de mim."

Depois começou a comer e disse: "Marlene, por que você está chorando? Seu irmão voltará logo." E para a mulher: "Oh, querida esposa, que delícia este ensopado! Quero mais um pouco."

Quanto mais o pai comia, mais queria. "Quero mais um pouco", disse. "Ninguém mais pode comê-lo. Tenho a impressão de que ele é todo para mim."

O pai continuou a comer e foi jogando os ossos embaixo da mesa, até que a travessa ficou vazia. Nesse meio tempo, Marlene foi à sua cômoda e pegou seu melhor lenço de seda. Catou todos os ossos que estavam no chão, amarrou-os em seu lenço e levou-os para fora. Chorava amargamente. Depositou os ossos no capim verde debaixo do pé de zimbro e, depois de fazer isso, sentiu-se melhor de repente e parou de chorar.

O zimbro começou a se agitar. Seus galhos se separavam e se juntavam de novo como se estivesse batendo palmas de alegria. Uma névoa se desprendeu da árvore e no meio dela ardia uma chama, e da chama uma bela ave surgiu[12] e se pôs a cantar gloriosamente. Elevou-se no ar e depois desapareceu. A árvore estava como era antes, mas o lenço com os ossos sumira. A pequena Marlene sentiu-se muito feliz e aliviada, porque parecia que o irmão ainda estava vivo. Voltou contente para casa e se sentou à mesa para comer.

Enquanto isso, o pássaro voou para muito longe e se empoleirou no telhado da casa de um ourives. Começou então a cantar:

"Minha mãe me matou, meu pai me comeu,

Minha irmã, Marlene, meus ossos recolheu,

Em seda os envolveu, e sob o zimbro os depositou.

Bela ave canora agora sou!"

O ourives estava em sua oficina, fazendo uma corrente de ouro. Ouviu a ave cantando sobre seu telhado e seu canto lhe pareceu muito bonito. Levantou-se e, ao transpor a soleira, perdeu um sapato. Mesmo assim seguiu em

Kay Nielsen, 1925
Maravilhada, Marlene observa
a ave, que surge da chama.

frente, indo até o meio da rua de meia e sapato num pé só. Estava também usando seu avental e numa das mãos tinha a corrente de ouro, na outra suas pinças. O sol brilhava na rua. Ele parou para olhar a ave e disse:

"Ave, seu canto é tão mavioso. Cante de novo aquela canção para mim."

"Não", disse a ave. "Nunca canto uma segunda vez a troco de nada. Dê-me sua corrente de ouro e eu a cantarei de novo para você."

"Tome", disse o ourives. "Tome minha corrente de ouro. Agora cante aquela canção de novo."

Mais que depressa, a ave desceu. Pegando a corrente de ouro com a pata direita, empoleirou-se diante do ourives e começou a cantar:

"Minha mãe me matou, meu pai me comeu,

Minha irmã, Marlene, meus ossos recolheu,

Em seda os envolveu, e sob o zimbro os depositou.

Bela ave canora agora sou!"

Depois a ave voou até a casa de um sapateiro, empoleirou-se no telhado e cantou:

"Minha mãe me matou, meu pai me comeu,

Minha irmã, Marlene, meus ossos recolheu,

Em seda os envolveu, e sob o zimbro os depositou.

Bela ave canora agora sou!"

Quando o sapateiro ouviu a canção, saiu porta afora em mangas de camisa e olhou para o telhado. Teve de proteger os olhos com a mão para impedir que sol o cegasse. "Ave", disse ele, "seu canto é tão mavioso." Depois gritou para dentro de casa: "Mulher, venha cá fora um instante. Há uma ave ali. Está vendo? Que beleza é o seu canto!"

O sapateiro chamou a filha e os filhos dela, seus aprendizes, os operários, a criada. Todos foram correndo para a rua para ver a ave e admirar sua formosura. Ela tinha plumas vermelhas e verdes e, à volta do pescoço, uma faixa de ouro puro, e seus olhos faiscavam como estrelas.

"Ave", disse o sapateiro, "cante aquela canção de novo."

"Não", disse a ave. "Nunca canto uma segunda vez a troco de nada. Você tem de me dar alguma coisa."

"Mulher", disse o homem, "suba até o sótão. Na prateleira de cima encontrará um par de sapatos vermelhos. Traga-os para mim."

A mulher foi e trouxe os sapatos.

"Tome", disse o homem. "Agora cante aquela canção de novo."

Mais que depressa, a ave desceu. Pegando os sapatos com a pata direita, foi se pôr de novo sobre o telhado e cantou:

"Minha mãe me matou, meu pai me comeu,

Minha irmã, Marlene, meus ossos recolheu,

Em seda os envolveu, e sob o zimbro os depositou.

Bela ave canora agora sou!"

Ao terminar a canção, a ave levantou voo. Tinha a corrente na pata direita e os sapatos na esquerda, e voou uma longa distância até um moinho. O moinho rodava, plect plec, plect ploc, plect plec. Lá dentro vinte empregados do moleiro talhavam uma pedra, ric rac, ric rac, ric rac. E o moinho continuava a

WARWICK GOBLE, 1923
A ave desponta gloriosa da chama na árvore. Sua plumagem, o cabelo da menina e os galhos da árvore criam um belo efeito, associando a menina à ave.

rodar, plect plec, plect ploc, plect plec. E assim a ave foi se empoleirar numa tília na frente do moinho e cantou:

"Minha mãe me matou…"

E um dos homens parou de trabalhar.

"… meu pai me comeu…"

E mais dois homens pararam de trabalhar e escutaram.

"Minha irmã, Marlene…"

Então quatro homens pararam de trabalhar.

"… meus ossos recolheu,
Em seda os envolveu…"

Agora só oito homens continuavam talhando.

"… e sob o zimbro…"

Agora só cinco.

"… os depositou."

Agora só um.

"Bela ave canora agora sou!"

O último parou para ouvir as palavras finais. "Ave", ele disse, "seu canto é tão mavioso! Deixe-me ouvir a canção inteira também. Cante-a de novo."

"Nunca canto uma segunda vez a troco de nada. Se me der a mó eu canto a canção de novo."

"Se ela pertencesse a mim somente," ele disse, "seria sua."

"Se a ave cantar outra vez", disseram os outros, "poderá ter a mó."

Mais que depressa, a ave desceu, e os empregados do moleiro, todos os vinte, pegaram uma alavanca e levantaram a pedra. Hei hup, hei hup, hei hup. E a ave enfiou o pescoço no buraco da pedra de moinho, ajeitou-a como se fosse um colar, voou de volta para a árvore e cantou:

"Minha mãe me matou, meu pai me comeu,

Minha irmã, Marlene, meus ossos recolheu,

Em seda os envolveu, e sob o zimbro os depositou.

Bela ave canora agora sou!"

Ao terminar sua canção, a ave bateu asas e voou. Na pata direita, a corrente, na esquerda, os sapatos e no pescoço, a mó. Então voou para longe, muito longe, até a casa do seu pai.

O pai, a mãe e Marlene estavam sentados à mesa, na sala, e o pai disse: "Como estou feliz! Meu coração parece tão leve."

"Eu não", disse a mãe. "Estou atormentada como se uma grande tempestade estivesse se armando."

Enquanto isso, Marlene só ficava ali sentada, chorando. A ave se aproximou e, quando pousou no telhado, o pai disse: "Como estou me sentindo feliz. Lá fora o sol brilha com tanto esplendor! Tenho a impressão de estar prestes a rever um velho amigo."

"Eu não", disse a mulher. "Estou tão apavorada que meus dentes estão batendo e tenho a impressão de ter fogo correndo nas veias."

Puxou o corpete para afrouxá-lo um pouco mais, enquanto a pequena Marlene continuava a chorar. Segurava o avental junto aos olhos e chorava tanto que ele estava completamente encharcado de lágrimas. A ave se precipitou sobre o zimbro, empoleirou-se num galho e cantou:

"Minha mãe me matou..."

A mãe tapou os ouvidos e fechou os olhos, porque não queria ver nem ouvir nada, mas o ronco em seus ouvidos era como a mais violenta tempestade e seus olhos ardiam e chamejavam como relâmpagos.

"... meu pai me comeu..."

"Oh, mãe," disse o homem, "há uma bela ave lá fora e está cantando tão gloriosamente. O sol está tão cálido, e o ar recende a canela."

"Minha irmã, Marlene..."

Então Marlene pôs a cabeça no colo e continuou a chorar e chorar. Mas o marido disse. "Vou lá fora. Tenho de ver essa ave de perto."

"Oh, não vá!" disse a mulher. "Sinto como se a casa inteira estivesse se sacudindo e prestes a arder em chamas!"

Mas o marido foi lá fora e olhou para a ave.

"... meus ossos recolheu,

Em seda os envolveu, e sob o zimbro os depositou.

Bela ave canora agora sou!"

Terminada a sua canção, a ave soltou a corrente de ouro, e ela caiu bem em volta do pescoço do homem, assentando-lhe perfeitamente. Ele entrou em casa e disse: "Venham dar uma olhada nessa linda ave ali! Ela me deu esta bonita corrente de ouro, quase tão bonita quanto ela."

A mulher ficou tão apavorada que caiu imediatamente no chão e a touca que usava saiu da cabeça.

E mais uma vez a ave cantou:

"Minha mãe me matou..."

"Oh, quisera estar mil metros debaixo da terra para não ter de ouvir isso!"

"... meu pai me comeu..."

Então a mulher caiu de novo, como morta.

"Minha irmã, Marlene..."

"Oh", disse Marlene. "Quero ir lá fora e ver se a ave me dará alguma coisa também." E saiu.

"... meus ossos recolheu,

Em seda os envolveu..."

E a ave jogou-lhe os sapatos.

"... e sob o zimbro os depositou.

Bela ave canora agora sou!"

Marlene sentiu-se feliz, despreocupada. Calçou os novos sapatos vermelhos e saiu dançando e saltitando pela casa.

"Oh", disse Marlene, "Eu estava tão triste quando saí, e agora estou tão alegre. Que bela ave está lá fora. Ela me deu um par de sapatos vermelhos."

A mulher se levantou de um pulo e seu cabelo ficou arrepiado como línguas de fogo. "Sinto como se o mundo fosse acabar. Se eu for lá fora talvez me sinta melhor também."

A mulher foi até a porta e, *bam*, a ave soltou a pedra de moinho em cima da cabeça dela[13], que morreu esmagada. O pai e Marlene ouviram o estrondo e saíram. Fumaça, chamas e fogo se erguiam e, quando desapareceram, o Irmãozinho estava de volta, postado bem ali. Ele pegou o pai e Marlene pela mão e os três foram arrebatados pela alegria. Depois voltaram para casa, sentaram-se à mesa e jantaram.[14]

Vasilisa, a Bela[1]

ALEKSANDR AFANASEV

Um PODEROSO HÍBRIDO RUSSO de *Cinderela* e *João e Maria*, a história de Afanasev sobre uma menina perseguida pela madrasta que vai morar na choupana de uma bruxa canibalesca narra a ascensão da heroína da penúria à riqueza. A menina encontra auxílio e consolo na forma de uma boneca, uma "bênção" dada pela mãe, e que é ao mesmo tempo um *alter ego* competente e uma ajudante mágica, providenciando e realizando tudo que é preciso. Em contraste com João na história de *João e o pé de feijão*, que se apodera do tesouro de um gigante usando de sagacidade, Vasilisa obtém sua recompensa fazendo serviços domésticos. Torna-se uma habilidosa fiandeira e costureira, que conquista o coração de um czar com seus lindos tecidos e trabalhos manuais.

A história de Vasilisa reflete os valores culturais de uma época passada, de um tempo em que a excelência nos ofícios domésticos era tão valorizada quanto a beleza. Mas Vasilisa é mais do que uma fiandeira e costureira. Ela também alimenta a boneca que lhe foi dada pela mãe, compreendendo que deve sacrificar algumas de suas próprias necessidades para se beneficiar dos conselhos e da ajuda dela. Ao levar a luz (na forma de fogo) de volta para sua casa, Vasilisa torna-se uma heroína que restaura a ordem e cria as condições para um verdadeiro lar. No final, trabalha arduamente para promover um desfecho feliz não só para si própria e o czar mas também para seu pai e a mulher que a abrigou.

ra uma vez um rico negociante que vivia num reino distante. Embora tivesse sido casado por doze anos, tinha só uma filha, e ela era chamada Vasilisa, a Bela. Quando Vasilisa tinha oito anos, sua mãe adoeceu. Chamou a filha para junto de si, tirou uma boneca de debaixo da coberta e deu-a à menina, dizendo: "Ouça, Vasilisuchka. Preste atenção às minhas últimas palavras e lembre-se do que vou lhe dizer. Estou morrendo e tudo que posso deixar para você é minha bênção de mãe, com esta boneca.[2] Leve a boneca aonde quer que você vá, mas não a mostre a ninguém. Se estiver em apuros, basta lhe dar um pouco de comida e aguardar seu conselho. Depois de comer, ela lhe dirá o que fazer." A mãe deu na filha um beijo de despedida e morreu.

Após a morte da mulher, o negociante cumpriu o luto da maneira adequada e começou então a pensar em se casar de novo. Era um homem bonitão e não lhe era nada difícil encontrar noiva, mas preferiu uma certa viúva. Essa viúva tinha duas filhas quase da mesma idade de Vasilisa, e o negociante achou que ela daria uma boa dona de casa e uma boa mãe. Assim casou-se com ela, mas estava errado, pois a mulher não se revelou boa mãe para Vasilisa.

Vasilisa era a menina mais bonita de toda a aldeia, e a madrasta e as irmãs postiças tinham inveja de sua beleza.[3] Atormentavam-na, dando-lhe todo tipo de trabalho para fazer, na esperança de que ficasse esquelética de tanto mourejar e com a pele queimada e gretada pela exposição ao vento e ao sol. E, de fato, Vasilisa levava uma vida desgraçada. Mas suportava tudo sem queixas e tornava-se mais encantadora a cada dia, enquanto a madrasta e as irmãs, que passavam o dia inteiro sentadas aqui e ali sem fazer nada, iam ficando chupadas e feias por causa da sua maldade.

Como foi que tudo isso aconteceu? As coisas teriam sido diferentes sem a boneca. Sem a ajuda dela a menina nunca teria dado conta de tanto trabalho. Havia alguns dias que Vasilisa não comia nada de nada.[4] Esperava até que todos estivessem na cama e então se trancava no quarto onde dormia. Dando à boneca um gostoso petisco, dizia: "Coma isto, bonequinha, e ouça meus infortúnios. Moro na casa de meu pai, mas estou privada de alegria. Essa minha madrasta vai ser a minha morte. Diga-me como eu deveria viver e o que deveria fazer." Primeiro a boneca comia, depois aconselhava Vasilisa e a consolava em seu sofrimento. De manhã, ela cuidava de todos os serviços enquanto Vasilisa descansava na sombra e colhia flores. A boneca arrancava as ervas daninhas dos canteiros, regava os repolhos, ia buscar água no poço e acendia o fogão. Chegou a mostrar a Vasilisa uma erva que a protegeria contra queimaduras de sol.[5] Graças à boneca, a vida de Vasilisa era fácil.

Os anos se passaram e Vasilisa cresceu, chegando à idade de se casar. Todos os rapazes da aldeia queriam se casar com ela, e não davam nem uma olhadinha para as filhas da madrasta. A madrasta passou a detestar Vasilisa ainda mais. Declarava a todos os pretendentes: "Não pretendo casar a caçula antes das mais velhas." Depois descarregava sua raiva dando bofetadas cruéis em Vasilisa.

Um dia o pai de Vasilisa teve de partir para terras distantes numa longa viagem[6] de negócios. A madrasta mudou-se para uma outra casa à beira de uma densa floresta. Numa clareira dessa floresta havia uma choupana, e na choupana morava Baba Iaga,[7] que nunca permitia a ninguém chegar perto dela e comia pessoas como se fossem frangos. A mulher do negociante tinha tal ódio de Vasilisa que, na nova casa, costumava mandar a enteada entrar na mata para buscar uma coisa ou outra. Mas Vasilisa sempre voltava sã e salva. Sua boneca lhe mostrava o caminho e a mantinha longe da choupana de Baba Iaga.

Numa noite de outono a madrasta deu um serviço para cada uma das filhas. Disse à mais velha para fazer renda, mandou a segunda cerzir meias e Vasilisa, fiar. Depois apagou todas as velas da casa, menos a que estava no quarto onde as meninas trabalhavam. Por algum tempo elas executaram suas tarefas tranquilamente. Depois a vela começou a fumegar. Uma das irmãs postiças pegou uma tesoura e fingiu aparar o pavio, mas o que de fato fez, seguindo as ordens da mãe, foi apagar a vela, como se por acidente.

"E agora, o que vamos fazer?" disseram as irmãs postiças. "Não há luz na casa, e não estamos nem perto de terminar nossos serviços. Alguém tem de correr à casa de Baba Iaga para buscar fogo."

"Eu não vou", disse a moça que estava fazendo renda, "pois consigo ver com a luz de meus bilros."

"Eu não vou", disse a moça que estava cerzindo meias, "pois consigo ver com a luz de minhas agulhas de tricô."

"Isso significa que você tem de ir", ambas gritaram para a irmã postiça. "Depressa! Vá visitar sua amiga Baba Iaga!" E empurraram Vasilisa porta afora.

Vasilisa foi para o seu quartinho, arrumou a ceia que preparara para sua boneca, e disse: "Vamos, bonequinha, coma e me ajude na minha aflição. Elas querem que eu vá buscar fogo na casa de Baba Iaga, e ela vai me comer." A boneca ceou. Seus olhos reluziam como duas velas. "Não tenha medo, Vasili-suchka", ela disse. "Vá aonde a mandam ir. Só não esqueça de me levar com você. Se eu estiver no seu bolso, Baba Iaga não poderá lhe fazer mal."

Vasilisa preparou-se para sair, pôs a boneca no bolso e fez o sinal da cruz antes de partir para a espessa floresta. Tremia de medo ao caminhar pela mata. De repente um cavaleiro passou a galope por ela. Seu rosto era branco, estava vestido de branco e montava um cavalo branco com rédeas e estribos brancos. Depois disso, tudo começou a clarear.

Vasilisa penetrou ainda mais na floresta, e um segundo cavaleiro passou a galope por ela. Seu rosto era vermelho, estava vestido de vermelho, e montava um cavalo vermelho. Depois o sol começou a despontar.

Vasilisa andou a noite inteira e o dia inteiro. Tarde na segunda noite, chegou à clareira onde ficava a choupana de Baba Iaga. A cerca em torno dela era feita de ossos humanos. Caveiras, com buracos no lugar dos olhos, miravam das estacas. O portão era feito com ossos de perna humana; os ferrolhos eram feitos de mãos humanas; e o cadeado era um maxilar com dentes afiados. Apavorada, Vasilisa ficou pregada no lugar.

De repente mais um cavaleiro passou a galope por ela. Seu rosto era negro,[8] estava vestido de negro e montava um cavalo negro. Ele galopou até a porta de Baba Iaga e desapareceu, como se a terra o tivesse engolido. Depois caiu a noite. Mas não ficou escuro por muito tempo. Os olhos de todas as caveiras começaram a brilhar, e a clareira ficou iluminada como o dia. Vasilisa arrepiou-se de terror. Queria fugir dali, mas não sabia para que lado ir.

Fez-se um barulho medonho na mata. As árvores estalaram e gemeram. As folhas secas farfalharam e chiaram. Baba Iaga apareceu, voando num almofariz que esporeava com seu pilão e varrendo seus rastros com uma

Ivan Bilibin, 1900

Baba Iaga, em silhueta no momento em que apaga seus rastros com uma vassoura, vaga pela floresta enluarada, à procura de crianças saborosas para comer. Usando a forma do tríptico encimada por uma cúpula em forma de coroa, Bilibin transforma o conto de fadas russo num ícone cultural sagrado, ainda que um tanto sinistro.

vassoura. Avançou até o portão, parou e farejou o ar à sua volta. "Fum, fum! Este lugar está cheirando a menina russa!⁹ Quem está aí?"

Tremendo de medo, Vasilisa aproximou-se da velha bruxa, fez uma profunda reverência e disse: "Sou eu, vovó. Minhas irmãs postiças me mandaram buscar fogo."

"Pois não", disse Baba Iaga. "Conheço suas irmãs muito bem. Mas antes de eu lhe dar fogo você deve ficar aqui e trabalhar para mim. Senão, vou comê-la no jantar." Em seguida virou-se para o portão e gritou: "Desaferrolhai-vos, meus fortes ferrolhos! Abri-vos, meus largos portões!" Os portões se abriram e Baba Iaga entrou, conduzindo seu almofariz com um assobio estridente. Vasilisa seguia-a e depois tudo voltou a se fechar.

Baba Iaga entrou na choupana, estirou-se num banco e disse a Vasilisa: "Estou com fome. Traga-me o que estiver no forno!" Vasilisa foi acender uma vela nas caveiras na cerca e começou a servir a Baba Iaga a comida tirada do forno. Havia o bastante para alimentar dez pessoas. Trouxe *kvas*, hidromel, cerveja e vinho da adega. A velha comeu e bebeu tudo que foi posto diante dela, só deixando para Vasilisa uma tigela de sopa de repolho, uma crosta de pão e uma sobra de porco.

Baba Iaga preparou-se para dormir e disse: "Amanhã, depois que eu sair, trate de varrer o quintal, limpar a choupana, fazer o jantar, lavar a roupa e ir até a tulha catar um alqueire de trigo. E se não tiver terminado quando eu voltar, como você!" Depois de dar as ordens, Baba Iaga pôs-se a roncar. Vasilisa tirou a boneca do bolso e pôs os restos da comida de Baba Iaga diante dela. "Pronto, boneca, coma um pouco e me ajude! Baba Iaga deu-me tarefas impossíveis e ameaçou me comer se eu não cuidar de tudo. Ajude-me."

A boneca respondeu: "Não tenha medo, Vasilisa, a Bela! Jante, faça suas preces e vá dormir. Uma noite bem-dormida é o melhor conselheiro."

Vasilisa levantou cedo. Baba Iaga já estava de pé, andando de um lado para outro. Quando Vasilisa olhou pela janela, viu que as luzes nos olhos das caveiras estavam se apagando. Então o cavaleiro branco passou por ali galopando e o dia rompeu. Baba Iaga foi até o quintal e deu um assobio. Seu almofariz, pilão e vassoura apareceram. O cavaleiro vermelho passou por ali como um relâmpago e o sol despontou. Baba Iaga sentou-se em seu almofariz, esporeou-o com seu pilão e saiu varrendo seus rastros com a vassoura.

Sozinha, Vasilisa correu os olhos pela choupana de Baba Iaga. Nunca tivera tantas coisas para fazer em sua vida e não conseguia decidir por onde começar. Mas, vejam só, o trabalho já estava todo feito! A boneca estava catando os últimos pedacinhos de palha do trigo. "Você me salvou!" Vasilisa disse à boneca. "Se não fosse por você, eu seria devorada esta noite."

"Agora tudo que tem a fazer é preparar o jantar", disse a boneca enquanto subia para o bolso da menina. "Trate de cozinhá-lo com a bênção de Deus e depois descanse um pouco para ficar forte."

Ao pôr do sol Vasilisa arrumou a mesa e esperou por Baba Iaga. Escureceu e, quando o cavaleiro negro passou galopando, a noite caiu. A única luz vinha das caveiras na cerca. As árvores estalaram e gemeram; as folhas secas farfalharam e chiaram. Baba Iaga estava chegando. Vasilisa saiu ao seu encontro. "Todo o serviço foi feito?" Baba Iaga perguntou. "Veja com seus próprios olhos, vovó", Vasilisa respondeu.

Ivan Bilibin, 1900
Cabo de vassoura numa mão, pilão na outra, Baba Iaga, com seu cabelo branco levantado pelo vento, é uma presença ameaçadora. Diferentemente das bruxas do folclore alemão, não é encurvada pela idade, mas enrijecida pela fúria, e não há como confundi-la com a figura amável de uma vovó.

Baba Iaga percorreu toda a choupana. Ficou aborrecida por não ter nada do que se queixar, e disse: "Muito bem." Em seguida gritou: "Minhas servidoras fiéis, minhas amigas queridas, moei o trigo!" Três pares de mãos apareceram. Pegaram o trigo e desapareceram com ele. Baba Iaga comeu até se fartar, aprontou-se para dormir e mais uma vez deu tarefas para Vasilisa. "Amanhã", ordenou, "faça exatamente como hoje. Depois tire as sementes de papoula da tulha e espane a poeira, grão por grão. Alguém jogou poeira nas tulhas só para me aborrecer." Baba Iaga se virou e se pôs a roncar.

Vasilisa foi dar comida para sua boneca, que comeu tudo na sua frente e repetiu as mesmas palavras que dissera no dia anterior. "Reze a Deus e vá dormir. Tudo será feito, Vasilisuchka."

Na manhã seguinte Baba Iaga partiu outra vez em seu almofariz. Com a ajuda da boneca, Vasilisa terminou o serviço num piscar de olhos. A bruxa velha retornou ao entardecer, examinou tudo e exclamou: "Minhas servidoras fiéis, minhas amigas queridas, espremei o óleo destas sementes de papoula." Três pares de mãos apareceram, pegaram o caixote de sementes de papoula e desapareceram com ele. Baba Iaga sentou-se para jantar. Enquanto comia, Vasilisa permaneceu em silêncio perto dela.

"Por que não fala comigo?" Baba Iaga perguntou. "Fica aí como se fosse muda."

"Não me atrevo a falar", disse Vasilisa, "mas se me der permissão, há algo que gostaria de perguntar."

"Pergunte à vontade!" disse Baba Iaga. "Mas tome cuidado. Nem toda pergunta tem uma boa resposta. Se souber muito, ficará velha logo."

"Oh, vovó, só quero perguntar sobre algumas coisas que vi no caminho para cá. Quando estava vindo para cá, um cavaleiro com o rosto branco, montando um cavalo branco e vestido de branco me alcançou. Quem era ele?"

"Aquele era o dia claro", Baba Iaga respondeu.

"Depois um outro cavaleiro me alcançou. Tinha um rosto vermelho, montava um cavalo vermelho e estava vestido de vermelho. Quem era ele?"

"Aquele é meu sol vermelho", Baba Iaga respondeu.

"Então quem era o cavaleiro negro que encontrei junto ao seu portão, vovó?"

"É a minha noite escura. Todos os três são meus fiéis servidores."

Vasilisa lembrou-se dos três pares de mãos, mas ficou de boca calada.

"Não quer perguntar mais nada?" indagou Baba Iaga.

"Não, vovó, isto é o bastante. Você mesma disse que quanto mais se sabe, mais depressa se envelhece."

"Você é bem ajuizada", disse Baba Iaga, "perguntando só sobre coisas que viu fora da minha casa, não dentro dela. Não gosto que saibam dos meus assuntos, e quando as pessoas ficam curiosas demais, eu as devoro.

Ivan Bilibin, 1900

Ao avançar pela mata cheia de bétulas, Vasilisa encontra o cavaleiro branco, um símbolo da aurora. Os corvos que emolduram a cena sugerem um perigo. Aves de mau agouro, os corvos indicam tradicionalmente morte e desgraça, embora na epopeia russa sejam símbolos do inimigo.

Ivan Bilibin, 1900

O cavaleiro vermelho galopa pela floresta. Este cavaleiro, que representa o sol nascente, carrega uma tocha de fogo, levando luz para a mata. A moldura é decorada com um trevo, um símbolo da Trindade usado para afastar encantamentos e bruxaria. Apesar de sua aparência ameaçadora, o cavaleiro vermelho, que traz fogo e luz, tem claramente um poder bom.

Ivan Bilibin, 1900
Enquanto o sol se põe ao fundo, o cavaleiro negro, representando a noite e a morte, perambula pelo quintal de Baba Iaga. Poderoso aliado da bruxa russa, ele está emoldurado por criaturas híbridas semelhantes às harpias gregas, monstros com poderes destrutivos.

Agora tenho uma pergunta para você. Como conseguiu fazer todo o trabalho tão depressa?"

"Fui ajudada pela bênção de minha mãe", disse Vasilisa.

"Ah, então foi assim!" Baba Iaga deu um grito estridente. "Fora daqui, filha abençoada![10] Não quero ninguém abençoado na minha casa." Arrastou Vasilisa para fora do quarto e a empurrou portão afora. Depois pegou uma das caveiras de olhos flamejantes da cerca, espetou-a na ponta de uma vara e deu-a à menina, dizendo:

"Aqui tem fogo para suas irmãs postiças. Tome-o. Foi isto que veio buscar, não foi?"

Vasilisa correu para casa, usando o fogo da caveira para iluminar o caminho. Ao alvorecer o fogo se extinguiu e ao anoitecer ela chegou em casa. Quando estava se aproximando do portão, quase jogou a caveira fora achando que àquela hora suas irmãs postiças já tinham arranjado fogo, mas ouviu uma voz abafada vindo da caveira: "Não me jogue fora. Leve-me para sua madrasta." Ela olhou para a casa da madrasta e, vendo que não havia nenhuma luz na janela, resolveu entrar com a caveira. Pela primeira vez a madrasta e as irmãs postiças a receberam gentilmente. Contaram-lhe que, desde a partida dela, não tinham tido nenhum fogo em casa. Não tinham conseguido acender nenhuma vela sozinhas. Tinham tentado trazer uma acesa da casa dos vizinhos, mas ela se apagava assim que transpunham a soleira.

"Talvez seu fogo dure", disse a madrasta. Vasilisa entrou em casa com a caveira, cujos olhos começaram a fitar a madrasta e as duas irmãs. Aquele olhar começou a queimá-las. Tentaram se esconder, mas os olhos as seguiam aonde quer que fossem. Pela manhã estavam transformadas em três montinhos de cinzas no chão. Só Vasilisa permaneceu intocada pelo fogo.

A menina enterrou a caveira no jardim, trancou a casa e foi para a cidade mais próxima. Uma velha senhora sem filhos[11] deu-lhe abrigo e ali ela ficou morando, esperando a volta do pai. Um dia disse à mulher: "Estou cansada de ficar aqui sem nada para fazer, vovó. Compre para mim o melhor linho que achar. Assim pelo menos posso fiar um pouco."

A velha senhora comprou do melhor linho das redondezas e Vasilisa pôs-se a trabalhar. Fiava com a rapidez de um raio, e seus fios eram uniformes e finos como cabelo. Fiou uma grande quantidade de fio. Estava na hora de começar a tecê-lo, mas não havia pentes finos o bastante para o fio de Vasi-

IVAN BILIBIN, 1900
Vasilisa conseguiu arranjar fogo. Deixando a choupana de Baba Iaga, construída sobre pernas de galinha e cercada por estacas com crânios, ela leva fogo de volta para casa.

Ivan Bilibin, 1900
O czar e seu séquito, ricamente vestidos, visitam Vasilisa e a velha senhora que a ajudou.

lisa e ninguém se dispunha a fabricar um. Vasilisa pediu ajuda à boneca. A boneca disse: "Traga-me um pente velho, uma lançadeira velha e uma crina de cavalo. Farei um tear para você." Vasilisa fez o que a boneca disse, foi dormir e na manhã seguinte encontrou um maravilhoso tear à sua espera.

Antes que o inverno terminasse o linho estava tecido. Era tão fino que passava pelo buraco de uma agulha. Na primavera o linho foi alvejado, e Vasilisa disse à velha senhora: "Vovó, venda este linho e guarde o dinheiro para você."

A velha senhora contemplou o tecido e perdeu a respiração. "Não, minha filha. Ninguém pode usar um linho como este a não ser o czar. Vou levá-lo para o palácio."

A velha senhora foi até o palácio do czar[12] e começou a andar para lá e para cá sob as janelas. O czar a viu e perguntou: "O que você quer, vovó?"

"Vossa majestade," ela respondeu, "trouxe uma mercadoria rara. Não quero mostrá-la a ninguém senão a vós."

O czar ordenou que levassem a velha senhora à sua presença e, quando ela lhe mostrou o linho, ele o admirou assombrado. "O que quereis por ele?" perguntou.

"Não posso cobrar nenhum preço por ele, paizinho czar! É um presente." O czar agradeceu e cobriu-a de mimos.

O czar mandou que fossem feitas camisas do linho. Elas foram cortadas, mas ninguém conseguiu encontrar uma costureira disposta a costurá-las. Por

Ivan Bilibin, 1900
Neste floreio decorativo final para a história de Vasilisa, a margarida, símbolo da fidelidade, mistura-se a cardos e trevos, usados para afastar maus espíritos.

fim ele convocou a velha senhora e disse: "Você foi capaz de fiar e tecer este linho. Deve ser capaz de costurar camisas com ele para mim."

"Não fui eu quem fiou e teceu este linho, Vossa Majestade", disse a mulher. "Isto é obra de uma moça a quem dei abrigo."

"Muito bem, então que ela costure as camisas", o czar ordenou.

A velha senhora voltou para casa e contou tudo a Vasilisa. "Eu sabia o tempo todo que teria de fazer esse trabalho", Vasilisa lhe disse. E, trancando-se em seu quarto, pôs-se a costurar. Trabalhou sem parar e logo uma dúzia de camisas estava ponta.

A velha senhora levou as camisas ao czar. Vasilisa se banhou, penteou o cabelo, vestiu suas melhores roupas e se sentou junto à janela para ver o que aconteceria. Viu um dos servos do czar entrar no pátio. O mensageiro foi até a sala e disse: "Sua Majestade quer conhecer a costureira que fez suas camisas e recompensá-la com suas próprias mãos."

A menina compareceu perante o czar. Quando ele viu Vasilisa, a Bela, apaixonou-se perdidamente. "Não, minha bela", disse. "Nunca a deixarei. Será minha esposa."

O czar tomou as belas mãos brancas de Vasilisa e a fez sentar-se ao seu lado. O casamento foi celebrado imediatamente. Logo depois o pai de Vasilisa regressou.[13] Ficou radiante com a boa fortuna da filha e foi morar na casa dela. Vasilisa levou também a velha senhora para sua casa e carregou a boneca no bolso até o dia da sua morte.

A leste do sol e a oeste da lua[1]

PETER CHRISTEN ASBJØRNSEN E JØRGEN MOE

ESTE CONTO NORUEGUÊS foi publicado pela primeira vez em inglês num volume intitulado *Fairy Tales of All Nations* (1849). Uma variante de *A Bela e a Fera*, foi inspirado por *Eros e Psique*, uma história que figurou em *O asno de ouro*, de Apuleio, escrito em latim no século II d.C. *A leste do sol e a oeste da lua* é originário dos países escandinavos, mas gozou também de ampla popularidade em culturas anglo-americanas. Ao contrário do francês *A Bela e a Fera*, este conto inclui um desfecho em que a filha tem de empreender uma jornada, suplantar uma rival e demonstrar seus méritos domésticos.

ra uma vez um camponês muito pobre. Seus filhos eram tantos que ele não tinha comida nem roupa bastante para lhes dar. Todos eram crianças bonitas, mas a mais bonita era a filha caçula, que era de uma beleza infinita.[2]

Numa noite de quinta-feira, quando o outono já ia tarde,[3] o tempo estava tempestuoso e uma escuridão pavorosa reinava lá fora. A chuva caía com tanta força e o vento soprava tão furiosamente que as paredes da cabana tremiam. Todos estavam sentados ao pé do fogo, ocupados com uma coisa ou outra. Foi então que, de repente, ouviram-se três pancadinhas[4] na janela. O pai saiu para ver o que estava acontecendo. Ao chegar lá fora, viu um enorme urso branco.

"Boa noite para o senhor", disse o urso branco.

"Para você também", disse o homem.

"Quer me dar sua filha mais nova em casamento?[5] Se o fizer, torná-lo-ei tão rico quanto agora é pobre", disse o urso.

Bem que passou pela cabeça do homem que não seria má ideia ser rico, mas ele achou que devia conversar com a filha primeiro. Assim, entrou em casa e contou a todos sobre o enorme urso branco que estava lá fora e que prometera torná-los todos ricos, contanto que pudesse se casar com a filha mais nova.

Imediatamente a menina exclamou: "Não!" Nada pôde convencê-la a mudar de ideia. O homem saiu e combinou com o urso branco que ele deveria voltar na quinta-feira seguinte para ter uma resposta. Nesse meio-tempo, conversou com a filha, não se cansando de ressaltar o quanto seriam ricos[6] e a fortuna que ela própria teria. Finalmente a menina concordou. Assim, lavou e remendou seus trapinhos, enfeitou-se, e ficou tão elegante quanto podia. Não precisou de muito tempo para se preparar para a viagem, pois não tinha grande coisa para levar.

Na noite da quinta-feira seguinte o urso branco veio buscar a mocinha. Ela subiu nas costas dele com sua trouxa, e lá se foram. Quando já tinham trilhado um bom pedaço de chão, o urso branco perguntou: "Não está com medo?"

Não, não estava.

"Segure firme no meu couro peludo e não terá nada a temer", disse o urso.

Os dois andaram um caminho muito, muito comprido, até chegarem a uma montanha.[7] O urso branco deu uma pancada na pedra e uma porta se

KAY NIELSEN, 1914
Virando a cabeça na direção de casa, a heroína permanece impotente para mudar seu destino. Uma figura pequenina, ela avança através da estéril paisagem nórdica na garupa do noivo. A árvore de tronco delgado e folhas choronas faz lembrar a própria jovem.

201

Edmund Dulac, 1915
No livro *O sonhador de sonhos*, Dulac explora a aliança entre uma princesa e dois imensos, mas aparentemente mansos, ursos brancos.

abriu. Entraram num castelo, onde havia muitos cômodos, todos iluminados e rutilantes de prata e ouro. Uma mesa deslumbrante já estava posta.[8] O urso branco deu à menina uma sineta de prata. Se quisesse alguma coisa, bastava tocar e a teria imediatamente.

Bem, já era tarde da noite depois que ela comeu e bebeu alguma coisa. Com muito sono depois da longa jornada, resolveu se deitar. Assim, pegou a sineta para tilintá-la. Mal a tinha na mão, encontrou-se num aposento com uma cama que era de uma alvura sem par, com travesseiros e cortinas de seda, e franjas de ouro. Tudo no quarto era ouro e prata. Depois que ela se deitou e apagou a luz, um homem entrou e se deitou ao seu lado.[9] Era o urso branco, que se desprendia da sua pele durante a noite. Ela nunca conseguia vê-lo, pois ele nunca chegava antes que ela tivesse apagado a luz e estava de pé e longe dali antes do nascer do sol.

Durante algum tempo a menina sentiu-se satisfeita, mas logo tornou-se silenciosa e triste. Passava o dia todo sozinha, e morria de saudades de sua casa, do pai, da mãe, dos irmãos e das irmãs. Um dia, quando o urso branco lhe perguntou o que a estava afligindo, respondeu que se sentia solitária e entediada e queria visitar sua casa para ver o pai, a mãe, os irmãos e as irmãs. Era por isso que estava triste, por não poder ir vê-los.

"Bem, bem", disse o urso. "Talvez possamos encontrar uma solução para isso. Mas tem que me prometer que só vai falar com sua mãe quando houver gente em volta para ouvir.[10] Nunca fale com ela a sós. Ela tentará pegar você pela mão e levá-la com ela para outro quarto. Mas se você fizer isso, atrairá uma maldição sobre nós dois."

No domingo o urso branco foi vê-la e disse que estava pronto para levá-la ao encontro do pai e da mãe. Lá se foram os dois, ela montada nas costas do urso. Fizeram uma longa viagem. Finalmente chegaram a uma casa suntuosa, e ela viu os irmãos e as irmãs correndo em volta dela. Foi uma alegria ver como era tudo lindo.

"Seu pai e sua mãe moram aqui agora", disse o urso branco. "Não esqueça o que eu lhe disse, ou será a nossa desgraça."

Não, Deus me livre, ela não esqueceria. Ao chegarem à casa, o urso branco deu meia-volta e partiu.

A menina entrou para ver o pai e a mãe e todos ficaram eufóricos. Como poderiam agradecer à filha pelo que fizera pela família? Agora tinham tudo com que já tinham sonhado, e as coisas não poderiam estar melhores. Estavam todos curiosos para saber onde ela estava morando e como estava se arranjando.

Bem, ela lhes contou, morar onde estava morando era muito confortável. Tinha tudo que podia desejar. Não faço ideia do que mais ela disse,[11] mas é pouco provável que tenha contado a história toda para alguém. Naquela tarde, depois do jantar, tudo aconteceu exatamente como o urso previra. A mãe quis conversar a sós com a filha em seu quarto. Mas ela lembrou o que o urso branco dissera e se recusou a subir para o segundo andar. "O que temos para conversar pode esperar", disse, e se desvencilhou da mãe. No fim das contas, porém, de alguma maneira, a mãe conseguiu enredá-la e a menina teve de lhe contar toda a história. Contou-lhe como, todas as noites, quando se deitava, um homem entrava em seu quarto assim que a luz era apagada. Nunca o vira, porque ele estava sempre de pé e longe do quarto quando ela acordava. Sentia-se imensamente triste, porque queria muito vê-lo, sobretudo porque passava os dias inteiros sozinha e era tudo tão enfadonho e solitário.

"Oh, minha querida", disse a mãe. "Você anda dormindo com um *troll* ou coisa parecida! Vou lhe dar uns bons conselhos sobre como conseguir espiá-lo. Tome este toco de vela e esconda-o na roupa. Quando ele estiver dormindo, pode acendê-lo, mas tome cuidado para não pingar nem uma gota de cera nele."[12]

Ela pegou a vela e a escondeu em suas roupas, e naquela noite o urso branco voltou para buscá-la.

Depois de caminharem uma curta distância, o urso branco perguntou se tudo acontecera como ele previra. Ela não pôde negar que sim. "Cuidado," ele disse, "se seguir o conselho da sua mãe, atrairá uma maldição sobre nós dois e estaremos ambos liquidados." Não, de maneira nenhuma!

Após chegar em casa, a menina foi se deitar e tudo aconteceu como das outras vezes. Um homem entrou e se deitou ao seu lado. No meio da noite, porém, depois de se certificar de que ele dormia a sono solto, ela se levantou e acendeu a vela. Deixou a chama brilhar sobre ele e viu que era o mais belo príncipe que se possa imaginar. Apaixonou-se tão profundamente por ele que pensou que não seria capaz de continuar vivendo a menos que lhe desse um beijo, naquele instante mesmo.[13] E assim fez. Mas, enquanto o beijava, três gotas de cera quente pingaram na camisa dele e ele despertou.

"O que você fez?" ele exclamou. "Agora atraiu uma maldição sobre nós dois. Se tivesse esperado apenas um ano, eu teria sido libertado! Tenho uma madrasta, e ela me enfeitiçou[14] de tal modo que sou urso de dia e homem à noite. Terei de deixar você e ir à procura dela. Ela mora num castelo a leste do sol e a oeste da lua. Mora lá também uma princesa, com um nariz de três varas de comprimento,[15] e é ela a mulher que terei agora de desposar."

A menina chorou e lamentou a sua sorte, mas aquilo não adiantou nada. O príncipe tinha de partir. Ela perguntou se podia acompanhá-lo. Não, não podia. "Então diga-me como chegar lá", ela pediu. "Com certeza posso pelo

KAY NIELSEN, 1914
Incapaz de se conter, a heroína acende uma vela para poder ver o rosto do homem que entra em sua cama toda noite e atrai uma maldição sobre o casal. Aqui o príncipe se despede e está prestes a voltar para o reino da madrasta que o enfeitiçou. A riqueza decorativa de roupas, piso, papel de parede, cortina, cama e porta confere à composição um equilíbrio extraordinariamente delicado.

menos procurar por você." Sim, isso ela podia fazer, mas não havia nenhuma estrada que levasse para onde ele ia. Ficava a leste do sol e a oeste da lua, e ela jamais conseguiria descobrir como chegar lá.

Na manhã seguinte, quando acordou, tanto o príncipe quanto o castelo tinham desaparecido, e ela se viu deitada num pequeno canteiro verde no meio de uma floresta escura e lúgubre. A seu lado estava a mesma trouxa de trapinhos que trouxera de casa.

Depois de esfregar os olhos para afugentar o sono e de chorar até ficar exausta, tomou seu caminho, andando dia após dia até que avistou um alto penhasco. Ali perto estava sentada uma velha,[16] brincando com uma maçã de ouro, que jogava para o ar. A menina perguntou-lhe se sabia como encontrar um príncipe que estava morando com sua madrasta num castelo a leste do sol e a oeste da lua e que estava na obrigação de se casar com uma princesa com um nariz gigante.

"Como ouviu falar desse príncipe?" perguntou a velha. "Talvez você seja a moça que lhe estava destinada?" Sim, era ela. "Bem, bem, então é você, não é?" disse a velha. "Tudo que sei é que ele mora num castelo a leste do sol e a oeste da lua e que você chegará lá ou tarde demais ou nunca. Mas vou lhe emprestar meu cavalo para que a leve até minha vizinha mais próxima. Talvez ela possa ajudá-la. Quando chegar lá, basta dar uma batidinha embaixo da orelha esquerda do cavalo e mandá-lo voltar para casa. E se quiser levar com você esta maçã de ouro, não faça cerimônia."

A menina montou o cavalo e cavalgou por muito, muito tempo. Chegou a outro penhasco, e perto dele estava sentada uma outra velha, que segurava um pente de ouro. A menina perguntou a ela se sabia o caminho do castelo que ficava a leste do sol e a oeste da lua, e a velha respondeu, como a primeira, que não sabia nada sobre aquele castelo, a não ser que ficava a leste do sol e a oeste da lua. "Você chegará lá ou tarde demais ou nunca. Mas vou lhe emprestar meu cavalo para que a leve até minha vizinha mais próxima. Talvez ela possa ajudá-la. Quando chegar lá, basta dar uma batidinha embaixo da orelha esquerda do cavalo e mandá-lo voltar para casa."

Kay Nielsen, 1914
Uma minúscula figura parecendo ainda menor diante dos maciços troncos da floresta, a heroína chora, desesperada. Note-se novamente a presença da árvore, agora curvada e "triste", como a moça.

A velha deu-lhe seu pente de ouro. Talvez encontrasse algum uso para ele, disse à menina.

A menina montou e, mais uma vez, cavalgou por muito, muito tempo. Finalmente chegou a um outro penhasco, e perto dele viu uma outra velha. Esta estava fiando com uma roda de fiar de ouro. Perguntou-lhe também se sabia como encontrar o príncipe e onde se erguia o castelo que ficava a leste do sol e a oeste da lua. Mas tudo se passou exatamente como antes. "Talvez você seja a moça que lhe estava destinada?" Sim, era ela. Mas aquela mulher não tinha nenhuma ideia melhor sobre como chegar ao castelo. Sabia que ficava a leste do sol e a oeste da lua, mas só isso. "E você vai chegar lá ou tarde demais ou nunca, mas vou lhe emprestar meu cavalo para que alcance o Vento Leste e pergunte a ele. Pode ser que ele conheça essas paragens e possa soprá-la para lá. Quando o encontrar, basta dar uma batidinha debaixo da orelha esquerda do cavalo que ele trotará sozinho para casa." A velha entregou-lhe sua roda de fiar de ouro. "Pode ser que lhe sirva para alguma coisa", disse.

A menina cavalgou durante todo um longo dia até chegar à casa do Vento Leste,[17] mas chegou. Perguntou ao Vento Leste se ele podia lhe dizer qual era o caminho para ir ter com o príncipe que morava a leste do sol e a oeste da lua. Sim, o Vento Leste ouvira falar volta e meia do príncipe e do castelo, mas não sabia como se chegava lá, porque nunca soprara tão longe. "Mas se quiser vou com você até o meu irmão, o Vento Oeste. Talvez ele saiba, porque é muito mais poderoso. Se montar nas minhas costas, eu a levarei lá." Sim, ela montou nas costas dele e os dois partiram numa rajada.

Quando chegaram à casa do Vento Oeste, o Vento Leste disse a ele que a menina que trouxera estava destinada ao príncipe que morava no castelo a leste do sol e a oeste da lua. Ela saíra à procura desse príncipe e ele a trouxera até ali e gostaria de saber se o Vento Oeste sabia como chegar ao castelo. "Não", disse o vento oeste. "Nunca soprei tão longe. Mas se quiser vou com você até meu irmão, o Vento Sul, porque ele é muito mais poderoso que qualquer um de nós dois, e já soprou por toda parte. Talvez ele seja capaz de saber. Monte nas minhas costas e eu a levarei até ele." Sim, ela montou nas costas dele e eles viajaram até o Vento Sul, e tenho a impressão de que isso não foi nada demorado.

Ao chegar lá, o Vento Oeste perguntou ao Vento Sul se sabia o caminho para o castelo que ficava a leste do sol e a oeste da lua, pois a menina que trazia estava destinava ao príncipe que lá morava. "É mesmo?" disse o Vento Sul. "Então é esta? Bem, já visitei muitos lugares, mas até hoje nunca soprei lá. Se quiser, levo-a até meu irmão, o Vento Norte; ele é o mais velho e o mais poderoso de todos nós. Se ele não souber onde é, você nunca encontrará no mundo quem saiba. Monte nas minhas costas, e eu a levarei lá." Sim, ela montou nas costas dele e os dois partiram numa lufada.

Não precisaram ir muito longe. O Vento Norte estava tão furioso e rabugento que, quando ainda estavam longe da sua casa, ele soprou vários pés de vento em cima deles. "Que um vendaval os carregue! O que querem?" bramiu

Kay Nielsen, 1914
O Vento Norte enfuna-se e sopra para criar tempestades e inundações, mas também para arregimentar os poderes capazes de conduzir a heroína ao castelo que fica a leste do sol e a oeste da lua. É interessante notarmos que aqui, ao contrário do que ocorre na maioria dos contos de fadas, é a mulher que enfrenta percalços e viaja para salvar o amado.

a distância, e os dois tiveram um calafrio. "Bem", disse o Vento Sul, "não precisa esbravejar tão alto, pois sou eu, seu irmão, o Vento Sul, e aqui está a menina destinada ao príncipe que mora no castelo que fica a leste do sol e a oeste da lua. Ela quer saber se alguma vez você esteve lá e se pode lhe mostrar o caminho, pois quer muito se reencontrar com o príncipe."

"Sim, sei onde é", respondeu o Vento Norte. "Uma vez soprei uma folha de choupo por aquelas bandas, mas depois fiquei tão cansado que por vários dias não consegui soprar um só furacão. Se quer mesmo ir lá e não tem medo de vir comigo, eu a levarei nas minhas costas e verei se consigo soprá-la até lá." Sim, do fundo do coração, ela desejava ir e tinha de chegar lá, se fosse possível. E não teria medo, por mais turbulenta que fosse a viagem. "Muito bem, então", disse o Vento Norte. "Mas terá de dormir aqui esta noite, pois vamos precisar de um dia inteiro se quisermos chegar lá de alguma maneira."

Cedo na manhã seguinte o Vento Norte acordou a menina. Ele se inflara tanto, tornara-se tão forte e grande que ficou horripilante. Partiram os dois, lá em cima no ar, como se não pudessem parar até chegar ao fim do mundo.

Aqui na terra houve uma terrível tempestade. Alqueires de floresta e muitas casas ficaram inundados. Navios naufragaram às centenas quando a tempestade foi arrastada para o mar. Os dois sopraram sobre o oceano – ninguém pode imaginar o quanto foram longe – e sobre ele ficaram todo o tempo. O Vento Norte foi ficando cada vez mais cansado. Logo estava tão esbaforido que mal lhe sobrava um sopro. Suas asas tombavam cada vez mais, até que por fim ele mergulhou tão fundo que as cristas das ondas molharam os seus calcanhares. "Está com medo?" perguntou o Vento Norte. Não, não estava.

Não estavam muito longe da terra firme agora, e só restou ao Vento Norte força suficiente para jogá-la no litoral sob as janelas de um castelo que ficava a leste do sol e a oeste da lua. Mas ele estava tão fraco e exausto que teve de ficar ali e descansar por vários dias antes de poder voltar para casa.

Na manhã seguinte a menina sentou-se sob a janela do castelo e começou a brincar com a maçã de ouro. A primeira pessoa que viu foi a princesa do nariz comprido que iria se casar com o príncipe. "O que quer por sua maçã de ouro, menina?" perguntou a princesa do nariz comprido quando abriu a janela.

"Não está à venda, nem por ouro nem por dinheiro" respondeu a menina.

"Se não está à venda nem por ouro nem por dinheiro, o que quer para vendê-la? Pode dizer o preço você mesma", disse a princesa.

"Bem, poderá tê-la se eu puder passar a noite no quarto onde o príncipe dorme", disse a menina que o Vento Norte transportara. Sim, ela podia dar um jeito. Então a princesa pegou a maçã de ouro; mas quando a menina subiu ao quarto do príncipe naquela noite, encontrou-o profundamente adormecido. Chamou seu nome e o sacudiu, chorou e se afligiu, mas não conseguiu acordá-lo. Na manhã seguinte, ao nascer do sol, a princesa do nariz comprido entrou no quarto e a escorraçou.

Durante o dia, a menina ficou sentada sob a janela do castelo e começou a se pentear com seu pente de ouro, e a mesma coisa aconteceu. A princesa lhe perguntou quanto queria pelo pente. Ela disse que o pente não estava à venda, nem por ouro nem por dinheiro, mas se tivesse permissão para ir ao encontro do príncipe e passar com ele aquela noite, a princesa poderia ficar com o pente.[18] Quando chegou ao quarto do príncipe, a menina viu que ele estava de novo profundamente adormecido. Por mais que chamasse, sacudisse, chorasse e rezasse, não conseguiu fazê-lo reagir. Ao raiar do dia a princesa do nariz comprido apareceu e a escorraçou de novo.

Durante o dia, a princesa ficou sentada sob a janela do castelo e começou a fiar com sua roda de fiar de ouro. A princesa do nariz comprido quis ter a roda também. Abriu a janela e perguntou à menina quanto queria por ela. A menina disse, como dissera duas vezes antes, que a roda não estava à venda nem por ouro nem por dinheiro, mas se pudesse ir ver o príncipe que estava lá e passar com ele aquela noite, a princesa poderia ficar com ela. Sim, poderia entrar, seria muito bem-vinda. Mas agora vocês precisam saber que havia pessoas de bom coração hospedadas no castelo,[19] e quando estavam no seu quarto, que era pegado ao do príncipe, haviam ouvido uma mulher chorando, rezando e chamando pelo príncipe por duas noites seguidas. E tinham contado isso ao príncipe.

Naquela noite a princesa foi ao quarto do príncipe levando-lhe uma poção, mas ele só fingiu tomá-la. Jogou-a sobre o ombro, pois tinha descoberto que era uma poção para dormir. Quando a menina entrou, encontrou o príncipe inteiramente desperto, e então lhe contou toda a história de como chegara ao castelo. "Ah", disse o príncipe, "você chegou na hora certa, porque amanhã seria o dia do meu casamento. Mas agora não terei de me casar com o nariz comprido. Você á única mulher no mundo que pode me libertar. Vou dizer que quero pôr minha noiva à prova, para ver se é adequada para ser minha mulher. Vou pedir a ela que lave a camisa que tem as três manchas de cera. Ela tentará, pois não sabe que foi você que pingou a cera na camisa e que ela só pode ser lavada por aquela que a manchou, não pelos *trolls*[20], mesmo os mais sagazes destas redondezas. Depois direi a ela que só posso me casar com a pessoa capaz de deixar a camisa limpa, e sei que você pode fazer isso."

Durante a noite toda eles conversaram sobre sua alegria e seu amor. No dia seguinte, quase na hora do casamento, o príncipe disse: "Antes de mais nada, quero ver o que minha noiva é capaz de fazer."

"Sim!" disse a madrasta, com muita espontaneidade.

"Bem," disse o príncipe, "tenho uma bela camisa que gostaria de usar no meu casamento. Mas, por alguma razão, ela está com três manchas de cera que precisam ser removidas. Jurei desposar a mulher que conseguir limpá-la.[21] Não vale a pena ter uma que não consiga."

Bem, não era nenhum grande desafio, elas disseram, e concordaram com o pacto. A princesa do nariz comprido começou a esfregar com toda a força que tinha, mas quanto mais raspava e friccionava, maiores ficavam as manchas. "Ah!" disse a velha *troll*, sua mãe. "Você não sabe lavar. Deixe-me tentar." Assim que ela a tocou, a camisa ficou pior que antes. Por mais que esfregasse, torcesse e escovasse, as manchas iam ficando maiores e mais escuras, e a camisa, cada vez mais suja e feia. Depois todos os outros *trolls* começaram a esfregar, mas quanto mais lavavam, mais escura e feia ficava a camisa, até que finalmente ficou tão preta como se tivesse saído de dentro de uma chaminé.

"Ah!" disse o príncipe. "Nenhuma de vocês vale um vintém; não sabem lavar. Ora, lá fora tem uma mendiga. Aposto que aquela menina sabe lavar melhor que todas vocês. Entre aqui, moça!" ele gritou. Ela entrou. "Você é capaz de deixar esta camisa perfeitamente limpa, moça?" ele perguntou.

"Não tenho certeza", ela respondeu, "mas acho que posso." Mal ela pegou a camisa e a mergulhou na água, ela ficou branca como a neve, até mais branca. "Sim, você é a moça destinada para mim", disse o príncipe.

Diante disso, a velha bruxa teve um tal ataque de raiva que explodiu ali mesmo e, logo depois dela, a princesa do nariz comprido e, depois da princesa, toda a cambada de *trolls*. Ou pelo menos eu nunca mais ouvi falar deles.

Quanto ao príncipe e à princesa, libertaram todas as pessoas boas que haviam sido levadas para lá e aprisionadas; e carregaram toda a prata e todo o ouro. E partiram a toda pressa para o mais longe possível do castelo que fica a leste do sol e a oeste da lua.

Molly Whuppie

JOSEPH JACOBS

Os ESCRITORES VITORIANOS tendiam a desprezar tradições nativas e se voltavam para os folclores francês e alemão em busca de inspiração. O folclorista Joseph Jacobs compilou dois volumes de contos de fadas ingleses em 1890 e 1893, na esperança de suprir a falta de uma obra padrão de folclore britânico. No entanto, as histórias que reuniu em seus volumes, embora em alguns casos amplamente disseminadas, não foram capazes de se impor com a força de, digamos, *Cinderela* ou *Chapeuzinho Vermelho*.

Molly Whuppie, uma das histórias mais irresistíveis da coletânea de Jacobs, combina o início de *João e Maria* com a trama de *O Pequeno Polegar* e apresenta uma menina no papel da esperta trapaceira que passa a perna em seu mais poderoso adversário. O conto começa tragicamente, com o abandono de três crianças na mata, e termina em triunfo, quando Molly e as duas irmãs se casam com príncipes. Cumprindo três tarefas, Molly leva a melhor sobre o gigante e a mulher dele e recebe sua recompensa de um rei. Molly parece desprovida de compaixão, pois não só ludibria o gigante várias vezes como também o induz a matar sua própria prole e surrar sua mulher. Suas estripulias podem parecer impiedosas, mas garantem a sobrevivência dela própria e das irmãs, permitindo a todas passar da miséria ao esplendor da realeza.

$\mathcal{E}$ra uma vez um homem e uma mulher que tinham filhos demais e não conseguiam comida para eles. Pegaram então os três menores e os abandonaram na mata.[1] As crianças andaram, andaram, sem nunca avistar uma casa. Logo começou a escurecer, e ficaram com fome. Finalmente viram uma luz e caminharam rumo a ela; era uma casa. Bateram à porta e apareceu uma mulher, que perguntou: "O que desejam?" Elas responderam: "Por favor, deixe-nos entrar e nos dê alguma coisa para comer." A mulher disse: "Não posso, porque meu marido é um gigante, e se chegasse em casa comeria vocês." Elas imploraram: "Deixe-nos descansar só um pouquinho", disseram, "e iremos embora antes que ele chegue." Ela as deixou entrar, instalou-as diante do fogo e deu-lhes leite e pão; mas as crianças mal tinham começado a comer quando se ouviu uma batida muito forte à porta, e uma voz pavorosa disse:

"Fi-feu-fo-fum,

Farejo o sangue de um mortal.

Quem está aí com você, mulher?"

"Hum", disse a mulher, "são três pobres meninas com frio e com fome, e já vão embora. Não toques nelas, homem."

Ele não disse nada, mas devorou um lauto jantar e ordenou que elas passassem a noite toda ali. Ora, ele também tinha três meninas, e elas iam dormir na mesma cama que as três forasteiras. A mais nova das três meninas estranhas chamava-se Molly Whuppie e era muito esperta. Ela notou que, antes de irem para a cama, o gigante passou cordas de palha em volta do seu pescoço e do das irmãs,[2] e correntes de ouro em volta do pescoço das próprias filhas. Assim, Molly ficou atenta e não dormiu, esperando até se certificar de que todos estavam mergulhados num sono pesado. Depois se esgueirou da cama, soltou as cordas de palha do seu pescoço e do das irmãs e tirou as correntes de ouro do das filhas do gigante. Pôs então as cordas de palha nas meninas do gigante e as de ouro em si mesma e nas irmãs e se deitou.

No meio da noite o gigante se levantou, armado de um enorme porrete, e procurou os pescoços com a palha. Estava escuro. Ele tirou as filhas da cama e, no chão, surrou-as até matá-las, depois foi de novo se deitar, pensando que tinha se dado bem. Molly, achando que era hora de cair fora dali com as irmãs, acordou-as, disse-lhes que ficassem bem quietinhas, e todas fugiram sorrateiramente da casa.

Saíram sãs e salvas e correram, correram, sem nunca parar até de manhã, quando viram uma magnífica casa diante de si. Era a casa de um rei; Molly entrou e contou sua história ao rei. Ele disse: "Bem, Molly, você é uma menina esperta e realizou uma proeza; mas se quisesse realizar uma proeza maior ainda, e voltar para furtar a espada do gigante, que fica pendurada atrás da cama dele, eu daria meu filho mais velho em casamento à sua irmã mais velha." Molly disse que tentaria.

Assim ela voltou, conseguiu penetrar na casa do gigante e se meteu debaixo da cama. O gigante chegou em casa, comeu um lauto jantar e foi se deitar. Molly esperou que ele começasse a roncar e avançou furtivamente, esticou o braço por cima dele e pegou a espada; mas no instante em que a passava sobre a cama, ela tilintou.

O gigante deu um pulo e Molly saiu porta afora, levando a espada. Correu, correu, até que chegou à Ponte de um Cabelo.[3] Molly conseguiu passar, mas o gigante não, e disse: "Maldita seja, Molly Whuppie! Nunca mais volte aqui." E ela respondeu: "Duas até agora, grandalhão, vou-me embora para a Espanha."[4] Assim, Molly levou a espada para o rei e sua irmã se casou com o filho dele.

"Bem", o rei disse, "você realizou uma proeza; mas se realizasse uma ainda maior e furtasse a bolsa que fica debaixo do travesseiro do gigante eu casaria sua segunda irmã com meu segundo filho." E Molly disse que tentaria.

Assim, partiu para a casa do gigante, entrou nela de mansinho, escondeu-se de novo debaixo da cama, e esperou o gigante terminar seu jantar e roncar num sono profundo. Saiu do seu esconderijo, enfiou a mão debaixo do travesseiro e puxou a bolsa. Mas no instante em que estava saindo o gigante acordou e correu atrás dela. E ela correu, e ele correu, até que chegaram à Ponte de um Cabelo, e ela passou, mas ele não conseguiu, e disse: "Maldita seja, Molly Whuppie! Nunca mais volte aqui."

"Mais uma vez, grandalhão", ela exclamou, "vou-me embora para a Espanha." Assim Molly levou a bolsa para o rei, e sua segunda irmã se casou com o segundo filho do rei.

O rei disse então a Molly: "Molly, você é uma menina esperta, mas se fizesse melhor ainda e furtasse o anel que o gigante usa no dedo eu lhe daria meu filho mais moço em casamento." Molly disse que tentaria. Assim, lá foi ela de novo para a casa do gigante, e se escondeu debaixo da cama. O gigante não demorou muito a chegar e, depois de dar cabo de um lautíssimo jantar, foi para a cama e logo estava roncando alto.

Molly se esgueirou, esticou o braço por cima da cama, segurou a mão do gigante e puxou, puxou até conseguir arrancar o anel. Mas no instante em que o pegou, o gigante acordou, agarrou-a pela mão e disse: "Desta vez peguei você, Molly Whuppie, e, se eu lhe fizesse tanto mal quanto me fez, o que faria comigo?"

Molly disse: "Enfiaria você num saco e meteria junto lá dentro o gato, e mais o cachorro, e uma agulha e linha e tesoura, e penduraria você na parede, e iria até a mata, e escolheria a vara mais grossa que pudesse encontrar, e voltaria para casa, despenduraria você e surraria até que morresse."

"Bem, Molly," disse o gigante, "é isso mesmo que vou fazer com você."

Apanhou um saco e enfiou Molly dentro, e junto com ela o gato e o cachorro, e uma agulha e linha e tesoura. Pendurou o saco na parede e foi para a mata escolher uma vara.

Quanto a Molly, ela cantou: "Ah, se visse o que estou vendo!"

"Oh!", perguntou a mulher do gigante. "O que está vendo, Molly?"

Mas Molly não dizia uma palavra a não ser: "Ah, se visse o que estou vendo!"

A mulher do gigante implorou a Molly que a deixasse entrar no saco para ver o que ela estava vendo. Assim, Molly pegou a tesoura e cortou um buraco no saco e, levando consigo a agulha e a linha, pulou fora, ajudou a mulher do gigante a se enfiar lá dentro e costurou o buraco.

A mulher do gigante não viu patavina, e começou a pedir para sair de novo. Mas Molly não fez o menor caso e tratou de se esconder atrás da porta. Eis que chegou o gigante, uma árvore enorme na mão, e desceu o saco e começou a surrá-lo.[5] Sua mulher gritava "Sou eu, homem", mas o cachorro latia e o gato miava e ele não reconheceu a voz da esposa. Então Molly saiu de detrás da porta e o gigante a viu e saiu atrás dela; e ele correu, e ela correu, até que chegaram à Ponte de um Cabelo, e ela passou mas ele não pôde. E ele disse: "Maldita seja, Molly Whuppie! Nunca mais volte aqui."

"Nunca mais, grandalhão", ela exclamou. "Vou-me embora de novo para a Espanha."

Assim Molly levou o anel para o rei e se casou com o seu filho caçula e nunca mais viu o gigante de novo.

A história dos três porquinhos

JOSEPH JACOBS

A CONHECIDA HISTÓRIA dos três porquinhos tem estreita semelhança com *O lobo e os sete cabritinhos*, embora esta última tome um curso edificante diferente ao fazer os cabritinhos caírem nas garras do lobo por não prestarem atenção aos conselhos de sua mãe. No conto britânico, indolência e imprevidência são responsáveis pelas mortes dos dois primeiros porquinhos, que constroem suas casas com materiais vulneráveis ao sopro destrutivo do lobo.

Embora não tenha se firmado no folclore com a mesma força de *Branca de Neve* ou *Chapeuzinho Vermelho*, esta história é amplamente disseminada em culturas anglo-americanas e emergiu como uma história-chave em *Tales of Uncle Remus* (1880), de Joel Chandler Harris, uma coletânea em que a figura do trapaceiro desempenha papel axial. Em "The Story of the Pigs", um personagem chamado Runt passa a perna em Brer Wolf, e em "The Awful Fate of Mr. Wolf", Brer Rabbit passa Brer Wolf para trás.

Em 1933, os Walt Disney Studios injetaram vida nova na história lançando *Os três porquinhos*, o desenho animado da série "Sinfonia absurda", que alcançou grande sucesso popular. A canção "Quem tem medo do lobo mau" (composta para o filme por Frank Churchill) levou a uma interpretação da história como um grito de arregimentação contra a Depressão em particular e os tempos de dificuldade econômica em geral. O próprio Disney formulou a moral: "A sabedoria somada à coragem é suficiente para derrotar lobos maus de toda sorte e desmoralizá-los." Em 1941 uma versão reduzida apresentou "Thrifty Pig", em que um porquinho "parcimonioso" constrói sua casa com bônus de guerra e derrota um lobo que usa uma braçadeira com a suástica.

Desde Disney, a história *Os três porquinhos* foi reescrita e reilustrada um sem-número de vezes. Mais de cinquenta versões inglesas estavam no prelo no ano 2000, algumas fiéis à versão de Jacobs, outras atualizadas ou ambientadas em novos contextos culturais. Hoje podemos ler sobre porcos havaianos e seu conflito com um tubarão, sobre porcos cajuns enfrentando um crocodilo, ou porcos apalaches levando a melhor sobre uma raposa. Podemos ter o ponto de vista do lobo, como em "A verdadeira história dos três porquinhos" de Jon Scieszka e Lane Smith, que altera a história ao contá-la do ponto de vista privilegiado de A. Wolf (Alexander T. Wolf): esse amável camarada estava na verdade apenas indo de porta em porta tentando conseguir uma xícara de açúcar emprestada para fazer um bolo para a vovó. Os arquejos e espirros eram simplesmente sintomas de uma gripe brava. Os três porquinhos já se tornaram até pós-modernos, figurando em *Three Pigs* de David Wiesner e em *Wait! No Paint!* de Bruce Whatley – variantes em que o trio tem consciência de que cada um não passa de um construto literário aprisionado num texto.

ra uma vez, quando porcos faziam rimas,

Macacos mascavam tabaco,

Galinhas cheiravam rapé para ficarem fortes,

E patos faziam quac, quac, quac, Oh!

Havia uma velha porca que tinha três porquinhos,[1] e como não tinha o bastante para sustentá-los, mandou-os partir em busca da sorte. O primeiro que se foi encontrou um homem com um feixe de palha, e disse a ele:

"Por favor, homem, me dê essa palha para eu construir uma casa."

O homem assim fez, e o porquinho construiu uma casa com ela. Logo veio um lobo, e bateu à porta e disse:

"Porquinho, porquinho, deixe-me entrar."

Ao que o porquinho respondeu:

"Não, não, pelos fios da minha barba, aqui você não vai pisar."[2]

A isto o lobo respondeu:

"Então vou soprar, e vou bufar, e sua casa rebentar."

E assim ele soprou, e bufou, e fez a casa ir pelos ares e comeu o porquinho.

O segundo porquinho encontrou um homem com um feixe de tojo[3] e disse:

"Por favor, homem, me dê esse tojo para eu construir uma casa."

O homem assim fez, e o porco construiu a sua casa. Então apareceu o lobo e disse:

Arthur Rackham, 1918
O lobo parece não ter muita dificuldade para derrubar a casa de palha.

Arthur Rackham, 1918
A casa de tojo também não dá trabalho ao lobo, que numa lufada faz ela voar pelos ares.

Arthur Rackham, 1918
A casa de tijolos resiste às tentativas do lobo para demoli-la. Note-se a posição das patas dianteiras do lobo, demonstrando seu esforço, em contraste com as outras ilustrações.

"Porquinho, porquinho, deixe-me entrar."

"Não, não, pelos fios da minha barba, aqui você não vai pisar."

"Então vou soprar, e vou bufar, e sua casa rebentar."

E assim ele soprou, e bufou, e bufou, e soprou e finalmente fez a casa ir pelos ares e devorou o porquinho.

O terceiro porquinho encontrou um homem com um fardo de tijolos, e disse:

"Por favor, homem, me dê esses tijolos para eu construir uma casa."

O homem deu-lhe então os tijolos e ele construiu sua casa com eles. Logo veio o lobo, como tinha feito com os outros porquinhos, e disse:

"Porquinho, porquinho, deixe-me entrar."

"Não, não, pelos fios da minha barba, aqui você não vai pisar."

"Então vou soprar, e vou bufar, e sua casa rebentar."

Bem ele soprou, e bufou, e soprou e bufou, e bufou e soprou; mas *não* conseguiu pôr a casa abaixo. Quando descobriu que, por mais que soprasse e bufasse, não conseguiria derrubar a casa, disse:

"Porquinho, sei onde há um belo campo de nabos."

"Onde?" perguntou o porquinho.

"Oh, nas terras do Sr. Silva, e se estiver pronto amanhã de manhã virei buscá-lo; iremos juntos e colheremos um pouco para o jantar."

"Muito bem", disse o porquinho, "estarei pronto. A que horas pretende ir?"

"Oh, às seis horas."

Bem, o porquinho se levantou às cinco e chegou aos nabos antes de o lobo chegar (ele chegou por volta das seis). O lobo gritou:

"Porquinho, está pronto?"

O porquinho respondeu: "Pronto? Já fui e já voltei, e tenho uma bela panela cheia para o jantar."

O lobo ficou muito irritado, mas pensou que conseguiria pegar o porquinho de uma maneira ou de outra. Assim, disse: "Porquinho, sei onde há uma bela macieira."

"Onde?" perguntou o porquinho.

"Lá no Jardim Feliz", respondeu o lobo. "E se não me enganar virei buscá-lo amanhã, às cinco horas, para colhermos algumas maçãs."

Bem, na manhã seguinte o porquinho pulou da cama às quatro horas e foi colher as maçãs, esperando estar de volta antes que o lobo chegasse. Mas o caminho era mais longo, e ele teve de subir na árvore. Assim, bem no instante em que ia descer lá de cima, viu o lobo se aproximar, o que, como você pode supor, o deixou muito apavorado. Ao chegar, o lobo disse:

"Mas como, porquinho! Chegou antes de mim? As maçãs são boas?"

"São ótimas," disse o porquinho, "vou lhe jogar uma."

Jogou-a tão longe que, enquanto o lobo foi apanhá-la, o porquinho saltou no chão e correu para casa. No dia seguinte o lobo apareceu de novo e disse ao porquinho:

"Porquinho, há uma feira na aldeia esta tarde. Você vai?"

"Com certeza", disse o porco, "irei. A que horas estará pronto?"

"Às três", disse o lobo. Assim o porquinho partiu antes da hora, como de costume, e chegou à feira, e comprou uma desnatadeira, que estava levando para casa quando viu o lobo chegando. Não sabia o que fazer. Assim, entrou na desnatadeira para se esconder e com isso a fez girar, e ela foi rolando morro abaixo com o porco dentro, o que deixou o lobo tão apavorado que ele correu para casa sem ir à feira. Logo o lobo foi à casa do porco e contou-lhe o quanto se assustara com uma coisa redonda enorme que passara por ele, descendo morro abaixo. Então o porquinho disse:

"Ah, então eu o assustei. Eu tinha passado pela feira e comprado uma desnatadeira. Quando vi você, entrei nela, e rolei morro abaixo."

Desta vez o lobo ficou de fato muito zangado e declarou que *iria* devorar o porquinho, e que entraria pela chaminé para pegá-lo. Quando o porquinho viu o que ele ia fazer, pendurou na lareira o caldeirão cheio d'água e fez um fogo alto. No instante em que o lobo estava descendo, o porquinho destampou a panela e o lobo foi parar lá dentro. Num segundo ele tampou de novo a panela, cozinhou o lobo, comeu-o no jantar,[4] e viveu feliz para sempre.

Pele de Asno

CHARLES PERRAULT

Cinderela, a história de uma menina bela e inocente perseguida por uma madrasta cruel, tornou-se o mais célebre dos contos de fadas de nossa cultura, continuando a circular em diversos meios, de balés e filmes a propagandas e peças teatrais. Enquanto seu sucesso continua, sua história-irmã *Pele de Asno*, também conhecida como "O vestido de ouro, de prata e de estrelas", definha, desconhecida por todos, salvo pelos mais ardentes entusiastas dos contos de fadas. Se as versões de *Cinderela* são movidas pela inveja sexual de madrastas e irmãs postiças, a trama de *Pele de Asno* é estimulada pelos desejos sexuais de pais, cujo comportamento impróprio afasta suas filhas de casa.

Em contos que descrevem a perseguição social de uma menina pela madrasta, o foco central passa a ser a situação familiar insuportável produzida por um segundo casamento de um pai. Cinderela é destinada às cinzas, sofrendo em silêncio enquanto dá conta de um serviço doméstico após outro. Em sua história, a madrasta torna-se uma presença monstruosa, jogando a enteada num rio numa versão, instruindo um caçador a matá-la e recuperar seus pulmões e fígado para o jantar numa outra, e lançando-a numa tempestade de neve vestida apenas com uma combinação numa terceira versão.

Se a heroína de *Cinderela* sofre pela ausência de amor e afeição maternos, a heroína de *Pele de Asno* sofre pelo excesso de amor e afeição paternos. Em sua história, mães e madrastas estão ausentes, liberando o pai na perseguição erótica à filha. O fato de nossa cultura ter suprimido o tema do desejo incestuoso, mesmo quando se entrega livremente a elaboradas variações sobre o tema da maldade materna, não é surpreendente por diversas razões. Considerando que contos como *Pele de Asno*, de Perrault, são uma leitura perturbadora para adultos, não parece nada aconselhável inseri-los em livros para crianças.

No entanto, embora suscite a polêmica questão do desejo incestuoso e ponha a heroína em grave perigo, *Pele de Asno* fornece também um raro palco para a ação criativa. Diferentemente de Cinderela, que sofre humilhações em casa e recebe pródigos presentes, a heroína dos chamados "contos pele de gato" é ágil, ativa e desembaraçada. Ela começa com uma forte afirmação de vontade, resistindo aos desejos paternos. Fugindo de casa, penetra num mundo estranho que exige que seja inventiva, vigorosa e empreendedora se quiser se reabilitar para reivindicar seu lugar na corte. Não há dúvida de que seus recursos estão basicamente restritos às artes da costura e da culinária, mas cram estas, afinal, as duas áreas em que as mulheres tradicionalmente se distinguiam. Pele de Asno deslumbra com seu vestido e usa com sucesso sua arte culinária para atrair o príncipe.

O desaparecimento de *Pele de Asno* do cânone dos contos de fadas talvez não seja surpreendente. A crítica da história à autoridade paterna e sua aprovação da desobediência filial fazem dela uma candidata improvável à leitura na hora de dormir. A história de Perrault põe em jogo também estereótipos raciais que podem torná-la sem atrativos para crianças. Não só o enamoramento do príncipe está ligado à revelação de que uma desejável superfície "pura, branca" reside sob a fuligem "escura" do exterior de Pele de Asno, como o banquete de casamento é marcado pela presença de mouros, "escuros e feios", de quem se diz que assustam criancinhas.

Apesar disso, a história de *Pele de Asno* fornece uma extraordinária oportunidade para se refletir sobre as complexidades da relação pai-filha e para mostrar como a heroína pode dar o ousado salto para fora de casa, pondo-se por si mesma a caminho do estabelecimento de uma nova família.

Era uma vez o rei mais poderoso que já houve na terra. Amável na paz, terrível na guerra, não havia outro que se comparasse a ele. Seus vizinhos o temiam, seus súditos eram felizes. Em seu reino, à sombra de suas vitórias, as virtudes e as belas-artes por toda parte floresciam. A esposa que escolhera, sua fiel companheira, era tão encantadora e tão bela, de índole tão serena e tão doce, que ser o esposo dela o fazia ainda mais feliz do que ser rei. Do terno e casto enlace desse casal, que foi pleno de afeição e contentamento, nasceu uma menina. Eram tantas e tais as suas virtudes que o rei e a rainha logo se consolaram por não ter mais filhos.

No vasto e rico palácio desse rei, tudo era suntuoso. Por toda parte formigava uma profusão de cortesãos e camareiros. Os estábulos abrigavam cavalos grandes e pequenos de toda sorte, cobertos com ricos arreios ornados de ouro e bordados. Mas o que surpreendia a todos que neles entravam era que, no lugar de mais destaque, um grande asno exibia suas enormes orelhas.[1] Essa esquisitice pode surpreender, mas, uma vez conhecendo as virtudes superlativas do animal, já ninguém pensava que a honra era excessiva. Pois esse asno, a natureza o formara de tal maneira e tão imaculado, que, em vez de esterco, produzia belos escudos e luíses de ouro, que rutilavam ao sol e que, toda manhã, ao seu despertar, em sua baia iam recolher.

Ora, o céu, que por vezes se cansa de deixar as pessoas só contentes, sempre à sua felicidade mistura alguma desgraça, como a chuva ao bom tempo, e permitiu que uma doença grave assaltasse de repente a saúde da rainha. Buscou-se socorro em toda parte, mas nem os doutores com seu grego, nem os charlatães reputados, nem eles todos juntos, conseguiram extinguir o incêndio que a febre, cada vez mais alta, acendia.

Chegada a sua última hora, a rainha disse ao rei seu esposo: "Permita que antes de morrer eu lhe faça um pedido: se acaso desejar casar novamente quando eu já não estiver aqui..."

"Ah", disse o rei, "essas inquietações são vãs, eu jamais pensaria nisso, fique tranquila."

"Eu acredito", respondeu a rainha. "Seu amor ardoroso é prova disso. Para ter plena certeza, porém, quero seu juramento de que não se casará. Eu o atenuo, contudo, com essa ressalva: se encontrar uma mulher mais bela,[2] mais perfeita e mais sábia do que eu, aí sim estará livre para empenhar sua palavra e desposá-la."

Sua confiança em seus encantos era tal que a fazia tomar esse compromisso como uma promessa do rei de jamais se casar. Assim o rei jurou, os olhos banhados de lágrimas, tudo que a rainha desejou.

Gustave Doré, 1861
Sentada sobre a pedra, a morte, representada aqui com uma aparência incomum, simboliza a perda do rei.

GUSTAVE DORÉ, 1861
O rei chora sua esposa morta enquanto os cortesãos lhe dão conselhos e tentam consolá-lo.

Ela morreu em seus braços e jamais um marido se entregou a tamanho desespero. Ao ouvi-lo soluçar dia e noite, pensou-se que seu luto não seria duradouro, e que ele chorava seu amor perdido como um homem que deseja liquidar o assunto o quanto antes.[3]

A impressão não foi equivocada. Ao cabo de alguns meses o rei se dispôs a fazer uma nova escolha. Mas não era coisa fácil, era preciso manter o juramento, e a nova noiva devia ter mais prendas e graça que aquela recentemente sepultada.

Nem na corte, fértil em belezas, nem no campo, nem na cidade, nem nos reinos das redondezas foi possível encontrar mulher assim. Somente a infanta era mais bela, e possuía certas sutis seduções de que a defunta carecera. O rei percebeu isso. E, inflamado por um amor **extremo**, acabou por meter na cabeça a ideia louca de que devia se casar com a filha.[4] Encontrou até um casuísta que julgou a pretensão procedente. Mas a princesa, desolada de ouvir falar em tal amor, consumia-se noite e dia a lamentar e chorar.

Com a alma transbordando de dor, ela foi à procura da sua madrinha. Esta morava longe, numa gruta solitária ricamente ornada de nácar e coral. Era uma fada admirável, cuja arte ninguém igualava. (Não preciso dizer o que era uma fada naqueles tempos de antanho – isso com certeza sua ama contou para você desde os seus mais verdes anos.)

"Sei o que a trouxe aqui", disse a madrinha ao ver a princesa. "Sei da profunda tristeza que em seu coração se encerra. A meu lado, porém, não tem por que se inquietar. Nada lhe poderá fazer mal, contanto que siga meus conselhos. É verdade que seu pai quer desposá-la. Dar ouvidos a esse intento insensato seria um grande erro, mas você tem um meio de recusá-lo sem o contradizer. Diga-lhe que, antes que ao amor dele seu coração se entregue, há um capricho que ele deve contentar: um vestido que seja da cor do tempo.[5] Apesar de todo o seu poder e de toda a sua riqueza, por mais que o céu favoreça suas intenções, o rei jamais poderá cumprir essa promessa."

A princesa foi ter com o pai sem demora e, trêmula de medo, formulou seu desejo. O rei, no mesmo instante, fez saber aos costureiros mais reputados que se não lhe fizessem, e rápido, um vestido da cor do tempo podiam estar certos de ir parar no cadafalso.

O segundo dia ainda não raiara quando levaram ao palácio o vestido desejado. O mais belo azul celeste, mesmo quando está adornado por densas nuvens de ouro, não exibe cor mais opalina. Invadida pela alegria e pela dor, a infanta não soube o que dizer, nem como se furtar à palavra que empenhara. "Princesa," sussurrou-lhe a madrinha, "peça-lhe um mais brilhante e menos comum, um que seja da cor da lua. Isso ele não conseguirá."

Mal a princesa formulara seu pedido, o rei disse a seu bordador: "Que o astro da noite não tenha mais esplendor, e que me seja entregue em quatro dias sem falta."

O rico traje ficou pronto no dia marcado, tal como o rei especificara. Nem a lua, quando, em seu manto de prata, em meio à sua jornada sobre o tapete da noite, empalidece as estrelas com sua claridade mais viva, jamais teve tamanho fulgor.

A princesa, admirando esse traje deslumbrante, chegou quase a decidir dar seu consentimento. Mas, inspirada pela madrinha, disse ao rei apaixonado: "Só ficarei contente se tiver um vestido ainda mais brilhante e da cor do sol."

O rei, que a amava de um amor desvairado, mandou vir imediatamente o rico lapidário e lhe ordenou que fizesse o vestido de um tecido magnífico de ouro e de diamantes, dizendo que, se não desse conta da encomenda, o faria morrer em meio a mil tormentos.

O rei não precisou se dar ao trabalho, pois o hábil artesão lhe fez chegar a obra preciosa naquela semana mesmo. Tão belo, tão vivo, tão radioso, que mesmo o louro amante de Climene,[6] quando, em seu carro de ouro, percorre a abóbada celeste, não ofusca os olhos com mais brilhante clarão.

A infanta, por esses presentes ainda mais confundida, já não sabia o que responder ao rei seu pai. Mas depressa a madrinha a tomou pela mão: "Não hesite," disse-lhe ao pé do ouvido, "você está no bom caminho. Afinal, não são assim tão grandes prodígios todos esses presentes recebidos. Veja, o rei tem aquele asno que não para de lhe encher as burras de escudos de ouro. Peça a ele a pele desse raro animal. Sendo ela a fonte de sua fortuna, ou muito me engano, ou isso você não terá."

Aquela fada era muito sábia, mas ainda não aprendera que o amor arrebatado ignora ouro e prata quando quer ser saciado. A pele foi pronta e galantemente concedida, mal a infanta a pediu. Quando recebeu a pele, a menina ficou aterrorizada e queixou-se amargamente de sua sorte. Sua madrinha apareceu e ponderou. "Quando fazemos o bem", disse, "nunca devemos temer." A princesa deveria dar a entender ao rei que estava disposta àquele casamento. Ao mesmo tempo, porém, sozinha e bem-disfarçada, deveria partir para alguma província distante para evitar um mal tão próximo e tão certo.

"Eis aqui", continuou a madrinha, "um grande baú. Nele poremos todos os seus vestidos, seu espelho, artigos de toalete, seus diamantes e rubis. Dou-lhe ainda minha varinha. Se a segurar na mão, o baú a seguirá por onde você for, escondido embaixo da terra. E quando quiser abri-lo, tem apenas de tocar a terra com a varinha. No mesmo instante ele surgirá diante dos seus olhos. Para se tornar irreconhecível, a pele do asno será um disfarce perfeito.[7]

Esconda-se bem dentro dessa pele. É tão medonha que ninguém pensará que encerra nada de belo."

Ao alvorecer, mal a princesa, assim travestida, deixara a casa da sábia madrinha, o rei, que se preparava para a festa de suas núpcias triunfais, ficou sabendo que todos os seus planos haviam malogrado. Não houve casa, caminho, avenida que não fosse prontamente revistado. Mas de nada valeu tanta agitação, ninguém podia adivinhar o que fora feito da princesa. Uma decepção triste e negra tomou conta de tudo. Não haveria mais casamento, nenhum festejo, nenhum bolo, nenhum doce. Muitas damas da corte, desencantadas, perderam o apetite e recusaram o jantar. Mais triste ainda ficou o padre, pois o prato da coleta voltou vazio e sua ceia foi servida tarde demais.

Enquanto isso a infanta seguia seu caminho, o rosto sujo de lama. Estendia a mão a todos os passantes, à procura de um lugar onde pudesse se empregar. Mas os menos delicados e os mais infelizes, vendo-a tão asquerosa e tão imunda, não queriam escutar, muito menos levar para casa uma

GUSTAVE DORÉ, 1861
Iluminada pelo luar, Pele de Asno desce correndo a escada, fugindo do palácio.

GUSTAVE DORÉ, 1861
Puxada por uma ovelha numa modesta charrete, Pele de Asno se vira para lançar um último olhar à sua casa.

criatura tão suja. Assim ela andou muito, e continuou andando, e andou mais ainda. Finalmente chegou a uma granja cuja dona precisava de uma criada molambenta que soubesse somente lavar panos de chão e limpar o comedouro dos porcos.

Meteram-na num canto no fundo da cozinha onde os criados, essa cambada insolente, não faziam outra coisa senão zombar dela, importuná-la, arreliá-la. Pregavam-lhe as piores peças, provocando-a a troco de nada. Ela era o alvo de todas as suas brincadeiras e de todas as suas piadas.

Aos domingos, tinha um pouco mais de paz, pois, tendo dado conta de manhã de seus pequenos serviços, podia ficar no seu quarto. Ali, com a porta bem fechada, limpava-se, abria o baú e arrumava seus potinhos com esmero sobre a mesa. Diante de seu grande espelho, alegre e satisfeita, vestia ora o vestido da lua, ora aquele em que o fogo do sol refulgia, ora o belo vestido azul que todo o azul do céu não podia igualar. Uma única coisa a entristecia, é que no assoalho tão estreito a cauda de seus vestidos não podia se espalhar. Gostava de ser jovem, rubra e branca, cem vezes mais elegante que qualquer outra. Esse doce prazer a sustentava e a levava até o outro domingo.

Ia me esquecendo de dizer que nessa granja[8] eram criadas as aves de um rei magnífico e poderoso. Ali galinhas-d'angola, codornas, perdizes, galinhas-d'água, biguás, patos e mil outras aves das mais diferentes feições podiam encher nada menos que dez pátios inteiros.

O filho do rei costumava passar por esse lugar aprazível quando voltava da caça, para ali repousar, tomar uma bebida gelada com os senhores de sua corte. Nem o belo Céfalo[9] o superava! Tinha um porte real, uma fisionomia marcial apta a fazer tremer os mais orgulhosos batalhões. Avistando-o muito de longe, Pele de Asno se enterneceu, e essa audácia a fez ver que, sob a sua sujeira e seus trapos, ainda guardava o coração de uma princesa. "Que ar imponente ele tem, ainda que não seja afetado. Como é amável", pensou ela, "e como é feliz aquela a quem entregou seu coração! Se ele tivesse me honrado com um vestidinho à toa, eu estaria mais linda que com todos esses que tenho".

Um dia o jovem príncipe, perambulando a esmo de um quintal a outro, passou pelo corredor escuro onde Pele de Asno tinha seu humilde quartinho. Por acaso, pôs o olho no buraco da fechadura.[10] Sendo aquele um dia de feriado, ela se adornara com um rico traje, e seu soberbo vestido, tecido de ouro fino e incrustado de grandes diamantes, luzia mais que o sol em seu zênite. Contemplando-a, o príncipe ficou à mercê de seus desejos e tal foi seu alumbramento que mal conseguia recobrar o fôlego ao olhá-la. Era belo o vestido, mas a beleza do rosto, seu contorno puro, sua brancura impecável, seus traços finos, seu jovem frescor, o deixaram cem vezes mais arrebatado. Mas um certo ar de grandeza, mais ainda, um prudente e modesto recato, testemunhas seguras da beleza de sua alma, apoderaram-se de todo o seu coração.

Três vezes, no calor do fogo que o transportava, ele quis arrombar a porta. Mas, acreditando estar diante de uma divindade, três vezes seu braço foi detido pelo respeito.

Harry Clarke, 1922
Pelo buraco da fechadura, o príncipe contempla, pasmo, a beleza da jovem. Note-se a pele do asno pendurada no cabide.

No palácio, isolou-se, pensativo; dia e noite, só fazia suspirar. Não queria mais ir ao baile, embora fosse carnaval. Detestava a caça, detestava o teatro, não tinha mais apetite, tudo o desgostava. E o fundo de sua doença era um triste e mortal langor.

Procurou saber quem era aquela ninfa admirável que morava junto a um quintal no fundo de um corredor pavoroso, onde nada se enxergava em pleno dia. "É Pele de Asno," disseram-lhe, "que de ninfa e de bela nada tem. Chamam-na assim por causa da pele que põe nos ombros. É um verdadeiro antídoto para o amor. Em uma palavra, o animal mais feio que se possa ver depois do lobo." Por mais que falassem, o príncipe não podia acreditar. Os traços que o amor riscara, sempre presentes em sua memória, nunca seriam apagados.

Nesse meio tempo, a rainha sua mãe, que só tinha esse filho, chorava e se desesperava. Tentou forçá-lo a dizer qual era o seu mal. Ele gemeu, chorou, suspirou e nada disse. Disse apenas que desejava que Pele de Asno lhe fizesse um bolo com as próprias mãos. A mãe não entendeu o que o filho queria dizer. "Ora, Madame!" lhe disseram. "Essa Pele de Asno é uma toupeira preta ainda mais sórdida e mais porca que o mais sujo desgraçado." "Não importa", disse a rainha, "é preciso satisfazê-lo, e é só nisso que devemos pensar." Era tal o amor dessa mãe pelo filho que, tivesse ele pedido ouro para comer, teria recebido.

Assim, Pele de Asno pegou sua farinha, que havia mandado peneirar na véspera especialmente para tornar sua massa mais fina, seu sal, sua manteiga e seus ovos frescos. Para melhor fazer o bolo, foi se fechar em seu quartinho. Primeiro lavou as mãos, os braços e o rosto. Para tornar digno o seu trabalho, pegou um corpete de prata, atou-o logo e começou.

Dizem que, trabalhando um pouco afobada, deixou cair na massa, sem perceber, um de seus valiosos anéis.[11] Mas os que afirmam saber o fim esta história garantem que foi de propósito que o anel foi deixado na massa. Palavra que, de minha parte, posso acreditar nisso perfeitamente. É que estou convencido de que, quando o príncipe a espiou pelo buraco da fechadura, ela soube muito bem o que estava acontecendo. Nesse ponto a mulher é tão esperta e seu olho tão rápido que não a podemos olhar um só momento sem que ela saiba que está sendo olhada. Tenho toda a certeza, posso até jurar, que ela sabia que o anel seria muito bem-recebido por seu jovem amante.

Jamais se assou bolo tão apetitoso, e o príncipe o achou tão bom que, na sua gulodice, por um triz não comeu o anel também. Quando viu a esmeralda admirável e o círculo estreito do aro de ouro, que marcava a forma do dedo, a alegria invadiu seu coração. Guardou-o na sua cabeceira. Mas seu mal ia sempre aumentando, e os médicos, com seu douto saber, vendo-o emagrecer a cada dia, juraram por sua grande ciência que ele estava doente de amor.

Como o casamento, por mais que o censurem, é um remédio notável para essa doença, decidiram casar o príncipe. A princípio, ele resistiu, depois disse: "Concordo, desde que me deem em casamento a pessoa em quem este anel servirá." O rei e a rainha ficaram muito espantados com pedido tão esquisito, mas o estado do príncipe era tão grave que não ousaram dizer não.

E começou a procura daquela que o anel, fosse qual fosse a cor do seu sangue, deveria elevar a tão alta posição. As mulheres correram todas para apresentar seu dedo; ninguém queria perder a vez nem abrir mão do seu direito. Tendo corrido o rumor de que para pretender ao príncipe era preciso ter o dedo bem fino, foi a vez dos charlatães alardearem que os sabiam afinar. Uma mulher, seguindo um louco capricho, raspou o dedo como uma beterraba. Outra aparou-lhe um pedacinho. Uma outra acreditou que o melhor era apertar. E outra ainda, para torná-lo mais magro, usou uma poção que o fazia descamar. Não houve enfim estratagema a que as mulheres não recorressem para fazer o dedo se ajustar ao anel.[12]

A prova começou com jovens princesas, as marquesas e as duquesas. Mas seus dedos, embora delicados, eram grossos demais e não entravam no anel. As condessas e as baronesas, e todas as nobres do reino, também vieram, uma a uma, se apresentar. Mais uma vez, tudo em vão.

Anônimo, 1918
O príncipe doente de amor consegue finalmente se restabelecer quando encontra seu par perfeito. Enquanto a corte olha estupefata, uma criança está concentrada no livro que tem no colo – talvez a história de Pele de Asno.

Depois vieram as mocinhas do povo, muitas delas bem bonitas, em cujos dedinhos roliços o anel às vezes parecia servir. Mas não, era sempre pequeno demais, ou redondo demais, e rejeitava a todas com o mesmo desdém.

Finalmente foi preciso submeter à prova as criadas, as cozinheiras, as copeiras, as camponesas, numa palavra toda a arraia-miúda, cujas mãos vermelhas e escuras vinham tão cheias de esperança quanto as mãos delicadas. Muita moça se apresentou cujo dedo, gordo e empelotado, se enfiava no anel tão bem quanto uma corda no orifício de uma agulha.

Pensou-se então que a prova terminara, pois de fato só restava a pobre Pele de Asno no fundo da cozinha. Mas quem poderia acreditar que aquela moça se destinava a ser rainha? O príncipe disse: "E por que não? Tragam-na aqui." Todos riram, e exclamaram em voz alta: "Que pretende ele fazendo entrar aqui esse estupor?"

Mas quando ela tirou dos ombros sua pele negra, e estendeu uma mãozinha que parecia de um marfim com um pouco de púrpura matizado, e o anel ajustou-se perfeitamente a seu dedinho, o pasmo e o assombro da corte desafiam a descrição.

Nesse arroubo, quiseram levá-la ao rei. Ela pediu contudo que, antes de comparecer perante seu amo e senhor, lhe permitissem trocar de roupa. Da roupa que usava, verdade seja dita, estavam todos zombando. Mas dali a pouco Pele de Asno, suntuosamente trajada, chegou aos reais aposentos e atravessou as salas, exibindo ricas belezas jamais igualadas. Seu cabelo louro e sedoso era realçado por diamantes resplandecentes. Seus olhos azuis, grandes e doces, plenos de uma orgulhosa majestade, não fitavam nunca sem encantar. Seu talhe, enfim, era tão delgado e fino que com duas mãos era possível envolvê-la. Ante tamanho encanto e sua graça divina, as damas da corte, eclipsadas, viram perder o fulgor todos os seus ornamentos.

Em meio à alegria e ao alarido de toda aquela gente reunida, o bom rei não cabia em si de contente ao ver toda a beleza que a nora possuía. A rainha também estava maravilhada, e o príncipe, seu querido amante, a alma sufocada de prazer, sucumbia ao peso de seu arrebatamento.

Logo foram tomadas as providências para o casamento. O monarca convidou para a festa todos os reis das cercanias, que, engalanados com as mais

GUSTAVE DORÉ, 1861
O casamento de Pele de Asno é celebrado com pompa e circunstância, com um cortejo que inclui diversos animais exóticos, ou mesmo míticos.

brilhantes vestimentas, deixaram seus Estados para participar das bodas. Chegaram reis das regiões da aurora, montados em grandes elefantes. Das bandas mouras vieram outros que, mais negros e ainda mais feios, assustavam as criancinhas. Enfim, a corte ficou repleta de soberanos de todos os rincões do mundo.

Nenhum rei, porém, nenhum potentado, apareceu com tanta magnificência quanto o pai da noiva. Por ela outrora apaixonado, ele com o tempo purgara o ardor[13] que lhe consumia o coração. Dele banira todo desejo criminoso, e, daquela chama odiosa, o pouco que restava em sua alma vinha apenas avivar seu amor paterno. Ao vê-la, exclamou: "Bendito seja o céu que permitiu que eu a reveja, minha querida filha!" E, chorando de alegria, correu para abraçá-la ternamente. Quanto ao príncipe, ficou encantado por saber que seria genro de um rei tão poderoso.

Naquele instante chegou a madrinha, que contou como tudo tinha se passado e, com seu relato, acabou de cumular Pele de Asno de glória.

Não é difícil observar que o objetivo deste conto é ensinar às crianças que mais vale se expor à mais cruel adversidade que deixar de cumprir seu dever.

Que a virtude pode envolver sofrimento, mas é sempre coroada.

Que contra um amor desvairado e seus arroubos fogosos, a razão mais forte é uma frágil barreira, e que não há ricos tesouros que um amante hesite em prodigalizar.

Que uma jovem pode muito bem viver de água e pão, contanto que tenha belos vestidos.

Que não há sob o céu mulher que não se creia bela. Não raro ela imagina até que, se tivesse participado da famosa querela daquelas três beldades,[14] o pomo de ouro teria arrebatado.

É difícil acreditar no conto de Pele de Asno. Mas enquanto houver nesse mundo crianças, mães e avós,[15] ele não será esquecido.

Catarina Quebra-Nozes

JOSEPH JACOBS

O FOLCLORISTA BRITÂNICO Andrew Lang recolheu esta história nas ilhas Orkney, ao largo da costa norte da Escócia, e publicou-a na *Longman's Magazine* em 1889. Posteriormente, seu colega Joseph Jacobs editou-a e incluiu-a em *English Fairy Tales*. *Catarina Quebra-Nozes* apresenta temas que a vinculam a muitos contos neste volume, mas a história a que está mais relacionada é "As doze princesas dançarinas", também conhecida como "Os sapatos dançarinos" ou "Os sapatos estragados na dança". Encontra-se amplamente disseminada por toda a Europa central, aparentemente desde o século XVII. É incluída aqui como exemplo de um conto próximo de suas origens orais, uma história que não foi submetida a muito embelezamento e pasteurização.

Catarina Quebra-Nozes pertence ao ramo "faz ou morre" dos contos de fadas. Nesses contos, uma princesa recebe uma missão. Se falhar, perde a vida; se tiver êxito, ganha um príncipe e um reino. Com tanta coisa em jogo, seria de esperar que a princesa desse mostra de alguma ansiedade, mas ela demonstra um grau inusitado de serena confiança ao longo de suas aventuras. Embora cure o príncipe, nunca decifra realmente o mistério de suas andanças noturnas. O monte verdejante para onde ele viaja é um espaço de encantamento que pode ser relacionado com a montanha de Vênus na lenda de Tannhäuser ou com outros sítios mitológicos dedicados à gratificação de desejos. O príncipe em "As doze princesas dançarinas" entrega-se a prazeres sensuais que lhe dissipam as forças, deixando-o exaurido quando volta para casa. Como em "Os sapatos vermelhos", de Andersen, o prazer se converte em tortura assim que o dançarino perde o poder de parar de dançar.

Catarina Quebra-Nozes parece combinar temas de várias diferentes histórias, tanto nos fornecendo uma variante de "The Kind and Unkind Girls" (com uma prestativa e piedosa, a outra preguiçosa e cruel), como evocando, embora não desenvolva, o tema da madrasta perversa. E nos apresenta uma heroína que deve desencantar uma criatura transformada em monstro por um feitiço, neste caso tanto sua irmã desfigurada quanto o príncipe enfermo. A tranquila domesticidade de Catarina, o modo como colhe nozes silenciosamente para efetuar uma troca favorável e cozinha as aves para o príncipe, provam-se mais poderosos que os encantamentos lançados pelas fadas.

ra uma vez um rei e uma rainha, como os que reinavam em muitas nações. O rei tinha uma filha chamada Ana, e a rainha tinha outra chamada Catarina. Ana era muito mais bonita que a filha da rainha, mas gostavam uma da outra como verdadeiras irmãs.[1] Sentindo inveja da filha do rei por ser mais bonita que a sua Catarina, a rainha procurou um meio de estragar a beleza dela. Assim, foi se aconselhar com a dona Galinha, que lhe disse para mandar a mocinha ir vê-la na manhã seguinte, de jejum.

Na manhã seguinte, bem cedo, a rainha disse a Ana: "Vá, minha querida, até a dona Galinha, na ravina, e peça-lhe alguns ovos." Lá se foi Ana, mas, vendo um pedaço de pão ao passar pela cozinha, pegou-o e foi mastigando pelo caminho afora.

Ao chegar à dona Galinha, pediu os ovos, como lhe haviam mandado fazer. A dona Galinha lhe disse: "Levante a tampa daquela panela ali e veja." A mocinha obedeceu, mas não aconteceu nada. "Volte para sua mãe e diga-lhe para manter sua despensa bem trancada", disse a dona Galinha. Assim ela voltou para casa e contou à rainha o que a galinha dissera. Com isso, a rainha soube que a mocinha tinha comido alguma coisa. Na manhã seguinte ficou muito atenta e despachou a princesa de jejum. Mas ela viu uns camponeses colhendo ervilhas à beira do caminho e, sendo muito gentil, falou com eles e pegou um punhado de ervilhas, que foi comendo pelo caminho.

Quando chegou à dona Galinha, esta disse: "Levante a tampa da panela e verá." Ana levantou a tampa do recipiente, mas nada aconteceu. Dona Galinha ficou terrivelmente zangada e disse a Ana: "Diga para sua mãe que a panela não vai ferver se o fogo estiver apagado." Ana voltou para casa e contou isso à rainha.

No terceiro dia a rainha foi pessoalmente com a menina até a dona Galinha. Ora, dessa vez, quando Ana levantou a tampa da panela, sua linda cabeça despencou e uma cabeça de ovelha pulou no seu pescoço.

Muito satisfeita, a rainha voltou para casa.

Sua própria filha, Catarina, no entanto, pegou um fino pano de linho, envolveu com ele a cabeça da irmã[2] e tomou-a pela mão. Assim partiram, em busca da sorte. Andaram, andaram e andaram até que chegaram a um castelo. Catarina bateu à porta e pediu pousada por uma noite para ela e uma irmã doente. Ao entrar, descobriram que era o castelo de um rei. Esse rei tinha dois filhos e um deles estava muito doente, à beira da morte, e ninguém conseguia descobrir qual era o seu mal. O curioso era que toda pessoa que o velava durante a noite desaparecia para nunca mais. Por isso o rei oferecera uma burra de prata a quem se dispusesse a ficar com ele. Ora, Catarina era uma menina muito corajosa,[3] e se ofereceu para cuidar do príncipe.

Até a meia-noite, tudo correu bem. Quando as doze badaladas soaram, porém, o príncipe doente levantou-se, vestiu-se e se esgueirou escada abaixo. Catarina seguiu-o, mas ele não pareceu notar. O príncipe foi até o estábulo, selou seu cavalo, chamou seu cão de caça, pulou na sela e Catarina pulou lepidamente atrás. E lá se foram o príncipe e Catarina pela floresta. Catarina ia arrancando nozes das árvores e enchendo com elas seu avental. Cavalgaram e cavalgaram até chegar a um monte verdejante. Ali o príncipe refreou o cavalo e disse: "Abra, abra, monte verdejante, e deixe entrar o jovem príncipe com seu cavalo e seu cão." E Catarina acrescentou: "E sua dama atrás de si."

Imediatamente o monte verdejante se abriu e eles entraram. O príncipe penetrou num salão magnífico, feericamente iluminado, e muitas lindas fadas o cercaram e o chamaram para dançar. Enquanto isso, sem ser notada, Catarina escondeu-se atrás da porta.[4] Dali viu o príncipe dançando, e dançando, até que não pôde dançar mais e desabou sobre um divã. As fadas se puseram então a abaná-lo, até que ele conseguiu se levantar e continuar dançando.

Finalmente o galo cantou e o príncipe tratou de montar de novo seu cavalo a toda pressa; Catarina pulou atrás e rumaram para casa. Quando o sol da manhã se levantava, foram ao quarto do príncipe e encontraram Catarina sentada junto ao fogo, quebrando suas nozes. Contou que o príncipe tivera uma boa noite, mas que não velaria por ele mais uma noite a menos que ganhasse uma burra de ouro.

A segunda noite transcorreu como a primeira. O príncipe se levantou à meia-noite e cavalgou até o monte verdejante e o baile das fadas, e Catarina foi com ele, colhendo nozes enquanto avançavam pela floresta. Dessa vez não espiou o príncipe, pois sabia que ia dançar, dançar e dançar. Mas viu uma fadinha-bebê brincando com uma varinha de condão e, sem ser notada, ouviu uma fada dizer a outra: "Três batidas com essa varinha de condão tornariam a irmã de Catarina tão linda como sempre foi." Assim, Catarina começou a rolar nozes para a fada-bebê, e mais, e mais, até que a criança saiu cambaleando atrás dos frutos e deixou cair a varinha, que Catarina guardou no avental. E ao cantar do galo cavalgaram para casa como antes e, mais que depressa, ao entrar em seu quarto no palácio, Catarina tocou Ana três vezes com a varinha de condão. A repelente cara de ovelha caiu e ela voltou a ser linda como sempre.

Na terceira noite, Catarina só consentiu em velar o príncipe doente se pudesse se casar com ele. Tudo se passou como nas duas primeiras noites. Dessa vez a fadinha-bebê estava brincando com um passarinho. Catarina ouviu uma das fadas dizer: "Três bocados deste passarinho devolveriam ao príncipe doente mais saúde do que ele jamais teve." Catarina rolou todas as nozes que tinha para a fadinha-bebê, até o passarinho cair; guardou-o então no seu avental.

Ao cantar do galo partiram de novo, mas, em vez de quebrar suas nozes como costumava fazer, nesse dia Catarina depenou o passarinho e cozinhou-o.

"Oh!" disse o príncipe doente. "Gostaria de um bocado desse passarinho." Assim Catarina deu-lhe um pedacinho da ave e ele se ergueu sobre os cotovelos. Dali um pouco exclamou de novo: "Oh, se eu pudesse comer mais um bocado daquele passarinho!" Catarina deu-lhe mais um pedaço e ele se sentou na cama. Depois ele disse de novo: "Ah, se pudesse comer um terceiro bocado daquele passarinho!" Catarina deu-lhe um terceiro bocado e ele se levantou, forte e lampeiro, vestiu-se e foi se sentar junto ao fogo.

Quando o pessoal chegou na manhã seguinte, encontrou Catarina e o jovem príncipe quebrando nozes juntos.[5] Nesse meio tempo, o irmão do príncipe vira Ana e caíra de amores por ela, como faziam todos que viam seu lindo rosto. Assim o filho doentio casou-se com a irmã sadia e o irmão sadio casou-se com a irmã doentia, e todos viveram felizes e morreram felizes e nunca beberam de um copo vazio.

O Gato de Botas ou O Mestre Gato [1]

CHARLES PERRAULT

QUANDO GEORGE CRUIKSHANK, o renomado ilustrador dos romances de Dickens, leu *O Gato de Botas*, ficou horrorizado ao pensar que pais leriam aquela história para os filhos. "O conto era uma sucessão de falsidades bem-sucedidas – uma brilhante aula sobre como mentir! –, um sistema de impostura recompensado pelo maior lucro mundano possível!" E, na verdade, há pouco a louvar nesse gato que ameaça, lisonjeia, engana e furta no intuito de instalar seu amo como senhor do reino. O Gato já foi visto como um virtuose linguístico, um bichano que dominou a sublime arte da persuasão e da retórica para adquirir poder e riqueza. Trapaceiro que compreende o que é preciso para vencer, ele eleva seu amo da indigência a um magnífico esplendor, satisfazendo seus desejos antes mesmo que sejam formulados. Esse Gato de fato usa as botas, e representa o agente que eleva o terceiro filho a uma condição régia.

Embora Giovan Francesco Straparola e Giambattista Basile tenham publicado versões de *O Gato de Botas*, nenhum dos dois contos italianos foi capaz de competir com a variante que apareceu nos *Contos da Mamãe Gansa* (1697) de Perrault. Esta alcançou tal proeminência que alterou a forma de versões orais mais antigas em todos os lugares onde foi conhecida. No entanto, apesar de seu apelo quase universal, o Gato de Botas de Perrault foi visto como uma criatura de seu tempo, um gato que representa o tipo de comportamento requerido para se ter sucesso na França do século XVII, sob Luís XIV. As lições morais que o próprio Perrault associou à história ou contrariam a índole da narrativa, ou são irrelevantes. A primeira, declarando que o trabalho árduo e a engenhosidade são preferíveis à riqueza herdada, é desmentida pelo destino do terceiro filho, que nem trabalha arduamente nem exerce sua sagacidade para receber um reino. A segunda moral sublinha a vulnerabilidade das mulheres às aparências exteriores: ricas roupas, juventude e beleza bastam para seus corações. O que realmente importa na história é o uso do logro e da esperteza para conquistar as aparências exteriores do desfecho "e foram felizes para sempre."

O Gato, sempre bem-disposto e bem-intencionado, parece transcender sua velhacaria no fim, quando instala seu amo como senhor do reino. Se o conto tem alguma lição real, talvez seja a de inspirar algum respeito por esses bichos domésticos que caçam camundongos e tomam conta de seus amos.

*T*oda a fortuna que um moleiro deixou para os três filhos[2] foi seu moinho, seu asno e seu gato. A partilha foi feita imediatamente e não foi preciso chamar o tabelião nem o procurador, que logo teriam devorado o parco patrimônio. O filho mais velho ficou com o moinho, o segundo com o asno, e para o caçula sobrou o gato.

Este último não se conformava de ter um quinhão tão mesquinho. "Meus irmãos", dizia, "poderão ganhar a vida honestamente trabalhando juntos. Quanto a mim, quando tiver comido o meu gato e feito luvas com a sua pele, só me restará morrer de fome."

O gato, que escutou essa fala sem se dar por achado, disse-lhe com ar grave e ponderado: "Não se aflija, meu amo, basta que me dê um saco e mande fazer para mim um par de botas[3] para que eu possa andar pelo mato, e verá que o pedaço que lhe coube na herança não é tão mal assim."

Embora não se fiasse muito naquela conversa, o amo do gato já o vira usar tantas artimanhas para pegar ratos e camundongos[4] (pendurando-se de cabeça para baixo pelos pés, ou escondendo-se na farinha para se fazer de morto) que teve um fio de esperança de ser socorrido por ele na sua desgraça.

Quando recebeu o que pedira, o gato calçou garbosamente as botas. Depois meteu no saco farelo e alfaces e o pendurou às costas, segurando os cordões com as duas patas da frente. Partiu então para um bosque onde havia

GEORGE CRUIKSHANK, 1864
Nessa página de abertura da história ilustrada por Cruikshank o Gato consola seu dono e pede um par de botas e uma roupa.

muitos coelhos. Lá chegando, esticou-se como se estivesse morto e esperou que algum coelho jovem, ainda inocente das perfídias deste mundo, viesse se enfiar no seu saco para comer o farelo e as alfaces.

Mal se deitara, foi premiado com o sucesso: um jovem coelho entrou no seu saco, e Mestre Gato, puxando imediatamente os cordões, o agarrou e matou sem misericórdia.[5] Todo orgulhoso de sua proeza, foi à casa do rei e pediu para lhe falar. Fizeram-no subir aos aposentos de Sua Majestade e, após entrar e fazer uma profunda reverência, o gato disse:

"Trago comigo um coelho da floresta com que o senhor marquês de Carabá (foi o nome que, de veneta, deu ao amo) me encarregou de vos presentear da parte dele."

"Diga ao seu amo", respondeu o rei, "que lhe agradeço e que ele me dá um grande prazer."

249

WARWICK GOBLE, 1923
O filho caçula leva as botas e o saco para o Gato. Ao fundo, os irmãos com suas heranças: o moinho e o burro.

ANÔNIMO
Um Gato elegantemente vestido, com botas, colarinho e gravata, parte para o campo: a cidade de Londres, como a placa ao fundo informa, fica na direção contrária.

ANÔNIMO
O Gato, orgulhoso de suas botas novas, atrai coelhos para o saco. No primeiro plano, em meio à folhagem, pares de orelhas denunciam outras vítimas.

MAXFIELD PARRISH, 1914
De saco a tiracolo, o Gato é recebido em audiência pelo rei de um reino inusitadamente escarpado.

Mais uma vez, o gato foi se esconder num campo de trigo, mantendo sempre seu saco aberto. E quando duas perdizes se enfiaram nele, puxou os cordões e capturou-as. Em seguida foi dá-las de presente ao rei, como fizera com o coelho da floresta. Mais uma vez o rei recebeu com prazer as duas perdizes e mandou que dessem uma gratificação ao bichano.

Assim, por dois ou três meses, o gato continuou a levar para o rei, de tempos em tempos, uma caça em nome de seu amo. Um dia, tendo ficado sabendo que o rei sairia a passeio pela margem do rio com a filha, a mais bela princesa do mundo, ele disse a seu amo: "Se quiser seguir meu conselho, sua fortuna está feita; basta que vá se banhar no rio no lugar que lhe mostrarei. E deixe o resto por minha conta."

O marquês de Carabá fez o que gato lhe aconselhava, sem saber para que aquilo poderia servir. Enquanto ele se banhava, o rei passou por ali, e o gato se pôs a gritar a plenos pulmões: "Socorro! Socorro! Meu senhor, o marquês de Carabá, está se afogando!"

A esse grito, o rei enfiou a cabeça pela janela da carruagem e, ao reconhecer o gato que tantas vezes lhe levara caça, ordenou a seus guardas que fossem a toda pressa socorrer o senhor marquês de Carabá.

Enquanto os guardas tiravam o pobre marquês do rio, o gato se aproximou da carruagem e disse ao rei que, enquanto seu amo se banhava, ladrões tinham levado suas roupas, por mais que ele tivesse gritado "Pega ladrão!" com todas as suas forças. (Na verdade, o maroto as escondera debaixo de uma pedra grande.)

Imediatamente o rei ordenou aos servidores encarregados de seu guarda-roupa que fossem buscar um de seus mais belos trajes para o senhor marquês de Carabá. Depois o rei fez a ele mil cumprimentos, e como as belas roupas que acabara de ganhar realçavam seu semblante agradável (pois era bonito e bem-constituído), a filha do rei o achou muito do seu agrado. Mal o marquês de Carabá lhe dirigira dois ou três olhares muito respeitosos, e um pouco ternos, ela ficou perdida de amor.

O rei quis que o marquês entrasse na carruagem e fosse com eles passear. O gato, encantado de ver que seu plano começava a dar certo, seguiu na frente e, encontrando alguns camponeses que ceifavam num prado, disse-

Anônimo

O gato grita para chamar a atenção do rei e de sua filha. Note-se a semelhança de composição entre esta ilustração e a que Gustave Doré produziu para a mesma cena.

Gustave Doré, 1861

Mestre Gato pede socorro para o marquês de Carabá, que pode ser visto banhando-se à sombra das árvores. Além de botas, o gato exibe um chapéu com plumas, um cinto do qual pende sua presa e uma capa decorada com as cabeças das vítimas.

Anônimo, 1865

Com um impressionante par de botas, este gato gigantesco arqueia o dorso e mia por socorro a plenos pulmões. É evidente que seu amo não corre perigo algum, mas isso não pode ser visto pelos que estão na carruagem.

George Cruikshank, 1864
Com o amo já vestido, o Gato o apresenta ao rei como o marquês de Carabá.

lhes: "Boa gente que está ceifando, se não disserem ao rei que o prado que estão ceifando pertence ao senhor marquês de Carabá, serão todos picados miudinho como recheio de linguiça."

E de fato o rei perguntou aos camponeses a quem pertencia o prado que ceifavam. "Pertence ao senhor marquês de Carabá", responderam todos em coro, porque a ameaça do gato os amedrontara.

"Tem aí uma bela herança", disse o rei ao marquês de Carabá.

"Como vedes, Majestade", respondeu o marquês, "é um prado que não deixa de produzir com abundância todos os anos."

Mestre Gato, que seguia sempre à frente, encontrou um grupo de homens que colhiam e lhes disse: "Boa gente que está colhendo, se não disserem ao rei que todo este trigo pertence ao senhor marquês da Carabá, serão todos picados miudinho como recheio de linguiça."

Gustave Doré, 1861
Ameaçados de morte se não mentissem sobre seu amo, os camponeses obedecem, submissos, às ordens do Gato de Botas.

O rei, que passou instantes depois, quis saber a quem pertencia todo o trigo que via. "Pertence ao marquês de Carabá", responderam os colheiteiros, e mais uma vez o rei se congratulou com o marquês.

O gato, que ia adiante da carruagem, dizia sempre a mesma coisa a todos que encontrava. E o rei estava pasmo com as riquezas do senhor marquês de Carabá. Finalmente Mestre Gato chegou a um belo castelo que pertencia a um ogro,[6] o mais rico que jamais se viu, pois todas as terras por onde o rei passara eram parte de seu domínio. O gato, que tivera o cuidado de se informar sobre quem era esse ogro e do que era capaz, pediu uma audiência, alegando que não quisera passar tão perto de um castelo sem ter a honra de prestar suas homenagens ao castelão.

O ogro o recebeu com a cortesia de que um ogro é capaz e o convidou a sentar.

"Garantiram-me", disse o gato, "que você tem o dom de se transformar em todo tipo de animal,[7] que é capaz, por exemplo, de se transformar num leão ou num elefante."

"É verdade", respondeu o ogro bruscamente. "Para lhe dar uma mostra, vou me transformar num leão."

O gato ficou tão apavorado de ver um leão diante de si que num instante estava nas calhas do telhado – não sem dificuldade e perigo, por causa das botas, que não eram grande coisa para se caminhar sobre telhas.

GUSTAVE DORÉ, 1861
Um ogro carrancudo recebe o Gato de Botas. Seu apetite voraz inclui um prato de crianças e uma vaca e um carneiro esquartejados.

ANÔNIMO
O contraste entre o tamanho dos dois adversários chama a atenção. O ogro é representado como uma espécie de Golias, que será derrotado pela astúcia do Gato.

GEORGE CRUIKSHANK, 1864
Quando o ogro se transforma em um leão ameaçador, o Gato de Botas se encolhe de medo no canto da cena. Mas quando ele assume a forma de um camundongo, o esperto felino rapidamente o abocanha.

Harry Clarke, 1922
O marquês de Carabá oferece o braço
à princesa, enquanto um orgulhoso
Gato observa o sucesso de seu plano.

Algum tempo depois, tendo visto que o ogro voltara à sua primeira forma, o gato desceu e confessou que ficara aterrorizado.

"Garantiram-me ainda," disse o gato, "mas não pude acreditar, que você também tem o poder de tomar a forma dos animais mais pequeninos, que pode se transformar por exemplo num rato, num camundongo. Confesso que isso me parece totalmente impossível."

"Impossível?" replicou o ogro. "Veja só." E no mesmo instante se transformou num camundongo que se pôs a correr pelo assoalho. Quando viu isso, o gato se jogou em cima dele e o comeu.

Nesse meio tempo o rei, ao passar, viu o belo castelo do ogro e quis visitá-lo. Ao ouvir o ruído da carruagem passando sobre a ponte levadiça, o gato correu para a frente do castelo e disse ao rei:

"Seja bem-vinda, Vossa Majestade, ao castelo do senhor marquês de Carabá."

"Mas como, senhor marquês!" exclamou o rei. "Também este castelo lhe pertence? Não pode haver nada de mais bonito que este pátio e estas construções que o cercam. Vejamos o interior, por favor."

O marquês deu a mão à jovem princesa e os dois seguiram o rei escada acima. Quando entraram no grande salão, encontraram servida uma magnífica refeição. O ogro a mandara preparar para uns amigos que deveriam visitá-lo naquele mesmo dia, mas eles, sabendo que o rei estava lá, não haviam ousado entrar.

O rei, encantado com as boas qualidades do senhor marquês de Carabá – qualidades pelas quais sua filha estava perdidamente apaixonada – e vendo as riquezas que ele possuía, disse-lhe, depois de ter tomado cinco ou seis taças:

"Depende somente de ti, marquês, vir a ser meu genro."

O marquês, fazendo profundas reverências, aceitou a honra que lhe fazia o rei; e naquele dia mesmo casou-se com a princesa.

O gato tornou-se um grande senhor e passou a só correr atrás de camundongos para se divertir.

Moral

Por mais conveniente que seja
Uma bela herança receber,
Do avô, do pai ou do tio,
E depois de juros viver,
Para os menos bem-nascidos
A habilidade e a perícia
Podem suprir bens recebidos.

Outra moral

Se o filho de um moleiro com tanta presteza
Arranca tão meigos olhares e suspiros
E ganha o coração de uma rica princesa,
É que a roupa, a beleza e a doçura
São meios que contam com certeza.

A história dos três ursos

ANÔNIMO

O POETA BRITÂNICO Robert Southey foi o primeiro a registrar *A história dos três ursos* em forma narrativa, em sua coletânea de textos anônimos *The Doctor*, publicada em 1837, o mesmo ano em que a rainha Vitória assumiu o trono. Especulou-se que, em vez de se valer de fontes orais, Southey combinou uma história norueguesa sobre três ursos com a cena da *Branca de Neve* dos Grimm em que a heroína entra na cabana dos anões. A velhinha da versão de Southey parece ser invenção dele.

Uma versão em versos escrita seis anos antes por Eleanor Mure para seu sobrinho de quatro anos qualificava a história de um "célebre conto infantil". Tanto na versão de Southey quanto na de Mure, uma velha mal-educada invade a cabana dos ursos. A velha foi substituída por uma menina por Joseph Cundall, que editou *A Treasury of Pleasure Books* em 1850. A contadora de histórias britânica Flora Annie Steel mudou o nome da menina para Goldilocks (Cachinhos Dourados) em seu *English Fairy Tales* de 1918, mas a personagem também foi chamada Silver-Hair, Silverlocks e Goldenlocks. A relação entre os ursos também mudou ao longo do tempo. Originalmente, pareciam ser um trio aleatório de amigos ou irmãos, mas em 1852 já estavam transformados numa família – mãe, pai e bebê urso.

Cachinhos Dourados tem quase tantos destinos quanto nomes. Em algumas versões foge para a mata; em outras volta para casa; em outras ainda, jura ser uma boa menina após escapar por um triz da enrascada em que se meteu. As heroínas meninas em *A história dos três ursos* se saem muito melhor que as velhas das primeiras versões registradas. A velha de Southey é descrita como uma "vagabunda" que merece estar na casa de correção, enquanto a velha "delinquente" de Mure sofre um destino pior:

No fogo [os ursos] a jogaram, mas não conseguiram queimá-la;
Na água a enfiaram, mas não houve como afogá-la;
Arrastaram então a mulher ante a multidão espantada
E do campanário da igreja de São Paulo ela foi atirada.

Embora as punições aplicadas à velha assumam uma feição burlesca, suas sucessoras mais jovens tornaram-se parte de uma história destinada a ensinar às crianças lições sobre os perigos de perambular sozinho e explorar territórios estranhos. Como *Os três porquinhos*, esta história recorre a fórmulas repetitivas para captar a atenção da criança e enfatizar uma lição sobre segurança e proteção.

Para Bruno Bettelheim, "Cachinhos Dourados e os três ursos" não consegue incentivar crianças "a levar adiante o trabalho de resolver, um de cada vez, os problemas que o crescimento apresenta". Além disso, a história não termina, como os contos de fadas deveriam fazer, "com nenhuma promessa de felicidade futura para os que dominaram sua situação edipiana quando criança". Apesar da sua popularidade, este seria, em última análise, um conto que toma um rumo escapista e não ajuda a criança que o lê a "adquirir maturidade emocional". A interpretação de Bettelheim é talvez demasiado empenhada em instrumentalizar os contos de fadas, isto é, em transformá-los em veículos que transmitem mensagens e propõem modelos comportamentais para a criança. Embora possa não resolver questões edipianas e de rivalidade entre irmãos, como Bettelheim acredita que *Cinderela* faz, a história sugere a importância do respeito à propriedade alheia e as consequências de "experimentar" as coisas que não nos pertencem.

A versão oferecida aqui é a variante padrão que põe em cena a personagem de Cachinhos Dourados. *A história dos três ursos* de Southey está incluída no Apêndice 2.

$\mathscr{E}$ra uma vez três ursos que moravam juntos na sua própria casinha, numa floresta. Um deles era um Urso Pequeno, Miúdo; o segundo era um Urso de tamanho Médio, e o outro era um Urso Grande, Enorme. Cada um tinha uma tigela para seu mingau: uma tigelinha para o Urso Pequeno, Miúdo; uma tigela média para o Urso Médio e uma enorme para o Urso Grande, Enorme. E cada um tinha uma cadeira para se sentar: uma cadeirinha para o Urso Pequeno, Miúdo; uma cadeira de tamanho médio para o Urso Médio e uma cadeira grande para o Urso Grande, Enorme. E cada um tinha uma cama para dormir: uma cama pequena para o Urso Pequeno, Miúdo; uma cama média para o Urso Médio e uma cama grande para o Urso Grande, Enorme.

Um dia, depois de fazer o mingau para o seu café da manhã e despejá-lo nas suas tigelas, saíram para a mata enquanto o mingau esfriava, para não queimar a boca começando a comê-lo cedo demais.[1]

Enquanto caminhavam, uma menininha chamada Cachinhos Dourados chegou à casa deles. Primeiro ela olhou pela janela, depois espiou pelo buraco da fechadura. Não vendo ninguém, girou a maçaneta da porta. A porta não estava trancada, porque os ursos eram ursos bons, que não faziam mal a ninguém e nunca desconfiavam que alguém pudesse lhes fazer mal.

Assim Cachinhos Dourados abriu a porta e entrou; e ficou muito satisfeita quando viu o mingau na mesa. Se fosse uma menina ajuizada, teria

R. André
Numa elegância impecável, os três ursos saem para um passeio matinal, sem desconfiar que sua casa estava prestes a ser invadida por uma intrusa.

esperado até os ursos voltarem para casa, e então, talvez, eles a teriam convidado para tomar o café da manhã, porque eram ursos bons – um bocadinho estabanados, como é do jeito dos ursos, mas apesar disso muito afáveis e hospitaleiros. Mas o mingau parecia tentador e ela pôs-se a comê-lo.

Primeiro provou o mingau do Urso Grande, Enorme, que estava quente demais para ela; e ela praguejou. Depois provou o mingau do Urso Médio, mas estava frio demais para ela; e ela praguejou por isso também. Passou então para o mingau do Urso Pequeno, Miúdo, e o provou; e esse não estava nem quente demais, nem frio demais, estava na medida certa; gostou tanto dele que raspou a tigela.

Depois Cachinhos Dourados sentou-se na cadeira do Urso Grande, Enorme, mas era dura demais para ela. Depois sentou-se na cadeira do Urso Médio, e essa era macia demais para ela. Em seguida foi sentar-se na cadeira do Urso Pequeno, Miúdo, e essa não era nem dura demais, nem macia demais, estava na medida certa. Então sentou-se nela e lá ficou até que o assento da cadeira se soltou e ela afundou, esparramando-se no chão.

Depois Cachinhos Dourados subiu ao segundo andar e entrou no quarto onde os três ursos dormiam. E primeiro deitou-se na cama do Urso Grande, Enorme; mas essa tinha a cabeceira alta demais para ela. Depois deitou-se na cama do Urso Médio; essa tinha o pé alto demais para ela. Em seguida foi se deitar na cama do Urso Pequeno, Miúdo; e essa não era alta demais nem na cabeceira nem no pé, estava na medida certa. Então se cobriu confortavelmente e ficou ali deitada até cair num sono profundo.

A essa altura, achando que seu mingau já devia ter esfriado bastante, os três ursos rumaram para casa para tomar o café da manhã. Acontece que Cachinhos Dourados tinha deixado a colher do Urso Grande, Enorme, enfiada em seu mingau.

"Alguém andou mexendo no meu mingau!" exclamou o Urso Grande, Enorme, com seu vozeirão áspero, roufenho.[2] E quando o Urso médio olhou para o seu mingau, viu uma colher enfiada nele também.

Walter Crane, 1873
Peregrinando pela floresta, Cachinhos Dourados encontra a casa dos ursos. Na versão ilustrada por Crane a menina chama-se Silver-Locks (Cachinhos Prateados).

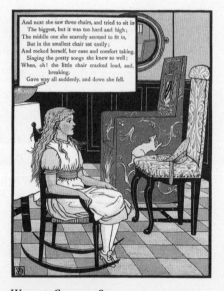

Walter Crane, 1873
Cachinhos Dourados encontra a cadeira ideal para o seu tamanho. Seu chapéu ficou esquecido na cadeira média.

WALTER CRANE, 1873

Cachinhos Dourados comendo o mingau do ursinho. As inscrições – "Ursa" na toalha; "Ursa Majors", "Ursa Minors" e "Ursa Minimus" nas tigelas e pratos – não deixam dúvidas de que a menina está mexendo em coisas que não são suas.

R. ANDRÉ

Após experimentar dos três recipientes de mingau, Cachinhos Dourados acha que o do urso pequeno está "na medida certa".

"Alguém andou mexendo no meu mingau!" exclamou o Urso Médio, com sua voz média.

Foi a vez do Urso Pequeno, Miúdo, olhar para o seu mingau, e lá estava a colher na tigela, mas o mingau tinha desaparecido.

"Alguém andou mexendo no meu mingau, e acabou com ele!" exclamou o Urso Pequeno, Miúdo, com sua vozinha pequena, miúda.

Diante disso, os três ursos, vendo que alguém tinha entrado na sua casa e comido o café da manhã do Urso Pequeno, Miúdo, começaram a investigar ao redor. Acontece que Cachinhos Dourados, ao se levantar da cadeira do Urso Grande, Enorme, não tinha endireitado a almofada dura.

"Alguém andou se sentando na minha cadeira!" disse o Urso Grande, Enorme, com seu vozeirão áspero, roufenho.

E Cachinhos Dourados tinha achatado a almofada mole do Urso Médio.

"Alguém andou se sentando na minha cadeira!" exclamou o Urso Médio, com sua voz média.

E você sabe o que Cachinhos Dourados tinha feito com a terceira cadeira.

"Alguém andou se sentando na minha cadeira, e arrebentou o assento!" exclamou o Urso Pequeno, Miúdo, com sua vozinha pequena, miúda.

Os três ursos resolveram então que era preciso dar uma busca maior na casa. Assim, foram até o seu quarto, no segundo andar. Acontece que Cachinhos Dourados tinha tirado o travesseiro do Urso Grande, Enorme, do lugar.

"Alguém andou se deitando na minha cama!" exclamou o Urso Grande, Enorme, com seu vozeirão áspero, roufenho.

E Cachinhos Dourados tinha tirado o rolo do Urso Médio do lugar.

"Alguém andou se deitando na minha cama!" exclamou o Urso Médio, com sua voz média.

WALTER CRANE, 1873
Os ursos são surpreendidos pela bagunça que Cachinhos Dourados fez, e o ursinho chora ao ver sua cadeira quebrada. Assim como nas ilustrações de R. André, as cenas de Crane trazem uma família de ursos – pai, mãe e filho.

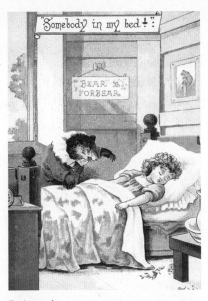 

R. André
Cachinhos Dourados dorme tranquila num quarto primorosamente decorado para um ursinho, e o dono parece chocado pela descoberta de uma menina em sua cama.

Walter Crane, 1873
O ursinho, furioso, descobre a invasora, enquanto Papai e Mamãe Urso, não menos bravos, investigam suas camas.

E quando o Urso Pequeno, Miúdo, foi olhar sua cama, lá estava o rolo em seu lugar; e o travesseiro em seu lugar em cima do rolo; e em cima do travesseiro estava a cabeça de Cachinhos Dourados — que não estava em seu lugar, pois não tinha nada que estar ali.³

"Alguém andou se deitando na minha cama, e aqui está ela!" exclamou o Urso Pequeno, Miúdo, com sua vozinha pequena, miúda.

Cachinhos Dourados tinha ouvido em seu sono o vozeirão áspero, roufenho, do Urso Grande, Enorme. Mas estava dormindo tão profundamente que para ela aquilo não passou do rugido do vento, ou do estrondo de um trovão. E tinha ouvido a voz do Urso Médio, mas foi só como se tivesse ouvido alguém falando num sonho. Mas quando ouviu a vozinha pequena, miúda, do Urso Pequeno, Miúdo, despertou no ato, de tão cortante e estridente que ela era.

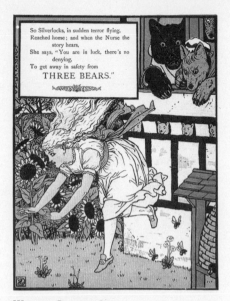 

Walter Crane, 1873
Apavorada, Cachinhos Dourados foge pela janela aberta da casa dos ursos. Note-se como, nas ilustrações de Crane, a casa é decorada, externa e internamente, com motivos de ursos.

R. André
Esta Cachinhos Dourados escapou por pouco: repare o pedaço de seu vestido nas garras do urso maior.

Ergueu-se num sobressalto. E quando viu os três ursos de um lado da cama, pulou fora pelo outro e correu para a janela. Ora, a janela estava aberta, porque os ursos, como ursos bons e asseados que eram, sempre abriam a janela do quarto ao se levantar de manhã. Cachinhos Dourados pulou da janela; e saiu correndo o mais rápido que podia – sem nunca olhar para trás. E o que aconteceu depois eu não sei dizer. Mas os três ursos nunca mais tiveram notícia dela.

O Pequeno Polegar[1]

CHARLES PERRAULT

*A*ssim como *João e Maria, João e o pé de feijão* e *Molly Whuppie, O Pequeno Polegar* narra o triunfo do pequeno e humilde sobre um adversário poderoso. Sem nenhuma ajuda, o Pequeno Polegar derrota o ogro e volta para casa como um herói, salvando os pais da pobreza que os levara a abandonar os filhos na mata.

Na França de Perrault, a vida era uma luta contra a pobreza, a doença e a fome. Nas palavras de Robert Darnton, uma mulher naquela época "não podia imaginar ter algum domínio sobre a natureza; assim, concebia como Deus queria – e como fez a mãe do Pequeno Polegar". Bocas a mais para alimentar podiam significar a diferença entre sobreviver e morrer de fome, e o abandono de crianças por razões econômicas, embora raro, acontecia.

Na versão de Perrault, pai e mãe relutam, ambos, em se separar dos filhos. Suas discussões sobre o assunto, no entanto, mais parecem brigas de casal que esforços penosos para encontrar uma maneira de sobreviver. Por vezes Perrault parece indeciso entre o melodrama característico do conto de fadas e a sátira social. O Pequeno Polegar, apesar de trair a mulher do ogro, mostrar-se ingrato por sua hospitalidade e roubar o que pertencia ao marido, continua sendo encantador. O desfecho da história, narrando a sorte do menino depois da derrota do ogro, revela o profundo cinismo de Perrault em relação aos códigos sociais da época em que vivia.

℘ra uma vez um lenhador e uma lenhadora que tinham sete filhos, todos meninos. O mais velho tinha só dez anos e o mais novo só sete[2]. É de espantar que o lenhador tivesse tido tantos filhos em tão poucos anos; mas é que sua mulher não perdia tempo e não fazia menos de dois de cada vez.

Eram muito pobres e seus sete filhos eram uma carga muito pesada, porque nenhum deles ainda ganhava dinheiro. O que os afligia também é que o caçula era muito doentinho e não falava uma palavra. Na verdade, tomavam por burrice o que era uma marca da bondade de seu espírito. Como era muito pequenino e, ao vir ao mundo, não era maior que um polegar, passaram a chamá-lo Pequeno Polegar. Essa pobre criança era o bode expiatório da casa,[3] e sempre o culpavam por tudo. No entanto, era o mais sagaz e o mais prudente de todos os irmãos e, se falava pouco, ouvia muito.

Veio um ano de miséria,[4] e a fome foi tão grande que esse pobre casal resolveu abandonar seus filhos. Uma noite, quando as crianças estavam deitadas e o lenhador estava junto do fogo com a mulher, ele lhe disse, o coração apertado de dor: "Como vê, não podemos mais alimentar nossos filhos. Eu não seria capaz de vê-los morrer de fome diante dos meus olhos, e decidi levá-los amanhã para o bosque e abandoná-los lá, o que será muito fácil, pois, enquanto estiverem se divertindo colhendo gravetos, só teremos de sumir sem que nos vejam."[5]

"Ah!" exclamou a lenhadora. "Então seria capaz de abandonar seus filhos?" Foi inútil o marido lhe descrever a extrema pobreza em que estavam: ela não podia consentir naquilo. Era pobre, mas era a mãe das crianças. No entanto, tendo considerado a dor que sentiria vendo-as morrer de fome, concordou e foi se deitar chorando.[6]

O Pequeno Polegar escutou tudo que os pais falaram, pois, tendo percebido da sua cama que estavam discutindo assuntos sérios, se enfiara debaixo do tamborete do pai para escutá-los sem ser visto. Voltou para a cama e não pregou o olho o resto da noite, pensando no que fazer. Levantou-se bem cedo e foi até a beira de um riacho; ali encheu os bolsos de seixos brancos e voltou para casa.

A família partiu, e o Pequeno Polegar não contou aos irmãos nada do que sabia. Foram para uma floresta muito espessa, onde a dez passos de

GUSTAVE DORÉ, 1861
Às escondidas, o Pequeno Polegar ouve os pais discutindo seu plano de levar as sete crianças para a mata. Embora haja lenha na lareira, o prato vazio no chão e a magreza do gato e do cachorro são indícios da fome que assolou a região.

GUSTAVE DORÉ, 1861
O Pequeno Polegar vai até a margem de um regato colher os seixos que usará para marcar o caminho de volta para casa. O menino parece ainda menor diante das árvores e da mata fechada.

distância uma pessoa não via a outra. O lenhador se pôs a cortar lenha e seus filhos a catar gravetos para fazer feixes. O pai e a mãe, vendo-os ocupados no trabalho, foram se distanciando aos poucos, e depois fugiram de repente por um pequeno atalho.

Quando se viram sozinhas, as crianças começaram a gritar e a chorar a plenos pulmões. O Pequeno Polegar deixou que gritassem, sabendo muito bem por onde voltaria para casa: enquanto andava, tinha deixado cair pelo caminho os seixos brancos que trazia nos bolsos. Disse então:

"Não tenham medo, meus irmãos. Meu pai e minha mãe nos deixaram aqui, mas eu os levarei de volta para casa. Basta me seguirem."

Eles o seguiram, e ele os levou para casa pelo mesmo caminho pelo qual tinham vindo para a floresta. A princípio, sem coragem de entrar, todos se encostaram contra a porta para escutar o que o pai e a mãe diziam. Ora, mal o

GUSTAVE DORÉ, 1861
O lenhador vai à frente rumo à floresta escura, enquanto o Pequeno Polegar deixa cair os seixos para marcar o caminho. Embora esteja na fila da família, o Pequeno Polegar é destacado pelo foco de luz da cena.

GUSTAVE DORÉ, 1861
Os meninos começam a chorar quando percebem que estão sozinhos. A mata escura e ameaçadora não oferece nenhum consolo. Mas o Pequeno Polegar, certo de que encontrará o caminho de volta, não demonstra aflição.

lenhador e a lenhadora chegaram em casa, o senhor da aldeia lhes enviou dez escudos que estava lhes devendo havia muito tempo e que não esperavam mais. Isso lhes deu novo alento, pois os pobres coitados estavam morrendo de fome.

O lenhador mandou a mulher imediatamente ao açougue.[7] Como fazia muito tempo que não comia, ela comprou três vezes mais carne que o necessário para o jantar de duas pessoas. Quando estavam saciados, a lenhadora disse: "Ai de mim! Onde estarão nossos pobres filhos agora? Eles fariam uma boa refeição com estes nossos restos. O que estarão fazendo agora naquela floresta? Ai, meu Deus, pode ser que o lobo já os tenha comido! Você é bem desumano de ter abandonado assim os seus filhos."

O lenhador acabou perdendo a paciência, pois ela repetiu mais de vinte vezes que eles iriam se arrepender e que ela tinha avisado. Ameaçou dar-lhe uma surra se não calasse a boca. Não é que o lenhador não estivesse ainda mais aflito que sua mulher, é que ela o atazanava, e ele era como muitos outros homens, que gostam muito das mulheres que dizem a coisa certa, mas que acham muito importunas as que querem ter sempre razão. A lenhadora estava em prantos: "Ai de mim! Onde estarão meus filhos, meus pobres filhos?"

Uma vez ela disse isso tão alto que as crianças que estavam à porta, escutando, começaram a gritar todas juntas: "Estamos aqui! Estamos aqui!"

Ela foi correndo abrir a porta, e disse, abraçando-as: "Que alegria revê-los, meus queridos filhos! Estão todos muito cansados e com muita fome; e você, Pierrot, como está enlameado! Venha aqui, deixe-me lavá-lo."

Esse Pierrot era seu filho mais velho, de quem ela gostava mais que dos outros porque ele tinha cabelos vermelhos e ela também.

Sentaram-se à mesa e comeram com um apetite que regalou o pai e a mãe, a quem contaram o medo que tinham sentido na floresta, falando quase sempre todos ao mesmo tempo. Aquele bom casal estava radiante de ver os filhos de novo consigo, e essa alegria durou enquanto os dez escudos duraram. Mas quando o dinheiro acabou, eles recaíram no sofrimento anterior,

Gustave Doré, 1861

As crianças, o cachorro e o gato correm para a panela. Note-se que os traços da mãe se suavizaram consideravelmente desde a primeira ilustração desta série. A centralidade da comida nos contos de fadas é enfaticamente afirmada neste retrato da família do Pequeno Polegar.

e resolveram abandonar os filhos de novo, e, por segurança, levá-los muito mais longe que da primeira vez. Mas não conseguiram conversar sobre isso tão baixinho que não fossem ouvidos pelo Pequeno Polegar, que se encarregou de encontrar uma solução, como fizera antes. Mas, embora tenha se levantado de manhã bem cedo, não pôde ir catar seixos, porque encontrou a porta da casa trancada com duas voltas.

Ficou sem saber o que fazer. Mas quando a lenhadora deu um pedaço de pão para cada um para seu almoço, teve a ideia de usar seu pão em vez dos seixos, jogando migalhas pelos caminhos por onde passassem. Assim, guardou o pão bem guardado no bolso.

O pai e a mãe os levaram ao ponto mais denso e mais escuro da floresta, e, assim que chegaram lá, pegaram um atalho e deixaram os meninos sozinhos.

O Pequeno Polegar não se afligiu muito, porque estava certo de poder reencontrar facilmente seu caminho graças ao pão que semeara por onde passara. Qual não foi sua surpresa, porém, quando não conseguiu achar uma só migalha! Os passarinhos tinham vindo e comido todas.

Estavam em grande apuro agora, pois quanto mais andavam mais se perdiam e se embrenhavam na floresta. A noite caiu e começou a soprar um vento forte que os deixou apavorados. De todos os lados, tinham a impressão de ouvir uivos de lobos que estavam chegando para comê-los. Quase não ousavam conversar, nem virar a cabeça. Desabou uma chuva grossa que os encharcou até os ossos. A cada passo eles escorregavam e caíam na lama, de onde se levantavam imundos, sem saber o que fazer das mãos.

O Pequeno Polegar subiu no alto de uma árvore para ver se podia descobrir alguma coisa. Virando a cabeça para todos os lados, avistou uma luzinha como a de uma vela, mas ela estava muito longe, do outro lado da floresta. Desceu da árvore e, de novo no chão, para seu desconsolo, não viu mais nada. No entanto, depois de andar algum tempo com os irmãos na direção em que vira a luz, viu-a de novo quando saíam do bosque. Finalmente chegaram à casa onde estava essa vela, não sem muitos sobressaltos, porque a perdiam de vista cada vez que passavam por algum buraco.

Bateram à porta e uma boa mulher veio abrir.[8] Ela perguntou o que queriam. O Pequeno Polegar explicou que eram pobres crianças que tinham se perdido na floresta e que pediam um lugar para dormir, por caridade. Vendo que lindas crianças eles eram, a mulher começou a chorar e lhes disse: "Ai, pobres crianças! Onde vieram parar? Não sabem que esta é a casa de um ogro que come as criancinhas?"

"Ai, senhora!" respondeu-lhe o Pequeno Polegar, que tremia feito vara verde como todos os irmãos. "O que podemos fazer? Com toda certeza os lobos da floresta não deixarão de nos comer esta noite, se a senhora não quiser nos abrigar em sua casa. Sendo assim, preferimos ser comidos pelo senhor seu marido. Pode ser que, a senhora pedindo, ele tenha piedade de nós."

A mulher do ogro, acreditando que conseguiria esconder os meninos do marido até a manhã seguinte, deixou-os entrar e levou-os para se esquentarem junto a um bom fogo, pois havia um carneiro inteiro no espeto para o jantar do ogro.

Quando eles estavam começando a se aquecer, ouviram três ou quatro pancadas fortes à porta. Era o ogro que estava de volta.

Imediatamente a mulher os fez se esconderem debaixo da cama e foi abrir a porta. O ogro perguntou primeiro se o jantar estava pronto, se o vinho fora tirado da pipa, e foi logo se sentar à mesa. O carneiro ainda estava sangrando, mas para ele tanto melhor. Farejou à direita e à esquerda, dizendo estar sentindo cheiro de carne fresca.

"Com certeza", respondeu a mulher, "o que está sentindo é o cheiro desse bezerro que acabo de limpar."

"Sinto cheiro de carne fresca, eu repito", replicou o ogro, olhando de esguelha para a mulher. "E há alguma coisa aqui que não estou entendendo."

Ao dizer estas palavras, levantou-se e rumou direto para a cama.

"Ah!" disse. "Então é assim que você quer me enganar, maldita mulher! Não sei por que cargas-d'água não como você também. Sorte sua ser um bicho velho. Temos aqui uma caça que me vem a calhar, para regalar três ogros amigos meus que devem vir me visitar um dia desses."

Puxou os meninos de debaixo da cama, um depois do outro. Os pobres coitados ajoelharam, pedindo-lhe perdão. Mas estavam tratando com o mais cruel de todos os ogros, que, muito longe de ter piedade, já os devorava com os olhos e comentava com a mulher que dariam verdadeiros pitéus se ela os servisse com um bom molho. Foi pegar uma faca e, aproximando-se das pobres crianças, afiou-a numa pedra comprida que segurava na mão esquerda. Já havia agarrado uma quando sua mulher lhe disse: "Que pretende fazer a esta hora? Não terá tempo de sobra amanhã de manhã?"

"Cale a boca", respondeu o ogro. "Assim ficarão mais tenros."

"Mas você tem ainda tanta carne aí," insistiu a mulher, "tem um bezerro, dois carneiros e a metade de um porco!"

"Tem razão", disse o ogro. "Sirva um jantar para eles, para que não emagreçam, e ponha-os para dormir."

A boa mulher ficou radiante e logo tratou de lhes levar um jantar. Mas eles estavam tão apavorados que não conseguiram comer. Quanto ao ogro,

GUSTAVE DORÉ, 1861
A mulher do ogro aponta o facho de luz para os sete meninos. O Pequeno Polegar tira o chapéu e suplica à mulher pousada por uma noite. O morcego e os crânios que enfeitam a porta não pressagiam segurança.

GUSTAVE DORÉ, 1861
Um imenso ogro puxa os dois últimos meninos de debaixo da cama. Graças à esperteza da mulher, decide engordá-los antes de jantá-los. Já não é possível distinguir o Pequeno Polegar de seus irmãos.

voltou a beber, encantado de ter uma iguaria tão fina para oferecer aos amigos. Bebeu uma dúzia de tragos a mais do que de costume, o que lhe subiu um pouco à cabeça e o obrigou a ir se deitar.

O ogro tinha sete filhas que ainda não passavam de crianças. Essas ogrinhas tinham todas uma cor muito bonita, porque comiam carne fresca como o pai. Mas tinham olhinhos cinzentos e bem redondos, nariz adunco e uma boca muito grande com dentes compridos, bem afiados e muito distantes um do outro. Ainda não eram muito malvadas, mas prometiam se tornar, pois já mordiam criancinhas para lhes chupar o sangue.

Tinham sido mandadas cedo para a cama e estavam todas as sete numa cama grande, todas com uma coroa de ouro na cabeça. No mesmo quarto havia uma outra cama do mesmo tamanho. Foi ali que a mulher do ogro pôs os sete meninos para dormir. Em seguida foi se deitar ao lado do marido.

O Pequeno Polegar, que havia notado que as filhas do ogro tinham coroas de ouro na cabeça, e que temia que o ogro se arrependesse de não os ter degolado naquela noite mesmo, se levantou no meio da noite e, pegando os gorros de seus irmãos e o seu, foi de mansinho enfiá-los na cabeça das sete filhas do ogro, depois de ter tirado as coroas de ouro da cabeça delas e tê-las posto na cabeça de seus irmãos e na sua. Queria que o ogro os tomasse pelas suas filhas,[9] e suas filhas pelos meninos que queria degolar. A coisa funcionou como ele havia pensado. Pois o ogro, acordando à meia-noite, arrependeu-se de ter deixado para o dia seguinte o que teria podido fazer na véspera. Assim, saiu da cama de um estalo, e pegando seu facão:

"Vejamos", disse ele, "como estão passando nossos malandrinhos. Não vamos hesitar de novo!"

Subiu então às apalpadelas até o quarto das filhas e se aproximou da cama onde estavam os meninos. Estavam todos adormecidos, com exceção do Pequeno Polegar, que ficou paralisado de medo quando sentiu a mão do ogro apalpando sua cabeça, como apalpara a de todos os seus irmãos. Tateando as coroas de ouro, o ogro disse:

"Céus, quase faço uma desgraça. Não há dúvida de que bebi demais ontem à noite."

Em seguida foi até a cama das filhas, onde apalpou os gorrinhos dos meninos:

"Ah! Aqui estão eles, os marotos. Não vamos pensar duas vezes."

Dizendo estas palavras, cortou sem vacilar o pescoço das sete filhas. Muito satisfeito, voltou a se deitar ao lado da mulher.

Assim que ouviu o ogro roncar, o Pequeno Polegar acordou os irmãos e mandou que se vestissem rapidamente e o seguissem. Desceram pé ante pé até o jardim e pularam o muro. Correram quase a noite toda, sempre tremendo e sem saber para onde iam.

Ao acordar, o ogro disse à mulher: "Vá lá em cima aprontar aqueles malandrinhos de ontem à noite." A ogra ficou muito espantada com a bondade do marido, nem desconfiando o que ele queria dizer com aprontar. Certa de que a mandara vesti-los, subiu ao segundo andar onde, horrorizada,

GUSTAVE DORÉ, 1861
Olhos saltados, o ogro está prestes a cortar o pescoço das filhas, pensando serem os meninos. Podemos observar os restos da galinha do jantar na colcha e nas mãos das crianças.

viu suas sete filhas degoladas, nadando em seu sangue. Logo desmaiou (pois esse é o primeiro expediente que quase todas as mulheres usam em circunstâncias semelhantes). O ogro, temendo que a mulher pudesse levar tempo demais para fazer o serviço de que a encarregara, subiu ao quarto para ajudá-la. Não ficou menos pasmo que sua mulher quando viu aquela cena medonha.

"Ah! O que eu fiz?!" exclamou. "Eles vão me pagar, aqueles infelizes, e é já."

Tratou logo de jogar a água de um jarro na cara da mulher, e vendo-a voltar a si:

"Traga-me depressa minhas botas de sete léguas",[10] disse, "para eu ir atrás deles."

Pôs o pé na estrada e, depois de correr muito por todos os lados, tomou finalmente o caminho em que seguiam aquelas pobres crianças. Elas não estavam a mais de cem passos da casa de seu pai quando viram o ogro. Ele ia de montanha a montanha numa passada e atravessava rios tão facilmente como se fossem o menor regato. Vendo uma rocha oca perto de onde estavam, o Pequeno Polegar mandou os seis irmãos se esconderem ali e fez o mesmo, sempre espiando os movimentos do ogro.

Acontece que o ogro, que estava muito cansado da longa e inútil caminhada (pois as botas de sete léguas cansam muito quem as usa), quis descansar e, por acaso, foi se sentar sobre a rocha onde os meninos estavam escon-

Gustave Doré, 1861
Sem saber que matou suas filhas, o ogro resolve pregar uma peça na mulher dizendo-lhe para ir ao andar de cima e "aprontar" os sete meninos adormecidos. Assim como as filhas, ele não deixa sobrar nada senão os ossos.

didos. Como estava exausto, depois de algum tempo adormeceu e começou a roncar tão pavorosamente que as pobres crianças tiveram tanto medo como quando ele segurava seu facão para degolá-las.

O Pequeno Polegar teve menos medo e disse aos irmãos que corressem depressa para casa enquanto o ogro dormia a sono solto, e que não se preocupassem com ele. Eles seguiram o conselho e foram rápido para casa.

O Pequeno Polegar, aproximando-se então do ogro, tirou-lhe as botas de mansinho e calçou-as ele mesmo. As botas eram enormes e larguíssimas, mas, como eram fadas, tinham o dom de aumentar e diminuir segundo a perna de quem as calçava, e assim ficaram tão bem-ajustadas aos seus pés e às suas pernas como se tivessem sido feitas para ele. Em seguida foi direto à casa do ogro, onde encontrou a ogra chorando junto às filhas degoladas.

"Seu marido", disse-lhe o Pequeno Polegar, "está correndo um grande perigo, pois foi capturado por um bando de ladrões que juraram matá-lo se ele não lhes der todo o ouro e toda a prata que possui. No instante em que eles seguravam o

GEORGE CRUIKSHANK, 1854
Com dentes que mais parecem presas, e agarrado a seu facão, o ogro dorme enquanto o Pequeno Polegar tira uma de suas botas mágicas.

ARTHUR RACKHAM, 1933
Este ogro de ar diabólico cochila calmamente enquano o Pequeno Polegar retira a segunda bota. Os meninos, com chapéus iguais, fogem com medo de que o monstrengo desperte.

GUSTAVE DORÉ, 1861
Exausto da perseguição, o ogro tira uma soneca e perde sua bota de sete léguas para o Pequeno Polegar. Este ogro, que mais parece um grão-senhor do que um monstro de conto de fadas, tem sempre um garfo ou uma faca por perto.

GEORGE CRUIKSHANK, 1854
Calçado com as botas de sete léguas que tirou dos pés do ogro,
o Pequeno Polegar caminha a passos largos rumo a um final feliz.

punhal sobre a sua garganta ele me avistou e me suplicou que eu viesse avisá-la da situação em que está. Disse que a senhora deve me dar tudo que ele tem de valor, sem guardar nada, porque do contrário o matarão sem misericórdia. Como o assunto é muito urgente, ele quis que eu usasse estas botas de sete léguas para andar depressa e para que a senhora acreditasse que não sou um impostor."

A boa mulher, muito horrorizada, deu-lhe imediatamente tudo o que tinham, pois esse ogro, embora comesse criancinhas, não deixava de ser um ótimo marido. O Pequeno Polegar, carregando assim todas as riquezas do ogro, voltou para a casa do pai, onde foi recebido com muita alegria.

Muita gente não concorda com esta última circunstância. Segundo eles, o Pequeno Polegar nunca roubou o ogro assim. Na verdade só não tivera escrúpulo de lhe tomar as botas de sete léguas porque ele as usava apenas para correr atrás de criancinhas. Essa gente garante saber disso de boa fonte, e até por ter comido e bebido na casa do lenhador. Afirmam que, depois de calçar as botas do ogro, o Pequeno Polegar foi para a corte, onde sabia que estavam muito preo-cupados com a sorte de um exército que estava empenhado numa batalha a duzentas léguas dali. Foi, eles garantem, ter com o rei e lhe disse que, se Sua Majestade o desejasse, traria notícias do exército antes do fim do dia. O rei lhe prometeu uma vultosa quantia de dinheiro se conseguisse realizar essa proeza. O Pequeno Polegar trouxe notícias naquela noite mesmo. Ficou famoso com essa primeira missão, e ganhou tudo que queria. Pois o rei o pagava regiamente para levar suas ordens ao exército, e uma infinidade de damas lhe davam tudo que ele queria para ter notícias de seus amantes – e era com elas que ele ganhava mais.

Havia uma ou outra mulher que lhe confiava cartas para os maridos. Mas essas pagavam tão mal, e as cartas eram tão minguadas, que ele não se dig-nava a levar em conta essa fonte de renda.

Após ter exercido por algum tempo o ofício de mensageiro, e ter amea-lhado com ele uma boa fortuna, o Pequeno Polegar voltou à casa do pai, onde foi recebido com uma alegria que não se pode imaginar. Assegurou o conforto de toda a família. Comprou cargos recém-criados para o pai e para os irmãos. Com isso deixou todos estabelecidos, sem esquecer ao mesmo tempo de satisfazer seus próprios desejos.

Moral

Muitos filhos são dádivas que só enobrecem,
Se são altos e fortes, bonitos e graúdos,
Lindos pimpolhos que a todos enternecem.
Mas se um deles é gago, vesgo ou mudo,
Toda gente o maltrata, rejeita, humilha.
Às vezes é esse pirralho, contudo,
Que traz a fortuna para toda a família.

A roupa nova do imperador

HANS CHRISTIAN ANDERSEN

Menos um conto de fadas que uma fábula sobre as consequências da hipocrisia coletiva, a história de Andersen transmite uma mensagem que se tornou uma verdade proverbial condensada no dito "O rei está nu". A opção por ignorar o que salta à vista e o agir cegamente como se nada houvesse de errado são os alvos das farpas satíricas de Andersen. O fato de ser preciso uma criança "inocente" para adivinhar a verdade que "Sua Majestade" é incapaz de discernir é um lembrete dos efeitos imbecilizantes das conveniências sociais e do modo como a cultura e a civilização produzem duplicidade e hipocrisia.

Embora ninguém tenha identificado fontes orais para esta história, Andersen está explorando um rico veio folclórico que mostra trapaceiros passando a perna em monarcas e levando a melhor sobre a gente da cidade, clérigos e estalajadeiros. O narrador não adota nenhum ponto de vista claro, nem aprovando a esperteza dos vigaristas, nem defendendo a vaidade do imperador, embora o conto seja cuidadosamente construído para transmitir uma moral clara. Andersen, um homem de origens humildes que desprezava as afetações da aristocracia, teria tomado o partido da criança inocente do conto, cuja voz revela a verdade à multidão.

À medida que o conto se desenrola, fica claro que as invenções dos vigaristas, seus atos de sedução e logro, têm certo valor de verdade, embora uma verdade diametralmente oposta àquela afirmada pelos ladrões. Aqueles que veem a roupa são, de fato, ou imbecis ou inaptos para as funções que exercem, ou as duas coisas. Só a criança de semblante puro, transparente, tem a coragem de afirmar que o imperador está nu. Em sua celebração da sabedoria e franqueza da criança e da revelação por ela das hipocrisias adultas, este conto é uma leitura especialmente atraente para a hora de dormir.

Há muitos e muitos anos vivia um imperador que gostava tanto de roupas novas e bonitas que gastava todo o dinheiro que tinha com a sua elegância. Não tinha o menor interesse pelo exército, nem dava importância a ir ao teatro ou fazer passeios de carruagem pelo campo, a menos, é claro, que isso lhe desse oportunidade para exibir roupas novas.[1] Tinha trajes diferentes para cada hora do dia, e, assim como se costuma dizer que um rei está na sala do conselho, desse imperador o que sempre se dizia era: "No momento ele está no seu quarto de vestir."

Não faltavam diversões na cidade onde o imperador morava. Estrangeiros estavam sempre chegando e partindo, e um dia lá chegaram dois vigaristas.[2] Afirmaram ser tecelões e disseram saber como tecer o tecido mais deslumbrante que se podia imaginar. Não só as cores e os padrões que criavam eram extraordinariamente atraentes, como as roupas feitas com seus tecidos tinham também a característica singular de se tornarem invisíveis a todos que eram inaptos para sua ocupação ou irremediavelmente burros.

"Mas que ótimo! Devem ser roupas maravilhosas", pensou o imperador. "Se eu tivesse algumas dessas, poderia dizer quais funcionários não servem para seus cargos, e seria capaz também de distinguir os sensatos dos tolos. Sim, preciso mandar que teçam um pouco desse tecido para mim imediatamente." E pagou aos vigaristas uma grande soma de dinheiro para que pusessem mãos à obra no mesmo instante.

Os vigaristas montaram um par de teares e fingiram estar trabalhando, embora não houvesse coisíssima nenhuma nas máquinas. Astutamente, pediram a seda mais delicada e o mais fino fio de ouro, que prontamente guardaram em suas próprias bolsas. Depois trabalharam até altas horas com os teares vazios.

"Como os tecelões estarão se saindo com seu trabalho?" pensava o imperador com seus botões. Mas um detalhe estava começando a deixá-lo aflito: o fato de que toda pessoa estúpida ou inapta para seu cargo jamais seria capaz de ver o que estava sendo tecido. Não que ele tivesse qualquer temor a seu próprio respeito – sentia-se absolutamente confiante sob esses aspectos – mas, mesmo assim, talvez fosse melhor mandar alguém lá para ver como as coisas estavam progredindo. Todos na cidade tinham ouvido falar do misterioso poder do tecido e estavam sôfregos para determinar a incompetência ou a burrice dos seus vizinhos.

RIE CRAMER, INÍCIO SÉC.XX
O vaidoso imperador dedica-se a sua atividade favorita: examinar-se ao espelho enquanto experimenta roupas, sendo atendido por criados.

"Vou mandar lá o meu eficiente primeiro-ministro", pensou o imperador. "Ele é escolha óbvia para inspecionar a fazenda, pois tem bom senso de sobra e ninguém é mais qualificado para seu posto que ele."

Assim lá foi o eficiente ministro para a oficina onde os dois vigaristas estavam trabalhando com todo afinco junto a seus teares vazios. "Que o Senhor me abençoe", pensou o ministro, os olhos esbugalhados. "A verdade é que não estou vendo patavina!" Mas teve o cuidado de não deixar isso transparecer.

Os dois vigaristas pediram que olhasse a fazenda mais de perto – não achava as cores e os padrões atraentes? Apontaram os caixilhos vazios, e, por mais que arregalasse os olhos, o pobre ministro não conseguiu ver nada, pois não havia nada ali. "Misericórdia!" pensou. "Será possível que eu seja um idiota? Nunca desconfiei disso e não posso admitir essa possibilidade. Será então que sou inadequado para o meu cargo? Não, não convém em absoluto confessar que não consigo enxergar o tecido."

"Oh, mas é encantador! Tão lindamente elaborado!" disse o velho ministro, espiando por sobre os óculos. "Que padrão e que colorido! Comunicarei sem demora ao imperador o quanto ele me agrada."

EDMUND DULAC, 1911
Apesar de toda a sua boa vontade e esforço, o ministro não conseguiu encontrar nenhum indício do trabalho executado pelos dois tecelões.

WILLIAM HEATH ROBINSON
Com a legenda "Os trapaceiros fogem", esta ilustração revela que os falsos tecelões conseguirão um bom ganho com o engodo.

"Ah, nós lhe ficaremos muito agradecidos", disseram os impostores, e descreveram tim-tim por tim-tim as cores e os extraordinários padrões. O velho ministro escutou atentamente para ser capaz de repetir todos os detalhes para o imperador – o que fez muito bem.

Os vigaristas pediram mais dinheiro, mais seda e mais fio de ouro, de que disseram precisar para continuar tecendo. Meteram tudo no bolso – nem um fio foi posto no tear – e continuaram trabalhando com os caixilhos vazios.

Passado algum tempo o imperador mandou um segundo alto funcionário para ver como a tecelagem estava caminhando e saber se o tecido ficaria logo pronto. O que tinha acontecido com o primeiro-ministro também aconteceu com este. Por mais que olhasse, não conseguiu ver nada, já que ali não havia nada além de um tear vazio.

"Veja! Não é um trabalho primoroso?" perguntaram os vigaristas, apontando a beleza do padrão, que nem sequer existia.

"Sei que não sou burro", pensou o homem. "Isto só pode querer dizer que não sou apto para a minha posição. Algumas pessoas vão se divertir com isso, o melhor que eu faço é não demonstrar nada." E assim elogiou o tecido que não podia enxergar e declarou-se maravilhado com suas nuances fascinantes e o belo padrão.

"Sim, é simplesmente maravilhoso", disse ao imperador ao retornar.

O esplêndido tecido tornou-se o assunto da cidade. E agora o imperador queria vê-lo ele próprio, ainda no tear. Acompanhado de um grupo seleto de pessoas, entre as quais os dois velhos funcionários que já tinham estado lá, saiu para ver o tear. Os dois astutos vigaristas estavam tecendo freneticamente sem usar um centímetro de fio.

"Vejam, não é magnífico?" disseram os dois honrados funcionários. "Vossa Majestade por favor dê uma espiada! Que padrão esplêndido! Que cores gloriosas!" E apontavam o tear vazio, certos de que todos os outros eram capazes de ver a fazenda.

"Mas o que é isto?" pensou o imperador. "Não vejo coisa nenhuma! Isto é assustador. Serei um idiota? Serei incompetente para ser imperador? Essa é a pior coisa que podia me acontecer..."

"Oh, é simplesmente encantador!" disse aos outros. "Tem nossa mais benévola aprovação." E sacudiu a cabeça com satisfação, enquanto inspecionava o tear vazio. Nem lhe passava pela cabeça dizer que não estava vendo nada. Os cortesãos que o haviam acompanhado olhavam o mais atentamente que podiam, mas foram tão incapazes de ver alguma coisa quanto os outros. Apesar disso, todos repetiram exatamente o que o imperador dissera: "Oh, é simplesmente encantador!" Aconselharam-no a mandar fazer algumas roupas para si daquele esplêndido tecido novo e estreá-las na grande parada que estava prestes a se realizar. "Magnífico!", "Maravilhoso!", "Esplêndido!" foram as palavras pronunciadas. Todos estavam encantadíssimos com a tessitura. O imperador outorgou o título de cavaleiro aos dois vigaristas e deu-lhes insígnias para usarem na lapela, juntamente com o título de "Tecelão Imperial".

Na véspera da parada, os trapaceiros passaram a noite em claro, trabalhando, à luz de mais ou menos dezesseis velas. As pessoas puderam ver como estavam atarefados, terminando a roupa nova do imperador. Eles fingiram retirar o tecido do tear, deram tesouradas no ar com tesouras enormes e alinhavaram com agulhas sem linha. Por fim anunciaram: "A roupa do imperador está pronta!"

O imperador, com seus cortesãos mais eminentes, foi em pessoa até os tecelões. Os dois estenderam um braço, como se carregando alguma coisa, e disseram. "Veja só estas calças! Aqui está o paletó! Este é o manto." E assim por diante. "São todas leves como teias de aranha. A pessoa tem a impressão de não estar usando nada – esta é a virtude deste tecido delicado."

"Realmente", declararam os cortesãos. Mas não conseguiram ver nada, pois não havia absolutamente nada ali.

"Bem, poderia Vossa Majestade Imperial ter a bondade de tirar a roupa?" perguntaram os vigaristas. "Então poderá experimentar suas novas roupas ali diante do espelho alto."

Assim o imperador tirou as roupas que estava usando e os vigaristas fingiram lhe entregar cada uma das peças novas que afirmavam ter feito, e fingiram suspender alguma coisa... era a sua cauda. E o imperador virou-se e revirou-se diante do espelho.

"Céus! Que esplêndido, o imperador em suas roupas novas. Que caimento perfeito!" todos exclamaram. "Que corte! Que cores! Que traje suntuoso!"

EDMUND DULAC, 1911
O orgulhoso imperador pavoneia-se pelas ruas de cueca, prestando-se ao papel do idiota vaidoso.

ARTHUR RACKHAM, 1911
O artista evita habilmente o problema de como representar um imperador nu, desenhando a comitiva em silhueta. Depois que uma menina deixa evidente o que está à vista de todos, outros lhe fazem coro rapidamente.

O mestre de cerimônias chegou com um aviso: "O baldaquim para a parada está preparado, à espera de Vossa Majestade."

"Estou inteiramente pronto", disse o imperador. "Como estas roupas me assentam bem!", e deu uma última voltinha diante do espelho, pois precisava realmente fazer todos acreditarem que estava contemplando suas belas roupas.

Os camareiros que deviam segurar a cauda tatearam pelo chão como se a estivessem pegando. Ao andar, mantinham as mãos esticadas, não ousando deixar transparecer que não estavam vendo nada.

O imperador entrou na parada sob o belo dossel e todos nas ruas e nas janelas disseram: "Céus! A roupa nova do imperador é a mais bela que ele já usou. Que cauda maravilhosa! Que caimento perfeito!" Não admitiriam que não havia coisa nenhuma para ver, porque isso teria significado que eram incapazes ou muito burros. Nunca as roupas do imperador haviam causado tanta impressão.

"Mas o imperador está nu!" uma criancinha falou.[3]

"Valha-me Deus! Você ouviu a voz daquela criança inocente?" exclamou o pai. E a observação da criança foi sendo cochichada de uma pessoa para outra.

ARTHUR RACKHAM, 1911
A expressão nos rostos dos observadores registra o choque de "descobrir" que o imperador não está usando roupa alguma. Queixos caem e dedos apontam enquanto o monarca passa.

"Na verdade ele não está vestindo nada! Há uma criança aqui que diz que ele está nu."

"Sim, ele não está vestindo nada!" o povo gritou finalmente. E o imperador se sentiu muito embaraçado, pois teve a impressão de que o povo estava certo. Mas, por uma razão ou por outra, pensou: "Agora tenho de levar isto até o fim, com parada e tudo."[4] E se empertigou ainda mais altivamente, enquanto seus camareiros caminhavam atrás dele segurando uma cauda que não estava lá.

A pequena vendedora de fósforos[1]

HANS CHRISTIAN ANDERSEN

𝒫OUCAS HISTÓRIAS PARA CRIANÇAS celebram o sofrimento com o tipo de paixão deste conto sobre uma vendedora de fósforos. A criança frágil e desamparada que morre de frio na véspera do ano-novo tornou-se uma espécie de ícone cultural, a vítima de um pai brutal (muito mais cruel que os ogros e bichos-papões dos contos de fadas) e de uma sociedade desalmada. Até a natureza lhe volta as costas, não lhe oferecendo abrigo nem sustento. A mágica dos contos de fadas desaparece, e a salvação chega apenas na forma da intervenção divina.

O narrador da história da vendedora de fósforos nos transporta para o mundo mental da heroína, permitindo-nos sentir sua dor à medida que a temperatura cai e o vento uiva. Também partilhamos suas visões, primeiro de calor, depois de alimento, depois de beleza e, finalmente, de afeição e compaixão humana. Se a imagem final da história nos apresenta um cadáver congelado, a morte da pequena vendedora de fósforos é ainda assim uma "bela morte", envolta em espiritualidade radiante e significado transcendente. Quer leiamos seus sofrimentos como "torturas disfarçadas em pieguices" (como o fez P.L. Travers, a autora de *Mary Poppins*) ou consideremos sua infelicidade como a precondição para a passagem a uma esfera mais elevada, a história impregna nossa imaginação e continua sendo uma das mais memoráveis narrativas da infância.

Muitos concordarão que o único requisito para um bom livro infantil é o triunfo do protagonista. *A pequena vendedora de fósforos*, com sua cena de morte, foi adaptada e reescrita muitas vezes ao longo do último século, de maneira especialmente notável numa edição de 1944, que em seu texto de capa proclamava: "As crianças lerão extasiadas esta nova versão do famoso conto de Hans Christian Andersen. Pois nela a pequena vendedora de fósforos, naquela véspera de Natal de tanto tempo atrás, não é vitimada pelo frio cortante, mas encontra calor, alegria e um lar encantador onde vive feliz para sempre." Andersen, que escreveu esta história numa década de inquietação social e convulsão política, ficaria sem dúvida desolado pela inflexão positiva dada a uma história que pode ser lida como uma crítica poderosa a desigualdades sociais.

$\mathcal{F}$azia um frio terrível. A neve caía e dali a pouco ficaria escuro. Era o último dia do ano: véspera de ano-novo. Nas ruas frias, escuras, você poderia ver uma pobre menininha sem nada para lhe cobrir a cabeça, e descalça.[2] Bem, é verdade que estava usando chinelos quando saiu de casa. Mas de que adiantavam? Eram chinelos enormes, que pertenciam à sua mãe, o que lhe dá uma ideia de como eram grandes. A menina os perdera ao atravessar correndo uma estrada no instante em que duas carruagens avançavam ruidosamente e numa velocidade apavorante. Não conseguiu achar um pé dos chinelos em lugar nenhum, e um menino fugiu com o outro, dizendo que um dia, quando tivesse filhos, poderia usá-lo como berço.

A menina caminhava com seus pezinhos descalços, que estavam rachados e ficando azuis de frio. Levava um molho de fósforos na mão e mais no avental. Não vendera nada o dia inteiro e ninguém lhe dera um níquel sequer. Pobre criaturinha, parecia a imagem da miséria[3] a se arrastar, faminta e tiritando de frio. Flocos de neve se aninhavam em seu cabelo claro, comprido, que ondulava suavemente em volta do pescoço. Mas você pode ter certeza de que ela não estava pensando em sua aparência. Em cada janela, luzes reluziam e um delicioso cheiro de ganso assado se espalhava pelas ruas. Veja bem, era véspera de ano-novo. Era nisso que ela pensava.

Num canto entre duas casas, uma das quais se projetava sobre a rua, ela se agachou e se encolheu no frio, as pernas dobradas sob si. Mas isso só a fez sentir mais e mais frio. Não tinha coragem de voltar para casa,[4] pois não vendera fósforo nenhum e não tinha um níquel para levar. Seu pai com certeza iria surrá-la, e depois era quase tão frio em casa quanto aqui. Só tinham o telhado para protegê-los, e o vento sibilava através dele, embora as fendas maiores tivessem sido vedadas com palha e trapos. O frio era tanto que as mãos da menina estavam quase dormentes. Ah! Talvez acender um fósforo ajudasse um pouco. Se pelo menos se atrevesse a tirar um do pacote e riscá-lo na parede, só para aquecer os dedos. Puxou um – rrrec! –, como ele espirrava enquanto queimava! Surgiu uma luz clara e tépida, como uma vela, quando pôs a mão sobre ele. Sim, que luz estranha era aquela! A menina imaginou que estava sentada junto de uma grande estufa de ferro, com lustrosos puxadores de cobre e pés de latão. Que calor o fogo desprendia! No instante em que ia esticando os dedos dos pés para aquecê-los também – a chama apagou e a estufa desapareceu. Lá ficou ela, com o toco de um fósforo queimado na mão.

ARTHUR RACKHAM, 1932
No terceiro fósforo riscado, a menina vê uma grande árvore de Natal, iluminada por velas – prazer de uma festa de que ela não pode desfrutar senão como testemunha distante.

Riscou outro fósforo contra a parede. Ele explodiu em chamas, e a parede que iluminava ficou transparente como um véu. Ela pôde ver direitinho dentro da sala, onde, sobre uma mesa coberta com uma toalha branca como a neve, estava posta uma porcelana delicada. Bem ali, podia-se ver um ganso assado fumegante, recheado com maçãs e ameixas. E, o que foi ainda mais espantoso, o ganso saltou do prato e saiu gingando pelo piso, com uma faca de trinchar e um garfo ainda espetados nas costas. Rumou diretamente para a pobre menininha. Mas naquele instante o fósforo apagou e só sobrou a parede úmida e fria diante dela.

Acendeu um outro fósforo. Agora estava sentada sob uma árvore de Natal. Era ainda maior e mais bonita do que uma que vira no Natal passado através da porta de vidro da casa de um comerciante rico. Milhares de velas ardiam nos ramos verdes, e figuras coloridas, como as que já vira em vitrines, contemplavam aquilo tudo. A menina esticou ambas as mãos no ar... e o fósforo se apagou. As velas de Natal foram subindo, subindo, até que ela viu que

HONOR C. APPLETON, 1920
Descalça, a pequena vendedora de fósforos senta-se num degrau coberto de neve. Ao acender um fósforo para se aquecer, vê sua avó chamando-a para seus braços.

eram estrelas cintilantes. Uma delas se transformou numa estrela cadente, deixando atrás de si uma risca de fogo coruscante.

"Alguém está morrendo", pensou a menina, pois sua avó, a única pessoa que fora boa para ela e que agora estava morta, lhe contara que, quando a gente vê uma estrela cadente, é um sinal de que uma alma está subindo para Deus.

Riscou mais um fósforo contra a parede. Fez-se um clarão à sua volta, e bem ali, no centro dele, estava sua velha avó, parecendo radiante, e suave e amorosa. "Oh, vovó!" a menina exclamou. "Leve-me com você! Sei que vai desaparecer quando o fósforo apagar – como aconteceu com a estufa quentinha, com o delicioso ganso assado e com a alta e bela árvore de Natal." Mais que depressa ela acendeu todo o molho de fósforos, tal era o desejo de conservar sua avó exatamente ali onde estava. Os fósforos chamejaram com tanto vigor que de repente ficou mais claro que a clara luz do dia. Nunca sua avó parecera tão alta e bonita. Ela tomou a menina nos braços e juntas as duas voaram em esplendor e alegria, cada vez mais alto, acima da terra, para onde não há frio, nem fome, nem dor. Estavam com Deus.

Na madrugada seguinte, a menina jazia enroscada entre as duas casas,[5] com as faces rosadas e um sorriso nos lábios. Morrera congelada na última noite do ano velho. O ano-novo despontou sobre o corpo congelado da menina, que ainda segurava fósforos na mão, um molho já usado. "Ela estava tentando se aquecer", disseram as pessoas. Ninguém podia imaginar que coisas lindas ela vira e em que glória partira com sua velha avó para a felicidade do ano-novo.

A princesa e a ervilha

HANS CHRISTIAN ANDERSEN

O TOM DESCONTRAÍDO e os toques de humor nesta história sobre uma princesa patologicamente sensível redimem muitos traços que poderiam ofender suscetibilidades modernas. A insistência do príncipe em encontrar uma "verdadeira" princesa e a identificação de nobreza com sensibilidade chocam-se com nossos próprios valores culturais sobre caráter e valor social. A sensibilidade da princesa pode, contudo, ser entendida num nível metafórico como uma medida da profundidade de seu sentimento e compaixão. E Andersen nos dá também uma heroína ativa e enérgica, que enfrenta desafios e aparece na porta de um príncipe cuja pista foi capaz de seguir.

Andersen disse ter ouvido esta história quando criança, embora não haja nenhuma versão dinamarquesa registrada dela. Um conto sueco análogo ("A princesa que se deitou sobre sete ervilhas") apresenta um enredo semelhante, embora nele uma menina órfã se faça passar por princesa dizendo ter dormido mal. Enquanto a heroína do conto popular usa o logro para elevar sua posição social, a princesa de Andersen é "genuína" e não precisa mentir sobre seu estado físico.

Um musical de 1960, *Once upon a Mattress*, estrelado por Carol Burnett como a incontrolável princesa Winnifred, teve grande sucesso de público na Broadway por muitos anos. A história permanece entre os contos favoritos de Andersen e a princesa tornou-se um emblema de sensibilidades supremamente delicadas.

ra uma vez um príncipe. Ele desejava ter a sua princesa, mas uma que fosse princesa de verdade. Por isso viajou pelo mundo todo à procura de uma assim, mas sempre havia alguma coisa de errado. Não faltavam princesas em toda parte, mas ele nunca conseguia ter certeza de que eram verdadeiras princesas. Havia sempre alguma coisa que não estava muito certa. Ele voltou para casa triste e abatido, pois decidira em seu coração casar-se com uma princesa real.

Uma noite, uma tempestade terrível desabou sobre o reino.[1] Raios chispavam, trovões roncavam e chovia a cântaros – realmente pavoroso! Inesperadamente, ouviu-se uma batida no portão da cidade, e o rei em pessoa foi abri-lo. Havia uma princesa parada lá fora.[2] Mas valha-me Deus! Que figura ela era debaixo daquele aguaceiro, sob um tempo daqueles! A água escorria pelo seu cabelo e suas roupas. Jorrava pelas pontas dos sapatos e entrava de novo pelos calcanhares. E, mesmo assim, ela insistiu que era uma verdadeira princesa.

"Bem, isso é o que vamos ver, daqui a pouco!" pensou a rainha. Não disse uma palavra, mas foi direto ao quarto, desfez a cama toda e pôs uma ervilha sobre o estrado. Sobre a ervilha empilhou vinte colchões e depois estendeu mais vinte edredons dos mais fofos por cima dos colchões. Foi ali que a princesa dormiu aquela noite.

KAY NIELSEN, 1924
Uma princesa açoitada pelo vento pede abrigo no castelo e é bem-acolhida pelo rei, que tem a precaução de trazer um guarda-chuva ao fazer entrar esta princesa "real".

KAY NIELSEN, 1924
A princesa se ajoelha em cima dos muitos colchões num quarto regido por extraordinária simetria de composição. A única luz no lustre, o espelho sobre uma cadeira e o desenho no pé da cama quebram as simetrias.

EDMUND DULAC, 1911
As pesadas vigas do teto e as colunas da cama oprimem a figura minúscula da princesa. Os muitos colchões que a sustentam proporcionaram ao artista uma oportunidade de criar camada sobre camada de toques decorativos.

De manhã, todos perguntaram como ela havia dormido. "Ah, pessimamente!" respondeu a princesa. "Mal consegui pregar o olho a noite inteira! Sabe Deus o que havia naquela cama! Era uma coisa tão dura que fiquei toda cheia de manchas pretas e azuis. É realmente medonho."

Então, é claro, todos puderam ver que ela era realmente uma princesa, porque tinha sentido a ervilha[3] através de vinte colchões e vinte edredons. Só uma verdadeira princesa podia ter a pele assim tão sensível.

Diante disso o príncipe se casou com ela, pois agora sabia que tinha uma princesa de verdade. E a ervilha foi enviada para um museu, onde está em exibição até hoje,[4] a menos que alguém a tenha roubado.

Pronto. É um bom arremedo de história, não é?

O Patinho Feio[1]

HANS CHRISTIAN ANDERSEN

A HISTÓRIA CLÁSSICA da metamorfose de um patinho num belo cisne tem sido por gerações como uma fonte de consolo para os que sofrem de um sentimento de inadequação ou isolamento. Ela alcançou uma espécie de autoridade moral que merece muita atenção, pois transmite uma mensagem muito clara sobre autoestima, status social e a promessa de transformação. O Patinho Feio transcende sua condição inferior sem nenhum esforço real de sua parte. Simplesmente suporta humilhações, privação e perigos até que sua hora chegue. Depois abre as suas asas e se une ao majestático parente que flutua sobre as águas, servindo como fonte de encantamento visual para as crianças no parque.

Pequenas, impotentes e muitas vezes tratadas com desdém, as crianças tendem a se identificar com o feioso animal que, como tantos heróis de contos de fadas, é o mais novo da ninhada, neste caso o último a sair da casca. O Patinho Feio, como a proverbial tartaruga ou o minúsculo Pequeno Polegar, pode não parecer grande coisa, mas com o tempo supera as expectativas. Como Bruno Bettelheim assinala em *A psicanálise dos contos de fadas*, o protagonista de Andersen não precisa se submeter aos testes, tarefas e provações usualmente impostos aos heróis dos contos de fadas. "Nenhuma necessidade de realizar coisa alguma é expressa em *O Patinho Feio*. As coisas estão simplesmente predestinadas e se desenrolam de acordo, quer o herói empreenda ou não alguma ação." Andersen sugere que a superioridade inata do patinho advém do fato de ele ser de uma espécie diferente. Ao contrário dos outros patos, foi chocado de um ovo de cisne. Essa hierarquia implícita na natureza – cisnes majestáticos *versus* "a ralé do terreiro" – sugere que a dignidade e o valor, juntamente com a superioridade estética e moral, são determinados não pela realização mas pela natureza.

Sejam quais forem os prazeres de uma história que celebra o triunfo do mais fraco, vale a pena refletir sobre as questões éticas e estéticas suscitadas por essa vitória. A história de Andersen não só perpetua estereótipos culturais ao vincular realeza e aristocracia à beleza; promove também um culto do sofrimento, um culto que vê virtude na dor física e na angústia espiritual. Seria possível objetar que o Patinho Feio tem seu caráter e coragem postos à prova. Ao suportar bravamente as zombarias dos outros e ao enfrentar os desafios físicos da natureza, ele sobrevive, vitorioso, e não obstante sem orgulho nem vaidade em sua glória. No lago, o patinho feio sofre um encarceramento glacial: torna-se um ornamento congelado, morto para o mundo. Para Andersen um desvio da carnalidade (que por vezes assume a forma extrema da mortificação da carne e da paralisia física) torna-se o pré-requisito da plenitude espiritual e da salvação.

No entanto, se no fim triunfa e reina supremo como o "mais belo de todos", e também como o melhor (pois não tem um coração orgulhoso), o Patinho Feio é mais uma vez reduzido à categoria de um ornamento, a deslizar na superfície do lago ante o olhar admirado das crianças que premiam seu garbo com migalhas de pão. Muitos estudiosos afirmaram que *O Patinho Feio* é a história de Andersen mais profundamente pessoal, uma narrativa que traça a trajetória da penosa ascensão do próprio escritor de suas origens humildes à aristocracia literária. Alvo de escárnio mesmo como autor (críticos frequentemente depreciavam seus escritos), Andersen conquistou fama e admiração em seus últimos anos.

anhã de verão! O campo estava esplendoroso, com o milho dourado, a aveia verde e as medas de feno espalhadas nos prados atapetados de capim. Lá estava uma cegonha, com suas compridas pernas vermelhas, tagarelando em egípcio,[2] língua que aprendera com a mãe. Os campos e os prados eram cercados por vastas matas, pontilhadas por lagos profundos.

Ah, sem dúvida era adorável andar pelo campo. Uma velha casa de fazenda perto de um rio caudaloso estava banhada de sol, e enormes folhas de bardana[3] cobriam o trecho entre a casa e a água. As maiores eram tão grandes que crianças pequenas podiam ficar de pé debaixo delas. A folhagem era tão emaranhada e retorcida como uma densa floresta. Era ali que uma pata estava instalada em seu ninho. Chegara a hora, tinha de chocar seus patinhos, mas era um trabalho tão lento que ela estava à beira da exaustão. Praticamente nunca recebia uma visita. Os outros patos preferiam nadar para cá e para lá no rio a subir a ladeira escorregadia para ir até o ninho e se sentar sob uma bardana só pelo prazer de um "quen" com ela.

Finalmente os ovos racharam, um a um – crec, crec – e todas as gemas tinham ganhado vida e estavam apontando a cabeça para fora.

"Quen, quen!" disse a mãe pata, e os pequeninos saíram a toda pressa com seus passinhos curtos, para bisbilhotar sob as folhas verdes. A mãe deixou que olhassem à vontade, pois o verde é sempre bom para os olhos.

"Oh, como o mundo é grande!" disseram os patinhos, percebendo que agora tinham muito mais espaço do que quando estavam enroscados num ovo.

"Estão pensando que este lugar é o mundo inteiro?" disse a mãe. "Ah, ele vai muito além do outro lado do jardim, até o campo do vigário. Mas nunca me aventurei tão longe. Bem, agora estão todos chocados, eu espero..." – e levantou-se do ninho – "não, não todos. O maior ovo ainda está aqui. Gostaria de saber quanto tempo isto vai levar. Não posso ficar aqui a vida toda." E voltou a se acomodar no ninho.

"Olá, como vai passando?" perguntou uma pata velha que viera fazer uma visita.

"Um ovo ainda não rachou",[4] disse a pata. "Simplesmente não quer se abrir. Mas dê uma olhada nos outros – os patinhos mais encantadores que já vi. Todos puxaram ao pai – o patife! Não aparece nem para fazer uma visita."

"Deixe-me dar uma olhada nesse ovo que não quer rachar", disse a pata velha. "Aposto que é um ovo de peru. Foi assim que me enganei uma vez. Os filhotinhos me deram uma trabalheira sem fim, porque tinham medo da água – imagine você! Eu simplesmente não conseguia fazê-los entrar. Por mais quens e quacs que eu fizesse, não adiantava nada. Deixe-me dar uma espiada nesse ovo. Ah, mas isto é um ovo de peru, pode ter certeza! Deixe-o de lado e vá ensinar os outros a nadar."

"Acho que vou chocá-lo só mais um pouco", disse a pata. "Já o choquei por tanto tempo que não custa chocar mais um bocadinho."

"Como queira!" disse a pata velha, e foi-se embora gingando.

Finalmente o ovo grande começou a rachar. Ouviu-se um piadinho vindo do filhote quando levou um trambolhão, parecendo muito feio e muito grande. A pata deu uma olhada e disse: "Misericórdia! Mas que patinho enorme! Nenhum dos outros se parece nada com ele. Mesmo assim, filhote de peru ele não é, disto eu tenho certeza... Bem, veremos daqui a pouco. Ele vai entrar na água, nem que eu mesma tenha de empurrá-lo!"

No dia seguinte o tempo estava glorioso e o sol resplandecia sobre todas as folhas verdes de bardana. A mãe pata desceu com a família toda até a água e saltou, espadanando água. "Quac, quac", ela disse e, um depois do outro, os patinhos saltaram atrás dela. Eles afundavam mas num instante vinham à tona de novo e avançavam flutuando lindamente. Suas patas iam batendo por si mesmas e agora todo o grupo estava na água – até o patinho cinzento e feio participava daquele exercício de natação.

"Não é um peru, disto não resta dúvida", disse a pata. "Veja como usa as patas com perfeição e como se mantém aprumado. É meu filhotinho, sim senhor, e, reparando bem, até que é bem jeitoso. Quen, quen! Agora venham comigo e deixem que eu mostre o mundo para vocês e os apresente a todos no terreiro. Mas prestem atenção e fiquem bem junto de mim, ou alguém pode pisar em vocês. E fiquem de olho no gato."

Foram todos para o terreiro. Havia uma algazarra medonha lá, porque duas famílias estavam disputando uma cabeça de enguia. No fim, foi o gato que ficou com ela. "Vocês estão vendo? É assim que são as coisas no mundo", disse a mãe pata, e ficou com o bico cheio d'água porque também tivera a esperança de abocanhar a cabeça de enguia. "Vamos, usem as pernas e façam cara de espertos", ela disse. "Façam uma mesura gentil para aquela pata velha ali. Ela é mais distinta que qualquer um por aqui.[5] Tem sangue espanhol; é por isso que é tão rechonchuda. Estão vendo aquela bandeira carmesim que está usando numa pata? É coisa finíssima. É a mais alta distinção que qualquer pato pode ganhar. Significa praticamente que ninguém pensa em se ver livre dela. Isso vale para homens e animais! Façam uma cara alegre e não andem com as patas para dentro! Um patinho bem-educado anda com as patas para fora, como o papai e a mamãe... Muito bem. Agora abaixem a cabeça e digam 'quac'."

Todos obedeceram. Mas os outros patos que estavam por lá olhavam para eles e diziam, alto: "Vejam só! Agora vamos ter essa corja por aqui também – como se já não bastássemos nós. Que figura é aquele patinho! Não vamos conseguir suportá-lo." E um dos patos imediatamente voou para cima dele e lhe bicou o pescoço.

"Deixe-o em paz", disse a mãe. "Não está fazendo mal nenhum."

"Pode ser, mas é tão desajeitado e estranho", disse o pato que o bicara. "Simplesmente vai ter de ser expulso."

"Que lindos filhos você tem, minha querida!" disse a pata velha com a bandeira na perna. "Menos aquele ali, que parece ter alguma coisa de errado. Só espero que você possa fazer alguma coisa para melhorá-lo."

"Isso é impossível, cara senhora", disse a mãe dos patinhos. "Ele não é atraente, mas tem um gênio ótimo e nada tão bem quanto os outros – eu diria que até melhor. Acho que a aparência dele vai melhorar quando crescer, ou talvez com o tempo ele encolha um pouco. Ficou no ovo tempo demais – é por isso que é um pouco esquisito." Então deu uma batidinha no pescoço dele e alisou suas penas. "De todo modo, como é um macho, isso não tem muita importância",[6] ela acrescentou. "Tenho certeza de que vai ficar bastante forte e ser capaz de cuidar de si mesmo."

"Os outros patinhos são encantadores", disse a pata velha. "Sintam-se em casa, meus queridos, e se encontrarem alguma coisa parecida com uma cabeça de enguia, podem trazê-la para mim." E assim eles ficaram à vontade, mas o pobre patinho que tinha sido o último a se safar do ovo e parecia tão feio levou bicadas, empurrões e caçoadas tanto de patos quanto de galinhas. "O grande paspalhão!" todos cacarejavam. E o peru, que nascera de esporas e se julgava um imperador, enfunou-se como um navio com todas a velas desfraldadas e rumou direto para ele. Então grugulejou, grugulejou, até ficar com a cabeça bem vermelha. O pobre patinho não sabia para onde se virar. Estava realmente perturbado por ser tão feio e virar o alvo das chacotas do terreiro.

Assim foi o primeiro dia, e a partir de então as coisas só pioraram. Todo o mundo passou a maltratar o pobre patinho. Até seus próprios irmãos e irmãs o tratavam mal e diziam: "Oh, sua criatura feia, o gato podia pegar você!" Sua mãe dizia que preferia que ele não existisse. Os patos o mordiam, as galinhas o bicavam e a criada que vinha dar comida às aves o chutava.

Finalmente ele fugiu, assustando as aves pequenas na cerca quando saiu voando. "Têm medo de mim porque sou feio", ele pensou. E fechou os olhos e continuou voando até chegar a uns vastos charcos habitados por patos selvagens. Passou a noite toda lá, sentindo-se exausto e desanimado.

De manhã, ao levantarem voo, os patos selvagens observaram seu novo companheiro. "Que espécie de pato você poderia ser?" todos perguntaram, olhando-o de alto a baixo. Ele os cumprimentou e foi o mais polido que pôde, mas não respondeu à pergunta que lhe faziam.

"Você é extremamente feio", disseram os patos selvagens, "mas isso não tem importância, desde que não tente se casar com alguém de nossa família." Coitadinho! Não estava nem sonhando com casamento.[7] Tudo que queria era uma chance de ficar deitado em paz entre os juncos e desfrutar de um pouco d'água nos charcos.

Quando já tinha passado dois dias inteiros lá, apareceu um par de gansos selvagens,[8] ou melhor, dois gansos machos. Fazia pouco tempo que tinham saído do ovo e eram muito brincalhões. "Olhe aqui, meu chapa", disse um deles ao patinho. "Você é tão feio que vamos com sua cara. Topa ir conosco e virar uma ave migratória? Num outro charco, não muito longe daqui, há umas gansas selvagens muito bem-apanhadas, todas são solteiras e todas grasnam lindamente. É uma chance para você fisgar alguém, feio como é."

Bang! Bang! Tiros ecoaram de repente acima deles, e os dois gansos selvagens tombaram mortos entre os juncos. A água ficou vermelha com seu sangue. Bang! Bang! Ouviram-se tiros mais uma vez, e bandos de gansos selvagens saíram dos juncos em revoada. Os sons vinham de todas as direções, pois estava acontecendo uma grande caçada. Os caçadores tinham cercado a área pantanosa. Alguns homens estavam até sentados em galhos de árvores, inspecionando os charcos. A fumaça azul das armas subia como nuvens sobre as árvores escuras e descia sobre a água. Cães de caça passavam espadanando a lama, curvando caniços e juncos ao saltar. Como aterrorizaram o pobre patinho! Ele virou a cabeça e estava prestes a escondê-la debaixo da asa quando, de repente, percebeu um cachorro apavorantemente grande, com a língua pendurada e olhos ferozes, penetrantes. Ele baixou o focinho bem em cima do patinho, mostrou seus dentes afiados e – chape-chape – foi embora sem tocar nele.

O patinho deu um suspiro de alívio. "Sou tão feio que nem o cachorro está interessado em me morder." E ficou ali deitado bem quietinho, enquanto balas zuniam entre os caniços e os juncos, um tiro depois do outro.

Quando os barulhos cessaram, o dia já ia longe. Mas o pobre patinho ainda não ousou se levantar. Esperou quieto por várias horas e então, depois de uma olhada cuidadosa à sua volta, levantou voo do charco o mais depressa que pôde. Voou sobre prados e campos, mas o vento estava tão forte que ele tinha dificuldade em avançar.

Ao anoitecer chegou a uma cabaninha pobre que estava em tão mau estado que só continuava de pé porque não conseguia decidir para que lado cair. O vento soprava com tanta força em volta do patinho que ele teve de se sentar em cima do rabo para não ser levado pelos ares. Logo o vento ficou ainda mais furioso. O patinho notou que a porta saíra de um de seus gonzos e estava pendurada de maneira tão enviesada que ele poderia se enfiar na casa através da fenda. Foi exatamente o que fez.

Na cabana vivia uma velha, com um gato e uma galinha. O gato, que ela chamava de Filhote, sabia arquear as costas e ronronar. Era capaz até de faiscar, se alguém alisasse seu pelo ao contrário. A galinha tinha pernas tão curtas que era chamada Garnisé Cotó. Era uma boa poedeira e a mulher gostava dela como de uma filha.

Mal o dia raiou, o gato e a galinha perceberam o estranho patinho, e o gato pôs-se a ronronar e a galinha a cacarejar. "Qual é a razão deste alarido todo?" perguntou a velha, passando os olhos pelo cômodo. Mas, como não tinha a vista muito boa, confundiu o patinho feio com um pato gorducho que se perdera de casa. "Vejam só! Que descoberta!" ela exclamou. "Vou poder ter alguns ovos de pato, contanto que não seja um macho! É só uma questão de esperar e ver."

Assim o patinho foi admitido em caráter de experiência por três semanas; mas nem sinal de ovo. Acontece que o gato era o dono da casa, e a galinha a dona, e eles sempre diziam "Nós e o mundo", porque imaginavam que compunham a metade do mundo, e, mais que isso, a metade melhor. O patinho pensava que isso talvez fosse questão de opinião, mas a galinha não admitia nem discutir esse assunto.

"Você é capaz de pôr ovos?" ela perguntou.

"Não."

"Então trate de ficar de bico calado!"

O gato perguntou: "Você é capaz de arquear as costas, de ronronar ou de faiscar?"

"Não."

"Então não meta o bedelho quando pessoas sensatas estão falando."

O patinho se sentou num canto, sentindo um grande desalento. Então, de repente, lembrou-se do ar fresco e do sol e começou a sentir uma saudade tão imensa de nadar que não conseguiu não falar com a galinha sobre o assunto.

"Que ideia absurda", disse a galinha. "Você vive de papo para o ar. É por isso que essas ideias malucas lhe vêm à cabeça. Elas sumiriam se você fosse capaz de pôr ovos ou ronronar."

"Mas é tão delicioso nadar para cima e para baixo",' disse o patinho, "e é tão refrescante mergulhar de cabeça e ir até o fundo."

"Delicioso, sem dúvida!" disse a galinha. "Ora, você deve estar maluco! Pergunte ao gato; ele é o animal mais inteligente que eu conheço. Pergunte o que ele acha de nadar ou mergulhar. Nem vou dar minha opinião. Pergunte à sua dona, a velha – não há ninguém no mundo mais sensato do que ela. Acha que ela gosta de nadar e mergulhar?"

"Ah, você não me entende", disse o patinho.

"Bem, se nós não o entendemos, gostaria de saber quem entende. Certamente você não vai tentar dizer que é mais sensato que o gato e a dona, para não falar de mim. Não seja tolo, garoto! Seja grato à boa sorte que o trouxe aqui. Não é verdade que encontrou um cômodo agradável, quentinho, com um grupo de amigos com quem pode aprender alguma coisa? Mas você é um burro, e não é nada divertido tê-lo aqui. Acredite-me, se digo coisas desagradáveis, é para o seu próprio bem e como prova de verdadeira amizade. Mas siga o meu conselho. Dê um jeito de pôr ovos ou de aprender a ronronar e soltar faíscas."

"Acho que vou voltar para o mundo lá de fora", disse o patinho.

"Já vai tarde", a galinha respondeu.

E assim o patinho partiu. Mergulhou fundo na água e nadou para cá e para lá, mas ninguém queria saber dele, porque era muito feio. O outono chegou, e as folhas na floresta ficaram amarelas e castanhas. Quando caíam no chão, o vento as apanhava e as fazia girar. O céu lá no alto tinha um aspecto gélido. As nuvens pendiam pesadas com granizo e neve, e um corvo empoleirado numa cerca gritava: "Crou! Crou!" Era de dar calafrios. Sim, o pobre patinho estava sem dúvida em apuros.

Certa tarde houve um lindo poente e um majestoso bando de aves emergiu de repente dos arbustos. O patinho nunca vira aves tão bonitas, de um branco deslumbrante e com longos, graciosos pescoços. Eram cisnes. Emitiam gritos extraordinários, abriam suas magníficas asas e voavam para longe daquelas regiões frias rumo a países mais quentes do outro lado do mar.

Ao vê-los subirem cada vez mais alto no ar, o patinho teve uma sensação estranha. Deu vários rodopios na água e esticou o pescoço na direção deles, soltando um grito tão estridente e estranho que ele mesmo ficou assustado ao ouvi-lo. Jamais poderia esquecer aquelas belas aves que eram tão felizes! Quando as perdeu de vista, mergulhou até o fundo das águas e, quando emergiu, estava quase fora de si de entusiasmo. Não tinha a menor ideia de que aves eram aquelas, nem sabia coisa alguma sobre o seu destino. No entanto, eram mais preciosas para ele que qualquer ave que já tivesse conhecido. Não sentia nenhuma inveja delas. Afinal, como poderia jamais aspirar a tanta beleza? Ficaria muito satisfeito se os patos pelo menos o tolerassem – criatura infeliz e desajeitada que era.

Que inverno frio foi aquele! O patinho tinha de ficar nadando sem parar para evitar que a água congelasse à sua volta. A cada noite, a área em que nadava ia ficando cada vez menor. Passado algum tempo a água congelou tão solidamente que o gelo rangia quando ele andava, e o patinho tinha de manter

MABEL LUCIE ATTWELL
O aparvalhamento do patinho feio o põe em apuros e o deixa sem comida ou abrigo para o inverno.

as patas em movimento constante para impedir que o espaço se fechasse completamente. Por fim ele desmaiou de exaustão e tombou totalmente imóvel e desamparado, e acabou ficando profundamente encravado no gelo.

Na manhã do dia seguinte, um camponês que estava passando por ali viu o que acontecera. Quebrou o gelo com seu tamanco de madeira e levou o patinho para sua mulher, em casa. As crianças quiseram brincar com ele, mas o patinho tinha medo de que lhe fizessem mal.[10] Em pânico, esvoaçou direto para a tigela de leite, borrifando leite pelo cômodo todo. Quando a mulher gritou com ele e bateu palmas, voou para a tina de manteiga e de lá para a cumbuca de farinha e logo escapou de lá. Ai, Senhor, em que estado ele estava! A mulher gritou com ele e lhe bateu com a pá da lareira, e as crianças se atropelavam tentando agarrá-lo. Como riam e gritavam! Por sorte a porta estava aberta. O patinho disparou para os arbustos e se afundou, zonzo, na neve fofa, recém-caída.

Seria melancólico se eu fosse descrever todo o tormento e as agruras que o patinho sofreu ao longo daquele duro inverno... Ele continuou abrigado entre os caniços e os juncos. Um dia, o sol voltou a brilhar de novo e as cotovias começaram a cantar. A primavera chegara em toda a sua beleza.

Então, de repente, ele resolveu experimentar as suas asas. Elas ruflaram muito mais alto que antes, e o levaram embora velozmente. Antes que ele desse por si, viu-se num grande jardim. As macieiras estavam carregadas de flores e os lilases perfumados curvavam seus longos galhos verdes sobre um regato que cortava um gramado macio. Era tão agradável estar ali, em meio a todo o frescor do início da primavera! De uma moita próxima surgiram três lindos cisnes, levantando as asas e flutuando levemente sobre as águas calmas. O patinho reconheceu as esplêndidas aves e foi dominado por um estranho sentimento de melancolia.

"Vou voar até aquelas aves. Talvez me matem a bicadas por ousar me aproximar delas, feio como sou. Mas não faz mal. Melhor ser morto por elas que mordido pelos patos, bicado pelas galinhas, chutado pela criada que dá comida às aves, ou sofrer penúria no inverno."

Voou até a água e nadou em direção aos belos cisnes. Quando o avistaram, eles foram depressa a seu encontro com as asas estendidas. "Sim, matem-me, matem-me", gritou a pobre ave,[11] e abaixou a cabeça, esperando a morte. Mas o que descobriu ele na clara superfície da água, sob si? Viu sua própria imagem, e não era mais uma ave desengonçada, cinzenta e desagradável de se ver – não, ele também era um cisne!

Não há nada de errado em nascer num terreiro de patos, contanto que você tenha sido chocado de um ovo de cisne. Agora ele se sentia realmente satisfeito por ter passado por tanto sofrimento e adversidade. Isso o ajudava a valorizar toda a felicidade e beleza que o envolviam... Os três grandes cisnes nadaram em torno do recém-chegado e lhe deram batidinhas no pescoço com seus bicos.

Algumas criancinhas chegaram ao jardim e jogaram pão e grãos na água. A mais nova exclamou: "Há um cisne novo!" As outras crianças ficaram encantadas e gritaram: "Sim, há um cisne novo!" E todas bateram palmas, dan-

JOHN HASSALL, 1932
O Patinho Feio saboreia sua nova
identidade, observado por crianças
e adultos.

çaram e saíram correndo para buscar seus pais. Migalhas de pão e bolo foram jogadas na água, e todos diziam: "O novo é o mais bonito de todos. É tão jovem e elegante." E os cisnes velhos faziam mesuras para ele.

Ele se sentiu muito humilde, e enfiou a cabeça sob a asa – ele mesmo mal sabia por quê. Estava muito feliz, mas nem um pouquinho orgulhoso, pois um bom coração nunca é orgulhoso.[12] Pensou no quanto fora desprezado e perseguido, e agora todos diziam que era a mais bonita de todas as aves. E os lilases curvavam seus ramos para ele, baixando-os até a água. O sol era cálido e resplandecente. Então ele encrespou as penas, ergueu o pescoço esguio e deleitou-se do fundo de seu coração. "Nunca sonhei com tal felicidade quando era um patinho feio."

A Pequena Sereia

HANS CHRISTIAN ANDERSEN

A CRUELDADE E A VIOLÊNCIA foram muitas vezes vistas como a marca dos contos de fadas alemães, mas P.L. Travers, a autora de *Mary Poppins*, considerava Hans Christian Andersen um mestre na arte da tortura. "Como eu preferiria ver madrastas malvadas fervidas no óleo", ela declarou, "a suportar a agonia prolongada da Pequena Sereia." Para Andersen o sofrimento é a insígnia da superioridade espiritual, e seus protagonistas tiranizados emergem triunfantes por sofrer humilhações aparentemente infindáveis. A Pequena Sereia, no entanto, tem ambições mundanas que sugerem mais do que sofrimento silencioso. Atraída pelo mundo superior, está ansiosa por singrar os mares, escalar montanhas e explorar o território proibido. Em roupas de menino, cavalga com o príncipe, transgredindo fronteiras de gênero de maneiras sem precedentes. E, a despeito de toda a sua paixão por aventura e vida e de sua natureza pagã, é uma criatura piedosa, que reluta em sacrificar a vida do príncipe pela sua própria.

Para poder viver no mundo humano, a sereia de Andersen tem de sacrificar sua voz à bruxa do mar, uma figura diametralmente oposta à promessa de salvação eterna. O pântano em que ela reside e os ossos humanos que sustentam sua casa, tudo aponta para a mortalidade humana e a deterioração física. Inicialmente disposta a enfrentar os perigos de uma visita à bruxa, a Pequena Sereia renuncia finalmente às suas artes negras quando lança ao mar a faca destinada ao príncipe e é recompensada com a possibilidade de ganhar a imortalidade.

𝓑em longe no mar a água é azul como as pétalas da mais linda hortênsia e clara como o vidro mais puro. Mas é muito fundo, mais fundo do que qualquer âncora pode atingir. Seria preciso empilhar muitas torres de igreja, uma em cima da outra, para chegar do fundo do mar até a superfície. Lá embaixo mora a gente do mar.[1]

Mas não pense nem por um instante que não há nada lá além de areia nua, branca. Oh, não! As mais maravilhosas árvores e plantas crescem no fundo do mar. Seus talos e folhas são tão maleáveis que se agitam ao mais ligeiro movimento da água, como se fossem gente. Todos os peixes, grandes e pequenos, deslizam por entre os galhos, tal como os pássaros voejam entre as árvores aqui em cima. Lá embaixo, no ponto mais profundo de todos, fica o castelo do rei do mar.[2] Suas paredes são feitas de coral, e as janelas compridas, pontudas, são feitas do mais claro âmbar. O telhado é formado de conchas que se abrem e fecham ao sabor da corrente. É uma linda visão, pois cada concha tem uma pérola deslumbrante, qualquer uma das quais seria um esplêndido ornamento para a coroa de uma rainha.

O rei do mar era viúvo havia alguns anos e sua mãe idosa tomava conta da casa para ele. Era uma mulher inteligente, mas orgulhosa no que dizia respeito a seu nobre berço. Era por isso que usava doze ostras em sua cauda, enquanto todos os outros de alta posição tinham de se contentar com seis.

EDMUND DULAC, 1911
O rei alimenta seus súditos
em seu reino submarino.

Sob outros aspectos, era digna de grande louvor, pois era muito devotada às netas, as princesinhas do mar. Eram seis lindas crianças, e a mais nova era a mais encantadora. Sua pele era clara e delicada como uma pétala de rosa. Os olhos eram azuis como o mar mais profundo. Como todas as outras, porém, não tinha pés e seu corpo terminava numa cauda de peixe.

O dia inteiro as princesas do mar brincavam nos grandes salões do castelo, em que flores cresciam direto das paredes. As grandes janelas de âmbar ficavam abertas, e os peixes entravam por elas nadando, exatamente como andorinhas entram voando nas nossas casas quando deixamos as janelas abertas. Os peixes deslizavam até onde estavam a princesas, comiam em suas mãos e esperavam um afago.

Fora do castelo havia um bonito jardim com árvores de um azul profundo e de um vermelho flamejante. Seus frutos rutilavam como ouro e suas flores eram como labaredas, com folhas e talos que nunca ficavam imóveis. O próprio solo era da mais fina areia, mas azul como uma chama de enxofre.

Um estranho fulgor azulado envolvia tudo que estava à vista.[3] Se você estivesse lá embaixo, não saberia que estava no fundo do mar, poderia ima-

Arthur Rackham, 1932
Os prazeres do mundo aquático ficam evidentes nesta cena, em que vemos três das irmãs sereias brincando de pular corda em seu paraíso oceânico.

ginar que estava suspenso lá em cima no ar, sem nada além do céu acima e abaixo de você. Quando havia uma calmaria, era possível vislumbrar o sol, que parecia uma flor púrpura de cujo cálice jorrava luz.

Cada uma das princesinhas tinha o seu próprio pedaço de terra no jardim, onde podia cavar e plantar a seu bel-prazer. Uma arranjou seu canteiro de flores na forma de uma baleia; outra achou mais interessante moldar o seu como uma pequena sereia; mas a caçula fez o seu bem redondo como o sol,[4] e só quis flores que tivessem um brilho vermelho como o dele.

Era uma criança curiosa, sossegada e pensativa. Enquanto as irmãs decoravam seus jardins com as coisas maravilhosas que conseguiam de navios naufragados, ela não admitia nada além de flores rosa-avermelhadas que eram como o sol lá no alto, e uma bela estátua de mármore. A estátua era de um bonito menino, cinzelada na pura pedra branca, e aparecera no fundo do mar depois de um naufrágio. Perto dela a princesinha havia plantado um salgueiro-chorão cor-de-rosa, que cresceu esplendidamente e deixava sua fresca folhagem cair em dobras sobre a estátua e até o solo azul, arenoso, do oceano. Sua sombra ganhava um matiz violeta e, como os galhos, nunca ficava parada. As raízes e a copa da árvore pareciam estar sempre brincando, tentando se beijar.

Não havia nada de que as princesas gostassem mais do que de ouvir sobre o mundo dos humanos acima do mar. Sua velha avó tinha de lhes contar tudo que sabia sobre navios e cidades, pessoas e animais. Uma coisa

WILLIAM HEATH ROBINSON, 1913
O vínculo da Pequena Sereia com o mundo dos humanos é expresso em sua devoção pela estátua mantida debaixo d'água. O príncipe da estátua tem a aparência de um deus clássico que se encanta com crianças que brincam à sua volta.

em especial as assombrava com sua beleza: saber que as flores tinham uma fragrância – no fundo do mar não tinham nenhuma – e também que as árvores na floresta eram verdes e que os peixes que voavam nas árvores sabiam cantar tão docemente que era um prazer ouvi-los. (A avó chamava os passarinhos de peixes. De outro modo, as princesinhas do mar, que nunca tinham visto um passarinho, não a teriam entendido.)

"Quando vocês fizerem quinze anos", disse-lhes a avó, "vamos deixá-las subir até a superfície e se sentar nos rochedos ao luar, vendo passar os grandes navios. Verão florestas e também cidades." No ano seguinte uma das irmãs completaria quinze anos, mas as outras – bem, cada uma era um ano mais nova que a outra, de modo que a mais nova de todas teria de esperar nada menos que cinco anos antes de poder subir das profundezas para a superfície e ver como são as coisas por aqui. Mas cada uma prometia contar às outras tudo que vira e o que lhe parecera mais interessante naquela primeira visita. Nunca estavam satisfeitas com o que a avó contava. Havia um sem-número de coisas sobre as quais ansiavam por ouvir.

Nenhuma das sereias era mais curiosa que a caçula, e era também ela, tão quieta e pensativa, a que tinha de suportar a mais longa espera. Em muitas noites ela se postava junto à janela aberta e fitava através das águas azul-escuras, onde peixes espadanavam a água com suas nadadeiras e caudas. Podia ver a lua e as estrelas, embora sua luz fosse muito pálida. Através da água, pareciam muito maiores que aos nossos olhos. Se uma nuvem escura passava acima dela, sabia que era ou uma baleia que nadava sobre a sua cabeça ou um navio cheio de passageiros. Aquelas pessoas nem sonhavam que sob eles havia uma linda pequena sereia, estendendo os braços brancos para a quilha do barco.

Assim que fez quinze anos, a mais velha das princesas ganhou permissão para subir à superfície do oceano. Quando voltou, tinha dúzias de coisas para contar. O mais delicioso, ela disse, foi ficar deitada num banco de areia perto da praia numa noite de lua, com o mar calmo. Então foi possível contemplar a grande cidade onde as luzes tremeluziam como uma centena de estrelas. Podiam-se ouvir sons de música e o estrépito de carros e pessoas. Podiam-se ver todas as torres das igrejas e ouvir os sinos tocando. E exatamente por não ter chegado perto de todas essas maravilhas, ansiava por todas elas ainda mais. Oh, como a irmã caçula bebia aquelas palavras! E mais tarde naquela noite, quando ficou junto à janela aberta fitando através das águas azul-escuras, ela pensou na grande cidade com todo seu ruído e estrépito, e até imaginou que podia ouvir os sinos das igrejas tocando para ela.

Um ano depois, a segunda irmã teve permissão para subir mar acima e nadar para onde quisesse. Chegou à superfície bem na hora do pôr do sol e essa, ela contou, foi a visão mais bela de todas. Todo o céu parecia ouro, disse, e as nuvens – bem, simplesmente não era capaz de descrever como eram lindas ao passar, em tons de carmesim e violeta, sobre sua cabeça. Mais veloz ainda que as nuvens, um bando de cisnes selvagens voou como um longo e branco véu por sobre a água[5] rumo ao sol poente. Ela nadou nessa direção, mas o sol se pôs, e sua luz rósea foi engolida por mar e nuvem.

Mais um ano se passou, e a terceira irmã foi à tona. Era a mais ousada de todas, e nadou até um rio largo que desaguava no mar. Viu bonitos morros verdes cobertos de parreiras; solares e granjas espiavam de matas magníficas; ouviu os passarinhos cantando; e o sol era tão quente que teve de mergulhar muitas vezes na água para refrescar o rosto abrasado. Numa pequena enseada, topou com um bando de crianças humanas, divertindo-se, completamente nuas, na água. Quis brincar com elas, mas ficaram apavoradas e fugiram. Depois um animalzinho preto foi até a água. Era um cachorro, mas ela nunca tinha visto um. O animal latiu tanto para ela que ela ficou amedrontada e nadou para o mar aberto. Mas disse que nunca esqueceria a magnífica floresta, os morros verdes, e as lindas criancinhas, que eram capazes de nadar, embora não tivessem caudas.

A quarta irmã não foi tão ousada. Permaneceu muito distante da terra, nas vastidões desertas do oceano, mas foi exatamente isso, ela lhes contou, que tornou sua visita tão maravilhosa. Podia ver por quilômetros e quilômetros à sua volta, e o céu pairava sobre ela como um grande sino de vidro. Vira navios, mas tão ao longe que pareciam gaivotas. Os golfinhos brincavam nas ondas e baleias imensas esguichavam água com tanta força que pareciam estar cercadas por uma centena de chafarizes.

Agora era a vez da quinta irmã. Como seu aniversário caía no inverno, ela viu coisas que as outras não tinham visto da primeira vez. O mar parecia inteiramente verde e sobre ele flutuavam grandes icebergs. Cada um parecia uma pérola, ela disse, mas eram mais altos que as torres de igreja construídas pelos seres humanos. Apareciam nas formas mais fantásticas, e brilhavam como diamantes. Ela se sentara num dos maiores, e todos os navios pareciam ter medo dele, pois passavam navegando rapidamente e muito ao largo do lugar onde ela estava sentada, com o vento brincando em seus longos cabelos.

Mais tarde naquela noite o céu se fechou. Trovões estrondeavam, relâmpagos chispavam e as ondas escuras erguiam os enormes blocos de gelo tão alto que os tiravam da água, fazendo-os reluzir na intensa luz vermelha. Todos os navios recolheram as velas, e em meio ao horror e ao alarme geral, a sereia permaneceu sentada tranquilamente no iceberg flutuante, vendo os relâmpagos azuis ziguezaguearem rumo ao mar resplandecente.

Na primeira vez que as irmãs subiram à superfície, ficaram sempre encantadas de ver tantas coisas novas e bonitas. Mais tarde, porém, quando ficaram mais velhas e podiam emergir sempre que queriam, ficaram menos entusiasmadas. Tinham saudade do fundo do mar. E depois de um mês diziam que, afinal de contas, era muito mais agradável lá embaixo – era tão reconfortante estar em casa. Mesmo assim, muitas vezes, ao entardecer, as cinco irmãs davam-se os braços e emergiam juntas. Suas vozes eram lindas,[6] mais bonitas que a de qualquer ser humano.

Antes da aproximação de uma tempestade, quando esperavam o naufrágio de um navio, as irmãs costumavam nadar diante do barco e cantar docemente as delícias das profundezas do mar. Diziam aos marinheiros para não terem medo de mergulhar até o fundo, mas eles nunca entendiam suas canções. Pensavam estar ouvindo os uivos da tempestade. Nunca viam, também, nenhuma das delícias que as sereias prometiam, pois se o navio afundava, os homens se afogavam, e era só como homens mortos que alcançavam o palácio do rei do mar.

Quando as irmãs subiam assim de braços dados pela água, a caçula sempre ficava para trás, sozinha, acompanhando-as com os olhos. Teria chorado, mas as sereias não têm lágrimas e sofrem ainda mais que nós. "Oh, se pelo menos eu tivesse quinze anos", ela dizia. "Sei que vou gostar muito do mundo lá de cima e de todas as pessoas que vivem nele."

Então finalmente ela fez quinze anos. "Bem, agora você logo escapará das nossas mãos", disse a velha rainha-mãe, sua avó. "Venha, deixe-me vesti-la como suas outras irmãs", e pôs no seu cabelo uma grinalda de lírios brancos em que cada pétala de flor era metade de uma pérola. Depois a velha senhora mandou trazer oito grandes ostras para prender firmemente na cauda da princesa e mostrar sua alta posição.

"Ai! Está doendo", disse a Pequena Sereia.

"Sim, a beleza tem seu preço", respondeu a avó. Como a Pequena Sereia teria gostado de se livrar de todos aqueles enfeites e pôr de lado aquela pesada grinalda! As flores vermelhas de seu jardim assentavam-lhe muito

Jeanne Harbour, 1932
Enquanto peixes infelizes nadam abaixo dela, a Pequena Sereia contempla as bolhas que sobem para a superfície do oceano. Seu desejo é ir atrás delas.

melhor, mas não ousou fazer nenhuma modificação. "Adeus", disse, ao subir pela água tão leve e limpidamente quanto as bolhas se elevam à superfície.

O sol acabara de se pôr quando ela ergueu a cabeça sobre as ondas, mas as nuvens ainda estavam tingidas de carmesim e ouro. No alto do céu pálido, rosado, a estrela vespertina luzia clara e vívida. O ar estava ameno e fresco. Um grande navio de três mastros deslizava na água, com apenas uma vela hasteada porque não soprava nenhuma aragem. Os marinheiros estavam refestelados no cordame ou nas vergas. Havia música e canto a bordo, e quando escureceu uma centena de lanternas foi acesa. Com suas muitas cores, tinha-se a impressão de que as bandeiras de todas as nações estavam drapejando no ar.

A Pequena Sereia nadou até a vigia da cabine e, cada vez que uma onda a levantava, podia ver uma multidão de pessoas bem-vestidas através do vidro claro. Entre elas estava um jovem príncipe, a mais bonita daquelas pessoas, com grandes olhos escuros. Não podia ter mais de dezesseis anos. Era seu aniversário, e era por isso que havia tanto alvoroço. Quando o jovem príncipe saiu para o convés, onde os marinheiros estavam dançando, mais de uma centena de foguetes zuniram rumo ao céu e espocaram num esplendor, tornando o céu claro como o dia. A Pequena Sereia ficou tão surpresa que mergulhou, se escondendo sob a água. Mas depressa pôs a cabeça para fora de novo. E veja! Parecia que as estrelas lá do céu estavam caindo sobre ela. Nunca vira fogos de artifício assim. Grandes sóis rodopiavam à sua volta; peixes de fogo refulgentes lançavam-se no ar azul, e todo esse fulgor se refletia nas águas claras e calmas embaixo. O próprio navio estava tão feericamente iluminado que se podiam ver não só todas as pessoas que lá estavam como a corda mais fina. Que garboso parecia o jovem príncipe quando apertava as mãos dos marinheiros! Ele ria e sorria enquanto a música ressoava pelo delicioso ar da noite.

Ficou tarde, mas a Pequena Sereia não conseguia tirar os olhos do navio ou do belo príncipe. As lanternas coloridas haviam sido apagadas; os foguetes não mais subiam no ar; e o canhão cessara de dar tiros. Mas ela estava desassossegada e era possível ouvir um som queixoso, zangado, sob as ondas. Mesmo assim a Pequena Sereia continuou sobre a água, balançando-se para cima e para baixo para poder olhar a cabine.[7] O navio ganhou velocidade; uma após outra as suas velas foram desfraldadas. As ondas cresciam, nuvens pesadas escureciam o céu e relâmpagos faiscavam a distância. Uma tempestade pavorosa estava se armando. Por isso os marinheiros recolheram as velas, enquanto o vento sacudia o grande navio e o arrastava pelo mar furioso. As ondas subiam cada vez mais alto, até se assemelharem a enormes montanhas negras, ameaçando derrubar o mastro. Mas o navio mergulhava como um cisne entre elas e voltava a subir em cristas arrogantes e espumosas. A Pequena Sereia pensou que devia ser divertido para um navio navegar daquele jeito, mas a tripulação pensava diferente. O barco gemia e estalava; suas pranchas sólidas rompiam-se sob as violentas pancadas do mar. Então o mastro partiu-se ruidosamente em dois, como um caniço. O navio adernou quando a água se precipitou no porão.

De repente a Pequena Sereia compreendeu que o navio estava em perigo. Ela mesma tinha de ter cuidado com as vigas e pedaços de destroços à deriva.

Em certos momentos ficava tão escuro que não conseguia ver nada, mas depois o clarão de um relâmpago iluminava todas as pessoas a bordo. Agora era cada um por si. Ela estava à procura do jovem príncipe e, no momento mesmo em que o navio estava se partindo, viu-o desaparecer nas profundezas do mar.

Por um instante, ficou encantada, pois pensou que agora ele viveria na sua parte do mundo. Mas logo se lembrou que criaturas humanas não vivem debaixo d'água e que ele só chegaria ao palácio de seu pai como um homem morto. Não, não, ele não podia morrer. Assim ela nadou entre as vigas e pranchas que o mar arrastava, indiferente ao perigo de ser esmagada. Mergulhava profundamente e emergia das ondas, e finalmente encontrou o jovem príncipe. Ele mal conseguia seguir nadando no mar tempestuoso. Seus membros fraquejavam; seus olhos bonitos estavam fechados; e teria certamente se afogado se a Pequena Sereia não tivesse ido em seu socorro. Ela segurou-lhe a cabeça sobre a água e deixou que as ondas a carregassem com ele.

EDMUND DULAC, 1911
Com a cabeça apenas ligeiramente acima da água, o príncipe é salvo pela sereia.

329

Quando amanheceu a tempestade cessara e não havia vestígio do navio. O sol despontou da água, vermelho e candente, e pareceu devolver a cor às faces do príncipe; mas os olhos dele continuavam fechados. A sereia beijou-lhe a fronte alta e delicada, e ajeitou-lhe para trás o cabelo molhado. Aos seus olhos, ele parecia a estátua de mármore que tinha em seu jardinzinho. Beijou-o de novo e fez um pedido para que ele pudesse viver.

Logo a sereia viu diante de si terra firme, com suas majestosas montanhas azuis cobertas de neve branca cintilante, parecendo cisnes aninhados. Perto da costa havia lindas florestas verdes e junto a uma delas erguia-se um prédio alto; se era uma igreja ou um convento ela não sabia dizer. Limoeiros e laranjeiras cresciam no jardim e ao lado da porta havia três palmeiras altas. O mar formava uma angra nesse ponto e a água aí era perfeitamente calma, embora muito profunda. A sereia nadou com o belo príncipe até a praia, coberta de areia fina e branca. Ali depositou o príncipe sob o sol morno, fazendo um travesseiro de areia para sua cabeça.

Sinos repicaram no grande prédio branco, e várias meninas apareceram no jardim. A Pequena Sereia nadou para bem longe da praia e escondeu-se atrás de uns penedos grandes que se elevavam acima da água. Cobriu o cabelo e o peito com espuma do mar para que ninguém a pudesse ver. Depois ficou espiando para ver quem ajudaria o pobre príncipe.

Não demorou muito e surgiu uma menina. Pareceu muito assustada, mas só por um momento, e correu para buscar ajuda de outros. A sereia viu o príncipe voltar a si, e ele sorriu para todos que o cercavam. Mas não houve sorriso para ela, pois ele não tinha a mais pálida ideia de quem o salvara. Depois que o levaram para o grande prédio, a Pequena Sereia se sentiu tão infeliz que mergulhou de volta para o palácio do pai.

Sempre fora silenciosa e pensativa, mas agora estava mais que nunca. Suas irmãs lhe perguntavam o que vira durante sua visita à superfície, mas ela não lhes contava nada. Em muitas manhãs e entardeceres ela subia até o ponto onde deixara o príncipe. Viu as frutas do jardim amadurecerem e observou-as quando foram colhidas. Viu a neve derreter nos picos. Mas nunca via o príncipe e por isso sempre voltava para casa ainda mais cheia de dor do que antes. Seu único consolo era ficar em seu jardinzinho, os braços em torno da bela estátua de mármore, tão parecida com o príncipe. Nunca mais cuidou das suas flores, e elas se espalhavam selvagemente pelas trilhas, enroscando seus longos talos e folhas em torno dos galhos das árvores até barrar completamente a luz.

Por fim ela não conseguiu mais guardar aquilo consigo e contou tudo a uma das irmãs. Logo as outras ficaram sabendo, mas ninguém mais, exceto algumas outras sereias que não diriam nada a ninguém a não ser suas melhores amigas. Uma delas pôde lhe dar notícias do príncipe. Ela também vira os festejos realizados a bordo e contou mais sobre o príncipe e a localização de seu reino.

"Vamos, irmãzinha", disseram as outras princesas. E com os braços nos ombros umas das outras, subiram numa longa fileira até a superfície, bem diante do lugar onde se erguia o castelo do príncipe. O castelo, construído de uma pedra amarelo-clara brilhante, tinha longos lances de degraus de mármore, um dos quais levava diretamente ao mar. Esplêndidos domos dourados elevavam-se

ARTHUR RACKHAM, 1932
Abraçada à estátua de mármore, a Pequena Sereia busca se misturar às formas do mundo humano, enquanto seu cabelo, em contraste, parece se tornar um dos elementos submarinos.

331

acima do telhado, e entre as colunas que cercavam toda a construção havia esculturas de mármore que pareciam vivas. Através do vidro claro das altas janelas era possível ver salões magníficos ornados com suntuosas cortinas de seda e tapeçarias. As paredes eram cobertas com grandes pinturas, e era um prazer contemplá-las. No centro do maior salão havia uma fonte que lançava seus jorros espumantes até o domo de vidro do teto, e através deste o sol brilhava sobre a água e as belas plantas que cresciam no grande tanque.

Agora que sabia onde o príncipe vivia, a Pequena Sereia passava muitos ocasos e muitas noites naquele ponto. Nadava até muito mais perto da costa do que as outras ousavam. Chegou a avançar pelo estreito canal para ir até o belo balcão de mármore que projetava suas longas sombras sobre a água. Ali ela se sentava e contemplava o jovem príncipe, que supunha estar completamente só ao clarão da lua.

Muitas vezes, à noite, a Pequena Sereia o via sair ao mar em seu esplêndido barco, com bandeiras hasteadas aos acordes de música. Espiava do meio dos juncos verdes, e, quando o vento levantava o longo véu branco e prateado do seu cabelo, e pessoas o viam, imaginavam apenas que era um cisne, estendendo as asas.

Muitas noites, quando os pescadores saíam para o mar com suas tochas, ela os ouvia louvando o jovem príncipe, e suas palavras a deixavam ainda mais feliz por lhe ter salvado a vida. E ela lembrava como aninhara a cabeça dele em seu peito e com que carinho o beijara. Mas ele não sabia nada de nada disso e nunca sequer sonhara que ela existia.

A Pequena Sereia foi gostando cada vez mais dos seres humanos e ansiava profundamente pela companhia deles. O mundo em que viviam parecia tão maior que o seu próprio. Veja, eles podiam varar os oceanos em navios, e escalar montanhas íngremes mais altas que as nuvens. E as terras que possuíam, suas matas e seus campos, se estendiam muito além de onde a vista alcançava. Havia uma porção de outras coisas que ela teria gostado de saber,[8] e suas irmãs não eram capazes de responder a todas as suas perguntas. Por isso foi visitar sua velha avó, que sabia tudo sobre o mundo superior, como chamava tão apropriadamente os países acima do mar.

"Quando não se afogam", perguntou a Pequena Sereia, "os seres humanos podem continuar vivendo para sempre? Não morrem como nós, aqui embaixo no mar?"

"Sim, sim", respondeu a velha senhora. "Eles também têm de morrer, e seu tempo de vida é até mais curto que o nosso. Nós por vezes alcançamos a idade de trezentos anos, mas quando nossa vida aqui chega ao fim, simplesmente nos transformamos em espuma na água. Aqui não temos sepultura daqueles que amamos. Não temos uma alma imortal e nunca teremos outra vida.[9] Somos como o junco verde. Uma vez cortado, cessa de crescer. Mas os seres humanos têm almas que vivem para sempre, mesmo depois que seus corpos se transformaram em pó. Elas sobem através do ar puro até alcançarem as estrelas brilhantes. Assim como nós subimos à flor da água e contemplamos as terras dos seres humanos, assim eles atingem reinos belos, desconhecidos – regiões que nunca veremos."

"Por que não podemos ter uma alma imortal?" a Pequena Sereia perguntou, pesarosa. "Eu daria de boa vontade todos os trezentos anos que tenho para viver se pudesse me tornar um ser humano por um só dia e partilhar daquele mundo celestial."

"Você não deveria se apoquentar com isso", disse a avó. "Somos muito mais felizes e vivemos melhor aqui do que os seres humanos lá em cima."

"Então estou condenada a morrer e flutuar como espuma no mar, a nunca ouvir a música das ondas ou ver as lindas flores e o sol vermelho. Não há mesmo nada que eu possa fazer para conseguir uma alma imortal?"

"Não" disse a velha senhora. "Só se um ser humano a amasse tanto que você importasse mais para ele que pai e mãe. Se ele a amasse de todo o coração e deixasse o padre pôr a mão direita sobre a sua como uma promessa de ser fiel agora e por toda a eternidade – nesse caso a alma dele deslizaria para dentro do seu corpo e você, também, obteria uma parcela da felicidade humana. Ele lhe daria uma alma, e no entanto conservaria a dele próprio. Mas isso nunca pode acontecer. Sua cauda de peixe, que achamos tão bonita, parece repulsiva à gente da terra. Sabem tão pouco sobre isso que acreditam realmente que as duas desajeitadas escoras que chamam de pernas são bonitas."

A Pequena Sereia deu um suspiro e olhou pesarosamente para sua cauda de peixe.

"Devemos ficar satisfeitos com o que temos", disse a velha senhora. "Vamos dançar e nos alegrar pelos trezentos anos que temos para viver – é bastante tempo, não é? Depois da morte, poderemos descansar e pôr o sono em dia. Hoje teremos um baile na corte."

Esse baile era algo mais esplêndido que tudo que já vimos na terra. As paredes e o teto do grande salão eram feitos de cristal espesso, mas transparente. Várias centenas de conchas enormes, vermelho-rosa e verde-relva, estavam dispostas de cada lado, cada uma com uma chama azul que iluminava o salão inteiro, e, luzindo através das paredes, iluminavam também o mar. Um sem-número de peixes, grandes e pequenos, podia ser visto nadando rumo às paredes de cristal. As escamas de alguns fulgiam com um brilho púrpura avermelhado e as de outros como prata e ouro. Cortando o salão pelo meio corria uma larga torrente, e nela homens e mulheres de cauda dançavam ao seu próprio som dolente. Nenhum ser humano tem voz tão bela. Ninguém cantava mais docemente que a Pequena Sereia, e todos a aplaudiram. Por um instante houve alegria em seu coração, pois ela sabia que ninguém tinha uma voz mais bela que a sua em terra ou no mar. Mas em seguida seus pensamentos se voltaram para o mundo acima dela. Não conseguia esquecer o belo príncipe e a grande dor de não ter a alma imortal que ele possuía. Assim, saiu furtivamente do palácio do pai, e enquanto todos lá dentro cantavam e se divertiam, foi se sentar em seu jardinzinho, desolada.

De repente ouviu o som de uma buzina ecoando através da água, e pensou: "Ah, lá vai ele, navegando lá em cima – ele que eu amo mais que a meu pai ou a minha mãe, ele que está sempre em meus pensamentos e em cujas mãos eu depositaria alegremente minha felicidade. Arriscaria qualquer coisa para tê-lo e a uma alma imortal. Enquanto minhas irmãs dançam lá no castelo de meu pai, vou à procura da bruxa do mar. Sempre tive um medo terrível dela, mas talvez possa me ajudar e me dizer o que fazer."

Assim a Pequena Sereia partiu para onde a bruxa morava, no lado mais distante dos remoinhos espumantes. Nunca estivera lá antes. Naquele lugar não cresciam flores nem relva do mar. Não havia nada além do fundo arenoso cinzento que se estendia até os turbilhões, onde a água rodopiava com o estrondo de rodas de moinho e sugava para as profundezas tudo que podia agarrar. Tinha de passar pelo meio desses furiosos torvelinhos para chegar ao domínio da bruxa do mar. Por um longo trecho não havia outro caminho senão pela lama quente, borbulhante – que a bruxa chamava de seu charco.

A casa da bruxa ficava atrás do charco, no meio de uma floresta fantástica. Todas as árvores e arbustos eram pólipos, metade animal e metade planta. Pareciam serpentes de cem cabeças crescendo do chão. Tinham ramos que pareciam braços longos e viscosos, com dedos flexíveis semelhantes a vermes. Nó por nó, desde a raiz até a crista, estavam em constante movimento, e se enroscavam com força em torno de qualquer coisa que conseguissem agarrar no mar, e não a soltavam mais. A Pequena Sereia ficou apavorada e se deteve à beira da mata. Seu coração saltava de medo e ela esteve prestes a dar meia-volta. Mas então lembrou-se do príncipe e da alma humana, e recobrou a coragem. Prendeu firmemente em torno da cabeça seu longo e flutuante cabelo para que os pólipos não o pudessem agarrar. Depois dobrou os braços sobre o peito e arremessou-se para frente como um peixe disparado através da água, por entre os pólipos repelentes, que tentavam agarrá-la com seus braços e dedos ágeis. Notou como cada um deles havia agarrado alguma coisa e a retinha firmemente, com uma centena de pequenos braços que pareciam argolas de ferro. Esqueletos brancos de seres humanos que haviam morrido no mar e afundado até as águas profundas olhavam dos braços dos pólipos. Lemes e arcas de navios estavam fortemente apertados em seus braços, junto com esqueletos de animais da terra e – o mais horripilante de tudo – uma sereiazinha, que eles haviam agarrado e estrangulado.

Chegou então a um grande charco lodoso na mata, onde grandes e gordas cobras-d'água revolviam-se no lamaçal, mostrando suas horrendas barrigas de um amarelo-esbranquiçado. No meio do charco erguia-se uma casa, construída com os ossos de humanos naufragados.[10] Lá estava a bruxa do mar, deixando um sapo comer da sua boca, como as pessoas alimentam às vezes um canário com um torrão de açúcar. Ela chamava as repelentes cobras-d'água de seus pintinhos e deixava-as rastejar sobre o seu peito.

"Sei exatamente o que você procura", disse a bruxa do mar. "Que idiota você é! Mas sua vontade vai ser atendida, e vai lhe trazer desventura, minha linda princesa. Você quer se livrar de sua cauda de peixe e ter no lugar dela um par de tocos para andar como um ser humano, de modo que o jovem príncipe se apaixone por você e lhe dê uma alma imortal." E ao dizer isso a bruxa soltou uma gargalhada tão alta e repulsiva que o sapo e as cobras caíram estatelados no chão. "Você veio na hora certa", disse a bruxa. "A partir de amanhã, assim que o sol se levantar, e por um ano inteiro, eu não seria mais capaz de ajudá-la. Vou preparar uma bebida para você. Terá de nadar para a terra com ela antes do nascer do sol, sentar-se na praia e tomá-la. Sua cauda se dividirá então em duas e encolherá para virar o que os seres humanos chamam de 'bonitas pernas'. Mas vai doer. Você sentirá como se uma espada afiada a cortasse. Todos que a virem dirão que você é o ser humano mais encantador que já encontraram. Vai conservar seus movimentos graciosos – nenhuma dançarina jamais deslizará com tanta leveza –, mas cada passo que der a fará sentir como se estivesse pisando numa faca afiada, o bastante para fazer seus pés sangrarem.[11] Se está disposta a enfrentar tudo isso, posso ajudá-la."

"Estou", disse a pequena princesa, e sua voz tremia. Mas voltou seus pensamentos para o príncipe e o prêmio de uma alma imortal.

"Pense sobre isso com cuidado", disse a bruxa. "Depois que assumir a forma de um ser humano, nunca mais poderá ser uma sereia. Não será capaz de descer nadando através da água ao encontro de suas irmãs e do palácio de seu pai. Só conseguirá uma alma imortal se conquistar o amor do príncipe e fizer com que ele se disponha a esquecer o pai e a mãe por amor a você.

EDMUND DULAC, 1911
A Pequena Sereia, ansiosa por conquistar o amor do príncipe, avança pelo triste território da bruxa do mar. Carregando consigo a poção mágica, abre caminho entre os pólipos, sem dificuldades.

Ele deve tê-la sempre em seus pensamentos e permitir que o padre junte suas mãos para que se tornem marido e mulher. Se o príncipe se casar com alguma outra pessoa, na manhã seguinte seu coração se partirá, e você virará espuma na crista das ondas."

"Estou pronta", disse a Pequena Sereia, e ficou pálida como a morte.

"Mas terá que me pagar", disse a bruxa. "Não vai receber minha ajuda a troco de nada. Você tem a voz mais adorável entre todos que habitam aqui no fundo do mar. Provavelmente pensa que poderá encantar o príncipe com ela, mas terá que dá-la para mim. Vou lhe pedir o que possui de melhor como paga por minha poção. Você entende, tenho de misturar nela um pouco do meu próprio sangue, para que a bebida seja afiada como uma espada de dois gumes."

"Mas se me tira a minha voz", disse a Pequena Sereia, "o que me sobrará?"

"Sua linda figura", disse a bruxa, "seus movimentos graciosos e seus olhos expressivos. Com eles pode encantar facilmente um coração humano... Bem, onde está a sua coragem? Estique a linguinha e deixe-me cortá-la fora como meu pagamento.[12] Depois receberá sua poderosa poção."

"Assim seja", disse a Pequena Sereia, e a bruxa pôs seu caldeirão no fogo para cozinhar a poção mágica.

"Limpeza antes de mais nada", ela disse, enquanto esfregava a panela com um feixe de cobras que tinha amarrado juntas numa grande laçada. Depois deu uma picada no seio e deixou que o sangue preto caísse no caldeirão. O vapor que se ergueu criava formas estranhas, apavorantes de se ver. A bruxa continuava a jogar novas coisas no caldeirão, e quando a mistura começou a ferver, soava como um crocodilo chorando. Finalmente a poção mágica ficou pronta, e era cristalina como água.

"Pronto!" disse a bruxa ao cortar fora a língua da Pequena Sereia.[13] Agora ela estava muda e não podia falar nem cantar.

"Se os pólipos a agarrarem quando você voltar pela mata", disse a bruxa, "basta jogar sobre eles uma única gota desta poção, e os braços e dedos deles se romperão em mil pedaços."[14] Mas a Pequena Sereia não precisou disso. Os pólipos se encolheram aterrorizados quando avistaram a poção cintilante que tremeluzia em sua mão como uma estrela. Assim, passou rapidamente pela mata, o charco e os redemoinhos atroadores.

A Pequena Sereia pôde contemplar o palácio do pai. As luzes do salão de baile estavam apagadas. Certamente todos lá estavam dormindo a essa hora. Mas não ousou entrar para vê-los, pois agora estava muda e prestes a deixá-los para sempre. Tinha a impressão de que seu coração ia se partir de tanta dor. Entrou furtivamente no jardim, arrancou uma flor do canteiro de cada uma das irmãs, soprou mil beijos na direção do palácio e depois subiu à superfície através das águas azul-escuras.[15]

O sol ainda não raiara quando ela avistou o palácio do príncipe e subiu os degraus de mármore. O luar era claro e vívido. A Pequena Sereia tomou a poção cortante, causticante, e teve a impressão de que uma espada estava trespassando seu corpo delicado. Desmaiou e tombou, como morta.

O sol se levantou e, luzindo através do mar, acordou-a. Ela sentiu uma dor aguda. Mas bem ali, na sua frente, estava o belo príncipe. Os olhos dele,

EDMUND DULAC, 1911
Um príncipe com roupas orientais fita a menina que foi lançada nos degraus pelo mar.

negros como carvão, a fitavam tão intensamente que ela baixou os seus, e percebeu que sua cauda de peixe desaparecera[16] e que tinha um bonito par de pernas brancas como as que qualquer menina desejaria ter. Mas estava inteiramente nua e por isso envolveu-se em seu longo cabelo, que caía delicadamente. O príncipe perguntou-lhe quem era e como chegara até ali, e ela só pôde olhar de volta para ele com seus olhos de um azul profundo, doce e tristemente, pois, é claro, não podia falar. Então ele a tomou pela mão e a levou para o palácio. Cada passo que ela dava, como a bruxa predissera, a fazia sentir como se estivesse pisando em facas e agulhas afiadas, mas suportou isso firmemente. Caminhou com a leveza de uma bolha ao lado do príncipe. Este e todos que a viram ficaram maravilhados ante a graça de seus movimentos.

Deram-lhe vestidos suntuosos de seda e musselina. Ela era a mais bela criatura no palácio, mas era muda, não podia falar nem cantar. Lindas moças escravas vestidas de seda e ouro apareceram e dançaram diante do príncipe e de seus parentes reais. Uma cantou mais lindamente que todas as outras, e o príncipe bateu palmas e sorriu para ela. Isso deixou triste a Pequena Sereia, que sabia que ela própria podia cantar ainda mais lindamente. E pensou: "Oh, se pelo menos ele soubesse que abri mão de minha voz para sempre para estar com ele."

As moças escravas dançaram uma dança graciosa, deslizando ao som da mais encantadora das músicas. E a Pequena Sereia ergueu seus belos braços brancos, ficou na ponta dos pés e deslizou pelo piso, dançando como ninguém dançara antes. A cada passo, parecia mais e mais encantadora, e seus olhos falavam mais profundamente ao coração que o canto das moças escravas.

Todos ficaram encantados, especialmente o príncipe, que a chamou de sua criancinha enjeitada. Ela continuou dançando, apesar da sensação de estar pisando em facas afiadas cada vez que seu pé tocava o chão. O príncipe disse que ela nunca deveria deixá-lo, e ela ganhou permissão para dormir do lado de fora de sua porta, numa almofada de veludo.[17]

O príncipe mandou fazer para ela um traje de pajem[18] para que pudesse sair a cavalo com ele. Cavalgavam juntos pelas matas fragrantes, onde os ramos verdes roçavam seus ombros e os passarinhos cantavam em meio às folhas frescas. Ela subia com o príncipe ao topo de montanhas altas e, embora seus pés delicados sangrassem e todos pudessem ver o sangue, ela apenas ria e acompanhava o príncipe até onde podiam ver as nuvens abaixo deles, parecendo um bando de aves a viajar para terras distantes.

No palácio do príncipe, quando todos na casa dormiam, ela costumava ir para os largos degraus de mármore e refrescar os pés ferventes na água fria do mar. E naqueles momentos pensava nos que estavam lá embaixo nas profundezas. Uma noite suas irmãs subiram de braços dados, cantando melancolicamente enquanto flutuavam na água. Acenou para elas e elas a reconheceram e lhe disseram o quanto as fizera, a todas, infelizes. Depois disso, passaram a visitá-la todas as noites, e uma vez ela viu a distância sua velha avó, que não vinha à superfície havia muitos anos, e também o velho rei do mar com sua coroa na cabeça. Ambos estenderam as mãos para ela, mas não se aventuraram tão perto da costa quanto as irmãs.

Com o tempo, ela foi se tornando mais preciosa para o príncipe. Ele a amava como se ama uma criancinha, mas jamais lhe passara pela cabeça fazer dela sua rainha. E no entanto ela precisava se tornar sua esposa, pois do contrário nunca receberia uma alma imortal e, na manhã do casamento dele, se dissolveria em espuma no mar.

"É de mim que você gosta mais?", os olhos da Pequena Sereia pareciam perguntar quando ele a tomava nos braços e beijava sua linda testa.

"Sim, você é muito preciosa para mim", dizia o príncipe, "pois ninguém tem um coração tão bondoso. E você é mais devotada a mim que qualquer outra pessoa. Você me lembra uma menina que conheci uma vez, mas que provavelmente nunca verei de novo. O navio em que eu viajava naufragou, e as ondas me jogaram na costa, perto de um templo sagrado, onde várias meninas estavam cumprindo suas obrigações. A mais nova delas me encontrou na praia e salvou minha vida. Só a vi duas vezes. Ela é a única no mundo que eu poderia amar. Mas você é tão parecida com ela que quase tirei a imagem dela da minha mente. Ela pertence ao templo sagrado, e minha boa fortuna enviou você para mim. Nunca nos separaremos."

"Ah, mal sabe ele que fui eu que lhe salvei a vida", pensou a Pequena Sereia. "Carreguei-o pelo mar até o templo na mata e esperei na espuma que alguém viesse socorrê-lo. Vi a menininha que ele ama mais do que a mim" – e a Pequena Sereia suspirou profundamente, pois não sabia derramar lágrimas. "Ele diz que a menina pertence ao templo sagrado e que por isso nunca retornará ao mundo. Eles nunca voltarão a se encontrar. Eu estou ao lado dele, vejo-o todo dia. Vou cuidar dele e amá-lo e dar minha vida por ele."

Não muito tempo depois, correu o rumor de que o príncipe iria se casar, que a esposa seria a bonita filha de um rei vizinho e que era por isso que ele estava equipando um navio tão esplêndido. O príncipe ia fazer uma visita a um reino vizinho – era assim que falavam, dando a entender que estava indo ver a filha do vizinho. A roda que o cercava era grande, mas a Pequena

Sereia sacudia a cabeça e ria. Conhecia os pensamentos do príncipe muito melhor que ninguém.

"Tenho que ir", ele disse a ela. "Tenho de visitar essa bonita princesa porque meus pais insistem nisso. Mas eles não podem me forçar a trazê-la para cá como minha esposa. Nunca fui capaz de amá-la. Ela não tem nenhuma semelhança com a menina bonita do templo, com quem você se parece. Se eu fosse obrigado a escolher uma noiva, preferiria escolher você, minha mudinha rejeitada, com seus olhos expressivos." E beijava a boca rosada da sereia, brincava com o longo cabelo dela, e pousava a cabeça contra o peito dela de tal maneira que o coração da sereia sonhava com a felicidade humana e uma alma imortal.

"Você não tem medo do mar, não é, minha mudinha?" ele perguntou quando se viram no convés do esplêndido navio que iria transportá-los ao reino vizinho. E ele lhe falou de tempestades violentas e de calmarias, dos estranhos peixes que nadam nas profundezas e do que os mergulhadores tinham visto lá. Ela sorria às histórias dele, pois sabia mais do que ninguém das maravilhas do fundo do mar.

À noite, quando havia lua num céu sem nuvens e todos estavam dormindo, exceto pelo timoneiro em seu leme, a Pequena Sereia sentava-se junto à amurada, os olhos espreitando a água clara. Tinha a impressão de poder ver o palácio do pai, com sua velha avó postada no alto dele com a coroa de prata na cabeça, tentando enxergar por entre a rápida corrente na quilha do navio. Depois suas irmãs surgiam das ondas e a fitavam com olhos cheios de aflição, torcendo as mãos brancas. Acenava e sorria para elas, e teria gostado de lhes dizer que estava feliz e que tudo ia bem para ela. Mas o camareiro apareceu exatamente nesse instante, e as irmãs mergulharam, deixando o rapaz convencido de que a coisa branca que vira era apenas espuma sobre a água.

Na manhã seguinte o navio entrou no porto da magnífica capital do rei vizinho. Os sinos das igrejas estavam tocando e podia-se ouvir um som de clarim, vindo das torres. Soldados faziam continência, com baionetas fulgurantes e bandeiras desfraldadas. Cada dia houve um festejo. Bailes e entretenimentos se seguiam uns aos outros, mas a princesa ainda não aparecera. As pessoas diziam que ela estava sendo criada e educada num templo sagrado, onde estava aprendendo todas as virtudes régias. Finalmente ela chegou.

A Pequena Sereia, que estava ansiosa para ver a beleza dela, teve de admitir que nunca vira pessoa mais encantadora. Sua pele era clara e delicada e, por trás de cílios longos e escuros, seus olhos azuis sorridentes brilhavam com profunda sinceridade.

"É você", disse o príncipe. "Você é aquela que me salvou quando eu estava estendido na praia, semimorto." E estreitou nos braços sua noiva, de faces afogueadas. "Oh, estou tão feliz", ele disse à Pequena Sereia. "Meu desejo mais caro – mais do que eu ousava esperar – foi satisfeito. Minha felicidade lhe dará prazer, porque você é mais devotada a mim do que ninguém." A Pequena Sereia beijou a mão dele e sentiu como se seu coração já estivesse partido. O dia do casamento dele significaria a sua morte, e ela se transformaria em espuma nas ondas do oceano.

Todos os sinos das igrejas repicavam enquanto os arautos percorriam as ruas para proclamar o noivado. Óleo perfumado queimava em preciosas lâmpadas de prata em cada altar. O padre balançava o incensário enquanto o noivo e a noiva se davam as mãos e recebiam a bênção do bispo. Vestida de seda e ouro, a Pequena Sereia segurava a cauda da noiva, mas seus ouvidos nunca tinham ouvido aquela música festiva, e seus olhos nunca tinham visto os santos ritos. Ela pensava sobre sua última noite na terra e sobre tudo que havia perdido neste mundo.

Na mesma noite noivo e noiva embarcaram no navio. O canhão troava, as bandeiras tremulavam, e no centro do navio fora erguida uma suntuosa tenda de púrpura e ouro. Estava recoberta de ricas almofadas, pois os recém-casados deveriam dormir ali naquela noite calma, fresca. As velas se enfunaram com a brisa e o navio singrou leve e suavemente os mares claros.

Quando escureceu, acenderam-se lanternas coloridas e os marinheiros dançaram alegremente no convés. A Pequena Sereia não pôde deixar de pensar naquela primeira vez em que tinha emergido e contemplado uma cena de festejos jubilosos igual a esta. E agora ela entrou na dança, volteando e precipitando-se com a leveza de uma andorinha acuada. Brados de admiração a saudaram de todos os cantos. Nunca antes ela dançara com tanta elegância. Era como se facas afiadas estivessem cortando seus pés delicados, mas ela não sentia nada, pois a ferida em seu coração era muito mais dolorida. Sabia que aquela era a última noite em que poderia ver o príncipe, por quem abandonara sua família e seu lar, abrira mão de sua linda voz e sofrera horas de agonia sem que ele de nada suspeitasse. Era a última noite em que podia respirar com ele ou contemplar o mar profundo e o céu estrelado. Uma noite eterna, sem pensamentos ou sonhos, a esperava, a ela que não tinha alma e nunca ganharia uma. Tudo foi alegria e regozijo a bordo até muito depois da meia-noite. Ela dançou e riu com os outros enquanto em seu coração pensava na morte. O príncipe beijava sua noiva encantadora, que brincava com seu cabelo escuro, e de braços dados os dois se retiraram para a magnífica tenda.

Agora o navio estava silencioso e calmo. Só o timoneiro estava lá junto a seu leme. A pequena princesa recostou-se com seus braços brancos na amurada e olhou para o leste em busca de sinal da rósea aurora. O primeiro raio do sol, ela sabia, traria a sua morte. De repente viu suas irmãs emergindo. Estavam pálidas como ela própria, mas seus longos e belos cabelos não mais ondulavam ao vento – haviam sido cortados.

"Demos nossos cabelos à bruxa", disseram, "para que nos ajudasse a salvá-la da morte que a espera esta noite. Ela nos deu uma faca – veja, aqui está. Vê como é afiada? Antes do nascer do sol você tem de cravá-la no coração do príncipe. Então, quando o sangue morno dele borrifar seus pés, eles voltarão a crescer juntos e formar uma cauda de peixe, e você será sereia de novo. Poderá voltar conosco para a água e viver seus trezentos anos antes de ser transformada na espuma do mar salgado. Apresse-se! Ou ele ou você morrerá antes do nascer do sol. Nossa velha avó tem sofrido tanto que seu cabelo branco tem caído, como os nossos sob a tesoura da bruxa. Mate o príncipe e volte para nós! Mas vá depressa – veja as faixas vermelhas no céu. Em alguns

EDMUND DULAC, 1911
Numa imagem que faz lembrar a descrição da morte de Ofélia, em *Hamlet*, a Pequena Sereia morre no elemento que outrora foi seu lar.

minutos o sol despontará e então você morrerá." Com um suspiro profundo e estranho, elas submergiram.

A Pequena Sereia afastou a cortina púrpura da tenda e viu o belo noivo dormindo com a cabeça no peito da princesa. Inclinando-se, ela beijou a nobre fronte dele e depois olhou para o céu, onde o rubor da aurora se tornava cada vez mais luminoso. Fitou a faca afiada em sua mão e novamente fixou os olhos no príncipe, que sussurrou o nome da noiva em seus sonhos – só ela estava em seus pensamentos. Quando a Pequena Sereia empunhou a faca sua mão tremeu – e então ela a arremessou longe nas ondas. A água ficou vermelha no lugar em que caiu, e algo parecido com gotas de sangue ressumou dela. Com um último olhar para o príncipe, seus olhos anuviados pela morte, ela saltou do navio no mar e sentiu seu corpo se dissolver em espuma.

E logo o sol começou a nascer do mar. Seus raios cálidos e suaves caíram sobre a espuma fria como a morte, mas a Pequena Sereia não tinha a sensação de estar morrendo. Viu o sol esplendoroso e, pairando à sua volta, centenas de formosas criaturas – podia ver perfeitamente através delas, ver as velas brancas do navio e as nuvens rosadas no céu. E a voz delas era a voz da melodia, embora etérea demais para ser ouvida por ouvidos mortais, assim como nenhum olho mortal as podia ver. Não tinham asas, mas sua leveza as fazia flutuar no ar. A Pequena Sereia viu que tinha um corpo como o delas e que estava se elevando cada vez mais acima da espuma.

"Onde estou?" perguntou, e sua voz soou como a dos outros seres, mais etérea que qualquer música terrena podia soar.

"Entre as irmãs do ar", responderam as outras. "Uma sereia não tem alma imortal, e jamais pode ter uma a menos que conquiste o amor de um ser humano. A eternidade de uma sereia depende de um poder que independe dela. As filhas do ar tampouco têm uma alma eterna, mas podem conseguir uma através de suas boas ações. Devemos voar para os países quentes, onde o ar abafadiço da pestilência significa morte para os seres humanos. Devemos levar brisas frescas. Devemos transportar a fragrância das flores através do ar e enviar consolo e cura. Depois que tivermos tentado fazer todo o bem que podemos em trezentos anos, conquistaremos uma alma imortal e teremos uma parcela da felicidade eterna da humanidade. Você, Pequena Sereia, tentou com todo o seu coração fazer como estamos fazendo. Você sofreu e perseverou e se elevou ao mundo dos espíritos do ar. Agora, com trezentos anos de boas ações, você também pode conquistar uma alma imortal."[19]

A Pequena Sereia ergueu seus braços de cristal para o sol de Deus, e pela primeira vez conheceu o gosto das lágrimas.

No navio havia alvoroço e sons de vida por todo lado. A Pequena Sereia viu o príncipe e a bela noiva dele à sua procura. Com grande tristeza, eles fitavam a espuma perolada, como se soubessem que ela se jogara nas ondas. Invisível, ela beijou a testa da noiva, sorriu para o príncipe e em seguida, com as outras filhas do ar, subiu para uma nuvem rosa-avermelhada que navegava para o céu.

"Assim flutuaremos por trezentos anos, até finalmente chegarmos ao reino celeste."

Honor C. Appleton, 1922
O sol nascente anuncia o renascimento da Pequena Sereia, que, como uma filha do ar, pode conquistar uma alma imortal praticando boas ações durante trezentos anos.

"E podemos atingi-lo ainda mais cedo", sussurrou uma das suas companheiras. "Invisíveis, flutuamos para dentro de lares humanos em que há crianças, e para cada dia em que encontramos uma boa criança, que faz mamãe e papai felizes e merece o amor deles, Deus abrevia nosso tempo de sofrimento. A criança nunca percebe nada quando voamos em seu quarto e sorrimos com alegria, e assim um ano é subtraído dos trezentos. Mas quando vemos uma criança travessa ou maldosa, derramamos lágrimas de dor, e cada lágrima acrescenta mais um dia ao nosso tempo de provação."[20]

Notas

CHAPEUZINHO VERMELHO (p.33-43)

1. No título em inglês, "Little Red Riding Hood", a referência é o capuz. Os títulos francês e alemão da história – "Le Petit Chaperon Rouge" e "Rotkäppchen" – sugerem gorros e não capuzes. Críticos da psicanálise muito exploraram a cor vermelha, equiparando-a a pecado, paixão, sangue, sugerindo com isso certa cumplicidade da parte de Chapeuzinho Vermelho em sua sedução. Essas ideias, contudo, foram refutadas por folcloristas e historiadores, que mostraram que a cor vermelha só foi introduzida na versão literária do conto escrita por Perrault.

2. *bolinhos e uma garrafa de vinho.* Na versão de Perrault, Chapeuzinho Vermelho leva uns bolinhos e um pote de manteiga para sua avó. As ilustrações de Trina Schart Hyman para *Chapeuzinho Vermelho* retratam uma avó alcoólatra, de nariz vermelho. Variantes modernas recentes, como *Um caminho na noite*, de Lois Lowry, usam o papel da menina mensageira para criar uma figura heroica que salva vidas arriscando-se pela floresta com sua cesta de comida.

3. *quando estiver na floresta olhe para frente como uma boa menina e não se desvie do caminho.* Os Grimm acrescentaram esta advertência, com os imperativos comportamentais decorrentes. Tendo aguda consciência de que sua coletânea de contos de fadas comporia um modelo de comportamento para as crianças, procuravam oportunidades para introduzir ensinamentos morais, mensagens e lições de etiqueta nas histórias.

4. *o lobo.* O predador nesta história é inusitado, pois se trata de uma fera real e não de um bicho-papão ou bruxa canibalístico. Folcloristas sugeriram que a história de Chapeuzinho Vermelho pode ter se originado relativamente tarde (na Idade Média) como um conto admonitório que advertia as crianças para os perigos da floresta. Pensava-se que animais selvagens, os homens sinistros e a figura híbrida do lobisomem representavam uma

349

ameaça poderosa e imediata à segurança das crianças. Na Alemanha do século XVII, pouco depois da Guerra dos Trinta Anos, o medo de lobos e a histeria com relação a lobisomens alcançaram níveis particularmente elevados. O lobo, com sua natureza predatória, é frequentemente visto como uma metáfora de homens sexualmente sedutores.

5. *Ó avó, que orelhas grandes você tem!* No diálogo clássico entre a menina e o lobo, Chapeuzinho Vermelho recorre ao sentido da audição, da vista, do tato e do paladar, omitindo o olfato. A lista de partes do corpo era sem dúvida expandida por contadores populares, que se aproveitavam para fazer humor obsceno. Um diálogo paralelo em versões orais do conto fornece um inventário das roupas de Chapeuzinho Vermelho, que ela despe e joga de lado uma por uma.

6. *saltou fora da cama e devorou a coitada da Chapeuzinho Vermelho.* Muitos críticos viram esta cena como uma morte simbólica, seguida de renascimento, quando Chapeuzinho Vermelho é libertada da barriga do animal. A relação com figuras bíblicas e míticas (muito especialmente Jonas) é evidente, embora Chapeuzinho Vermelho tenha sido interpretada também como uma figura que simboliza o sol, que é engolido pela noite e ressurge na aurora. Mais recentemente, o devoramento integral da avó e da menina foi visto como um duplo estupro simbólico.

7. *Um caçador.* Observe-se que as figuras masculinas na história são ou predadores ou salvadores. O caçador foi visto como representação da proteção patriarcal para as duas mulheres, incapazes de se defender sozinhas. Em versões orais, a menina na história não precisa contar com um caçador que passa pela casa da avó.

8. *começou a abrir a barriga do lobo adormecido.* Freud e outros interpretaram a cena como uma alusão ao processo de nascimento. O lobo, como a poetisa anglo-saxã Anne Sexton escreve ironicamente, é submetido a "uma espécie de cesariana". Segundo um crítico psicanalista, o lobo sofre de inveja da gravidez.

9. *catou umas pedras grandes e encheu a barriga do lobo com elas.* As pedras foram interpretadas como um sinal de esterilidade, sendo porém mais provável que se trate de vingança pela incorporação de Chapeuzinho Vermelho e sua avó.

CINDERELA OU O SAPATINHO DE VIDRO (p.44-59)

1. *O sapatinho de vidro.* Por muitos anos estudiosos debateram se o sapato era feito de *vair* (uma palavra obsoleta para "pele") ou *verre* (vidro). Hoje, os folcloristas rejeitam a ideia de que o chinelo era feito de pele e endossam a noção de que ele encerra um poder mágico e é feito de vidro.

2. *dos serviços mais grosseiros da casa.* Cinderela é sempre o burro de carga da casa, uma criatura que não só deve dar conta dos serviços domésticos como tem sua verdadeira beleza encoberta por fuligem, poeira e cinzas. O fato de ela ser trabalhadeira e gentil indica como uma combinação de qualidades pode criar personagens fortemente atraentes. Em seu musical *Cinderella* (1957), Rodgers e Hammerstein formularam uma pergunta central: "Eu te amo porque você é bonita ou você é bonita porque eu te amo?"

3. *espelhos onde podiam se ver da cabeça aos pés.* A vaidade ocupa um lugar elevado entre os pecados dos personagens dos contos de fadas. A madrasta de Branca de Neve está sempre consultando o espelho e as irmãs de Cinderela olham-se repetidamente no espelho para se admirar. Espelhos que iam até o chão eram uma verdadeira extravagância nos tempos de Perrault, e há algo quase mágico associado à possibilidade de ver a própria imagem da cabeça aos pés.

4. *Sua madrinha, que a viu em prantos, lhe perguntou o que tinha.* Cinderela geralmente encontra na natureza a ajuda de que precisa. Um peixe, um bezerro ou uma árvore vão em seu socorro. Perrault, em contraposição, criou uma fada madrinha, cuja importância é sublinhada, ironicamente, na segunda lição moral do conto. A *Cinderela* de Disney, baseada na versão de Perrault, amplia o papel da fada madrinha e a utiliza para criar interlúdios cômicos.

5. *se prometer ser uma boa menina.* Perrault, que estava profundamente imbuído da ideia de que contos de fadas recompensam a virtude, fez questão de frisar a delicadeza e a doçura da heroína. Seu conto incorpora muitas prescrições comportamentais, o que revela o quanto as crianças eram seu público-alvo.

6. *Vou ver se acho um rato na ratoeira.* A versão de Disney de *Cinderela* substitui o rato e os lagartos da história de Perrault por um cavalo e um cachorro.

7. *trajes de brocado de ouro e prata incrustados de pedrarias.* O ouro e a prata formam finas linhas, e joias recobrem muitas vezes seu traje. O vestido contribui poderosamente para a aparição radiante que ela faz no baile.

JOÃO E MARIA (p.60-73)

1. *João e Maria.* Este conto foi originalmente conhecido como "Irmãozinho e irmãzinha". Os Grimm chamam a atenção para semelhanças com o "Pequeno Polegar", em que um lenhador e sua mulher abandonam seus sete filhos na mata.

2. *um pobre lenhador com sua mulher e dois filhos.* Nas primeiras versões do conto, o lenhador e sua esposa eram os pais biológicos das crianças. Já na quarta edição de *Kinder- und*

Hausmärchen (*Contos da infância e do lar*), em 1840, os Grimm haviam transformado a "esposa" numa "madrasta" e feito dela a verdadeira vilã da história. Enquanto nas primeiras versões dos contos (como no "Pequeno Polegar" de Perrault) o pai partilha a culpa pelo abandono das crianças na mata, em versões posteriores ele protesta contra as ações da sua mulher, ainda que sem sucesso.

3. *O bom Deus vai nos proteger.* Esta referência, juntamente com outras referências religiosas, foi acrescentada à segunda edição dos contos pelos Grimm.

4. *açúcar cintilante.* Segundo Bruno Bettelheim, *João e Maria* é uma história sobre a cupidez oral das crianças. Desse ponto de vista, o conto põe em cena sentimentos de hostilidade à mãe onipotente, que, em seu papel de provedora suprema, é sempre também aquela que recusa o alimento. No final da história, as crianças dominaram suas "ansiedades orais" e aprenderam que "a realização mágica dos desejos tem de ser substituída pela ação inteligente". Ao sugerir que as crianças na história são "cúpidas", Bettelheim apresenta uma interpretação unilateral que absolve os adultos e sugere que a verdadeira fonte do mal na história não passa de um alter ego das crianças.

5. *Na verdade, era uma bruxa malvada.* A expressão "bruxa malvada" não foi usada na primeira versão da história, nem havia nela muita elaboração sobre a aparência física da bruxa. Bruxas não são comuns na coletânea dos Grimm, mas a que figura nesta história assumiu uma importância representativa.

6. *a bruxa perversa morreu queimada de uma maneira horrível.* O castigo da bruxa foi entendido como um presságio dos horrores do Terceiro Reich. O fato de a bruxa ser frequentemente representada como uma figura com traços judeus estereotipados, particularmente nas ilustrações do século xx, torna essa cena ainda mais agourenta. Ao reescrever *João e Maria*, a poeta Anne Sexton refere-se ao abandono das crianças como "Solução Final".

7. *Como um passarinho fugindo da gaiola.* As aves têm um papel de destaque nesta história, primeiro comendo as migalhas de pão espalhadas pelo caminho por João, depois conduzindo as crianças à casa da bruxa, e finalmente transportando os dois através da água. Como representantes da natureza, elas tanto asseguram que as crianças permaneçam na mata quanto fornecem a saída.

8. *meteu nos bolsos o que podia.* Como o João de *João e o pé de feijão*, os dois irmãos não têm escrúpulos em apropriar-se dos bens da bruxa e levar as joias para o pai. A "perfeita felicidade" do final é produzida em parte pela aquisição de riqueza material, que assegura que o pai e os filhos viverão felizes para sempre.

9. *Sua mulher tinha morrido.* Nenhuma explicação para a morte da madrasta é oferecida. O fato de ela estar morta sugere algum tipo de identidade secreta entre ela e a bruxa. Enquanto a madrasta em casa estava decidida a matar as crianças de fome, a bruxa na floresta parece de início ser uma figura esplendidamente generosa, a oferecer às crianças um suntuoso repasto e leitos confortáveis. No entanto, ela representa uma intensificação do mal materno em casa, pois só alimenta as crianças para deixá-las mais gordas para a sua próxima refeição.

10. *Minha história terminou.* Os contadores de história terminavam muitas vezes seus contos com toques extravagantes, frequentemente em versos que incluíam um pedido de contribuições monetárias.

A Bela e a Fera (p.74-93)

1. *um rico negociante.* Observe-se que a história insere o leitor num meio social diferente do costumeiro nos contos de fadas, com sua aldeia, floresta ou castelo. *A Bela e a Fera* reflete a presença de uma burguesia emergente na França pré-revolucionária, classe que opera numa economia moral, social e financeira muito diferente daquela dos tempos feudais.

2. *lendo bons livros.* É inusitado para personagens de contos de fadas aperfeiçoarem-se através da leitura. A maioria deles é relegada a trabalhos servis em casa, ou parte em viagens pelo mundo.

3. *Suas duas irmãs, por outro lado, morriam de tédio.* Comparada às irmãs, Bela se distingue favoravelmente sob todos os aspectos. Como na maior parte das trincas de irmãos do mesmo sexo nos contos de fadas, o mais novo, em posição de desvantagem, é superior aos dois mais velhos. Bela combina a linda aparência com uma forte ética do trabalho, maneiras impecáveis e compaixão.

4. *não contentes em deixá-la fazer todo o trabalho doméstico.* Como Cinderela, Bela é uma jovem heroína inocente, perseguida pelas irmãs rivais.

5. *poderia me trazer uma rosa.* A "escolha modesta" da caçula frequentemente provoca contratempo em contos de fadas. A trama de *Rei Lear* de Shakespeare, com suas três irmãs – duas arrogantes e uma modesta –, é impulsionada por circunstâncias semelhantes.

6. *ainda gostava delas, e as perdoava de todo coração pelo mal que lhe haviam feito.* Como algumas Cinderelas (a de Perrault, para citar um exemplo), Bela estava pronta a perdoar as irmãs, por mais perversas que tivessem sido. Nos contos populares orais, Belas e Cinderelas tendem a ser menos magnânimas.

7. *Sua boa ação, oferecendo a própria vida para salvar a do seu pai, não ficará sem recompensa.* Nos contos de fadas, a virtude nunca é o próprio prêmio. Boas ações são pagas em ouro, ou com a ascensão ao trono.

8. *incomodo se a vejo cear?* O longo diálogo que se segue ressalta a natureza literária desta versão de *A Bela e a Fera*. Podemos notar também que o diálogo assume uma feição filosófica pouco característica, refletindo sobre aspectos como aparências e essências. O sermão sobre a bondade e a inteligência também não é típico dos contos de fadas.

9. *Vamos segurar a Bela aqui por mais de oito dias.* As irmãs são acusadas pelo fato de Bela não cumprir a promessa feita à Fera. Como em *Eros e Psique*, a responsabilidade por um ato de desobediência é atribuída às irmãs, não ao agente efetivo da transgressão.

10. *Uma fada má condenou-me a viver sob essa forma.* Poucas versões da história explicam por que o príncipe sofreu o encantamento. Em algumas delas, a razão é sua arrogância, ou sua falta de caridade para com uma mulher.

Branca de Neve (p.94-109)

1. *Branca de Neve.* Somente a versão dos Grimm alude à tez da heroína em seu nome. Sneewittchen, como é chamada em alemão, é uma forma diminutiva e poderia ser literalmente traduzida como Branquinha de Neve.

2. *tão negro como a madeira da moldura da janela.* Sandra Gilbert e Susan Gubar veem a mãe como uma figura aprisionada pela moldura de ébano, assim como a segunda rainha é depois aprisionada pelo espelho mágico. Enquanto a mãe fica confinada dentro de casa, costurando, a segunda rainha é ativa e ardilosa, mas fechada num estado de desejo narcísico. Observe-se que uma rainha olha através de uma superfície transparente, ao passo que a outra é cativada por uma superfície opaca que lhe devolve a própria imagem. O caixão de vidro em que Branca de Neve é posta e exibida parece remeter-se tanto à janela quanto ao espelho.

3. *A rainha morreu depois do nascimento da criança.* Os Grimm só acrescentaram um episódio introdutório sobre o nascimento de *Branca de Neve* e a morte de sua mãe a edições posteriores de sua coletânea. Na versão manuscrita de *Branca de Neve* de 1810, há apenas uma rainha, que é tanto a mãe biológica de Branca de Neve quanto o seu algoz.

4. *sois de todas a mais bela.* A voz no espelho pode ser vista como uma voz sentenciosa, representando o pai desaparecido, ausente ou o patriarcado em geral, que atribui extremo valor à beleza. Mas essa voz poderia ser também um eco da avaliação que a própria rainha faz de si, uma avaliação que é, sem dúvida, moldada por normas culturais relativas à aparência física.

5. *Quando chegou aos sete anos.* Em séculos anteriores, especialmente antes do início da educação pública, a infância tinha uma duração muito menor, sendo as crianças integradas ao mundo adulto do trabalho antes mesmo de entrarem na puberdade. Ainda assim, é difícil conciliar a tenra idade de Branca de Neve com o fato de que ela se casa no fim da história, em particular porque não há sinais que marquem seu amadurecimento. A maior parte das ilustrações a representa como uma adolescente ou jovem adulta aproximando-se de uma idade adequada ao casamento.

6. *odiou Branca de Neve.* O conto gira em torno da rivalidade (sexual) entre madrasta e filha, com Branca de Neve na posição da "inocente heroína perseguida" dos contos de fadas. Numa das interpretações do conto, *Branca de Neve* foi vista como uma história que mapeia a trajetória do amadurecimento "normal" da mulher (em termos simbólicos) e descreve um estudo de caso do ciúme materno em sua forma mais patológica.

7. *e a perversa mulher os comeu.* Como as bruxas e os bichos-papões do folclore, a rainha pratica atos canibalescos, na esperança de, ingerindo Branca de Neve, adquirir também sua beleza.

8. *Todas as coisas na casa eram minúsculas, mas tão caprichadas e limpas que não se podia acreditar.* Em contraste com os sete anões de Disney, estes eram modelos de arrumação, cuja casa proporciona um porto aconchegante. Como João e Maria, Branca de Neve encontra abrigo na mata e também é sujeita a uma nova ameaça em seu novo lar.

9. *mas a sétima tinha o tamanho certo.* Como Cachinhos Dourados, Branca de Neve experimenta diferentes possibilidades e encontra a cama que tem o tamanho certo para ela, neste caso um sinal de que encontrou um refúgio apropriado.

10. *Eram sete anões que trabalhavam o dia inteiro nas montanhas.* Associados à terra, os anões são criaturas trabalhadoras que levam uma existência na periferia social, mas apesar disso oferecem generosa hospitalidade à menina órfã. Em contraste com os anões de Disney, os anões dos Grimm não se diferenciam uns dos outros. Sua estatura diminuta os torna sexualmente não ameaçadores, ainda que sua admiração séptupla pela beleza de Branca de Neve torne a atratividade dela ainda maior.

11. *Se quiser cuidar da casa para nós.* Ao fazer serviços domésticos, Branca de Neve passa para um novo estágio de desenvolvimento, demonstrando sua capacidade de se envolver no trabalho e cumprir os termos de um contrato. Não é mais uma criança: está se preparando para o estágio do matrimônio.

12. *concebeu um plano.* Susan Gilbert e Sandra Gubar tentam ir contra a corrente das interpretações convencionais, que se centram na rainha como a fonte do mal. Veem nela tanto uma "intrigante, uma conspiradora, uma maquinadora, uma bruxa, uma artista" como uma mulher "espirituosa, ardilosa e absorta em si mesma, como são tradicionalmente todos os artistas". É a rainha que se torna o centro da energia narrativa, impulsionando a ação e dando toques atraentes à trama.

13. *A velha apertou o cadarço tanto e tão depressa que Branca de Neve ficou sem ar.* A atração de Branca de Neve por cadarços de corpete e pentes, somada ao fato de que se deixa enganar facilmente, foi vista como um sinal de sua imaturidade. Mas ela parece ser menos uma "pateta" que uma criança inocente que se torna vítima da falsidade de sua madrasta. A madrasta engana Branca de Neve se fantasiando e fingindo um comportamento maternal.

14. *branca com as faces vermelhas.* Observe-se que a descrição física da maçã coincide com a descrição de Branca de Neve. Desde o Jardim do Éden as maçãs estão carregadas de poderosa significação simbólica.

15. *Branca como a neve, vermelha como o sangue, negra como o ébano!* A invocação pela madrasta da fantasia da primeira rainha acerca da filha aponta para a identidade subjacente entre a mãe biológica e a rainha má. Os contos de fadas muitas vezes cindem a figura materna em dois componentes: uma mãe boa, morta, e uma madrasta malévola, viva. Isso permite às crianças preservar uma imagem positiva da mãe ao mesmo tempo em que se entregam a fantasias sobre a maldade materna.

16. *escreveram seu nome nele com letras douradas.* Branca de Neve torna-se um objeto posto em exibição, para ser desfrutado esteticamente. Como o título de uma pintura no museu, seu nome é escrito com letras douradas, e ela se torna uma espécie de atração turística.

17. *o solavanco soltou o pedaço de maçã envenenado que estava entalado na garganta de Branca de Neve.* Há um marcante contraste entre esse despertar acidental e o beijo (tomado de *A Bela Adormecida*) que desperta Branca de Neve no desenho animado de Disney. Embora o príncipe tenha manifestado devoção por Branca de Neve, no fim é por puro acaso que ela volta à vida.

18. *sapatos de ferro incandescentes.* Na versão cinematográfica de Disney, a rainha é perseguida até a borda de um penhasco e morre na queda. A rainha dos Grimm é submetida a uma morte dolorosa e humilhante, que a põe em exibição da mesma maneira como

Branca de Neve foi exposta como o paradigma da mulher bela. Observe-se, no entanto, que a dança torturada da rainha contrasta vivamente com a imobilidade de Branca de Neve no caixão. A rainha é também apresentada como uma figura covarde, que não dá nenhum sinal de arrependimento, diferentemente de alguns vilões de contos de fadas (o pai em *João e Maria*, por exemplo), que lamentam suas malvadezas.

A BELA ADORMECIDA (p.110-119)

1. *A Bela Adormecida.* O título dos Grimm, "Dornröschen" é por vezes traduzido literalmente como "Rosinha da Urze". O título francês de Perrault é "La Belle au bois dormant" (A Bela no bosque adormecido). O tema de uma pessoa dormindo ou hibernando até que os tempos estejam maduros para ela despertar aparece em muitos contos e lendas populares. Branca de Neve jaz em seu caixão de vidro; Brunilda, cercada por um muro de fogo, é despertada por um beijo na ópera de Richard Wagner, *Siegfried*, do século XIX. Frederico Barba-Roxa dorme em seu retiro na montanha, acordando a cada cem anos para ver se a Alemanha precisa de sua ajuda como líder.

2. *Oh, se pelo menos pudéssemos ter um filho!* A incapacidade de conceber leva muitas vezes casais de contos de fadas a fazer promessas imprudentes ou realizar pactos estranhos. Em *A Bela Adormecida*, a falta de presciência dos pais só se revela nos festejos para celebrar o nascimento de uma filha.

3. *A previsão da rã se realizou.* Na primeira versão da história escrita pelos Grimm, é um caranguejo que faz a profecia, o que mostra os riscos de atribuir demasiado significado ao fato de um sapo fazer a previsão sobre o nascimento de uma criança e concluir disso que é um símbolo da fertilidade em contos de fadas.

4. *as feiticeiras concederam suas dádivas mágicas à menina.* Na versão de Perrault e na versão original dos Grimm, são fadas que concedem as dádivas. Elas prometem transformar a Bela Adormecida dos Grimm numa mulher "ideal" – virtuosa, bonita e rica. Na versão de Perrault, a menina é aquinhoada com a beleza, um temperamento angelical, graça, a habilidade de dançar com perfeição, a voz de um rouxinol e talento para tocar instrumentos.

5. *Não fora convidada e agora desejava se vingar.* O ressentimento da feiticeira desprezada faz lembrar a cólera de Éris, a deusa da discórdia, que, não tendo sido convidada para o banquete do casamento de Peleu e Tétis, desencadeou sua vingança jogando o famoso Pomo da Discórdia, marcado com as palavras "À mais bela", em meio aos convidados reunidos na festa. Os elaborados debates e negociações relativos ao Pomo da Discórdia acabaram por levar à Guerra de Troia.

6. *uma portinha com uma chave velha e enferrujada na fechadura.* A curiosidade da Bela Adormecida, seu desejo de espiar o que se esconde atrás da porta e seu fascínio pelo fuso a põem em apuros. Em contraposição, o príncipe é recompensado por sua curiosidade, que assume a forma do desejo de encontrar o castelo em que jaz a Bela Adormecida.

7. *Estou fiando linho.* O fuso, como a roca, está associado às Parcas, que "fiam" ou medem a extensão da vida. Fiar era também uma atividade que favorecia a narrativa de histórias entre mulheres, e a fiação do linho muitas vezes passava do contexto em que se contavam histórias para as próprias histórias. O termo alemão para fiar tem um significado secundário associado à fantasia e à construção de castelos no ar. Como símbolos padrão da domesticidade feminina, o fuso e a roca eram às vezes carregados diante da noiva nos cortejos de casamento de um tempo mais antigo. *A Mitologia alemã* dos Grimm assinala os fortes vínculos existentes entre fusos e a domesticidade.

8. *pois espetara o dedo no fuso.* Já se propôs que a história da Bela Adormecida delineia a maturação sexual feminina, com o toque do fuso representando o início da puberdade, uma espécie de despertar sexual que conduz a um período de latência passivo, introspectivo.

9. *Seu torpor espalhou-se por todo o castelo.* A elaboração fantasiosa que segue esta afirmação foi acrescentada pelos Grimm à primeira edição de sua coletânea.

10. *Era uma morte terrível.* Wilhelm Grimm acrescentou à primeira edição impressa dos contos descrições das agonias em que morreram os pretendentes.

11. *Elas se afastaram para lhe abrir caminho.* Este príncipe não precisa matar nenhum gigante nem exterminar nenhum dragão para conquistar sua noiva. Soube, no entanto, chegar na hora certa, o que nos contos de fadas ilustra como a boa fortuna muitas vezes leva a melhor sobre feitos heroicos.

12. *Mal o príncipe lhe roçara os lábios, a Rosa da Urze despertou.* Na versão de Perrault a Bela Adormecida é despertada quando o príncipe cai de joelhos. Muitas versões de "O Rei Sapo" terminam agora à maneira de *A Bela Adormecida*, com a princesa beijando o sapo (transformando-o assim num príncipe), e não atirando-o contra a parede.

Rapunzel (p.120-129)

1. *Rapunzel.* O crítico Joyce Thomas assinala que o rapunzel [em português, rapôncio] é uma planta autogâmica, que fertiliza a si mesma, tendo ainda uma coluna que se divide em duas se não fertilizada, e "as metades se enroscam como tranças ou cachos na cabeça de uma donzela, e isso põe o tecido estigmático feminino em contato com o pólen masculino na superfície exterior da coluna". A maior parte das versões da história dá à menina o nome de uma erva apetitosa.

2. *Era uma vez um homem e uma mulher.* Fica assim evidente, desde a primeira linha, que a história vai se centrar na procriação.

3. *Era cercado por um muro alto.* Observemos que o jardim, como a torre, é um lugar proibido, e que ambos são terrenos cercados para "rapunzel".

4. *a feiticeira.* Inicialmente os Grimm qualificaram a proprietária do jardim de "fada", depois a transformaram numa "feiticeira". Algumas traduções da história para o inglês transformam a feiticeira em "bruxa".

5. *terá de me entregar a criança quando sua mulher der à luz.* Muitas culturas têm lendas sobre bruxas ou demônios que furtam crianças, que rondam mulheres grávidas, esperando a oportunidade de roubar um bebê.

6. *uma janelinha minúscula.* Esta janela parece aquela outra que dá para o jardim da feiticeira.

7. *bonitos como ouro fiado.* O cabelo de Rapunzel é um signo de sua beleza, tanto de interior quanto exterior. Nos contos de fadas, cabelo louro é um sinal tanto de bondade ética quanto de encanto estético.

8. *Mãe Gothel.* Expressão genérica em alemão para uma mulher que faz o papel de madrinha.

9. *Diga-me, Mãe Gothel, por que é tão mais difícil içar a senhora do que o jovem príncipe?* Na primeira versão dos *Contos de fadas* dos Grimm, Rapunzel pergunta à feiticeira por que suas roupas estão ficando apertadas e já não servem mais. A sugestão de que os encontros diários com o príncipe haviam conduzido à gravidez foi considerada imprópria para crianças.

10. *esposa queridinha.* Rapunzel torna-se uma "esposa" porque os Grimm não quiseram sugerir que seus filhos gêmeos nasceram fora do casamento.

O REI SAPO OU HENRIQUE DE FERRO (p.130-138)

1. *Henrique de Ferro.* O conto parece ser uma forma híbrida, combinando uma história sobre um noivo animal com outra sobre um servo leal. Henrique de Ferro deve seu nome aos arcos de aço que impedem seu coração de explodir enquanto seu amo permanece sob o encantamento.

2. *Virando-se para descobrir de onde vinha a voz.* Críticos frequentemente assinalam a natureza fálica do sapo. Julius Heuscher comenta: "O medo e a repugnância que a menina sente ante os genitais masculinos e a transformação desse nojo em felicidade e casamento dificilmente poderiam ser mais bem-simbolizados que por essa transformação do sapo num príncipe." Sapos são também animais que sofrem transformação, existindo numa forma quando jovens, em outra quando adultos.

3. *Meus vestidos, minhas pérolas e minhas joias, até a coroa de ouro que estou usando.* Em *Rumpelstiltskin*, a filha do moleiro também tenta satisfazer às exigências do ajudante com bens materiais.

4. *Princesa, princesinha.* Nesta versão da história, como em outras, o sapo fala em versos. Compare com o conto escocês *"Well at the World's End"*:

"Open the door, my hinny, my hart,/ Open the door, may ain wee thing./ And mind the words that you and I spak/ Down in the meadow, at the well-spring.
["Abra a porta, minha mula, meu coração,/ Abra a porta, minha coisinha./ E não se esqueça das palavras que você e eu dissemos/ Lá na campina, junto à nascente.]

5. *Se fez uma promessa, tem de cumpri-la.* Os Grimm acrescentaram máximas como esta para fortalecer o suporte moral do conto.

6. *e o atirou com toda força contra a parede.* Algumas variantes deste conto dos Grimm apresentam uma princesa que deixa o sapo entrar em seu quarto apesar da aparência repugnante, mas a maioria nos mostra uma princesa capaz de violências brutais como arremessá-lo contra a parede. Nas versões escocesa e galesa de *O rei sapo*, a princesa degola seu pretendente, e uma variante polonesa substitui o sapo por uma cobra e descreve com abundância de detalhes como a princesa a despedaça em duas. Um texto lituano mais comedido exige que a pele da cobra seja queimada antes que o príncipe possa se libertar de sua condição de réptil. Embora a princesa de *O rei sapo* seja egocêntrica, ingrata e cruel, no fim aparece perfeitamente convertida na modesta, obediente e caridosa Beldade.

7. *uma bruxa malvada lançara um feitiço sobre ele.* A causa da maldição não é desenvolvida em nenhuma variante do conto.

8. *ouviu um estalo atrás de si, como se alguma coisa se tivesse quebrado.* O rompimento das três faixas de ferro em torno do peito de Henrique expressa o sentimento de libertação sentido por todos os personagens. Como os Grimm assinalam, o nome Henrique [Heinrich no original] tem uma qualidade representativa, sugerindo solidez e decência.

RUMPELSTILTSKIN (p.139-146)

1. *E, para ostentar alguma importância.* Gabar-se de uma filha é o que põe a trama da história de Rumpelstiltskin em movimento. As afirmações exageradas de um pai ambicioso conduzem a filha a uma crise.

2. *Prometa-me então que me dará seu primeiro filho, quando se tornar rainha.* Exigências num crescendo são típicas de ajudantes nos contos de fadas. Começam com algo trivial, mas acabam extrapolando. O ajudante ou doador torna-se rapidamente o vilão.

3. *Prefiro uma criatura viva a todos os tesouros do mundo.* O desejo de Rumpelstiltskin de algo "vivo" vincula-o a demônios que fazem pactos com mortais para obter criaturas vivas. No cerne de todas as versões de *Rumpelstiltskin* está o contrato firmado entre a menina inocente e esse diabinho, um gnomo deformado de origem desconhecida que é provavelmente uma das figuras menos atraentes dos contos de fadas. No entanto, num mundo em que pais contam mentiras sobre suas filhas, casamentos são fundados na cobiça e jovenzinhas concordam em dar seu primeiro filho, Rumpelstiltskin se sai bastante bem: ele trabalha duro para garantir seu lado na barganha feita com a filha do moleiro, mostra genuína compaixão quando a rainha lamenta o acordo que fez e se dispõe a acrescentar uma ressalva ao contrato, embora nada possa ganhar com isso.

4. *Se até lá conseguir adivinhar meu nome, poderá ficar com a criança.* O desafio de Rumpelstiltskin à rainha nos lembra o poder dos nomes e o modo como esse tabu surgiu. Em religiões antigas, o ato de nomear os deuses os obrigava a responder aos adoradores. Saber o nome de um antagonista representa uma forma de controle, uma maneira de deter o poder do adversário. Sendo uma parte vital da identidade pessoal, revelar o próprio nome pode ser perigoso. Em muitos mitos e contos folclóricos, há uma proibição de se perguntar o nome do amado, e a violação do tabu leva muitas vezes à fuga ou à transformação num animal. Em *Turandot* (1926), a ópera de Puccini, a princesa chinesa do título é desafiada a identificar o nome do homem que decifrou seus enigmas.

JOÃO E O PÉ DE FEIJÃO (p.147-159)

1. *pé de feijão.* Há muitos mitos e lendas de uma planta gigante enraizada na terra que leva até uma esfera superior. Na América do Sul a árvore-do-mundo serve de ponte entre os dois mundos; na mitologia nórdica há a Yggdrasil, a árvore-do-mundo que se estende até o céu e mergulha suas raízes até o inferno; e Buda confia na árvore Bodhi. O uso do feijoeiro é de uma inventividade um tanto extravagante, pois essa planta é notoriamente instável e em geral precisa ser estaqueada para se manter de pé.

2. *Branca Leitosa.* O fato de Branca Leitosa parar de dar leite foi visto por psicólogos como um sinal do fim da infância, um momento em que a criança precisa começar a se separar da mãe. Talvez não seja por coincidência que João deixa sua casa exatamente quando o leite da vaca seca.

3. *Tentamos isso antes, e ninguém quis lhe dar emprego.* João, como Aladim antes dele, é o protótipo do herói sem merecimento que consegue viver feliz para sempre. Aladim é descrito como um "preguiçoso incorrigível" que se recusa a aprender um ofício e conduz o pai a uma morte precoce. Na versão de Tabart desta história, João é "indolente, desleixado e extravagante", levando a mãe à "mendicância e à ruína".

4. *esperto como o quê.* Os contos populares em geral são desprovidos de ironia, mas esta passagem destina-se claramente a enfatizar a ingenuidade de João e armar a cena para a tola barganha que ele faz. Contrariando o senso comum, que identifica o herói do conto de fadas como ativo, bonito e esperto, João e seus "primos" folclóricos são decididamente figuras ingênuas, inocentes, apatetadas e sem malícia. João, no entanto (como a maioria dos simplórios, papalvos e patetas), cai no papel de um trapaceiro astuto. Nos contos de fadas, traços de caráter se transformam quase imperceptivelmente em seus opostos à medida que a trama se desdobra.

5. *como uma grande escada.* Como a escada de Jacó no Antigo Testamento, o pé de feijão liga a terra a uma esfera superior, embora o domínio do ogro seja pagão e perigoso.

6. *alta, grande, maciça.* Jacobs não gostou da fada que João encontrava em seu caminho para o castelo do gigante: "O objetivo [do relato da fada] era evitar que o conto se tornasse um incentivo ao roubo! Tive mais confiança em meus jovens amigos, e suprimi a fada, que não existia no conto tal como me foi contado." Alguns contos orais sugerem que o gigante havia roubado sua fortuna do pai de João, mas a maioria elimina a fada e mostra o encontro com a mulher do ogro como o primeiro de João.

7. *Meu homem é um ogro.* O pai biológico de João não aparece no conto. Como contos de fadas que cindem a mãe numa mãe biológica boa e morta e uma madrasta má e vigorosa, pode-se dizer que *João e o pé de feijão* divide o pai num pai benevolente e morto e um pai canibalístico, poderoso.

8. *no fim a mulher do ogro não era assim tão má.* Uma versão em versos metrificados da história publicada em 1807 sob o título *The History of Mother Twaddle, and the Marvelous Atchievements* [sic] *of Her Son Jack* transforma a criada do gigante numa aliada de João, que se casa com ela depois de decapitá-lo. Em sua maioria, as versões do conto mostram essa mulher como uma figura protetora que procura resguardar João das investidas canibalescas do marido.

9. *Fi-feu-fo-fum,/ Farejo o sangue de um inglês.* Os versos aparecem sob várias formas, de maneira especialmente notável quando recitados em *Rei Lear* como "Fie, foh, and fume, I smell de blood of a Brittish man". Os versos foram pronunciados pela primeira vez por Thunderdel, gigante galês de duas cabeças: "Fee, fau, fum,/ I smell the blood of an English man,/ Be he alive, or be he dead,/ I'll grind his bones to make my bread."

10. *vá tomar um banho e se arrumar.* Os monstros dos contos de fadas e da literatura infantil são muitas vezes duplos do protagonista, representando o eu incivilizado com todos os seus impulsos desenfreados. Em certa medida, o gigante é como um bebê grande, tratado pela esposa como uma criança indisciplinada.

11. *um par de sacos de ouro.* Usualmente João furta ouro, uma galinha que bota ovos de ouro e uma harpa que toca por si só, mas algumas variantes mostram-no roubando uma coroa, joias, uma arma de fogo ou uma lâmpada. Numa versão, João rouba um rifle, uma faca de esfolar, uma coberta enfeitada com sinos de ouro. Este último objeto em geral canta, toca música ou faz algum som que acorda o gigante.

12. *arriscar a sorte mais uma vez.* João foi visto como o especulador capitalista com a energia empreendedora exigida nas novas economias que se desenvolviam no Império Britânico. Sua expropriação do gigante "incivilizado" foi interpretada como uma alegoria das iniciativas colonialistas.

13. *ele se casou com uma magnífica princesa.* Muitas vezes João vive feliz para sempre com a mãe, como na versão de Tabart, mas Jacobs sentiu-se obrigado a concluir com núpcias este conto de fadas.

BARBA AZUL (p.160-172)

1. *Barba Azul.* As barbas não estavam na moda no tempo de Perrault, e os monstruosos pelos escuros de Barba Azul o apontavam como um excêntrico e um libertino. A barba exótica inspirou várias interpretações que dão a Barba Azul o papel de um tirano oriental. As ilustrações de Edmund Dulac situam a história no Oriente, com Barba Azul exibindo um turbante, enquanto sua mulher repousa com outras no que parece ser um harém. Muitos autores que retomaram a história situaram-na na Ásia e deram à mulher o nome Fátima.

2. *atormentada por sua curiosidade.* Na versão de Perrault, como em muitas outras, a curiosidade da mulher de Barba Azul é vista como negativa. Muitas dramatizações da história no século XIX traziam subtítulos como "As consequências da curiosidade" ou "Os riscos da curiosidade feminina". Nesta história, a curiosidade da mulher é tão intensa que quase lhe custa a vida.

3. *todas as mulheres que Barba Azul desposara.* Geralmente as mulheres de Barba Azul são sete – algarismo que, como três, é muito apreciado no folclore. Se atentamos para o número nesta história, inevitavelmente chegaremos à pergunta sobre por que o quarto fora proibido à primeira mulher. Filmes da década de 1940 reviveram a história de Barba Azul, mostrando os riscos do casamento com um homem que tem um passado. Ver, por exemplo, *Segredo atrás da porta*, de Fritz Lang, *Interlúdio*, de Alfred Hitchcock e *À meia luz*, de George Cukor.

4. *a chave do gabinete estava manchada de sangue.* Folcloristas descrevem esse tema como "chave manchada de sangue como sinal de desobediência", ignorando o fato de que o sangue é um sinal revelador de que o marido não merece confiança. Em outras versões de *Barba Azul*, ovos, flores e palhas são manchadas de sangue.

5. *dê-me só um tempinho para eu fazer minhas preces.* Sendo esperta, a mulher de Barba Azul usa as preces como pretexto para adiar sua execução. Em algumas versões orais da história registradas por folcloristas, a mulher manda um papagaio falante ou um cachorro à sua casa para pedir socorro.

6. *e veja se meus irmãos estão chegando.* Os irmãos salvam a irmã e a devolvem à sua família original. A história de *Barba Azul* é a única a começar com o casamento e transferir a protagonista de volta para sua primeira família, uma inversão da trajetória convencional dos heróis e heroínas de contos de fadas. Como e quando a irmã Ana chegou ao castelo não fica claro.

7. *E o resto no seu próprio casamento com um homem muito direito.* Tecnicamente, pode-se dizer que este conto tem final feliz, apesar dos episódios arrepiantes. Observemos que a mulher de Barba Azul tem mais sucesso no casamento quando leva um belo dote do que quando se casa por interesse. Talvez a história tenha servido como uma fábula edificante que aconselhava as moças a não se casarem com homens ricos com um passado nebuloso.

O PÉ DE ZIMBRO (p.173-185)

1. *zimbro*. O zimbro tem uma rica tradição folclórica, mas não é especialmente pertinente à árvore desta história. O óleo, as cinzas, as bagas, as folhas e a casca dessa árvore são usadas em muitas culturas para curar doenças, e é seu poder terapêutico que parece torná-la uma escolha natural como lugar de repouso para o menino. Na Rússia o pé de zimbro é uma bétula; na Inglaterra, uma roseira.

2. *Philipp Otto Runge*. A versão da história publicada na coletânea dos Grimm veio da pena do artista romântico Philipp Otto Runge (1777-1810). Um mestre do detalhe ornamental e da arte decorativa, Runge enviou aos Grimm uma história extremamente estilizada que usava dialeto para transmitir a impressão de uma narrativa "tosca". Esta versão de Runge é a única que une a mãe biológica tão estreitamente à natureza: depois que ela engravida e dá à luz, é transformada numa prisioneira virtual da natureza, sujeita às suas leis de crescimento e deterioração. Um dueto elaborado coordena os ritmos do período de gestação da criança com as mudanças sazonais da natureza.

3. *nada menos que dois mil anos*. A especificação de uma época é inusitada em contos de fadas. A menção aos dois mil anos remete o conto para os tempos bíblicos e sugere uma conexão com as origens do cristianismo. À luz da morte e ressurreição do menino, a data tem especial significação.

4. *não tinham filhos*. Este conto de fadas, como tantos outros, começa com "falta" e avança para a supressão dela, o que por sua vez produz um novo motor para a trama, neste caso a morte da mãe biológica. Como muitos casais de conto de fadas, este não tem filhos, e não contentes em apenas desejar uma criança, os dois rezam. Muitos casais formulam desejos desesperados que levam ao nascimento de algum tipo de animal.

5. *descascando uma maçã debaixo da árvore*. A maçã reaparece como o objeto de desejo que conduz à morte do menino. Observe-se também o vínculo com a maçã usada para atrair e envenenar Branca de Neve.

6. *vermelha como o sangue e branca como a neve*. A história se parece com *Branca de Neve* sob muitos aspectos, especialmente por sua trama girar em torno do conflito entre madrasta e criança. Note-se porém que, neste caso, é um menino que tem os lábios vermelhos como o sangue e a pele branca como a neve.

7. *Um mês se passou, e a neve derreteu*. No parágrafo que se segue, os paralelos traçados entre as estações e o período de gestação da mãe são elaborados num estilo mais carac-

terístico da ficção que dos contos de fadas. Runge sem dúvida pretendia criar um efeito poético com as descrições da natureza.

8. *ficou tão feliz que morreu de alegria.* Muitos historiadores assinalaram que a elevada taxa de mortalidade no parto pode ter motivado a proeminência de madrastas nos contos de fadas. A maioria das versões deste conto não inclui a história secundária sobre a morte da mãe biológica.

9. *garantir que, no fim das contas, sua filha herdasse tudo.* A questão da herança cria atrito até hoje em muitas famílias combinadas. Neste conto a ansiedade acerca da divisão do patrimônio é claramente um fator-chave do ódio que a madrasta tem pelo menino.

10. *Como se estivesse possuída pelo diabo.* A duplicidade da madrasta está vinculada a uma força diabólica que encarna o espírito da desunião e da discórdia.

11. *A mãe pegou então o menino e fez dele picadinho.* Servindo o menino num ensopado, a madrasta faz lembrar o mito grego em que Atreu prepara um banquete para seu inimigo Tiestes, que, sem saber, se regala comendo os próprios filhos. Faz lembrar também cenas de esquartejamento em outros contos de fadas (sobretudo o *Barba Azul* de Perrault e *O pássaro de Fitcher* dos Grimm). A vigorosa cena da ressurreição no final cria um vínculo não só com o deus egípcio Osíris como com o poeta grego Orfeu, que é despedaçado pelas bacantes.

12. *uma bela ave surgiu.* A transformação do menino faz eco às muitas metamorfoses mitológicas de ser humano em ave (Procne e Filomena), mas está ligada também ao forte papel que as aves desempenham nos contos de fadas dos Grimm. Em *Cinderela*, por exemplo, a heroína se refugia num pombal e é auxiliada em seus serviços por aves, e suas irmãs postiças são cegadas por pombos.

13. *a ave soltou a pedra de moinho em cima da cabeça dela.* Muitos críticos associaram a mó que esmaga a madrasta à pedra bíblica que afoga os que maltratam as crianças e os inocentes: "E quem receber uma destas crianças em meu nome, é a mim que recebe. Mas quem escandalizar um destes pequeninos, que creem em mim, melhor seria para ele que lhe pendurassem uma mó de moinho ao pescoço e o jogassem no fundo do mar." (Mateus 18: 5-6)

14. *sentaram-se à mesa e jantaram.* No fim o trio partilha uma refeição, quase como se fosse um sacramento, cancelando o sacrilégio do ensopado servido ao pai. Mais ainda, aqui o ritual do jantar renova e restaura a nova família.

Vasilisa, a Bela (p.186-198)

1. *Vasilisa, a Bela.* Em contraste com Branca de Neve, Cinderela ou a Bela Adormecida, a russa Vasilisa tem uma dupla missão: levar fogo para casa e encontrar seu czar. Ela resolve os problemas domésticos realizando tarefas, e não sofrendo em silêncio, obtém sua recompensa final demonstrando suas prendas domésticas. Vasilisa é o nome genérico de uma heroína que aparece em diversos contos russos e que ascende de origens humildes a uma condição real.

2. *minha bênção de mãe, com esta boneca.* Enquanto Cinderela e outras heroínas geralmente recebem ajuda da natureza (árvores, peixes, riachos) ou de uma fada madrinha, Vasilisa ganha um artefato cultural, uma figura que pode ser vista como uma versão miniaturizada dela mesma ou uma forma simbólica de sua mãe. Embora a boneca proteja e ajude Vasilisa, ela é também algo que deve ser alimentado e cuidado, o que reforça a iniciativa da própria menina em escapar dos maus-tratos em casa.

3. *a madrasta e as irmãs postiças tinham inveja de sua beleza.* Como Cinderela e Branca de Neve, Vasilisa sofre por causa de sua beleza. Em contos russos, a madrasta e as irmãs postiças têm a esperança de que o trabalho e a inclemência do tempo destruam a beleza da menina. Já em contos europeus é a atividade de fiar que é muitas vezes vista como deformadora, e é significativo que essa atividade seja atribuída a Vasilisa.

4. *Havia alguns dias que Vasilisa não comia nada de nada.* A ajuda da boneca tem um preço. Vasilisa tem de alimentar a boneca (o espírito de sua mãe bem como seu alter ego) e tem de se sacrificar para lhe dar poderes.

5. *uma erva que a protegeria contra queimaduras de sol.* O principal atributo de Vasilisa é sua beleza, para a qual o sol representa a maior ameaça. Por isso a madrasta tenta forçá-la a trabalhar ao ar livre, onde o vento e o sol podem estragar sua pele perfeita.

6. *Um dia o pai de Vasilisa teve de partir para terras distantes numa longa viagem.* A viagem do pai o leva para muito longe de casa, deixando Vasilisa desprotegida contra a animosidade entre mãe/madrasta e filha. É essa relação que está em jogo na história. Pais ausentes são quase a regra em histórias sobre madrastas e suas enteadas.

7. *na choupana morava Baba Iaga.* Também conhecida como "A das pernas ossudas", Baba Iaga é uma megera monstruosa, canibalesca, no folclore eslavo. Uma ogra que prefere crianças a adultos, mora numa choupana numa clareira da floresta e se alimenta de coxas de galinha. Há caveiras encravadas nas estacas da cerca, em volta da sua casa. Baba Iaga voa num almofariz e usa um pilão como remo, enquanto varre seus rastros com uma vassoura. É descrita como tendo garras afiadas como facas e olhos que transformam as pessoas em pedra. Quando avista uma vítima, deixa o maxilar cair e devora a pessoa inteira. Seu nariz adunco e azul roça o teto quando ela se deita em sua choupaninha. Embora represente uma forte ameaça para figuras de contos de fadas, ela se torna também, involuntariamente, uma auxiliar e uma aliada, proporcionando tudo que possa faltar ao herói ou heroína da história.

8. *De repente mais um cavaleiro passou a galope por ela. Seu rosto era negro.* Os três cavaleiros, representando as fases do dia, assemelham-se também aos Quatro Cavaleiros do Apocalipse. O cavaleiro de negro é uma imagem da morte, que, ao que se dizia, acompanhava Baba Iaga em suas jornadas.

9. *Fum, fum! Este lugar está cheirando a menina russa!* As palavras de Baba Iaga fazem lembrar a cantilena do gigante em *João e o pé de feijão*, o que reforça a ideia de que Vasilisa é a réplica feminina de João. Note-se a importância da alimentação no conto: Baba Iaga quer devorar Vasilisa, enquanto esta tem de dar comida à boneca. Além disso, Vasilisa tem de ir buscar fogo, elemento que transforma o cru no cozido.

10. *filha abençoada.* O conto mescla elementos pagãos e cristãos, mostrando como o sagrado pode exorcizar o profano. Mas mostra também como o poder da mãe boa, encarnado na boneca, é capaz de derrotar a mãe má, que ameaça o bem-estar de Vasilisa.

11. *Uma velha senhora sem filhos.* A velhinha neste episódio final representa mais uma mãe substituta, aquela que leva os talentos de Vasilisa como fiandeira e costureira à atenção do czar. A profusão de figuras e substitutas maternas fortalece a afirmativa de que *Vasilisa, a Bela* trata do fortalecimento da filha através da mãe.

12. *A velha senhora foi até o palácio do czar.* Como estamos na Rússia, o czar substitui os reis e príncipes do folclore europeu.

13. *Logo depois o pai de Vasilisa regressou.* Como em *João e Maria* e em *O pé de zimbro*, a heroína reencontra o pai. A mãe boa continua enterrada, embora se possa dizer que sobrevive na forma da boneca. O final feliz revela a transformação de Vasilisa numa mulher tão zelosa e caridosa que abriga todos os que lhe deram ajuda.

A LESTE DO SOL E A OESTE DA LUA (p.199-212)

1. *A leste do sol e a oeste da lua.* A localização geográfica sugere um reino sobrenatural, uma região misteriosa distinta da realidade cotidiana, especialmente porque o sol nasce no leste.

2. *que era de uma beleza infinita.* Em muitos contos de fadas a beleza de uma das filhas encerra a promessa de atenuar a situação econômica angustiante de uma família.

3. *Numa noite de quinta-feira, quando o outono já ia tarde.* O narrador deste conto oferece uma especificidade temporal inusitada em contos de fadas. Em vez de se contentar com a fórmula bem conhecida do primeiro parágrafo, "era uma vez", acrescenta detalhes precisos sobre a hora do dia e a estação.

4. *três pancadinhas.* Assim como o sete, o três é um número privilegiado nos contos de fadas: três filhos, três ursos, três tarefas e, neste caso, três pancadinhas na vidraça.

5. *Quer me dar sua filha mais nova em casamento?* Ogros e pretendentes animais sempre almejam a caçula de três filhas, talvez porque, num tempo passado, a mais jovem numa família era, com toda a probabilidade, a mais atraente, já que as irmãs mais velhas disponíveis geralmente não tinham conseguido se casar, por uma razão ou por outra.

6. *não se cansando de ressaltar o quanto seriam ricos.* A alegria insensível do pai em casar a filha com um monstro revela o grau em que o casamento está vinculado à oportunidade econômica em muitos contos de fadas. Mas é também o evento que põe em movimento uma trama que termina com "e foram felizes para sempre". Enquanto o pai de Bela reluta em entregar a filha à Fera, a maioria dos pais se separa das filhas de bom grado em troca do ganho econômico.

7. *até chegarem a uma montanha.* O fato de o castelo se localizar dentro de uma montanha sugere um parentesco entre esta história e contos sobre homens presos em grutas e cavernas na mata e em montanhas. Em mitos e contos populares, reinos se escondem muitas vezes em montanhas. Vênus atraía seus pretendentes para um palácio escondido numa montanha, e Peer Gynt passa um tempo no salão do rei da montanha. Para os que viviam no campo perto de montanhas, essas florestas possuíam fortes qualidades misteriosas.

8. *Uma mesa deslumbrante já estava posta.* O castelo, com seus ricos apetrechos e mãos invisíveis, faz lembrar o palácio de *A Bela e a Fera.*

9. *um homem entrou e se deitou ao seu lado.* Em *Eros e Psique*, de Apuleio, Eros entra no quarto de Psique depois que escurece e parte antes do nascer do sol. As mulheres dos contos de fadas parecem ser incrivelmente tolerantes com os ouriços, porcos, cobras e outros bichos que se introduzem clandestinamente nos seus quartos à noite, talvez porque os animais consigam adquirir uma forma humana antes de se meter entre os lençóis.

10. *falar com sua mãe quando houver gente em volta para ouvir.* Em *Eros e Psique*, as irmãs de Psique são a fonte da perfídia. Nesta história, a mãe, que ainda tem profundo apego à filha e não foi cúmplice do pai em seu esforço para convencê-la a partir com o urso branco, põe em perigo a relação dela com seu amado. A mãe representa a forte ligação com o lar sentida por moças que entram na fase do matrimônio, especialmente no caso de casamentos arranjados.

11. *Não faço ideia do que mais ela disse.* A voz do narrador intervém vez por outra para comentar um comportamento ou reagir a um evento.

12. *cuidado para não pingar nem uma gota de cera nele.* Sempre que uma proibição é formulada num conto de fadas, sabemos que a próxima cena vai exibir sua violação. Em *Eros e Psique* são as irmãs da heroína que insistem em que ela espie seu visitante noturno e provocam a separação dos dois amantes.

13. *a menos que lhe desse um beijo, naquele instante mesmo.* Esta cena nos dá uma inversão dos papéis de gênero em *A Bela Adormecida*. Aqui é uma moça que desperta um príncipe adormecido com um beijo, mas este, em vez de retribuir seu amor, como faz a Bela Adormecida, deve fugir.

14. *Tenho uma madrasta, e ela me enfeitiçou.* Poucas versões deste conto revelam a razão do encantamento do príncipe. O fato de ele assumir uma forma animal foi interpretado por psicólogos como uma maneira de representar para crianças a "bestialidade" do sexo.

15. *com um nariz de três varas de comprimento.* Medida antiga, uma vara tem cerca de 45 polegadas [114 centímetros]. O comprimento exagerado do nariz revela o quanto esse casamento alternativo parece repugnante ao príncipe.

16. *Ali perto estava sentada uma velha.* Os encontros com três velhas são seguidos pelos encontros com os quatro ventos. As mulheres atuam como doadoras, dando à menina presentes que lhe permitirão conquistar o príncipe, ao passo que os ventos a transportam para a inatingível destinação. Muitas vezes as heroínas dos contos populares ganham objetos domésticos feitos de ouro, que sinalizam como o ordinário pode assumir a qualidade de extraordinário. Na natureza a menina encontra o sustento e o apoio de que foi privada em casa.

17. *à casa do Vento Leste.* Há muitas histórias sobre a origem dos ventos nos quatro cantos da terra. Os ventos aqui representam diferentes graus de força, mas em muitos mitos eles representam diferentes cores. O povo apache, por exemplo, tem ventos preto, azul, amarelo e branco. Às vezes os ventos entram em conflito entre si, mas aqui parecem agir em harmonia, como uma equipe de revezamento, para a heroína.

18. *se tivesse permissão para ir ao encontro do príncipe e passar com ele aquela noite, a princesa poderia ficar com o pente.* A "noiva verdadeira" engana várias vezes a "noiva falsa", induzindo-a a deixar que passe a noite com o príncipe, ou, como nesta história, a suborna. A noiva impostora está sempre ávida por se apossar de um objeto e sacrifica de bom grado o bem-estar do príncipe em troca de ganho material.

19. *pessoas de bom coração hospedadas no castelo.* Embora as tramas dos contos de fadas situem-se invariavelmente num contexto pagão, elas muitas vezes contêm certos floreios ou lapsos na direção de devoções religiosas. Na versão original norueguesa, as pessoas de bom coração são referidas como cristãos, isto é, homens e mulheres de fé que se opõem ao regime demoníaco dos *trolls*.

20. *não pelos* trolls, *mesmo os mais sagazes.* Os *trolls* são criaturas sobrenaturais do folclore escandinavo. Originalmente gigantes, com grande força mas pouca inteligência, passaram mais tarde a ser concebidos como anões que habitavam cavernas e montanhas. Muitas vezes guardam tesouros e assombram castelos e diz-se que explodem quando o sol brilha em suas faces.

21. *Jurei desposar a mulher que conseguir limpá-la.* A disputa entre a noiva falsa e a noiva verdadeira gira muitas vezes em torno da capacidade de realizar um serviço doméstico com perfeição – por exemplo, assar um bolo, lavar uma camisa ou costurar linho.

Molly Whuppie (p.213-217)

1. *abandonaram na mata.* Como em *João e Maria* e *O Pequeno Polegar*, crianças são deixadas na mata porque não há comida em casa. Em *Molly Whuppie* os pais conspiram para se livrar das crianças, enquanto em *João e Maria* uma madrasta malvada convence o marido a deixar os filhos na mata. No *Pequeno Polegar*, é o pai das crianças que propõe o plano à mulher, e ambos o põem em prática, mas só porque não suportam ver os filhos morrendo à míngua. Todas essas histórias enfrentam e elaboram medos primevos de ser abandonado e exposto a morrer de fome, tanto literal quanto metaforicamente.

2. *o gigante passou cordas de palha em volta do seu pescoço e do das irmãs.* No *Pequeno Polegar* as filhas do ogro têm coroas de ouro na cabeça enquanto os irmãos do Pequeno Polegar usam gorros. A presciência e a engenhosidade de Molly Whuppie a aproximam do Ulisses mítico, que cega o gigante Polifemo, e do Davi bíblico, que mata o gigante Golias. Como tantos heróis dos contos de fadas, ela está em franca desvantagem, tendo de usar sua perspicácia para triunfar sobre a superioridade física.

3. *Ponte de um Cabelo.* Os deuses nórdicos chegavam em casa atravessando a cavalo Bifrost, que não podia ser cruzada por gigantes. Diz-se que os muçulmanos tornam-se capazes de ascender ao céu atravessando uma ponte fina como um cabelo. Numa variante escocesa de *Molly Whuppie*, a heroína arranca um fio de cabelo da própria cabeça e o usa como ponte para escapar de um gigante.

4. *vou-me embora para a Espanha.* A Espanha representa aqui um lugar distante, exótico.

5. *desceu o saco e começou a surrá-lo.* "Mutsmag", uma variante apalache de *Molly Whuppie*, é ainda mais violenta em sua elaboração da força bruta usada pelo gigante. "Farei seu sangue correr e pingar como mel", o gigante grita enquanto espanca o saco em que acredita ter enfiado Mutsmag. Em contraste com Molly, Mutsmag está menos interessada em casamento que em ouro. Depois de derrotar o gigante, monta seu cavalo branco e retorna ao rei: "Ele lhe deu um saco de ouro pelo cavalo e outro saco por ter matado o gigante. Com eles, Mutsmag tinha três sacos de ouro. A última vez que tive notícia dela, estava passando muito bem."

A história dos três porquinhos (p.218-223)

1. *três porquinhos.* O destaque do número três nos contos de fadas é atestado por histórias como "Os três desejos", "A história dos três ursos" e "As três cabeças no poço". Este trio, como muitos trios de irmãos, é extremamente diferenciado entre si.

2. *Não, não, pelos fios da minha barba, aqui você não vai pisar.* Como porcos não têm barbas, Joseph Jacobs inferiu que o fio de barba aponta uma contaminação pela história dos Grimm, "O lobo e os sete cabritinhos". O uso de rima e repetição no corpo do conto acrescenta uma qualidade brincalhona à história. Muitas crianças decoram essas linhas rapidamente e as recitam em novas circunstâncias.

3. *tojo.* O tojo é um arbusto espinhoso, comum em terras não cultivadas na Europa. Versões modernas substituem o "tojo" por "galhos".

4. *Num segundo ele tampou de novo a panela, cozinhou o lobo, comeu-o no jantar.* O terceiro porquinho tem algo de trapaceiro. Como Chapeuzinho Vermelho em algumas versões alemãs da sua história, consegue passar a perna no lobo e acaba transformando o predador em jantar.

Pele de Asno (p.224-239)

1. *um grande asno exibia suas enormes orelhas.* Os asnos desempenham um papel de destaque nos contos de fadas, provérbios e folclore europeus. O animal simbólico do bufão é frequentemente associado à estupidez brutal, e as duas orelhas tornam-se sinais veementes de comportamento semelhante. Este asno, em contraposição, torna-se a fonte de infindáveis riquezas. Produzindo ouro onde se esperaria esterco, ele se torna o duplo animal da heroína, que veste sua pele para disfarçar sua beleza sublime.

2. *Eu o atenuo, contudo, com essa ressalva: se encontrar uma mulher mais bela.* A condição estabelecida pela rainha para o novo casamento sugere que a mãe tem parte da culpa pelos assédios do pai. Em algumas versões da história, a mãe estabelece que o rei só pode se casar com a mulher cujo dedo se ajuste à sua própria aliança de casamento, e essa mulher acaba sendo a filha do casal. A rainha se torna uma espécie de conspiradora, embora seja o pai quem cria o impasse na história.

3. *como um homem que deseja liquidar o assunto o quanto antes.* Os toques de ironia e os floreios estilísticos, juntamente com a forma em versos do original de Perrault, são indícios de que esta versão do conto assumiu uma feição literária que a distanciou de suas origens numa tradição de narrativa oral.

4. *acabou por meter na cabeça a ideia louca de que devia se casar com a filha.* A paixão do rei pela filha é muitas vezes racionalizada como loucura temporária ocasionada pela morte da esposa. Isso é parte de um padrão que absolve pais de culpa no folclore ocidental.

5. *um vestido que seja da cor do tempo.* As vestimentas de Pele de Asno estão ligadas a corpos celestes (sol, lua e estrelas), mas também ao céu e às estações. Sua natureza animal grosseira na forma da pele do asno mascara uma força espiritual com profunda conexão com a natureza.

6. *que mesmo o louro amante de Climene.* A alusão é a Apolo, o deus grego da luz e do sol, que teve com Climene um filho chamado Fáeton. Essas referências clássicas são indícios adicionais da feição literária tomada por este conto.

7. *a pele do asno será um disfarce perfeito.* A pele do asno transforma a heroína numa pária, mas também afirma sua conexão com o mundo da natureza e assim lhe dá poderes tanto quanto a degrada. Em outras versões do conto, a pele do asno é um casaco de pele ou um casaco de muitas peles diferentes.

8. *Ia me esquecendo de dizer que nessa granja.* A intrusão da voz do narrador sugere uma situação de narrativa oral da história, em que o contador improvisa e confronta fatos com seu público. Talvez por ser o conto tão elaborado, o narrador tente dar sinais de que está contando a história de maneira espontânea.

9. *Nem o belo Céfalo.* Caçador na mitologia grega que, por sua beleza, foi raptado por Éos, deusa da aurora, e que assassinou tragicamente sua mulher Prócris com um dardo mágico que nunca errava o alvo.

10. *pôs o olho no buraco da fechadura.* A cena da descoberta é uma característica típica de contos de fadas que descrevem a fuga de casa dos protagonistas e mostram como heróis e heroínas preservam seu anonimato até removerem a capa, o chapéu ou outro item do vestuário que esconde suas origens reais.

11. *deixou cair na massa, sem perceber, um de seus valiosos anéis.* Princesas que batem às portas da felicidade fazendo bolos costumam "assinar" seus produtos com anéis caídos de seus dedos ou fusos e rodas de fiar em miniatura. Esses refinados objetos de ouro revelam o fato de que não foi nenhuma simples cozinheira que preparou o acepipe.

12. *para fazer o dedo se ajustar ao anel.* Esta cena evoca *Cinderela* e os esforços das irmãs postiças para fazer seus pés caberem no sapatinho.

13. *purgara o ardor.* Enquanto as madrastas costumam ser punidas por suas perversidades, os pais são quase sempre perdoados por seu comportamento e absolvidos de culpa. O pecado que nunca tem perdão nos contos de fadas é a crueldade materna.

14. *da famosa querela daquelas três beldades.* Uma alusão a Hera, Atena e Afrodite, que disputaram o famoso Pomo da Discórdia. Com a inscrição "À mais bela", ele foi jogado por Éris (Discórdia) no banquete de casamento de Peleu e Tétis. As altercações que se seguiram sobre quem merecia a maçã e o título acabaram por levar à Guerra de Troia.

15. *crianças, mães e avós.* O narrador sugere aqui que a história de Pele de Asno é perpetuada através da tradição de mulheres contarem histórias. A proposta tem alguma lógica, já que a história é de certa forma um conto de caráter moral para mocinhas que perderam a mãe.

Catarina Quebra-Nozes (p.240-245)

1. *gostavam uma da outra como verdadeiras irmãs.* Um caso inusitado de solidariedade entre irmãs postiças.

2. *pegou um fino pano de linho, envolveu com ele a cabeça da irmã.* O gesto de Catarina lembra os esforços de Marlene para reviver o irmão em *O pé de zimbro*, dos Grimm.

3. *Catarina era uma menina muito corajosa.* Como muitas heroínas na tradição folclórica, Catarina não hesita diante de desafios, mesmo o risco sendo grande. Depois de passar pela prova da compaixão (e o faz com pleno sucesso empreendendo a salvação da irmã), está preparada para as tarefas e provações que a esperam.

4. *escondeu-se atrás da porta.* Catarina, como muitas heroínas de contos de fadas, não chama atenção sobre si mesma e é capaz de se esconder por meio de sua discrição.

5. *encontrou Catarina e o jovem príncipe quebrando nozes juntos.* Embora a história seja ambientada na corte, seus detalhes factuais sugerem um contexto rústico, com um casal que se satisfaz partilhando um pequeno lanche. No fim os dois recebem a recompensa que talvez mais interesse a camponeses – nunca beber de um copo vazio.

O Gato de Botas ou O Mestre Gato (p.246-258)

1. *O Mestre Gato.* Embora a maior parte das versões europeias do conto tenham como protagonista um gato, variantes da Europa oriental preferem raposas. Na Índia o papel principal cabe a um chacal; nas ilhas Filipinas ele é um macaco. O gato de Perrault é macho, mas em muitos análogos europeus o gato prestativo é uma fêmea e por vezes se casa com o filho do moleiro depois de ser desencantada.

2. *três filhos.* Em contos em que há três filhos, o mais novo, e muitas vezes o mais estúpido dos três, é o escolhido para ser aquinhoado pela sorte. São os modestos, os humildes e muitas vezes os esbulhados que são elevados a uma condição nobre.

3. *par de botas.* No tempo de Perrault um belo par de botas era um sinal de distinção, e esse felino orgulha-se de seu calçado. Embora estas não sejam botas de sete léguas, parecem dotar seu proprietário de sagacidade e espírito empreendedor. Note-se que os calçados têm um papel importante no folclore de muitos países. Basta lembrar os sapatos vermelhos de Andersen, o sapatinho de Cinderela ou os sapatos incandescentes usados pela madrasta da Branca de Neve.

4. *artimanhas para pegar ratos e camundongos.* A habilidade acrobática do gato para pegar ratos, o flagelo das cidades europeias antigamente, pressagia seu desembaraço e excelência.

5. *matou sem misericórdia.* A inclemência do gato contrasta com a compaixão de heróis e heroínas de contos de fadas. Muitos contos começam com uma prova de caráter, exigindo que o protagonista partilhe um pedaço de pão, salve formigas ou ajude uma velhinha. O Gato de Botas, em contraposição, demonstra sua capacidade de cálculo e astúcia armando ciladas para animais.

6. *um belo castelo que pertencia a um ogro.* Às vezes o castelo pertence a um rei, que tem a má sorte de estar ausente no momento da visita do Gato e perde sua propriedade. O ogro é, neste caso, o equivalente simbólico do senhor feudal.

7. *você tem o dom de se transformar em todo tipo de animal.* Enganar o ogro fazendo-o usar seus poderes de metamorfose para se transformar num animal que pode ser apanhado é um tema que aparece em muitos contos populares.

A HISTÓRIA DOS TRÊS URSOS (p.259-268)

1. *para não queimar a boca começando a comê-lo cedo demais.* A história, mesmo em suas primeiras versões, encerra diversos comentários sobre boas maneiras. Na maioria das versões os ursos são modelos de decoro, enquanto a velha e Cachinhos Dourados são invasoras malcriadas.

2. *exclamou o Urso Grande, Enorme, com seu vozeirão áspero, roufenho.* Southey usa corpos de letra de tamanhos diferentes para refletir as variações nas vozes dos ursos (ver Apêndice 2). Essas distinções acabaram por levar à composição de diferenças no gênero e na idade dos ursos.

3. *pois não tinha nada que estar ali.* Embora hoje a história nos pareça versar sobre a procura do que está "na medida certa", uma época anterior via Cachinhos Dourados como uma invasora e usurpadora.

O PEQUENO POLEGAR (p.269-283)

1. *O Pequeno Polegar.* O nome em português, assim como as variações do inglês (Tom Thumb, Little Thumbeling, Hop o' My Thumb), também remete à comparação de tamanhos entre o personagem e o polegar, fixada pelo nome original: Petit Poucet.

2. *o mais novo só sete.* A mãe do Pequeno Polegar dá à luz em proporções quase bíblicas. Famílias grandes eram comuns na França do século XVII, apesar da alta taxa de mortalidade infantil.

3. *o bode expiatório da casa.* O mais novo dos irmãos pode ser o bode expiatório, mas vai provar seu valor no curso da história.

4. *um ano de miséria.* Robert Darnton enfatizou que os contos de Perrault foram escritos numa era de epidemias, fome e guerra.

5. *só teremos de sumir sem que nos vejam.* Na história de Perrault, é o pai que propõe o plano para abandonar os filhos na mata. Sua decisão é apresentada como um ato de compaixão.

6. *e foi se deitar chorando.* Em contraste com a madrasta de João e Maria, a mãe dos meninos está genuinamente transtornada com o rumo dos eventos.

7. *O lenhador mandou a mulher imediatamente ao açougue.* Na França do século XVII os camponeses muitas vezes viviam de mingaus, papas e ensopados, raramente tendo a oportunidade de comer carne, artigo considerado um verdadeiro luxo.

8. *uma boa mulher veio abrir.* A mulher do ogro, como em *João e o pé de feijão*, é uma figura benevolente que se apieda das crianças e lhes oferece abrigo.

9. *Queria que o ogro os tomasse pelas suas filhas.* Numa coletânea de mitos latinos do século II feita por Higino, uma troca de roupas leva ao assassinato da criança errada.

10. *botas de sete léguas.* Na história dos Grimm "Der Liebste Roland", uma bruxa mata por engano a própria filha e calça botas similares. As botas de sete léguas fazem parte dos apetrechos-padrão do folclore.

A ROUPA NOVA DO IMPERADOR (p.284-293)

1. *exibir roupas novas.* Para Andersen, a vaidade era o maior pecado da natureza humana. O apego excessivo a roupas parece particularmente absurdo num monarca que permite que isso interfira com seus encargos reais. Alto e desajeitado, Andersen sempre se sentiu encabulado com sua aparência, e os ares da aristocracia lhe pareciam particularmente ofensivos.

2. *lá chegaram dois vigaristas.* Os dois impostores pertencem a uma rica tradição folclórica de trapaceiros que enganam aldeões e citadinos ingênuos. Neste caso, os vigaristas sabem exatamente como tirar partido das inseguranças e fraquezas da casta superior.

3. *"Mas o imperador está nu!" uma criancinha falou.* O fato de ser preciso uma criança para romper com a hipocrisia do mundo adulto é uma intuição poderosa particularmente atraente para os jovens leitores, muitos dos quais se identificam com a personagem.

4. *Agora tenho de levar isto até o fim, com parada e tudo.* A tenacidade do imperador e sua relutância em admitir um erro, ao lado da insistência dos camareiros em carregar uma cauda inexistente, revelam o grau em que Andersen censurava a aristocracia por sua resistência em abraçar a verdade ou em mudar no que quer que fosse.

A PEQUENA VENDEDORA DE FÓSFOROS (p.294-299)

1. *A pequena vendedora de fósforos.* O atributo "pequena" antes do nome de uma menina numa história para crianças muitas vezes significa a perdição do personagem. A pequena vendedora de fósforos, como a Pequena Eva de Harriett Beecher Stowe, a Pequena Nell de Charles Dickens e a Pequena Sereia de Andersen, está destinada a nunca ficar grande.

2. *descalça.* Como filho de um sapateiro, Andersen fazia especial questão de focalizar os calçados de seus personagens. O pés descalços da pequena vendedora de fósforos a tornam uma figura particularmente abjeta, embora meninas que dão demasiado valor a seus sapatos também se vejam em apuros (ver, de Andersen, "A menina que pisou no pão", cuja protagonista se recusa a sujar seus sapatos, e "Os sapatos vermelhos", cuja protagonista se orgulha de usar calçados exuberantes).

3. *a imagem da miséria.* Andersen nos oferece muitas vezes quadros de sofrimento. A afetuosa apresentação da condição desgraçada da menina sugere uma tendência a estetizar o sofrimento, a criar beleza através de descrições elaboradas da miséria e da aflição.

4. *Não tinha coragem de voltar para casa.* Andersen contou que a história foi inspirada em parte pela experiência de sua própria mãe, mandada para a rua para mendigar, com a ordem de não voltar até que tivesse conseguido algum dinheiro. As simpatias de Andersen estavam sempre com os oprimidos, e a pequena vendedora de fósforos é um exemplo de pura vítima.

5. *menina jazia enroscada entre as duas casas.* Embora o corpo congelado da menina represente uma advertência grotesca para os passantes, suas "faces rosadas" e seu "sorriso" sugerem que ela teve uma bela morte e que ela transcendeu as coisas terrenas.

A PRINCESA E A ERVILHA (p.300-304)

1. *Uma noite, uma tempestade terrível desabou sobre o reino.* Como em *A Pequena Sereia*, uma tempestade sinaliza uma situação de extremo risco, mas produz tipicamente uma oportunidade para uma aliança romântica auspiciosa.

2. *Havia uma princesa parada lá fora.* Como Pele de Asno e Cinderela, essa princesa esconde sua nobreza até que ela é posta à prova. Em vez de enfiar o pé num sapato ou o dedo num anel, esta tem de revelar sua sensibilidade.

3. *tinha sentido a ervilha.* A escritora e ensaísta feminista Vivian Gornick interpretou a sensibilidade da princesa como uma forma de insatisfação que definirá sua vida e a incitará à ação. "Ela não está à procura do príncipe, está à procura da ervilha. Aquele momento em que sente a ervilha sob os vinte colchões é o *seu* momento de definição. É o próprio sentido da sua jornada, a razão por que viajara até tão longe, o que ela veio para declarar: a insatisfação que manterá sua vida cerceada."

4. *E a ervilha foi enviada para um museu, onde está em exibição até hoje.* Para Andersen os objetos materiais da vida cotidiana – agulhas, alfineteiras ou apitos – são dotados de certas qualidades humanas fantásticas. Aqui a ervilha nunca é dotada de sentimentos humanos, mas torna-se um ícone que assinala a sensibilidade especial da princesa, presumivelmente não só a uma ervilha como aos desejos de seus súditos humanos.

O Patinho Feio (p.305-317)

1. *patinho feio.* A expressão passou a designar a figura não promissora que termina por superar todos os outros. Nos contos de fadas os desprezados provam seu valor; o lento triunfa sobre o rápido, o estúpido vence o inteligente.

2. *tagarelando em egípcio.* Diz a lenda que as cegonhas outrora foram homens e que retornavam à sua condição humana no Egito durante o inverno. Que as cegonhas trazem os bebês é uma superstição conhecida. Acreditava-se que os apanhavam nos pântanos, lagos e fontes onde as almas das crianças ainda não nascidas residiam. Cegonhas e pássaros aparecem frequentemente nas histórias de Andersen, que escreveu um conto intitulado "As cegonhas".

3. *enormes folhas de bardana.* A bardana é uma erva vulgar, de folhas largas, que dá frutos espinhosos. Sua falta de atrativos contrasta com a beleza da natureza e introduz o tema da feiura.

4. *Um ovo ainda não rachou.* O patinho não é apenas singular na sua aparência, é também o mais jovem da ninhada. Sua feiura contrasta com o "encanto" dos outros patinhos.

5. *Ela é mais distinta que qualquer um por aqui.* Observe-se que o terreiro de Andersen tem suas hierarquias e classes sociais. Alguns críticos o veem como uma representação simbólica da atmosfera opressora de Odense, Copenhague, Slagelse e Elsinore, lugares onde Andersen sofreu incontáveis humilhações por causa de suas origens sociais inferiores.

6. *como é um macho, isso não tem muita importância.* Nos contos de fadas a aparência conta menos para os heróis que para as heroínas, que em geral vivem felizes para sempre graças à sua beleza perfeita. Em contraposição, até um animal pode ganhar a mão de uma bela princesa.

7. *Não estava nem sonhando com casamento.* Enquanto muitos heróis de contos de fadas ascendem socialmente através do casamento, o que o patinho deseja é somente aceitação, e não elevação social. Para os que leem a história em termos biográficos, vale a pena notar que Andersen jamais se casou.

8. *gansos selvagens.* Um crítico identificou os gansos selvagens como os jovens poetas boêmios com quem Andersen se associou em seus tempos de escola em Slagelse. Nessa interpretação, os cisnes que aparecem no fim da história seriam os grandes escritores da Europa.

9. *Mas é tão delicioso nadar para cima e para baixo.* O patinho, ao contrário da galinha, não tem absolutamente nenhum valor de uso. Mesmo como cisne, não produzirá nada além de prazer, para si mesmo e para seus admiradores.

10. *o patinho tinha medo de que lhe fizessem mal.* A aversão de Andersen por crianças pequenas está bem documentada. No projeto para uma estátua comemorativa em Copenhague, ele pediu que as crianças que olhavam sobre seus ombros fossem eliminadas. Quando criança ele foi um leitor voraz, que se isolava das outras crianças. "Nunca brincava com os outros meninos", ele contou numa carta a seu protetor Jonas Collin. "Estava sempre sozinho."

11. *"Sim, matem-me, matem-me", gritou a pobre ave.* O sofrimento do patinho é tão intenso que o impele à autoimolação. É significativo que ele encare a morte como salvação desde que os algozes sejam os belos cisnes.

12. *um bom coração nunca é orgulhoso.* Para Andersen orgulho e vaidade são os pecados capitais da humanidade. Os que possuem um coração humilde são os verdadeiros heróis, muitas vezes oprimidos pelos soberbos, arrogantes e orgulhosos. As crianças de famílias prósperas desprezavam o jovem Andersen e zombavam dele: "Vejam, lá vai o dramaturgo!" Em suas memórias, Andersen relembra que ia para casa, se escondia num canto e "chorava e rezava a Deus". Mais tarde suportou incontáveis insultos de seu protetor Jonas Collins e seus filhos, que sempre o faziam lembrar que lhes era socialmente inferior. Os críticos dinamarqueses da obra de Andersen tendiam a ser severos e desdenhosos.

A Pequena Sereia (p.318-348)

1. *Lá embaixo mora a gente do mar.* O reino subaquático da gente do mar é descrito como um paraíso, uma espécie de universo paralelo, porém com mais ócio e beleza natural. A Pequena Sereia de Disney, conhecida pelo nome Ariel, vive num reino em que o povo submarino pouco faz além de cantar e dançar.

2. *o castelo do rei do mar.* A monarquia subaquática pode ser uma utopia em que a arte (música, dança e espetáculo) se une à beleza natural, mas tem também distinções hierárquicas estritas, como fica claro pelo número de ostras usadas na cauda da mãe do rei do mar.

3. *Um estranho fulgor azulado envolvia tudo que estava à vista.* Azul e vermelho são as cores dominantes na narrativa, uma associada às profundezas do mar e ao mais alto do céu, a outra, à luz do sol, à paixão, ao sofrimento e ao sangue.

4. *a caçula fez o seu bem redondo como o sol.* As aspirações da Pequena Sereia logo ficam claras. Ela tende a ascender, desejando o sol e lutando para transcender sua natureza.

5. *um bando de cisnes selvagens voou como um longo e branco véu por sobre a água.* Para Andersen os cisnes eram criaturas que passam de desajeitados a um porte majestático, como na história *O Patinho Feio.* Como as borboletas, o símbolo romântico por excelência da transcendência e da transformação, eles são capazes de se metamorfosear numa forma mais elevada. A transformação da Pequena Sereia num ser com a forma humana e numa criatura do ar reflete o constante envolvimento de Andersen com mutabilidade e mudanças de identidade.

6. *Suas vozes eram lindas.* Ter uma voz e poder exibi-la tem um papel de relevo neste conto. O fato de a Pequena Sereia mais tarde perder a voz, a capacidade de se expressar, revela as desvantagens da barganha feita com a bruxa do mar. A voz da sereia, embora tenha força emotiva, é associada acima de tudo à expressão artística. É isso que a torna atraente tanto para a gente do mar quanto para os humanos.

7. *balançando-se para cima e para baixo para poder olhar a cabine.* A curiosidade da Pequena Sereia em relação aos seres humanos a arrasta para o mundo do príncipe. Fascinada pelo que está acima da superfície, pelo desconhecido e pelo proibido, ela revela uma curiosidade investigativa de que muitas heroínas de contos de fadas carecem.

8. *Havia uma porção de outras coisas que ela teria gostado de saber.* A Pequena Sereia é uma criatura determinada a alargar seus horizontes. O que ela vê na terra estimula sua atração por desafios. Quer, acima de tudo, explorar o mundo e descobrir o que existe além da esfera do "lar".

9. *Não temos uma alma imortal e nunca teremos outra vida.* Andersen estava profundamente empenhado em transmitir mensagens cristãs sobre almas imortais e vida eterna, muito embora ele e seus personagens se deleitassem claramente com prazeres mundanos.

10. *uma casa, construída com os ossos de humanos naufragados.* Como a russa Baba Iaga e as bruxas de outros folclores, a bruxa do mar tem uma casa construída com ossos humanos. Associado ao grotesco e ao monstruoso, seu domínio é marcado pela deterioração, a morte e a destruição.

11. *o bastante para fazer seus pés sangrarem.* Pés e calçados têm um papel de destaque nos contos de fadas, mas são especialmente centrais nas histórias de Andersen. Talvez inspirado pelo exemplo da madrasta de Branca de Neve, que dança até morrer com sapatos incandescentes, Andersen, filho de um sapateiro, muitas vezes situa o sofrimento nos pés de seus protagonistas. Como Karen em "Os sapatos vermelhos", a Pequena Sereia tem de suportar dores torturantes enquanto dança.

12. *Estique a linguinha e deixe-me cortá-la fora como meu pagamento.* O fato de a Pequena Sereia perder a capacidade de falar e sacrificar sua voz em troca da promessa de amor foi interpretado como a barganha fatal que as mulheres fazem na cultura de Andersen e também na nossa. Mas a disposição da sereia de renunciar à sua voz é movida não só por seu amor ao príncipe mas também por seu desejo de ingressar num mundo mais rico e enriquecedor, um mundo que dará maior raio de ação e liberdade a seu espírito aventureiro.

13. *ao cortar fora a língua da Pequena Sereia.* Como Filomela nas *Metamorfoses* de Ovídio, a Pequena Sereia perde a capacidade de falar e cantar.

14. *"basta jogar sobre eles uma única gota desta poção, e os braços e dedos deles se romperão em mil pedaços."* A instrução da bruxa do mar pressagia o ato brutal proposto mais tarde pelas irmãs da Pequena Sereia. Em ambos os casos a Pequena Sereia se abstém da violência, no primeiro porque esta não é necessária, no segundo porque ela toma uma decisão pensada de não fazer mal.

15. *subiu à superfície através das águas azul-escuras.* Órfã de mãe, a Pequena Sereia vai à tona para ingressar no mundo dos humanos e encontrar seu noivo. Diferentemente de Perséfone, que é transportada por um noivo para regiões subterrâneas e salva pela mãe, ela está em seu próprio reino subterrâneo.

16. *sua cauda de peixe desaparecera.* A metamorfose da Pequena Sereia a transfere do reino das criaturas do mar para o dos seres humanos. Em contraste com a maioria dos heróis e heroínas dos contos de fadas, que sofrem transformações do humano para o animal, a Pequena Sereia é uma figura híbrida, metade humana e metade animal. Sua transformação, como a das donzelas-focas e das donzelas-cisnes do folclore escandinavo, é reversível, mas tem um preço, como o final da história revela.

17. *do lado de fora de sua porta, numa almofada de veludo.* O fato de dormir numa almofada, do lado de fora da porta do príncipe, sugere que a Pequena Sereia é uma espécie de bichinho abandonado, um animal de estimação exótico para o príncipe.

18. *O príncipe mandou fazer para ela um traje de pajem.* Os críticos que lamentam a natureza modesta da Pequena Sereia frequentemente deixam de notar que ela é também mais aventureira, intrépida e curiosa que a maioria das heroínas dos contos de fadas. O uso de um traje masculino é um sinal de sua disposição para transpor limites de gênero e correr risco para ver o mundo.

19. *você também pode conquistar uma alma imortal.* Os trezentos anos de boas ações marcam o tempo de vida do povo do mar. Quanto à Pequena Sereia, alcançou a imortalidade no mundo real não só por intermédio de sua história, como também por intermédio da sua estátua de bronze, que se tornou a mais procurada atração turística de Copenhague.

20. *cada lágrima acrescenta mais um dia ao nosso tempo de provação.* A conclusão acrescenta uma feição disciplinar ao conto, sugerindo às crianças que uma presença invisível monitora seu comportamento. Esta lição pode ser bem mais apavorante que as descrições das torturas a que a pequena princesa é submetida.

APÊNDICE 1

A história da avó

ANÔNIMO

Era uma vez uma mulher que tinha feito pão. Ela disse à filha: "Leve este pão quentinho e esta garrafa de leite à casa da vovó."

A menina partiu. Na encruzilhada encontrou um lobo, que perguntou: "Para onde está indo?"

"Estou levando um pão quentinho e uma garrafa de leite para a casa da vovó."

"Que caminho vai pegar," perguntou o lobo, "o caminho das folhas de pinheiro ou o caminho das pedras?"

A menina se divertiu catando folhas de pinheiro. Nesse meio-tempo, o lobo chegou à casa da vovó, matou-a, pôs um pouco da carne dela na despensa e uma garrafa com o sangue na prateleira. A menina chegou lá e bateu à porta.

"Empurre a porta", disse o lobo. "Está presa com uma palha molhada."

"Olá, vovó. Estou trazendo um pão e uma garrafa de leite."

"Ponha na despensa, minha filha. E traga um pouco da carne que há lá com a garrafa de vinho que está na prateleira."

Havia um gatinho na sala que a espiou comer e disse: "Eca! É preciso ser uma porca para comer a carne e beber o sangue da vovó."

"Tire a roupa, minha filha", disse o lobo, "e venha para a cama comigo".

"Onde deveria pôr meu avental?"

GUSTAVE DORÉ, 1861
O lobo e Chapeuzinho Vermelho se olham, cada um tentando captar o que está na mente do outro. Observe-se como as linhas do corpo do lobo se harmonizam com as do tronco da árvore, como ele mostra o rabo e as ancas para o espectador, e como examina a menina, que parece estar apontando o caminho para a casa da avó.

"Jogue-o no fogo, minha filha. Não vai precisar mais dele."

Quando ela perguntou ao lobo onde pôr todas as suas outras coisas, seu corpete, seu vestido, sua anágua e suas meias, a cada vez ele respondeu: "Jogue-os no fogo, minha filha. Não vai precisar mais deles."

"Oh, vovó, como você está peluda!"

"É para melhor me aquecer, minha filha!"

"Oh, vovó, que unhas grandes você tem!"

"É para melhor me coçar, minha filha!"

"Oh, vovó, que ombros grandes você tem!"

"É para melhor carregar lenha, minha filha!"

"Oh, vovó, que orelhas grandes você tem!"

"É para escutar você melhor, minha filha!"

"Oh, vovó, que narinas grandes você tem!"

"É para melhor cheirar meu rapé, minha filha!"

"Oh, vovó, que boca grande você tem!"

"É para comer você melhor, minha filha!"

"Oh, vovó, estou muito apertada. Deixe-me ir lá fora!"

"Faça na cama, minha filha."

"Não, vovó, quero ir lá fora."

"Está bem, mas não demore."

O lobo amarrou na perna da menina um cordel feito de lã e deixou-a ir lá fora.

Quando saiu, a menina amarrou a ponta do cordel a uma ameixeira no quintal. O lobo ficou impaciente e disse: "O que está fazendo aí fora? O que está fazendo?"

Percebendo que não havia resposta, ele pulou da cama e descobriu que a menina escapara. Seguiu-a, mas só chegou à sua casa quando ela já estava lá dentro.

Chapeuzinho Vermelho

CHARLES PERRAULT

Era uma vez uma pequena aldeã, a menina mais bonita que poderia haver. Sua mãe era louca por ela e a avó, mais ainda. Esta boa senhora mandou fazer para a menina um pequeno capuz vermelho. Ele lhe assentava tão bem que por toda parte aonde ia a chamavam Chapeuzinho Vermelho.

Um dia sua mãe, que assara uns bolinhos, lhe disse: "Vá visitar sua avó para ver como ela está passando, pois me disseram que está doente. Leve para ela um bolinho e este potinho de manteiga."

Chapeuzinho Vermelho partiu imediatamente para a casa da avó, que morava numa outra aldeia. Ao passar por um bosque, encontrou o compadre lobo, que teve muita vontade de comê-la, mas não se atreveu, por causa dos lenhadores que estavam na floresta. Ele lhe perguntou para onde ia. A pobre menina, que não sabia que era perigoso parar e dar ouvidos a um lobo, respondeu:

"Vou visitar minha avó e levar para ela um bolinho com um potinho de manteiga que minha mãe está mandando."

"Sua avó mora muito longe?" perguntou o lobo.

"Ah! Mora sim", respondeu Chapeuzinho Vermelho. "Mora depois daquele moinho lá longe, bem longe, na primeira casa da aldeia."

"Ótimo!" disse o lobo. "Vou visitá-la também. Vou por este caminho aqui e você vai por aquele caminho ali. E vamos ver quem chega primeiro."

MAXFIELD PARRISH, 1897

Com sua capa ampla, flutuante, e fitas brancas, a figura de Chapeuzinho Vermelho gera um efeito decorativo para uma imagem usada como pôster. A simetria rígida do traje dá a ideia de uma Chapeuzinho impecável e comportada.

O lobo pôs-se a correr o mais que podia pelo caminho mais curto, e a menina seguiu pelo caminho mais longo, entretendo-se em catar castanhas, correr atrás das borboletas e fazer buquês com as flores que encontrava. O lobo não demorou muito para chegar à casa da avó. Bateu: Toc, toc, toc.

"Quem está aí?"

"É sua neta, Chapeuzinho Vermelho", disse o lobo, disfarçando a voz. "Estou trazendo um bolinho e um potinho de manteiga que minha mãe mandou."

A boa avó, que estava de cama por andar adoentada, gritou: "Puxe a lingueta e o ferrolho se abrirá."

O lobo puxou a lingueta e a porta se abriu. Jogou-se sobre a boa mulher e a devorou num piscar de olhos, pois fazia três dias que não comia. Depois fechou a porta e foi se deitar na cama da avó, à espera de Chapeuzinho Vermelho, que pouco tempo depois bateu à porta. Toc, toc, toc.

"Quem está aí?"

Ouvindo a voz grossa do lobo, Chapeuzinho Vermelho primeiro teve medo, mas, pensando que a avó estava gripada, respondeu:

"É sua neta, Chapeuzinho Vermelho. Estou trazendo um bolinho e um potinho de manteiga que minha mãe mandou."

O lobo gritou de volta, adoçando um pouco a voz: "Puxe a lingueta e o ferrolho se abrirá."

Chapeuzinho Vermelho puxou a lingueta e a porta se abriu. O lobo, vendo-a entrar, disse-lhe, escondendo-se na cama debaixo das cobertas:

"Ponha o bolo e o potinho de manteiga em cima da arca, e venha se deitar comigo."

Chapeuzinho Vermelho tirou a roupa e foi se enfiar na cama, onde ficou muito espantada ao ver a figura da avó na camisola. Disse a ela:

"Minha avó, que braços grandes você tem!"

"É para abraçar você melhor, minha neta."

"Minha avó, que pernas grandes você tem!"

"É para correr melhor, minha filha."

"Minha avó, que orelhas grandes você tem!"

"É para escutar melhor, minha filha."

"Minha avó, que olhos grandes você tem!"

"É para enxergar você melhor, minha filha."

"Minha avó, que dentes grandes você tem!"

"É para comer você."

E dizendo estas palavras, o lobo malvado se jogou em cima de Chapeuzinho Vermelho e a comeu.

ANÔNIMO, 1865

Chapeuzinho Vermelho tem certeza de que a criatura na cama da avó não é um ser humano. Como esta é uma ilustração para a versão de Perrault da história, sabemos que a menina está condenada.

EUGÈNE FEYEN, 1846

Uma vovó adoentada parece estar batendo papo com uma Chapeuzinho Vermelho enfeitada com um lindo chapéu. Dentes e patas indicam que este lobo, que se faz de inválido, pode se transformar a qualquer momento num predador assassino. A serena formalidade do quadro contrasta com a violência que se seguirá.

MORAL

Vemos aqui que as meninas,
E sobretudo as mocinhas
Lindas, elegantes e finas,
Não devem a qualquer um escutar.
E se o fazem, não é surpresa
Que do lobo virem o jantar.
Falo "do" lobo, pois nem todos eles
São de fato equiparáveis.
Alguns são até muito amáveis,
Serenos, sem fel nem irritação.
Esses doces lobos, com toda educação,
Acompanham as jovens senhoritas
Pelos becos afora e além do portão.
Mas ai! Esses lobos gentis e prestimosos,
São, entre todos, os mais perigosos.

Apêndice 2

A história dos três ursos

ROBERT SOUTHEY

"Um conto capaz de agradar as mentes de homens instruídos e de graves filósofos."

GASCOYNE

Era uma vez três ursos que moravam juntos na sua própria casinha, numa floresta. Um deles era um Urso Pequeno, Miúdo; um era um Urso de tamanho Médio, e o outro era um Urso Grande, Enorme. Cada um tinha uma tigela para seu mingau: uma tigelinha para o Urso Pequeno, Miúdo; uma tigela média para o Urso Médio e uma enorme para o Urso Grande, Enorme. E cada um tinha uma cadeira para se sentar: uma cadeirinha para o Urso Pequeno, Miúdo; uma cadeira de tamanho médio para o Urso Médio e uma cadeira grande para o Urso Grande, Enorme. E cada um tinha uma cama para dormir: uma cama pequena para o Urso Pequeno, Miúdo; uma cama média para o Urso Médio e uma cama grande para o Urso Grande, Enorme.

Um dia, depois de fazer o mingau para o seu café da manhã e de despejá-lo nas suas tigelas, saíram para a mata enquanto o mingau esfriava, para não queimarem a boca começando a comê-lo depressa demais. Enquanto caminhavam, uma velhinha chegou à casa. Não podia ser uma velha boa e respeitável, pois primeiro olhou pela janela e depois espiou pelo buraco da fechadura; não vendo ninguém na casa, levantou o ferrolho. A porta não estava trancada, porque os ursos eram ursos bons, que não faziam nenhum mal a ninguém e nunca desconfiavam que alguém pudesse lhes fazer mal. Assim a velhinha abriu a porta e entrou; e ficou muito satisfeita quando viu o mingau na mesa. Se fosse uma velhinha boa, teria esperado até os ursos voltarem para casa, e então, talvez, eles a teriam convidado para tomar o café da manhã; porque eram ursos bons – um bocadinho estabanados, como é do jeito dos ursos, mas apesar disso muito afáveis e hospitaleiros. Mas ela era uma velha atrevida e má, e começou a se servir.

Primeiro provou o mingau do Urso Grande, Enorme, e esse estava quente demais para ela; e ela praguejou. Depois provou o mingau do Urso Médio, e esse estava frio demais para ela; e ela praguejou por isso também. Passou então para o mingau do Urso Pequeno, Miúdo, e o provou; e esse não estava nem quente demais, nem frio demais, estava na medida certa; ela gostou tanto dele que raspou a tigela. Mas a velhinha malcomportada praguejou por causa da tigelinha, porque não tinha o bastante para ela.

Depois a velhinha sentou-se na cadeira do Urso Grande, Enorme, e essa era dura demais para ela. Então sentou-se na cadeira do Urso Médio, e essa era macia demais para ela. Em seguida foi sentar-se na cadeira do Urso Pequeno, Miúdo, e essa não era nem dura demais, nem macia demais, estava na medida certa. Então sentou-se nela e lá ficou até que o assento da cadeira se soltou e ela foi abaixo, esparramando-se no chão. E a velha malcomportada soltou uma praga por causa disso também.

Depois a velhinha subiu ao segundo andar e entrou no quarto onde os três ursos dormiam. Primeiro deitou-se na cama do Urso Grande, Enorme; mas essa tinha a cabeceira alta demais para ela. Depois deitou-se na cama do Urso Médio; e essa tinha o pé alto demais para ela. Em seguida foi se deitar na cama do Urso Pequeno, Miúdo; e essa não era alta demais nem na cabeceira nem no pé, estava na medida certa. Então ela se cobriu confortavelmente e ficou ali deitada até cair num sono profundo.

Arthur Rackham, 1933
Os três ursos mal podem acreditar no que veem quando descobrem que um intruso provou do seu mingau e usou suas cadeiras. O urso pequeno, miúdo parece arrasado por ver sua cadeirinha destruída.

A essa altura, achando que seu mingau já devia ter esfriado bastante, os três ursos rumaram para casa para tomar o café da manhã. Acontece que a velhinha tinha deixado a colher do Urso Grande, Enorme, enfiada no seu mingau.

"Alguém andou mexendo no meu mingau!"

exclamou o Urso Grande, Enorme, com seu vozeirão áspero, roufenho. E quando o Urso Médio olhou para o seu mingau, viu a colher enfiada nele também. Eram colheres de pau; se fossem de prata, a velha malcomportada as teria enfiado no bolso.

"Alguém andou mexendo no meu mingau!"

exclamou o Urso Médio, com sua voz média.

Foi a vez do Urso Pequeno, Miúdo, olhar para o seu mingau, e lá estava a colher na tigela, mas o mingau tinha desaparecido.

"Alguém andou mexendo no meu mingau, e acabou com ele!"

exclamou o Urso Pequeno, Miúdo, com sua vozinha pequena, miúda.

Diante disso, os três ursos, vendo que alguém tinha entrado na sua casa e comido o café da manhã do Urso Pequeno, Miúdo, começaram a procurar ao redor. Acontece que a velha, ao se levantar da cadeira do Urso Grande, Enorme, não tinha endireitado a almofada dura.

"Alguém andou se sentando na minha cadeira!"

disse o Urso Grande, Enorme, com seu vozeirão áspero, roufenho.

E a velhinha tinha achatado a almofada mole do Urso Médio.

"Alguém andou se sentando na minha cadeira!"

exclamou o Urso Médio, com sua voz média.

E você sabe o que velhinha tinha feito com a terceira cadeira.

"Alguém andou se sentando na minha cadeira e lhe arrebentou o assento!"

exclamou o Urso Pequeno, Miúdo, com sua vozinha pequena, miúda.

Os três ursos resolveram então que era preciso dar uma busca maior na casa. Assim, foram até o seu quarto, no segundo andar. Acontece que a velhinha tinha tirado o travesseiro do Urso Grande, Enorme, do lugar.

"Alguém andou se deitando na minha cama!"

exclamou o Urso Grande, Enorme, com seu vozeirão áspero, roufenho.

Walter Crane, 1873
Intrigados pela desordem que encontram na casa, os três ursos resolvem investigar também o segundo andar.

KAY NIELSEN, 1930
A velhinha da versão de Robert Southey foge serelepe pela janela depois de ter sido flagrada pelos três ursos.

E a velhinha tinha tirado o rolo do Urso Médio do lugar.
"Alguém andou se deitando na minha cama!"
exclamou o Urso Médio, com sua voz média.

E quando o Urso Pequeno, Miúdo, foi olhar sua cama, lá estava o rolo em seu lugar; e o travesseiro em seu lugar em cima do rolo; e em cima do travesseiro estava a cabeça suja e feia da velhinha – que não estava em seu lugar, pois não tinha nada que estar ali.

"Alguém andou se deitando na minha cama e aqui está ela!"
exclamou o Urso Pequeno, Miúdo, com sua vozinha pequena, miúda.

A velhinha tinha ouvido em seu sono o vozeirão áspero, roufenho, do Urso Grande, Enorme. Mas estava dormindo tão profundamente que para ela aquilo não passou do rugido do vento, ou do estrondo de um trovão. E tinha ouvido a voz do Urso Médio, mas foi só como se tivesse ouvido alguém falando num sonho. Mas quando ouviu a vozinha pequena, miúda do Urso Pequeno, Miúdo, despertou no ato, tão cortante e estridente ela era. Ergueu-se num sobressalto; e quando viu os três ursos de um lado da cama, pulou fora pelo outro e correu para a janela. Ora, a janela estava aberta, porque os ursos, como ursos bons e asseados que eram, sempre abriam a janela do quarto ao se levantar de manhã. A velhinha pulou da janela; e, se quebrou o pescoço na queda, ou correu para a mata e lá se perdeu, ou conseguiu sair da mata e foi presa por um policial e mandada para a Casa de Correção, como uma vagabunda que era, não sei dizer. Mas os três ursos nunca mais tiveram notícia dela.

Biografia de Autores e Compiladores

Aleksandr Afanasev (1826-1871)
Vasilisa, a Bela

Nascido numa pequena cidade da Rússia, Alexandr Afanasev estudou direito na Universidade de Moscou e trabalhou nos arquivos do Estado de 1849 a 1856. Na década de 1850, começou a estudar o folclore eslavo e, inspirado pelos Irmãos Grimm, compilou e publicou histórias russas. De início planejou lançar edições individuais dos contos, com amplos comentários, mas acabou por produzir uma antologia abrangente. *Contos de fadas russos*, lançado em oito fascículos entre 1855 e 1867, tornou-se a versão oficial do folclore russo. A obra incluiu mais de seiscentas histórias, juntamente com formas variantes, e esforçou-se por capturar a "voz poética" do povo russo.

Embora tenha registrado pessoalmente cerca de uma dúzia de contos junto a contadores de história, Afanasev valeu-se sobretudo de histórias que lhe eram transmitidas sob forma escrita. Muitos dos contos populares foram recolhidos pela Sociedade Geográfica Russa; outros lhe foram enviados por professores, oficiais do Exército e governadores de província. Mais de duzentas das histórias dos *Contos de fadas russos* provêm da pena de Vladimir Dahl, um estudioso que passara anos compilando folclore. Afanasev insistiu na integridade de sua coletânea e resistiu à ideia de reescrever e ornamentar os contos para torná-los mais atraentes para um público popular. Seu trabalho era erudito, e ele buscou resgatar tradições de narrativa de histórias mediante o desenvolvimento de métodos sistemáticos para a coleta, a transcrição e a edição de contos populares russos.

O endosso da autenticidade folclórica por Afanasev levou-o a repetidos conflitos com censores, que discordavam do humor grosseiro e do conteúdo obsceno de muitos contos. O prelado metropolitano de Moscou, Filaret, declarou que as histórias russas eram "completamente blasfemas e imorais". Os contos ofendiam "o sentimento e o decoro pios" com sua "profanidade". Afanasev respondeu corajosamente, declarando: "Há um milhão de vezes mais moralidade, verdade e amor humano em minhas lendas populares que nos sermões proferidos por Vossa Santidade."

Afanasev acolheu não só a cultura camponesa que produzia as histórias, mas também a linguagem dos contos. Como Púchkin, que acreditava que "nossa língua é inerentemente bela" e encontra sua "latitude de expressão" nos contos populares, Afanasev esperava que o revigoramento dos contos de fadas promovesse o triunfo da língua russa sobre a língua francesa, que fora adotada pela aristocracia. O dramaturgo Máximo Górki também comentou, algumas décadas depois, a poderosa linguagem poética dos contos de fadas na coletânea de Afanasev: "Nos contos, pessoas voam pelos ares num tapete mágico, andam com botas de sete léguas, constroem castelos da noite para o dia. Os contos abriram para mim um mundo novo em que um poder livre e destemido reinava, e infundiram em mim o sonho de uma vida melhor. A poesia oral imorredoura das pessoas comuns ... ajudou-me enormemente a compreender a beleza e a riqueza fascinantes de nossa língua."

A despeito de todo o seu entusiasmo pelo mundo imaginativo do conto de fadas, Afanasev adotou uma abordagem interpretativa estranhamente redutora do folclore russo. Para ele os contos encenavam dramas meteorológicos, com os personagens simbolizando o sol, o vento, a chuva, o oceano ou as estrelas. Em *Vasilisa, a Bela* ele percebeu uma batalha entre a luz do sol (Vasilisa) e a tempestade (a madrasta) ou outras nuvens escuras (as irmãs postiças). O conto popular, ele argumentava, era a maneira que o homem primitivo tinha de compreender a natureza, com o sol no papel de herói e a escuridão, assumindo todas as formas, como sua adversária.

Como os Grimm, que tinham a esperança de atingir um público vasto lançando uma versão abreviada dos *Contos da infância e do lar*, Afanasev publicou uma edição compacta intitulada *Contos de fadas russos para crianças*. Eliminou contos indecentes e tudo que não fosse adequado para crianças e substituiu dialetos por russo padrão. Em 1872, histórias que haviam sido consideradas "impublicáveis" por censores foram lançadas anonimamente na Suíça sob o título *Contos proibidos russos*. A coletânea de Afanasev foi usada como base para a *Morfologia do conto popular*, um estudo pioneiro da estrutura dos contos de fadas.

Em 1860 a polícia fez uma batida na editora responsável pela publicação de *Contos de fadas russos* e prendeu seu proprietário. A segunda edição dos contos foi confiscada e queimada. Acusado de se apropriar ilegalmente de obras dos arquivos públicos, Afanasev perdeu seu posto no governo e viveu na pobreza pelo resto de sua vida. Foi obrigado a vender sua biblioteca particular, e lamentou: "Em outros tempos os livros me nutriam com ideias, agora – com pão." Afanasev morreu de tuberculose aos quarenta e cinco anos em 1871.

Hans Christian Andersen (1805-1875)

A roupa nova do imperador • *A pequena vendedora de fósforos* •
A princesa e a ervilha • *O Patinho Feio* • *A Pequena Sereia*

O mais famoso monumento nacional de Copenhague é uma estátua de bronze de uma sereia, um tributo à célebre história de Hans Christian Andersen sobre uma criatura do mar que transcende suas origens através do silêncio, do sofrimento e da abnegação. Apesar de ter conquistado fama e celebridade internacionais ainda vivo, Andersen identificou-se até o fim de sua existência com seus personagens, sofrendo intensamente com os golpes neles infligidos e condoendo-se de suas humilhações. "Sofro com meus personagens", escreveu para um amigo. "Partilho suas disposições de ânimo, sejam boas ou más." Embora alguns leitores critiquem Andersen por se entregar à autocomiseração produzindo histórias em que coisas más acontecem a pessoas boas (pensemos na pequena vendedora de fósforos) e coisas boas a pessoas más (pensemos no inflexível soldado de chumbo), muitos outros encontraram uma poderosa força redentora em suas pinturas de destinos trágicos. Tendo escrito mais de cento e cinquenta contos, Andersen foi, sozinho, responsável por um revigoramento do conto de fadas e um alargamento de seus limites para acomodar novos desejos e fantasias.

O próprio Andersen relatou sua vida em várias versões. Há a autobiografia que escreveu na juventude, em 1832, pouco antes de embarcar numa grande viagem. Alguns anos mais tarde, publicou *O conto de fadas da minha vida* em alemão e mandou traduzi-lo para o inglês. A versão em dinamarquês foi publicada com suas obras completas oito anos depois. Desses textos emergem as intensas angústias sociais e as inseguranças pessoais de Andersen.

Filho de um sapateiro e de uma lavadeira, Andersen ascendeu socialmente, e ao mesmo tempo romantizava sua juventude e remoía interminavelmente as humilhações sofridas. Aos catorze anos, trocou Odense, sua cidade natal, por Copenhague, determinado a se tornar um sucesso no teatro nacional. Sem instrução, com uma voz que estava mudando e sem nenhum meio real de subsistência, estava correndo um enorme risco com essa mudança para a capital. Por sorte, amigos influentes conseguiram fundos para que terminasse os estudos. Aos dezessete anos, Andersen frequentou a escola ao lado de crianças de doze. Detestava seu professor, que a todo momento o repreendia, bem como os outros alunos, que zombavam de seu andar desajeitado e de seus maneirismos estranhos. Quando Jonas Collin, seu protetor em Copenhague, tomou providências para que ele voltasse para a capital e concluísse seus estudos na universidade, sua qualidade de vida melhorou enormemente, embora Andersen nunca cessasse de se queixar dos sofrimentos de sua vida pessoal.

O primeiro contato de Andersen com contos populares dinamarqueses acontecera no quarto de fiar do asilo em que sua avó trabalhava. O menino entretinha com

Hans Christian Andersen, 1860

desenhos a giz as mulheres que lá trabalhavam, e elas retribuíam, ele lembrou, "contando [-lhe] histórias". O que Andersen descobriu no folclore de sua terra natal foi um mundo "tão rico quanto o das *Mil e uma noites*", mas um mundo que também infundia medo: "Quando escurecia, eu mal ousava sair de casa." Já em 1830, no prefácio a uma história chamada O *fantasma*, Andersen evocava o "prazer" que fora ouvir contos de fadas e declarava sua intenção de publicar um ciclo de contos populares dinamarqueses. Após publicar um relato de viagem e uma autobiografia ficcional que tiveram modesto sucesso, ele voltou sua atenção para os contos, lançando um fino opúsculo intitulado *Contos, contados para crianças*, em 1835. Nele podem ser encontrados O *isqueiro*, *Nicolão e Nicolinho*, A *princesa e a ervilha* e As *flores da pequena Ida*. Embora o título declarasse que o público pretendido era o infantil, o próprio Andersen comentou: "Pego uma ideia para os adultos e depois conto a história para os pequenos, sempre me lembrando que pai e mãe muitas vezes ouvem, e é preciso dar-lhes também alguma coisa para suas mentes."

Andersen, como os Grimm, teve de suportar uma crítica severa dos contos de fadas que publicara. O periódico *The Danish Literary Times* censurava o autor por adotar um estilo coloquial: "Não é por convenção sem sentido que não se juntam palavras em letra de imprensa da mesma maneira desordenada como as podemos usar de modo perfeitamente aceitável na linguagem oral." E prosseguia criticando o tom condescendente do volume. Um outro crítico reprovou O *isqueiro*, queixando-se de que sua falta de fibra moral o tornava inadequado para crianças. Mas as crianças evidentemente tinham outras ideias, e Andersen descobriu, encantado, que onde quer que fosse encontrava crianças que tinham lido seus contos de fadas.

Em 1837 Andersen tinha três opúsculos de contos de fadas no prelo e começou a perceber que as histórias que estava escrevendo – mais do que os poemas, romances e relatos de viagem que planejava para assegurar sua eminência literária – poderiam cimentar seu caminho para a fama. Em Weimar e em Londres ele recebeu aplausos que nunca recebera em sua terra natal. De Londres, escreveu: "Não posso conquistar mais nesta metrópole do que já tenho ... É um fato: sou 'um homem famoso'. A aristocracia aqui, que tanto desencoraja seus próprios poetas, acolheu-me como a alguém de seu próprio círculo." Dickens o presenteou com os doze volumes de suas obras completas, com a dedicatória "A Hans Christian Andersen, de seu amigo e admirador Charles Dickens". Diferentemente de Perrault e dos Grimm, Andersen reivindicava a autoria das histórias que contava. Admitindo que algumas eram inspiradas pelos contos que ouvira na infância, afirmava também o poder de seu próprio gênio e imaginação para elaborar contos de fadas literários. Se a imaginação folclórica está orientada para o romance, o casamento, o poder, a fortuna e a descoberta do caminho de volta para casa, os contos de fadas literários de Andersen são mais íntimos e pessoais, centrando-se no comportamento humano, em virtudes e vícios, e na compaixão e no arrependimento. Os contos de fadas trabalham em cima de figuras arquetípicas: o homem, a mulher e a criança genéricos. Na obra de Andersen, porém, encontramos muitas vezes personagens que são *alter egos* do autor, figuras que refletem as ansiedades, fantasias e lutas pessoais do jovem proletário que alcançou a aristocracia literária da Dinamarca.

Andersen economiza no uso de "felizes para sempre". Muitos de seus contos, carregados de força trágica, contêm descrições elaboradas de sofrimentos físicos e têm seu desfecho no cemitério. Se os contos de fadas nos permitem testemunhar a derrota de ogros, bichos-papões, madrastas e bruxas, as histórias de Andersen, em contraposição, põem em cena o padecimento de órfãos e crianças. A *pequena* sereia, a *pequena* vendedora de fósforos, a menina Karen de "Os sapatos vermelhos" morrem todas em nome da piedade cristã. A acusação que Maurice Sendak faz a Andersen é implacável: "'Os sapatos vermelhos' é o pior de todos. Os tormentos que Andersen inflige a Karen são sádicos e repugnantes ao extremo, e o sentimento cristão do conto soa falso."

A célebre autora Ursula Le Guin também "detestava todas as histórias de Andersen com final infeliz", mas ainda assim algumas lhe pareciam fascinantes: "Isso não me fazia parar de lê-las, e de relê-las. Ou de lembrá-las." E há muitos que encontram nas histórias de Andersen, além do fascínio, a promessa de redenção através da compaixão e do arrependimento sincero. Para Andersen o conto de fadas tinha um forte elemento ético, criando uma espécie de "tribunal de justiça sobre sombra e substância". Em cada conto de fadas, ele insistia, há uma espécie de "dupla corrente": "uma corrente superior irônica, que brinca e se diverte com coisas grandes e pequenas, que joga peteca com o que é elevado ou inferior; e há a subcorrente profunda, que põe tudo em seu devido lugar." A seu ver os contos tinham uma força compensatória, permitindo-lhe corrigir os erros da vida real e equilibrar os pratos da balança da justiça. E foi na imortalidade que os contos de fadas lhe conferiram que Andersen encontrou real justiça poética.

Peter Christen Asbjørnsen (1812-1885) e Jørgen Moe (1813-1882)
A leste do sol e a oeste da lua

Asbjørnsen e Moe tornaram-se amigos ainda na escola, e juntos decidiram fazer pelo folclore norueguês o que os Irmãos Grimm havia realizado pelo folclore alemão. "Nenhuma pessoa culta duvida da importância científica dos contos populares", afirmou Moe. "Eles ajudam a determinar o caráter e a perspectiva singulares de um povo." Como os Grimm, Asbjørnsen e Moe procuraram preservar um tesouro nacional que ao mesmo tempo refletia e moldava a identidade da nação. Coligindo os "poemas da natureza", acreditava Asbjørnsen, ele e Moe estavam preservando as expressões mais profundas da alma norueguesa.

Os dois colaboradores seguiram carreiras muito diferentes: Moe fez-se sacerdote, depois bispo, enquanto Asbjørnsen ganhou a vida como zoólogo. Mas ambos tinham crescido ouvindo histórias: Asbjørnsen na oficina do pai e Moe numa fazenda. Ambos se esforçaram por captar mais do que o espírito da tradição da narrativa oral de histórias. De início, planejaram pôr as histórias no papel exatamente com as mesmas palavras com que as ouviam, mas logo compreenderam o efeito pobre que a palavra falada tendia a produzir na página impressa. Envolvendo-se em intenso trabalho de campo, procuraram identificar formas variantes e criar contos compósitos que capturassem a essência de uma história. Asbjørnsen e Moe preservaram uma forte tradição folclórica e fizeram pela Noruega o que as sagas fizeram pela Islândia e o *Kalevala* pela Finlândia. Juntos eles percorreram o país, colhendo as histórias que foram incluídas em seus *Contos populares noruegueses* publicados em 1841. Seguiram-se três fascículos adicionais.

Embora muitas das histórias nos *Contos populares noruegueses* tenham análogos europeus, outras mostram um caráter peculiar que as filia aos *Eddas* em prosa e poéticos. Além disso, essas histórias revelam o grau em que cada cultura cria seus próprios heróis, heroínas, ajudantes e vilões. Se os franceses se encolhem diante de ogros, os britânicos temem gigantes e os alemães têm pavor de bruxas, os noruegueses são aterrorizados por *trolls*. *A leste do sol e a oeste da lua*, embora se apoie muito em "Eros e Psique", ganha também um sabor nórdico com seus quatro ventos e seu refúgio na montanha.

A coletânea de Asbjørnsen e Moe foi traduzida para o inglês por Sir George Dasent em 1859, e muitos dos contos que a compunham foram incorporados aos *Fairy Books* de Andrew Lang. Apesar disso as histórias, com exceção de *A leste do sol e a oeste da lua*, nunca gozaram da popularidade das coletâneas publicadas pelos Irmãos Grimm e por Charles Perrault.

JEANNE-MARIE LEPRINCE DE BEAUMONT (1711-1780)
A Bela e a Fera

Jeanne-Marie Leprince de Beaumont nasceu em Rouen. Seu casamento em 1741 com um notório libertino foi anulado dois anos depois, e ela partiu para a Inglaterra em 1745 para assumir um posto de governanta. Ali casou-se com Thomas Pichon e criou vários filhos. Entre 1750 e 1775 publicou uma série de antologias de histórias, contos de fadas, ensaios e anedotas: *Le magasin des enfants* (1757), *Le magasin des adolescents* (1760), *Le magasin des pauvres* (1768) e *Le mentor moderne* (1770). Cada uma dessas coletâneas destinava-se a incutir virtudes sociais em crianças e jovens. Em 1762 Madame de Beaumont retornou à França, onde continuou a publicar amplamente até sua morte, em sua propriedade rural na Haute-Savoie.

JEANNE-MARIE LEPRINCE DE BEAUMONT
Anônimo

Le magasin des enfants era estruturado como uma narrativa em que uma governanta cercada de meninas contava histórias. Os contos mais conhecidos de Madame de Beaumont apareceram aí: *A Bela e a Fera*, *Príncipe Encantado* e *Príncipe Desejo*. Ela baseou sua versão de *A Bela e a Fera* numa outra muito mais longa publicada por Madame de Villeneuve em 1740. Sua versão resumida, que se tornou parte do cânone do conto de fadas ocidental, exalta a diligência, a abnegação, a bondade, a modéstia e a compaixão como as virtudes fundamentais para moças.

Jacob Grimm (1785-1863)
e Wilhelm Grimm (1786-1859)

Chapeuzinho Vermelho • João e Maria • Branca de Neve • A Bela Adormecida • Rapunzel • O rei sapo ou Henrique de Ferro • Rumpelstiltskin • O pé de zimbro

Em 1944, quando os Aliados estavam em combate com as tropas alemãs, W.H. Auden proclamou que *Contos de fadas*, dos Grimm, estava "entre os poucos livros indispensáveis, de propriedade comum, sobre os quais a cultura ocidental pode ser fundada". Ao recolher contos populares de regiões de língua alemã, Jacob e Wilhelm Grimm haviam produzido uma obra que se situa "perto da Bíblia em importância". Publicada em dois volumes em 1812 e 1815, a coletânea dos Grimm – ao lado dos *Contos da Mamãe Gansa* (1697) de Perrault – estabeleceu-se rapidamente como a fonte autorizada de contos hoje disseminados por muitas culturas anglo-americanas e europeias.

Quando Jacob e Wilhelm Grimm desenvolveram seu primeiro plano de compilar contos populares alemães, tinham em mente um projeto erudito. Queriam capturar a voz "pura" do povo alemão e preservar na página impressa a poesia oracular da gente comum. Tesouros folclóricos inestimáveis ainda podiam ser encontrados circulando em pequenas cidades e aldeias, mas os fios gêmeos da industrialização e da urbanização ameaçavam sua sobrevivência e exigiam ação imediata.

Jacob e Wilhelm Grimm
Elisabeth Jerich-Baumann, 1855

Sobrecarregada por uma pesada introdução e por amplas notas, a primeira edição dos *Kinder- und Hausmärchen* (*Contos da infância e do lar*) mais parecia um tomo erudito que um livro para um público amplo. Compreendia não só os contos de fadas clássicos que associamos ao nome Grimm mas também piadas, lendas, fábulas, anedotas e toda sorte de narrativas tradicionais.

Os contos da coletânea dos Grimm passaram a constituir um arquivo cultural do folclore alemão, de histórias que, ao que se pensava, espelhavam e modelavam a identidade nacional. Muitos folcloristas e histo-riadores literários permanecem intensamente empenhados em perpetuar a ideia de que os contos dos Grimm tiveram suas raízes na cultura camponesa e foram produzidos es-pontaneamente por contadores populares, capazes de penetrar no inconsciente criativo do povo alemão. Em décadas recentes, no entanto, estudiosos começaram a questionar a gênese da coletânea, contestando a ideia de que os contos populares dos Grimm sejam exemplos de narrativa espontânea de histórias.

Os Grimm basearam-se em diversas fontes, tanto orais quanto literárias, para compi-lar sua coletânea. As anotações que fazem dos contos revelam o quanto se serviram de várias compilações nacionais, recorrendo a fontes literárias e a análogos europeus para elaborar a versão folclórica "definitiva" de um conto. Embora possam não ter lançado uma rede extensa em seus esforços para identificar contos orais, passaram muitos anos ouvindo, tomando notas e rascunhando diferentes versões de cada conto. Em sua vasta maioria, seus informantes foram mulheres cultas de sua própria classe social, mas eles recolheram também histórias narradas por contadores populares "ignorantes" (Doro-thea Viehmann, filha de um estalajadeiro de ascendência franco-huguenote e viúva de um alfaiate, foi, ironicamente, a mais famosa testemunha da autenticidade folclórica da coletânea). Embora tenham feito grande esforço para enfatizar a "pureza" da linguagem em sua coletânea, os Grimm não foram capazes de reconhecer que as versões que lhes eram oferecidas desviavam-se muito, inevitavelmente, do que era contado na época da colheita ou no quarto de fiar. O "núcleo estável" a que se referem em sua introdução podia ter permanecido intacto, mas a maneira como as histórias eram contadas deve ter sido consideravelmente alterada, passando para um registro marcadamente diferente da linguagem rude, do humor obsceno e dos lances indecentes das versões populares. Quem se surpreenderia ao saber que informantes de qualquer classe social podiam desejar impressionar os honrados irmãos com sua boa educação e escolha polida de palavras?

As ambições eruditas e o zelo patriótico dos Grimm guiaram em grande medida a pro-dução da primeira edição dos *Contos da infância e do lar*. Mas, quando a coletânea já estava no prelo, críticas levaram os irmãos (Wilhelm em particular) de volta à prancheta para rever, reescrever e editar. Um crítico condenou a coletânea como contaminada por influências francesas e italianas. Outro lamentou a vasta quantidade de material "patético" e de "mau gosto" e instou os pais a manter o volume fora das mãos de crianças. O filósofo August Wilhelm Schlegel e o poeta Clemens Brentano ficaram decepcionados com o tom grosseiro dos contos populares e recomendaram um pouco de estratégia para torná-los mais atraentes.

Em sucessivas edições dos *Contos da infância e do lar*, Wilhelm Grimm inflou os textos, a ponto de deixá-los muitas vezes com o dobro do tamanho original. Poliu a prosa tão cui-dadosamente que ninguém mais pôde se queixar de suas qualidades rudes. Mais impor-tante, subitamente os Grimm mudaram de ideia com relação ao público-alvo dos contos. O que fora concebido inicialmente como documentos para estudiosos transformou-se gradualmente em leitura para crianças na hora de dormir. Já em 1815 Jacob escreveu para o irmão que eles dois teriam de "discutir longamente sobre a nova edição da primeira parte dos contos infantis", e demonstrou grandes esperanças de ampla vendagem para segunda edição, revista.

Embora o filho de Wilhelm Grimm afirmasse que as crianças tinham se apossado de um livro que não fora feito para elas, Wilhelm claramente ajudou esse processo, riscando "cada expressão inadequada para crianças". Na prática, isso significou a eliminação de praticamente toda referência a gravidez pré-casamento. Na primeira edição dos *Contos da infância e do lar*, as travessuras diárias de Rapunzel com o príncipe na torre têm graves consequências: "Diga-me madrinha, por que minhas roupas estão tão apertadas e por que não me servem mais?", uma donzela confusa pergunta à feiticeira. Na segunda edição dos *Contos da infância e do lar*, Rapunzel pergunta à feiticeira simplesmente por que é tão mais difícil puxá-la até a janela que ao príncipe. *Hans Dumm*, a história de um rapaz que tem (e usa) o poder de engravidar mulheres simplesmente desejando que concebam, foi eliminada da primeira edição dos contos. *O rei sapo ou Henrique de Ferro*, o primeiro conto da coletânea, já não terminava com o radiante casal retirando-se para a noite na cama da princesa, mas com uma visita pré-nupcial ao rei-pai.

Os Grimm estavam decididos a eliminar todo e qualquer resíduo de humor vulgar nos contos que registravam; não tinham reservas, contudo, quanto a preservar e em alguns casos intensificar a violência. As irmãs postiças de Cinderela têm sua visão poupada na primeira versão registrada da história, mas, na segunda edição dos *Contos da infância e do lar*, pombos lhes bicam os olhos e um verniz moral é acrescentado à história: "Assim as duas irmãs foram punidas com a cegueira até o fim de suas vidas por serem tão malvadas e falsas." Rumpelstiltskin foge rapidamente numa colher voadora no final de algumas versões de sua história, mas os Grimm optaram por mostrar como ele fica tão fora de si em sua fúria que se rasga em dois. Em sucessivas edições dos *Contos da infância e do lar*, os detalhes repugnantes sobre os destinos dos pretendentes fracassados da Rosa da Urze foram ficando mais claros. Eles não conseguiam escalar a cerca viva que envolvia o castelo porque "as urzes se entrelaçavam umas às outras como se estivessem de mãos dadas, e os jovens que tentavam se enredavam nelas e ... morriam de uma morte terrível".

Em 1823 Edgar Taylor publicou uma seleção de contos da coletânea dos Grimm sob o título *German Popular Stories*. Foi essa edição, ilustrada por George Cruikshank, que inspirou os Grimm a preparar a chamada *Kleine Ausgabe*, ou edição compacta, dos *Contos da infância e do lar*. Essa coletânea de cinquenta histórias, publicada pela primeira vez no Natal de 1825, revelou que o novo público-alvo dos esforços de reunião de contos dos Grimm eram as crianças. A meta original de produzir um arquivo cultural de folclore deu lugar gradualmente ao desejo de criar um manual educativo (Erziehungsbuch) para crianças.

Hoje adultos e crianças leem os *Contos da infância e do lar* dos Grimm sob praticamente todas as aparências e formas: ilustrados ou anotados, expurgados ou embelezados, fiéis ao original alemão ou adulterados, parodiados ou tratados com reverência. De maneira ainda mais impressionante, as histórias dos Grimm vieram a se disseminar por inúmeros meios. Chapeuzinho Vermelho é requisitada para anunciar carros de aluguel e marcas de bebida; a Branca de Neve de Disney cantou no cinema, para várias gerações de crianças, sobre o príncipe que a salvará; *O pássaro de Fitcher* foi reeditado com fotografias por Cindy Sherman; contos escolhidos foram ilustrados por Maurice Sendak; e *João e Maria* de Humperdinck é encenado nas casas de ópera. As histórias dos Grimm foram recicladas num sem-número de obras literárias, que vão desde *Jane Eyre* de Charlotte Brontë a *Lolita* de Vladimir Nabokov e *Transformations* de Anne Sexton.

Joseph Jacobs (1854-1916)
João e o pé de feijão · *Molly Whuppie* ·
A história dos três porquinhos · *Catarina Quebra-Nozes*

Nascido em Sidney, na Austrália, e formado nas universidades de Sidney, Cambridge e Berlim, Joseph Jacobs foi ao mesmo tempo folclorista e historiador. Ganhou renome inicialmente por uma série de artigos sobre a perseguição aos judeus na Rússia e publicou muitos volumes no campo da história judaica. Em 1900 tornou-se editor da *Jewish Encyclopedia*, e mudou-se para Nova York. Lá trabalhou como professor de inglês no Jewish Theological Seminary.

Jacobs foi um folclorista prolífico. Editou a conceituada revista *Folklore* entre 1899 e 1900 e lançou coletâneas de fábulas e contos de fadas do mundo todo. Após voltar sua energia para o folclore da Índia e do Oriente Próximo, Jacobs deu início a uma série de coletâneas de contos de fadas destinadas a recuperar o rico legado folclórico britânico. Essas coletâneas foram a resposta britânica a Perrault na França e aos Irmãos Grimm na Alemanha, visando capturar uma tradição oral antes que ela morresse e revelar que os britânicos podiam se orgulhar de um saber nativo vigoroso e cheio de imaginação. "Quem diz que o povo inglês não tem seus próprios contos?" Jacobs perguntou com um floreio retórico no prefácio a *English Fairy Tales*. Como os Grimm, Jacobs considerava seu projeto uma aventura patriótica, mas, em seu caso, era também um esforço para atenuar diferenças de classe, para estreitar "o lamentável fosso entre as classes que governam e registram e as classes trabalhadoras mudas deste país – mudas para outros, mas eloquentes entre elas mesmas." Pediu aos leitores que lhe enviassem contos como os que apareciam na coletânea dos Grimm, para que a Inglaterra pudesse tomar a dianteira na pesquisa do folclore.

Incomodado pelo fato de Charles Perrault ter "cativado" as crianças inglesas e escocesas com tanta força, provavelmente maior ainda que a força com que enlevara as crianças francesas, Jacobs tentou devolver histórias britânicas à consciência nacional. "O que Perrault iniciou", ele lamentou, "os Grimm completaram. Tom Tit Tot deu lugar a Rumpelstiltskin, os Três Tolos a João e Maria, e o conto de fadas inglês tornou-se um *mélange confus* de Perrault e dos Grimm." O que Jacobs fez com grande talento foi estabelecer um cânone britânico, um texto escrito que preservou as histórias e incentivou que fossem lidas na hora de dormir. Jacobs não se contentou em preservar a memória cultural dos contos de fadas; orgulhava-se também de um volume com forte poder de entretenimento.

Ele procurou recontar as histórias "como uma boa ama fala quando conta contos de fadas", mas também acrescentou notas e comentários para aqueles interessados em suas fontes. Uma página de advertência precedia as notas: "Atenção: Os contos de fadas ingleses estão encerrados agora. Meninos e meninas não devem ler mais nada." Em poucos anos Jacobs havia publicado um total de quatro volumes: *English Fairy Tales (*1890), *Celtic Fairy Tales* (1892), *More English Fairy Tales* (1894) e *More Celtic Fairy Tales* (1894). Todos foram ilustrados por John D. Batten.

As contribuições de Jacobs para a promoção do folclore britânico rivalizaram com as de seu contemporâneo Andrew Lang, cujas séries de livros de contos de fadas continuam a ser editados até hoje. Jacobs, diferentemente de Lang, procurou captar o "tom coloquial-romântico" da narrativa de histórias britânica. "Este livro", ele escreveu a propósito de *English Fairy Tales*, "destina-se a ser lido em voz alta, e não meramente apreendido pelos olhos".

CHARLES PERRAULT (1628-1703)
Cinderela • *Barba Azul* • *Pele de Asno* • *O Gato de Botas*
O Pequeno Polegar • *Chapeuzinho Vermelho*

Charles Perrault nasceu de uma família ilustre, que deixou uma marca duradoura no serviço civil francês. Filhos de um membro do parlamento de Paris, Perrault e seus quatro irmãos distinguiram-se em campos que iam da arquitetura e da teologia à literatura e ao direito. Charles matriculou-se no Collège de Beauvais, mas parou de assistir às aulas aos quinze anos e preparou-se sozinho para os exames de direito. Após formar-se, começou a trabalhar no escritório do irmão, depois como coletor de impostos em Paris. As exigências de posto eram leves, e Perrault se divertia escrevendo versos e projetando prédios. Em 1663 foi trabalhar para Jean-Baptiste Colbert, o mais influente ministro da França, sendo designado para o Departamento de Construções. Ali foi responsável pela escolha dos arquitetos que projetaram Versalhes e o Louvre.

CHARLES PERRAULT
Anônimo, 1670

Perrault casou-se tarde, em 1672, e sua mulher, Marie Guichon, morreu no parto do terceiro filho. O filho caçula, Pierre, foi apontado como o autor da primeira edição dos contos de fadas reunidos de Perrault (seu nome aparecia na folha de rosto), mas hoje a maioria dos estudiosos considera improvável que Pierre Perrault Darmancout, então com dezoito anos, tivesse escrito as histórias. Perrault aposentou-se do serviço civil em 1683 e dedicou-se à educação dos filhos e a atividades literárias.

As *Histoires ou Contes du temps passé, avec des moralités* (*Histórias ou Contos do tempo passado, com moralidades*) de Perrault foram publicadas em 1697, colocando Perrault entre os "modernos", aquela facção dos círculos literários franceses que se dedicava ao folclore e ao paganismo no intuito de renovar a produção cultural francesa. Em contraste com os "antigos", Perrault e seus seguidores repudiavam os modelos clássicos e condenavam a influência opressiva de seus autores. Em sua *Querelle des anciens et des modernes*, Perrault desenvolveu sua posição, então radical, que o lançava contra figuras do porte de Boileau e Racine, e em última análise contra Luís XIV, que apoiava o retorno dos escritores contemporâneos à Antiguidade clássica em busca de inspiração.

A coletânea de contos de fadas de Perrault inclui histórias que vieram a integrar o cânone clássico: *A Bela Adormecida, Chapeuzinho Vermelho, Barba Azul, O Pequeno Polegar, As fadas, Riquet, o Topetudo* e *O Mestre Gato ou O Gato de Botas*. Transplantando contos populares de suas origens camponesas para uma cultura cortesã que valorizava uma forma literariamente estilizada e toques extravagantes, Perrault produziu um volume com um apelo popular sem precedentes. Histórias que antes haviam sido vistas como vulgares e grosseiras, com efeitos grotescos e burlescos, foram implantadas no centro de uma nova cultura literária, uma cultura que pretendia socializar, civilizar e educar crianças. Nas estripulias, fugas, aventuras e romances rocambolescos dos personagens dos contos de fadas, Perrault encontrou uma maneira de ensinar o que importa e como consegui-lo. A mulher do seu Barba Azul não apenas herda as propriedades do marido; também compra patentes para os irmãos e usa sua fortuna para se casar de novo. O Pequeno Polegar toma conta de toda a sua família, comprando posições para o pai e os irmãos.

Os Contos da Mamãe Gansa de Perrault são únicos em sua maneira de narrar a história tanto para crianças quanto para adultos. Por um lado, as tramas oferecem conflito familiar e um melodrama fantasioso que atrai a imaginação da criança. Por outro, oferecem apartes maliciosos e comentários sofisticados que se destinam a leitores adultos. Perrault foi um intermediário inspirado entre a cultura camponesa adulta de narrativa de histórias e as histórias infantis contadas para os filhos de aristocratas sofisticados. Incorporou a seus contos mensagens sobre comportamento, valores, atitudes e maneiras de interpretar o mundo, mas adoçou-as com enredos fantásticos e uma prosa comovente. Sua versão de *Cinderela* conquistou tão perfeitamente a imaginação de crianças e adultos que permaneceu como a narrativa-mestra a que todas as variantes são incessantemente comparadas. Disney voltou-se para Perrault quando planejou um filme de animação de longa-metragem sobre a heroína perseguida que encontra o caminho para a fortuna entre valsas e vestidos.

No prefácio dos *Contos da Mamãe Gansa*, Perrault repetiu enfaticamente o que declarara numa coletânea de contos anterior. Seus contos de fadas, como aqueles escritos por seus antecessores literários, contêm "uma moralidade louvável e instrutiva" e mostram como "a virtude é sempre recompensada" e "o vício é sempre punido". Para ele, era importante mostrar as vantagens de ser "honesto, paciente, prudente, industrioso, obediente" e revelar uma correlação direta entre obediência e uma vida boa. "Às vezes há crianças que se tornam grandes senhores por terem obedecido ao pai ou à mãe, ou outras que experimentam terrível desventura por terem sido más e desobedientes."

Um exame atento de alguns contos, no entanto, revela discursos éticos e comportamentais contraditórios. Para cada Chapeuzinho Vermelho que é punida por vadiar na mata, catando castanhas, caçando borboletas e colhendo flores, há um filho de moleiro que é recompensado com um reino e uma princesa por mentir, trapacear e furtar. Ou um Pequeno Polegar que faz fortuna apropriando-se do tesouro de um ogro e depois acumula uma segunda fortuna fazendo as vezes de mensageiro para senhoras aflitas por notícias de seus amantes. Se nunca admitiu explicitamente a moralidade defeituosa de seus contos de fadas, Perrault deixou claro nas lições morais que extrai dos contos que por vezes teve dificuldades de encontrar uma mensagem compatível com a filosofia da virtude premiada e da maldade punida. "Às vezes é esse pirralho ... que traz a fortuna", declarou no final de *O Pequeno Polegar*. "Uma jovem pode muito bem viver de água e pão, contanto que tenha belos vestidos", observou no final de *Pele de Asno*.

O que os contos de Perrault podem transmitir com mais força que uma moralidade ingênua que recompensa o bom comportamento é uma trama que, na expressão de Robert Darnton, "dá o que pensar". No *Gato de Botas* de Perrault, Darnton vê "a corporificação da astúcia 'cartesiana'", que continua a ser celebrada hoje por exemplo nos atributos *méchant e malin* ("malvado" e "astuto"). "A França", Darnton conclui, "é um país onde é bom ser mau", e é numa tenra idade, através de seu folclore, que os franceses aprendem essa lição.

Diferentemente dos Grimm, Perrault nunca buscou enfatizar o sabor francês particular das histórias em *Contos da Mamãe Gansa*. Contentava-se simplesmente em recontar os contos que ouvira na infância e que continuavam a oferecer entretenimento a seus próprios filhos. Ignorando o grau em que estava aproximando a cultura popular e a de elite, embora plenamente consciente de que um cortesão sofisticado não podia associar seu nome a contos de fadas, Perrault renegou duplamente sua autoria, atribuindo os contos primeiro ao filho e finalmente a Mamãe Gansa. Talvez sem intenção, homenageou tanto as velhas comadres que deram origem a muitos dos contos quanto as crianças, cujo desejo de histórias acalentou os contos desde sua publicação em 1697.

LEITURAS ADICIONAIS SOBRE AUTORES E COMPILADORES DE CONTOS DE FADAS

ALEKSANDR AFANASEV

Nikolajeva, Maria. "Aleksandr Afanasyev", em *The Oxford Companion to Fairy Tales*, org. Jack Zipes. Oxford: Oxford University Press, 2000.

Riordan, James. "Commentary on Russian Folktales", em *Tales from Central Russia. Retold by James Riordan*. Harmondsworth: Penguin, 1976.

Hans Christian Andersen

Bredsdorff, Elias. *Hans Christian Andersen: An Introduction to His Life and Works*. Copenhague: Reitzel, 1987.

Godden, Rumer. *Hans Christian Andersen: A Great Life in Brief*. Nova York: Knopf, 1955.

Rossel, Sven Hakon, org. *Hans Christian Andersen: Danish Writer and Citizen of the World*. Amsterdam: Rodopi, 1996.

Spink, Reginald. *Hans Christian Andersen and His World*. Londres: Thames & Hudson, 1972.

Wullschlager, Jackie. *Hans Christian Andersen: The Life of a Storyteller*. Nova York: Knopf, 2001.

Peter Christen Asbjørnsen e Jørgen Moe

Christiansen Reidar, org. *Folktales of Norway*. Chicago: University of Chicago Press, 1964.

DesRoches, Kay Unruh. "Asbjørnsen and Moe's Norwegian Folktales: Voice and Vision", em *Touchstones: Reflections on the Best in Children's Literature: Fairy Tales, Fables, Myths, Legends and Poetry*, org. Perry Nodelman.West Lafayette, Ind.: Children's Literature Association, 1985.

Jeanne Marie Leprince de Beaumont

Clancy, Patricia. "A French Writer and Educator in England: Mme. Le Prince de Beaumont". *Studies on Voltaire and the Eighteen Century* 201, 1982, p.195-208.

Hearne, Betsy. *Beauty and the Beast: Visions and Revisions of an Old Tale*. Chicago: University of Chicago Press, 1989.

Zipes, Jack. "The Origins of the Fairy Tale", em *Fairy Tales as Myth/Myth as Fairy Tale*. Lexington: University of Kentucky Press, 1994.

Jacob e Wilhelm Grimm

Bottigheimer, Ruth. Grimms' *Bad Girls and Bold Boys: The Moral and Social Vision of the Tales.* New Haven: Yale University Press, 1987.
Tatar, Maria. *The Hard Facts of the Grimms' Fairy Tales.* Princeton: Princeton University Press, 1987.
Zipes, Jack. *The Brothers Grimm: From Enchanted Forests to the Modern World.* Nova York: Routledge, 1988.

Joseph Jacobs

Dorson, Richard M. *The British Folklorists.* Chicago: University of Chicago Press, 1968.
Fine, Gary Alan. "Joseph Jacobs: A Sociological Folklorist". *Folklore* 98, 1987, p.183-93.

Charles Perrault

Barchilon, Jacques, e Peter Flinders. *Charles Perrault.* Boston: Twayne, 1981.
Darnton, Robert. "Peasant Tell Tales: The Meaning of Mother Goose", em *The Great Cat Massacre and Other Episodes in French Cultural History.* Nova York: Random House/ Vintage Books, 1985. [Ed. bras.: *O grande massacre dos gatos e outros episódios da história cultural francesa.* Rio de Janeiro: Graal, 1983.]
Philip Lewis. *Seeing through the Mother Goose Tales: Visual Turns in the Writings of Charles Perrault.* Stanford: Stanford University Press, 1996.

Biografia dos Ilustradores

Ivan Bilibin (1876-1942)

Nascido em São Petesburgo e filho de um médico, Bilibin formou-se em direito, mas ingressou também numa escola de artes em 1895. Depois viajou pela Alemanha, Suíça e Itália, onde também estudou. Em 1899 recebeu uma encomenda de vinhetas para uma revista de arte e produziu suas primeiras ilustrações para contos de fadas russos. Uma comissão do Departamento para a Produção de Documentos Públicos deu a Bilibin a oportunidade de ilustrar um grupo de histórias russas, entre as quais *Vasilisa, a Bela*. Abandonando a carreira jurídica que seu pai planejara para ele, Bilibin dedicou-se quase exclusivamente a ilustrar livros (tanto contos de fadas quanto *bylinas*, ou epopeias populares tradicionais) e desenhar cenários e figurinos de teatro. Colaborou com produções de *Boris Godunov*, *O galo de ouro* e *Russlan e Ludmila*. Deixou a Rússia para viver no exterior, mas voltou em 1936. Morreu durante o cerco de Leningrado, no inverno de 1942.

Bilibin considerava-se não só um artista como um "filólogo, por assim dizer, ou um estudioso do folclore". Via os contos de fadas, assim como as *bylinas*, como parte de um todo folclórico, constituído de "bordaduras, padrões impressos em roupas, entalhes em madeira, arquitetura popular, pinturas populares e assim por diante". Em seu trabalho como ilustrador, esforçou-se por produzir imagens que formassem um todo coeso, mergulhando os leitores mais profundamente na narrativa em vez de distraí-los dela. As encomendas que recebeu do governo resultaram em seis brochuras delgadas, de formato grande, de contos de fadas russos clássicos. Com molduras elaboradas que são em si mesmas obras de arte, as ilustrações parecem autossuficientes, ainda que figurem como parte de uma sequência maior de narrativa. Bilibin esboçava detalhes de figuras, objetos e paisagens com tinta nanquim e depois preenchia as formas com aquarelas monocromáticas que produziam os efeitos vibrantes da arte popular.

A partir de seu estudo da arte russa primitiva, da arte japonesa e de xilogravuras, Bilibin desenvolveu um estilo que imitava a arte primitiva, com suas cores luminosas, padrões em pequena escala e atenção ao detalhe. Via seu trabalho como um artesanato que exigia a energia concentrada do desenhista e do pintor virtuoses. "Para nós", Bilibin escreveu, "desenhar no início do século xx era inconcebível sem um grande senso de disciplina e uma firme crença na supremacia da linha." De certa maneira a ilustração de livros ignorava a linha que separava a pintura de cavalete da arte aplicada, pois requeria imaginação, criatividade e, ao mesmo tempo, estreita atenção ao ofício da impressão. Bilibin via seus desenhos como uma reversão das tradições populares: "O estilo é russo antigo – derivado da arte tradicional e da velha impressão popular, mas enobrecido."

As aquarelas de Bilibin para *Vasilisa, a Bela* estão entre as mais fortes ilustrações de um conto de fadas. Cada composição é dominada por figuras singulares, que prendem nossa atenção com seus olhares penetrantes e faces assombradas. Unidas à paisagem através dos desenhos em suas roupas, dos instrumentos de madeira que carregam, ou das cores e formas de seus corpos, ainda assim capturam nosso olhar, por sua determinação. São personagens que têm uma missão a cumprir, e seguimos com eles pelas matas russas, contemplando sua beleza densa e sombria.

EDWARD BURNE-JONES (1833-1898)

Edward Burne-Jones tornou-se o modelo do artista vitoriano – sério, movido por ideais elevados e com pendores extremamente românticos, etéreos. Em 1853 o jovem Burne-Jones foi para Oxford com a intenção de abraçar o sacerdócio. Em 1855, porém, esses planos haviam mudado e, após uma visita a Paris com William Morris, resolveu tornar-se pintor. "Aquela foi a noite mais memorável da minha vida", ele contou mais tarde. Em Londres, Burne-Jones e Morris ingressaram na comunidade pré-rafaelita, onde Burne-Jones pintou móveis, desenhou vitrais e participou do empreendimento pré-rafaelita coletivo conhecido como Os Murais de Oxford. "Decidi que devemos fundar uma irmandade", Burne-Jones escreveu a um amigo. "Aprenda Sir Galahad de cor. Ele deverá ser o patrono de nossa Ordem."

Burne-Jones ganhou fama tanto por sua arte utilitária quanto por suas pinturas. Muitas destas tinham origem em projetos para outros materiais, que iam de vitral e bordado a mosaicos e tapeçarias. Sua mais famosa declaração sobre pintura capta exatamente o que tornava os contos de fadas um veículo ideal para seus talentos artísticos: "O que entendo por imagem é um bonito sonho romântico de algo que nunca existiu, nunca existirá – sob uma luz melhor do que qualquer luz que jamais brilhou – numa terra que ninguém pode definir ou lembrar, somente desejar."

Na década de 1860, Burne-Jones trabalhou com Rossetti, Ford Madox Brown e outros para "The Firm", uma sociedade de artistas criada por Morris. Membros do grupo propunham desenhos para projetos individuais, que eram então repassados a artesãos locais. Burne-Jones, com seu instinto para o desenho decorativo, floresceu nesse sistema. Produziu painéis de vitrais que ilustravam o trágico romance de Tristão e Isolda. Estudou modelos de móveis e azulejos pintados – um conjunto ilustrava *A Bela Adormecida*, conto a que retornou repetidas vezes em sua pintura. Sua estreia pública na Old Watercolour Society em 1864 foi menos bem-sucedida. A hostilidade com que os críticos o receberam levou-o a relutar, por mais de uma década, em participar de quaisquer exposições oficiais ou organizações de artistas.

Na década de 1870 Burne-Jones empreendeu projetos místicos, religiosos e folclóricos de grande escala, produzindo muitas vezes séries de pinturas interligadas. "Quero coisas grandes para fazer e vastos espaços", disse à sua mulher. Ilustrações para romances arturianos, mitos gregos, contos de fadas e contos de Chaucer já o fascinavam desde o tempo em que desenvolvia projetos para trabalho de agulha e tapeçarias para Morris and Company. Com certo receio, concordou em exibir seu trabalho na primeira exposição anual da Grovesnor Gallery em 1877. A mostra foi recebida com entusiasmo, transformando Burne-Jones numa celebridade da noite para o dia. Em sua crítica da exposição Henry James deu o tom: "No palácio da arte há muitos quartos e aquele cuja chave o Sr. Burne-Jones tem nas mãos é um maravilhoso museu. Sua imaginação, sua fertilidade criativa, seu refinamento no trabalho, seus notáveis dons como colorista... tudo isso constitui um brilhante diferencial."

Em 1890 Burne-Jones concluiu uma série de pinturas que iniciara em 1870 e que coroaram sua carreira. *Briar Rose* consistia em quatro pinturas: *The Briar Wood, The Council Chamber, The Garden Court* e *The Rose Bower*. Fascinado pela noção de entorpecimento estético, de formas adormecidas preservadas para sempre em sua perfeição terrena, Burne-Jones terminou o ciclo com a princesa enfeitiçada. "Quero parar na princesa adormecida, e não contar mais nada, deixar tudo que aconteceu depois para a invenção e a imaginação das pessoas, e não lhes contar mais nada." O modelo para a princesa adormecida foi sua filha Margaret.

Um dia antes de morrer, Burne-Jones comentou que gostaria de "pintar e pintar por dezessete mil anos... Por que dezessete? Por que não setenta mil anos?" Ele morreu em Londres em 1898, pouco depois de completar *The Last Sleep of Arthur in Avalon*.

WALTER CRANE (1845-1915)

Conhecido como "o pai do livro ilustrado para crianças", Walter Crane levou para o quarto das crianças livros com coloridos radiantes, ilustrações engenhosas e baixo preço. Ilustrador de quase cinquenta livros infantis, Crane fez experiências com a ilustração de cartilhas, abecês e contos de fadas que incluíam *Cinderela, Chapeuzinho Vermelho, Barba Azul, O Gato de Botas* e *A Bela Adormecida*. As fortes linhas negras, cores vivas, superfícies decorativas planas e figuras inspiradas na pintura grega de vasos, que lhe eram características, resultavam em desenhos que elevaram significativamente os padrões para livros infantis. Sua obra, que legitimou a incursão de artistas sérios em obras para crianças, foi um verdadeiro marco na qualidade estética dos livros infantis.

O pai de Crane reconheceu cedo os talentos artísticos do filho e encorajou seus esforços apresentando-o a William James Linton, o proprietário da firma de impressão e gravura para a qual John Tenniel havia trabalhado. Após um aprendizado de três anos junto a um gravador em madeira, que fortaleceu sua compreensão do ofício, Crane assistiu a aulas de arte na Heatherley's Art School. Edmund Evans, proprietário da melhor firma impressora da Inglaterra, trabalhou com Crane numa série de livros de imagens que vieram a ser conhecidos como "livros-brinquedos". Esses livros finos, em formato grande, consistiam em oito páginas totalmente impressas em cores e projetados de tal maneira que cada centímetro do espaço era usado, desde a capa, inteiramente ilustrada, até a quarta capa, tomada por anúncios. As próprias ilustrações de Crane tinham forte qualidade arquitetônica, sendo preenchidas até a borda com ladrilhos, tapetes decorados, trajes suntuosos, vasos decorativos e paredes forradas de tapeçarias. "Tenho a convicção de que em todo desenho de caráter decorativo", ele declarou, "um artista trabalha mais livremente e melhor sem nenhuma referência direta à natureza."

As cenas completamente preenchidas de Crane, com seus contornos pretos e composição unificada, parecem formais e afetadas se comparadas às ilustrações de livros infantis de hoje. Mas, se são um tanto severos pelos padrões atuais, os desenhos exercem também uma atração especial pela nitidez de suas linhas e cores. Como o próprio Crane expressou, "as crianças, como os egípcios antigos, parecem ver a maioria das coisas de perfil, e gostam de declarações definitivas no desenho. Preferem formas bem-definidas e cor vívida, ostensiva. Não querem se incomodar com três dimensões. Podem aceitar representações simbólicas. Elas próprias usam o desenho ... como uma espécie de escrita com imagens, e acompanham avidamente uma história ilustrada."

Com os livros de Crane, que tinham de ser produzidos em tiragens de 10.000 para serem lucrativos ao preço de seis *pence* o exemplar, os livros infantis começaram a assumir o caráter de uma indústria. Há um toque de ironia nisso, pois o próprio Crane havia se associado a William Morris e John Ruskin para assumir um papel de liderança no movimento Arts and Crafts. Em 1884 ele foi eleito presidente da Art Worker's Guild e dedicou muito de sua energia à supressão das barreiras entre artistas e artesãos. Crane trabalhou em diversos meios, de óleos e xilogravuras a cerâmicas, têxteis, tapeçaria e papel de parede. Um homem que tinha a sensação de carregar o socialismo em seus genes, fez campanha por causas políticas socialistas e ingressou na Fabian Society em 1885.

Se o trabalho artístico de Crane pode ter algo de pomposo, o artista possuía um encanto tranquilo que lhe valeu muitos amigos. Em casa, com a mulher e os filhos, mantinha uma coleção de bichos que incluiu, em épocas diferentes, uma coruja, um mangusto, coelhos e um jacaré. Durante algum tempo trabalhou com um esquilo empoleirado no ombro. Em seus últimos anos chamava-se a si mesmo Commendatore Crane (o rei da Itália lhe havia dado esse título outrora) e se divertia com o papel de "autoridade". Sua assinatura, um crânio [*crane*] circundado por suas iniciais, acrescenta um toque caprichoso a muitas ilustrações. Numa declaração sobre seu amor à arte da ilustração, Crane revelou que possuía o coração de criança de que falava com tanta eloquência: "O melhor de desenhar para crianças é que se pode dar rédea solta à imaginação e à fantasia, e há sempre espaço para o humor e até para o patético, tendo-se a certeza de ser acompanhado por aquele senso perene de deslumbramento e romance no coração da criança – um coração que em alguns casos, felizmente, nunca cresce ou envelhece."

George Cruikshank (1729-1878)

Em sua introdução a *Contos populares alemães* (1823), uma seleção de contos de fadas dos Irmãos Grimm traduzidos para o inglês por Edgar Taylor, John Ruskin observou que George Cruikshank, o ilustrador do volume, havia produzido águas-fortes "sem rival na maestria do toque desde Rembrandt". Desde então Cruikshank foi reconhecido como um dos mais importantes artistas gráficos britânicos do século xix. Mais conhecido por ter ilustrado *Retratos londrinos* e *Oliver Twist*, gozou de grande popularidade por seu talento para captar tanto a fantasia quanto o melodrama de cenas literárias.

Como filho de um caricaturista político, Cruikshank começou sua formação artística muito cedo, seguindo os passos do pai por algum tempo e depois enveredando para a ilustração de livros. Produziu as águas-fortes para *Peter Schlemihl* de Adelbert von Chamisso, uma história sobre um homem que perde a sua sombra, mais ou menos na mesma época em que voltou sua atenção para os contos de fadas dos Irmãos Grimm. Em 1847 Cruikshank ilustrou uma história chamada "A garrafa", que traça o declínio de uma família através da bebida. Essa obra o inspirou a advogar a abstinência e a inserir em sua produção artística mensagens sobre os males do álcool.

Contos de fadas podem parecer um instrumento implausível para propaganda social, mas Cruikshank escreveu e ilustrou quatro deles nos anos 1853-64 para *The Fairy Library*, uma coleção de contos destinada a apoiar o movimento pela abstinência. Em *Hop o' My Thumb and the Seven League Boots*, o pai de Hop perde seu dinheiro bebendo, mas se recupera e introduz a proibição do álcool quando se torna primeiro-ministro. Em *Cinderela*, o pai do príncipe ordena a instalação de "fontes de vinho" nos pátios do palácio e nas ruas. A madrinha de Cinderela, horrorizada com esses planos, lembra ao monarca que o vinho fomentará "brigas, lutas brutais e morte violenta" e o convence a celebrar as bodas sem álcool.

O talento de Cruikshank para desenhar figuras fantásticas, muitas vezes levemente agitadas, e seus absurdos extravagantes lhe valeram muitos admiradores. Embora o zelo por reforma social (além da bebida, condenava apaixonadamente os males da escravidão e os maus-tratos de animais) tenha começado a afetar seu sucesso como artista, permaneceu ativo na velhice, ilustrando uma edição inglesa de *A cabana do Pai Tomás* (1852), de Harriet Beecher, e fazendo experiências com pintura a óleo. Ao morrer, em 1878, deixou mais de doze mil imagens impressas em livros, revistas e folhetos.

Gustave Doré (1832-1883)

Gustave Doré está sem sombra de dúvida entre os mais prolíficos de todos os ilustradores de livros. Autor de mais de dez mil gravuras, mil litografias, quatrocentas pinturas a óleo e trinta esculturas, sua produção é simplesmente assombrosa. Seu trabalho foi amplamente disseminado: as 238 estampas da Bíblia que produziu, por exemplo, apareceram em quase mil edições diferentes. A fama dessas imagens correu mundo, como fica evidente pela referência que Mark Twain faz a isso em *Tom Sawyer*.

Doré nasceu em Estrasburgo em 1832 e cresceu à sombra da famosa catedral gótica da cidade. Desde os quatro anos era sempre visto de lápis na mão, muitas vezes com as duas extremidades apontadas. Aos doze estava entalhando suas próprias pedras litográficas e fazendo conjuntos de estampas para livros ilustrados. Seu primeiro livro, *Os trabalhos de Hércules*, para o qual criou tanto texto quanto ilustrações, foi publicado quando tinha apenas quinze anos. O jovem Doré assumiu um cargo na editora de Aubert e Philipon, onde produzia, semanalmente, uma página de caricaturas à maneira de Cruikshank e Honoré Daumier para o *Journal pour Rire*. Depois de apenas três anos com o jornal, havia produzindo setecentos desenhos e cinco álbuns.

Doré afirmava nunca ter tomado lições de arte. O que lhe faltava em matéria de educação formal ele compensava com talento natural e fertilidade imaginativa. Conta-se que um contemporâneo seu, o escritor francês Théophile Gautier, teria declarado que se apresentassem a Doré um tema como a influência da pulga sobre a sentimentalidade da mulher, ele era capaz de aparecer com quinhentas ilustrações para ele. Doré mergulhou na cultura social e artística de Paris, frequentando a ópera e o teatro, tocando piano e violino, cantando e promovendo jantares festivos. Trabalhava em grande estilo, produzindo telas gigantescas pinceladas num frenesi e depois abandonadas e repintadas. Como ilustrador, era de uma ambição quase insana, planejando "produzir, num estilo uniforme, uma edição de todas as obras-primas da literatura". Em certa altura, anunciou o plano de criar mil desenhos para uma obra completa de Shakespeare. Doré, que não rejeitava encomendas, ilustrou tanto obras menores quanto clássicos. Ocasionalmente, no entanto, lamentava seu sucesso na área da ilustração de livros. "Preciso matar o ilustrador e ser conhecido somente como pintor",

Gustave Doré
Autorretrato, 1872

declarava, com a esperança vã de construir uma sólida reputação como pintor. Em seus últimos anos, abandonou a ilustração quase por completo, voltando-se para o óleo, a aquarela e a argila.

Doré empreendeu projetos que incluíam obras de Rabelais, Balzac, Milton, Chateaubriand, Byron, Victor Hugo, Shakespeare e Tennyson. Embora tivesse sido obrigado a subsidiar a publicação do fólio literário para o *Inferno* de Dante, seu editor, Louis Hachette, percebeu rapidamente que Doré estava certo acerca das possibilidades comerciais da obra. "Sucesso! Venha depressa! Sou um asno!" dizia o telegrama enviado por Hachette a Doré pouco depois da publicação do *Inferno*. No entanto, Doré jamais conquistou na França a fama que almejava. Foi em Londres, onde uma Doré Gallery foi aberta ainda durante sua vida, que Doré ganhou o reconhecimento por que tanto ansiara em sua terra natal.

Nunca focalizando interiores domésticos, Doré cria um mundo do que um crítico chamou "atalhos tortuosos, desfiladeiros abismais, vastos castelos varridos por correntes de ar, antros cobertos de teias de aranha, piqueniques de simples camponeses à volta de uma fogueira". Sua arte não é a da sala de estar, com todos os seus detalhes aconchegantes, mas a das torres góticas e das perspectivas românticas. Em sua ilustração para os *Contos de Perrault*, os personagens muitas vezes são apequenados pelas árvores nas florestas, parecem desorientados numa terra que ameaça engolfá-los com sua imensa vastidão. Doré capta toda a amplitude do terror evocado pelos contos franceses, nunca hesitando em representar o que nossa imaginação é por vezes incapaz de admitir. Ninguém que já tenha visto sua água-forte do ogro no *Pequeno Polegar*, quando ele está prestes a passar a faca nas gargantas das filhas, lerá o conto de novo da mesma maneira.

Doré morreu em 1883, aos cinquenta e um anos, quando terminava as gravuras para sua primeira encomenda norte-americana, uma edição de *O corvo*, de Edgar Allan Poe.

EDMUND DULAC (1882-1953)

A paixão pelo padrão, pela textura e pelo pigmento marca as ilustrações produzidas por Edmund Dulac. Embora fosse um artista notavelmente versátil – desenhando para tudo que é veículo, de selos postais e cédulas a figurinos de teatro e móveis –, Dulac é mais conhecido hoje como um dos eminentes ilustradores que trabalharam na "idade de ouro" da ilustração de livros infantis. Na década que precedeu a Primeira Guerra Mundial, Arthur Rackham, Kay Nielsen, Charles Robinson e William Heath Robinson adornaram livros para crianças com deslumbrantes lâminas coloridas encartadas. Se Rackham permaneceu fiel às suas raízes britânicas e foi buscar sua inspiração na mitologia nórdica, Dulac, nascido na França em 1882, tornou-se um anglófilo apaixonado que se voltava para o Oriente para enriquecer tanto o estilo quanto a temática de sua arte. Como alguém disse, Rackham pintava com seu lápis, ao passo que Dulac, mestre dos desenhos sensuais e dos cenários exóticos, desenhava com seu pincel.

Nativo de Toulouse, Dulac estudou arte enquanto frequentava o curso de direito na universidade. Tendo recebido um prêmio por sua pintura, abandonou a faculdade para se dedicar inteiramente à escola de arte. Ardente admirador de William Morris, Walter Crane e Aubrey Beardsley, Dulac mudou a grafia de seu nome de "Edmond" para o mais britânico "Edmund", levando seus amigos a passarem a se referir a ele como "L'Anglais".

Foi em Londres que Dulac fez sua estreia na ilustração de livros: editora de J.M. Dent encomendou-lhe sessenta aquarelas para uma coleção completa dos romances das irmãs Brontë. Estimulado pela proposta, Dulac decidiu permanecer em Londres, colaborando como ilustrador para a *Pall Mall Gazette*, uma revista mensal. Como Rackham, exibiu seus trabalhos nas Leiscester Galleries. A editora Hodder & Stoughton, competindo com William Heinemann, que acabara de contratar Rackham, requisitou os serviços de Dulac para ilustrar *As mil e uma noites*, trabalho que lhe assentava como uma luva. Usando variados tons de azul – índigo, cobalto, cerúleo, lilás, lavanda e malva –, Dulac produziu panos de fundo cintilantes com uma qualidade mágica tão intensa que dominavam a composição. Ele apagava diferenças entre fundo e primeiro plano, produzindo um plano visual que forçava o espectador a explorar toda a superfície. Cada vez mais, Dulac libertou sua arte de convenções artísticas ocidentais, eliminando o uso convencional da perspectiva e investindo em superfícies decorativas com tons e desenhos fortes. "O resultado final da arte imitativa objetiva", ele escreveu, "é nada menos que fotografia em cores."

As ilustrações de Dulac para *A Bela e a Fera*, *Cinderela*, *Barba Azul* e *A Bela Adormecida* foram produzidas para acompanhar *Sleeping Beauty and Other Tales from the Old French*, de Sir Arthur Quiller-Couch. Durante a Primeira Guerra Mundial, quando os negócios estavam fracos, Dulac foi encarregado de preparar ilustrações para um livro de contos de fadas que se tornou conhecido como *Edmund Dulac's Fairy Book – Fairy Tales of the Allied Nations*. O volume, publicado em 1916, revelou a capacidade de adaptação de Dulac, pois ele produziu ilustrações que captavam os estilos artísticos das diferentes nações representadas no volume. Embora seu interesse pela ilustração de contos de fadas tenha esmorecido com o correr dos anos, Dulac permaneceu artisticamente ativo até sua morte em 1953, compondo música, desenhando cédulas e desenvolvendo um interesse pelo espiritualismo.

KAY NIELSEN (1886-1957)

O historiador da arte Sir Kenneth Clark confessou certa vez que as ilustrações de contos de fadas produzidas por Arthur Rackham haviam estampado "imagens de terror" em sua imaginação. Teria ficado muito mais perturbado pelas ilustrações de Kay Nielsen, o Aubrey Beardsley dinamarquês, cujos heróis e heroínas, imbuídos de sinuosa determinação, avançam por paisagens soturnas. Se Rackham choca com sua vívida tridimensionalidade, Nielsen prende nossa atenção com suas perspectivas achatadas e seu traçado gracioso no que parecem ser terrenos vastos, árticos.

"Eles me criaram numa tensa atmosfera de arte", contou o artista acerca de seus pais. Os pais de Nielsen, que nasceu em 1886 em Copenhague, pertenciam ao mundo teatral. Sua mãe era uma das atrizes principais do Teatro Real Dinamarquês, enquanto o pai trabalhava como diretor administrativo de um outro teatro. Quando criança, Nielsen acostumou-se a encontrar celebridades com Henrik Ibsen e Edvard Grieg. O jovem Nielsen estava decidido a se tornar médico, mas quando tinha dezessete anos seus planos haviam mudado e ele partiu para Paris, onde estudou arte por quase uma década.

Nielsen era fascinado não só pelo trabalho do artista britânico Aubrey Beardsley como pelo estilo Art Nouveau em geral e pelas xilogravuras japonesas. Em Paris foram-lhe encomendadas as ilustrações para volumes de poemas de Heinrich Heine e Paul Verlaine. Em 1913 ele produziu vinte e quatro aquarelas para um livro de contos de fadas recontados por Sir Arthur Quiller-Couch. *In Powder and Crinoline* foi posteriormente publicado nos Estados Unidos sob o título *Twelve Dancing Princesses*. O volume assegurou a reputação de Nielsen como ilustrador e levou à encomenda de novos trabalhos, o mais importante dos quais foi *A leste do sol e a oeste da lua*, uma coletânea de contos de fadas noruegueses que se provou uma tarefa sob medida para o artista dinamarquês.

A carreira de Nielsen foi desacelerada pelo início da guerra, e ele voltou para Copenhague, onde passou a se dedicar ao desenho de cenários. Para o Teatro Real, produziu cenários e figurinos para uma versão teatral de *Aladim*, e trabalhou em produções de *A tempestade*, de Shakespeare e também de *Sonho de uma noite de verão*. No entreguerras, Nielsen ilustrou mais dois volumes de contos de fadas, sendo uma coletânea de histórias de Andersen e uma antologia de contos dos Irmãos Grimm.

Nielsen passou as duas últimas décadas de sua vida nos Estados Unidos. Em 1936 colaborou com Max Reinhardt numa produção de *Everyman*. A ensolarada Los Angeles atraiu Nielsen e sua mulher, e, apesar de estarem numa situação econômica difícil, eles se instalaram nos Estados Unidos. Ali Nielsen trabalhou brevemente para Disney, desenhando a sequência da "Montanha Pelada" para *Fantasia*. Relutante em comprometer seus padrões artísticos em prol do sucesso comercial, ficou reduzido durante algum tempo a criar galinhas e conseguia ganhar um parco sustento pintando murais em escolas secundárias locais. Morreu em 1957 e deixou para a família e os amigos pinturas de inestimável valor ilustrando *As mil e uma noites*. Elas estão entre as mais belas obras de Nielsen, embora nunca tenham sido incorporadas a uma edição dos contos.

MAXFIELD PARRISH (1870-1966)

Um dos pintores de maior destaque durante a "idade de ouro" da ilustração americana, Maxfield Parrish foi um artista prolífico cujas paisagens românticas, figuras sensuais e vinhetas encantadoras arrebataram a imaginação pública. Em revistas, calendários, anúncios e ilustrações de livro, Parrish produziu imagens de um realismo fotográfico assombradas por um toque espectral. *Daybreak*, uma pintura criada especificamente para ser reproduzida como estampa de arte, tornou-se um tal sucesso como ícone cultural que, durante algum tempo, dizia-se que estava exposta em um de cada quatro lares americanos. Embora a arte comercial tenha absorvido suas energias por muitos anos, Parrish ilustrou também vários livros infantis, destacando-se entre eles *Mother Goose in Prose* e *As mil e uma noites*.

Nascido na Filadélfia, Parrish cresceu num lar quacre. Seu pai, Stephen Parrish, era um conhecido água-fortista e pintor de paisagens, perspicaz e com bom faro para os negócios. Parrish estudou pintura na Pennsylvania Academy of the Fine Arts. Imbuído de firme crença no poder que a beleza tem de promover mudanças morais, devotou-se à popularização e democratização da arte. De 1894 a 1896 Parrish trabalhou como instrutor em decoração mural e de interiores, além de continuar seu trabalho ilustrativo, produzindo capas de revista, cartazes de teatro, pôsteres, capas de menu e anúncios. Casou-se com Lydia Austin em 1895 e, após passar o verão viajando pela Europa, onde visitou o Louvre e esteve com pintores, voltou aos Estados Unidos, passando a receber encomendas com regularidade.

Parrish firmou-se como artista após pintar um mural intitulado *Old King Cole* em 1895 para o Mask and Wig Club, uma sociedade dramática na Universidade da Pennsylvania. Em 1898 deixou a Filadélfia, mudando-se para Plainfield, em New Hampshire, onde comprou um terreno perto da casa dos pais e, com um carpinteiro local, trabalhou por mais de dez anos na construção da casa. No final, "The Oaks" tinha vinte cômodos, incluindo um estúdio com quinze salas, bem como jardins com projeto paisagístico. Como um contemporâneo seu comentou "sua casa tem o encanto de seu trabalho, com os mesmos detalhes interessantes e a mesma vastidão poética da paisagem".

MAXFIELD PARRISH
The Artist, Sex, Male, 1909

As ilustrações de Parrish para *The Golden Age* (1899), de Kenneth Grahame, fizeram dele um ilustrador de livros internacionalmente conhecido. Uma crítica descreveu as ilustrações como exibindo "a visão fotográfica com o sentimento pré-rafaelita" e ressaltou a brilhante mescla de estilos nas pinturas. Simultaneamente modernas, medievais e clássicas, as ilustrações de Parrish desafiavam a categorização e representavam uma nova e forte tradição em que o pintor, nas palavras do próprio artista, era "mais anotador do que ilustrador".

Por vários anos Parrish trabalhou para a Collier's, renomada revista popular que incluía muitas ilustrações em cores. Foi como contratado da *Collier's* que produziu duas importantes séries: *As mil e uma noites* (1906-7) e *Mitologia grega* (1908-9). Seu sucesso na esfera comercial chegou ao ápice na década de 1920, embora a coqueluche dos calendários, pôsteres e cartões de Parrish tenha minguado no final da década. Parrish reconhecia que não estava vendendo necessariamente um mero produto. Observou, com perspicácia, que "é o inatingível que atrai".

Parrish parou de pintar depois que Susan Lewin, sua modelo e amante por cinquenta e cinco anos, casou-se aos setenta anos de idade. Ele morreu aos noventa e seis anos em "The Oaks", tendo sua fama assegurada não só por suas pinturas, ilustrações e capas de revista como também pelo termo "Parrish blue", a nova designação artística do cobalto.

Arthur Rackham (1867-1939)

O quarto de doze filhos (cinco dos quais morreram na infância), Arthur Rackham, conhecido por seu "sorriso largo e travesso", nasceu em 1867 e cresceu numa família vitoriana de classe média. Quando criança, mostrou talento para o desenho e costumava levar papel e lápis para a cama às escondidas. Depois de ser flagrado e vigiado, ainda conseguia desenhar à noite carregando furtivamente um lápis para debaixo do lençol e usando sua fronha como superfície de desenho.

Aos dezesseis anos, sob recomendação de um médico, Rackham fez uma longa viagem por mar, viajando para a Austrália em 1883 com amigos da família. A bordo do navio e em Sidney, as oportunidades para fazer esboços foram muitas e Rackham voltou para a Inglaterra com um aspecto mais saudável e com aquarelas do Vesúvio, de Capri, do canal de Suez e de Sidney. Convencido de que sua verdadeira vocação era junto ao cavalete, ingressou na Lambeth School of Art, mas foi obrigado a passar os anos 1885-92 no escritório de uma seguradora, onde cuidava de meticulosa escrituração. Em 1891 estava vendendo seus desenhos a jornais ilustrados de Londres. No ano seguinte deixou a seguradora para se tornar jornalista gráfico em tempo integral num semanário londrino recém-lançado, o *Westminster Budget*, onde seus "Sketches from Life" foram aclamados pela crítica e pelo público. Em 1900 conheceu a retratista Edyth Starkie, com quem se casou três anos depois.

Foi em 1900 que Rackham foi convidado para ilustrar *Os contos de fadas dos Irmãos Grimm*, pelo qual sentiu "mais afeição" do que por outros trabalhos. Em 1905, depois que publicou uma edição de *Rip Van Winkle*, sua reputação como o mais destacado ilustrador da era eduardiana ficou firmemente estabelecida. Rackham era muito requisitado e foi convidado para ilustrar *Peter Pan*, de J.M. Barrie, e *Alice no País das Maravilhas*, de Lewis Carroll. Defendia a importância da fantasia e do capricho em livros para crianças e dizia acreditar firmemente no "extremo poder estimulante e educativo de imagens e escritos imaginativos, fantásticos e divertidos para crianças em seus anos mais impressionáveis".

Para Rackham, as ilustrações transmitiam os prazeres do texto, comunicando o "senso de encantamento ou emoção despertado pela literatura que as acompanha".

Os projetos de Rackham incluíram ilustrações para leitores adultos também. O *anel do Nibelungo*, de Wagner, e *Sonho de uma noite de verão*, de Shakespeare, foram alguns de seus maiores sucessos críticos e comerciais. Nos anos que se seguiram à Primeira Guerra Mundial, o mercado para livros de produção cara declinou na Inglaterra, e a renda de Rackham passou a depender cada vez mais de vendas em galerias e de trabalhos ocasionais. Em 1927 embarcou para Nova York, onde suas obras estavam em exposição e onde ele pessoalmente teve uma acolhida entusiástica. Em seus últimos anos, completou as ilustrações para *O vento nos salgueiros*, de Kenneth Grahame, obra com que tinha forte ligação sentimental.

Rackham ilustrou quase noventa volumes. Influenciado por Albrecht Durer, George Cruikshank, John Tenniel e Aubrey Beardsley, é conhecido sobretudo pela firmeza de sua linha, por sua maestria no processo de três cores com seus matizes abrandados, e pela criação de um mundo misterioso e fantástico, cheio de gnomos, ninfas, gigantes, elfos, serpentes marinhas e paisagens intricadas de galhos nodosos, ondas espumosas, vinhas sinuosas e árvores antropomorfas. Acreditando firmemente na parceria entre autor e ilustrador, defendia a ideia de que as ilustrações "dão a visão que o artista tem da ideia do autor ... ou sua visão independente do tema do autor". Rackham exerceu forte influência sobre gerações de ilustradores, em especial sobre os Estúdios Disney, cujo desenho animado de *Branca de Neve* contém cenas claramente inspiradas pelo seu estilo. Morreu de câncer em 1939, apenas algumas semanas após dar os toques finais a *O vento nos salgueiros*. Seu último desenho representa uma cena em que Mole e Rat estão carregando o barco a remo para um piquenique.

Leituras Adicionais sobre os Ilustradores

Ivan Bilibin

Golynets, Sergei. *Ivan Bilibin*. Leningrado: Aurora Art Publishers, 1982.

Edward Burne-Jones

Ash, Russell. *Sir Edward Burne-Jones*. Nova York: Harry N. Abrams, 1993.
Fitzgerald, Penelope. *Edward Burne-Jones: A Biography*. Londres: Michael Joseph, 1975.
Mancoff, Debra N. *Burne-Jones*. São Francisco: Pomegranate, 1998.
Morgan, Hilary. *Burne-Jones: The Pre-Raphaelites and Their Century*. 2 vols. Londres: P. Nahum, 1989.

Wildman, Stephen, org. *Edward Burne-Jones: Victorian Artist-Dreamer.* Nova York: Harry N. Abrams, 1998.

WALTER CRANE

Eugen, Rodney K. *Walter Crane as Book Illustrator.* Nova York: St. Martin's Press, 1975.

Meyer, Susan E. "Walter Crane", em *A Treasury of the Great Children's Book Illustrators.* Nova York: Harry N. Abrams, 1983.

Smith, Greg, e Sarah Hyde. *Walter Crane, 1845-1915: Artist, Designer, and Socialist.* Londres: Manchester University, 1989.

Spencer, Isobel. *Walter Crane.* Nova York: Macmillan, 1975.

GEORGE CRUIKSHANK

Patten, Robert L. *George Cruikshank's Life, Times, and Art.* 2 vols. New Brunswick, NJ: Rutgers University Press, 1992-96.

GUSTAVE DORÉ

Gosling, Nigel. *Gustave Doré.* Nova York: Praeger, 1973.

Richardson, Joanna. *Gustave Doré: A Biography.* Londres: Cassel, 1980.

Rose, Millicent. *Gustave Doré.* Londres, Pleiades Books, 1956.

EDMUND DULAC

Hughey, Ann Conolly. *Edmund Dulac: His Book Illustrations: A Bibliography.* Potomac, MD: Buttonwood Press, 1995.

Larkin, David, org. *Edmund Dulac.* Nova York: Peacock Press, 1975.

White, Colin. *Edmund Dulac.* Nova York: Scribner, 1976.

KAY NIELSEN

Larkin, David, org. *Kay Nielsen.* Toronto: Peacock Press/Bantam, 1975.

Meyer, Susan. "Kay Nielsen", em *A Treasury of the Great Children's Book Illustrators.* Nova York: Harry N. Abrams, 1983.

Poltarness, Welleran. Kay Nielsen: *An Appreciation.* La Jolla, CA: Green Tiger Press, 1976.

Maxfield Parrish

Cutler, Laurence S., e Judy Goffman Cutler. *Maxfield Parrish: A Retrospective*. São Francisco: Pomegranate, 1995.

Gilbert, Alma. *Maxfield Parrish: The Masterworks*. Berkeley, CA: Ten Speed Press, 1992.

Yount, Sylvia. *Maxfield Parrish, 1870-1966*. Nova York: Harry N. Abrams/Pennsylvania Academy of Fine Arts, 1999.

Arthur Rackham

Gettings, Fred. *Arthur Rackham*. Londres: Studio Vista, 1975.

Hamilton, James. *Arthur Rackham: A Life with Illustration*. Londres: Pavilion, 1990.

Hudson, Derek. *Arthur Rackham: His Life and Work*. Londres: William Heinemann, 1960.

Meyer, Susan E. "Arthur Rackham", em *A Treasury of the Great Children's Book Illustrators*. Nova York: Harry N. Abrams, 1983.

Fontes

Chapeuzinho Vermelho
De J. e W. Grimm, "Rotkäppchen", em *Kinder- und Hausmärchen*, 7ª ed. (Berlim: Dietrich, 1857; 1ª ed. Realschulbuchhandlung, 1812).

Cinderela ou O sapatinho de vidro
De C. Perrault, "Cendrillon ou la petite pantoufle de verre", em *Histoires ou Contes du temps passé, avec des moralités* (Paris: Barbin, 1697).

João e Maria
De J. e W. Grimm, "Hänsel und Gretel", em *Kinder-und Hausmärchen*, 7ª ed. (Berlim: Dietrich, 1857; 1ª ed. Realschulbuchhandlung, 1812).

A Bela e a Fera
De J.-M. Leprince de Beaumont, "La Belle et la bête", em *Le magasin des enfants* (Londres: Haberkon, 1756).

Branca de Neve
De J. e W. Grimm, "Sneewittchen", em *Kinder- und Hausmärchen*, 7ª ed. (Berlim, Dietrich, 1857; 1ª ed. Realschulbuchhandlung, 1812).

A Bela Adormecida
De J. e W. Grimm, "Dornröschen", em *Kinder- und Hausmärchen*, 7ª ed. (Berlim: Dietrich, 1857; 1ªed. Realschulbuchhandlung, 1812).

Rapunzel
De J. e W. Grimm, "Rapunzel", em *Kinder- und Hausmärchen,* 7ª ed. (Berlim: Dietrich, 1857; 1ª ed. Realschulbuchhandlung, 1812).

O rei sapo ou Henrique de Ferro
De J. e W. Grimm, "Der Froschkönig, oder der eiserne Heinrich", em *Kinder- und Hausmärchen,* 7ª ed. (Berlim: Dietrich, 1857; 1ª ed. Realschul-buchhandlung, 1812).

Rumpelstiltskin
De J. e W. Grimm, "Rumpelstilzchen", em *Kinder- und Hausmärchen*, 7ª ed. (Berlim: Dietrich, 1857; 1ª ed. Realschulbuchhandlung, 1812).

JOÃO E O PÉ DE FEIJÃO

De J. Jacobs, "Jack and the Beanstalk", em *English Fairy Tales* (Londres: David Nutt, 1890).

BARBA AZUL

De C. Perrault, "La Barbe Bleue", em *Histoires ou Contes du temps passé, avec des moralités* (Paris, Barbin, 1697).

O PÉ DE ZIMBRO

De J. e W. Grimm, "Von dem Machandelboom", em *Kinderund Hausmärchen,* 7ª ed. (Berlim: Dietrich, 1857; 1ª ed. Realschulbuchhandlung, 1812).

VASILISA, A BELA

De A.N. Afanasev, "Vasilisa Prekrasnaia", em *Narodnye russkie skazki* (Moscou: A. Semena, 1855-63).

A LESTE DO SOL E A OESTE DA LUA

De P.C. Asbjørnsen e J. Moe, "Østenfor sol og vestenfor måne", *Norske Folkeeventyr* (Oslo: Christiania, 1842-52).

MOLLY WHUPPIE

De J. Jacobs, "Molly Whuppie", *English Fairy Tales* (Londres: David Nutt, 1890).

A HISTÓRIA DOS TRÊS PORQUINHOS

De J. Jacobs, "The Story of the Three Little Pigs", *English Fairy Tales* (Londres: David Nutt, 1898), cuja fonte foi *Nursery Rhymes and Nursery Tales*, publicado por volta de 1843 por James Orchard Halliwell, renomado compilador britânico que procurou preservar histórias e poemas da infância muito antes que eles fossem valorizados com o nome de folclore.

PELE DE ASNO

De C. Perrault, *Griselidis, nouvelle, avec le conte de Peau d'Ane et celui des Souhaits ridicules* (Paris: Coignard, 1694).

CATARINA QUEBRA-NOZES

De J. Jacobs, "Kate Crackernuts", *English Fairy Tales* (Londres: David Nutt, 1898).

O GATO DE BOTAS OU O MESTRE GATO

De C. Perrault, "Le Maître Chat ou Le Chat Botté", em *Histoires ou Contes du temps passé, avec des moralités* (Paris: Barbin, 1697).

A HISTÓRIA DOS TRÊS URSOS

De *The Story of the Three Bears* (Londres: Frederick Warne, 1967).

O Pequeno Polegar

De C. Perrault, "Le Petit Poucet", em *Histoires ou Contes du temps passé, avec des moralités* (Paris: Barbin, 1697).

A roupa nova do imperador

De H.C. Andersen, "Keiserens nye Klæder", em *Enventyr, fortalte for Børn* (Copenhague: C.A. Reitzel, 1837).

A pequena vendedora de fósforos

De H.C. Andersen, "Den lille Pige med Svovlstikkerne", em *Nye Eventyr* (Copenhague: C.A. Reitzel, 1845).

A princesa e a ervilha

De H.C. Andersen, "Prindsessen paa Ærten", em *Eventyr, fortalte for Børn* (Copenhague: C.A. Reitzel, 1835).

O Patinho Feio

De H.C. Andersen, "Den grimme Ælling", *Nye Eventyr* (Copenhague: C.A. Reitzel, 1837).

A Pequena Sereia

De H.C. Andersen, "Den lille Havfrue" em *Eventyr, fortalte for Børn* (Copenhague: C.A. Reitzel, 1837).

Apêndice 1

A história da avó
Contada por Louis e François Briffault em Nièvre, 1885.
Publicado originalmente por Paul Delarue em "Les contes merveilleux de Perrault et la tradition populaire", *Bulletin Folklorique de l'Île-de-France* (1951): 221-2.

Chapeuzinho Vermelho
De C. Perrault, "Le Petit Chaperon Rouge", *Histoires ou Contes du temps passé, avec des moralités* (Paris: Barbin, 1697).

Apêndice 2

A História dos Três Ursos
De R. Southey, "The Story of the Three Bears", *The Doctor* (Londres: Longman, 1837).

Bibliografia

Leituras Adicionais sobre Contos de Fadas

Aarne, Anti, e Stith Thompson. *The Types of the Folktale: A Classification and Bibliography.* Helsinki: Academia Scientiarum Fennica, 1961.

Apo, Satu. *The Narrative World of Finnish Fairy Tales: Structure, Agency and Evaluation in Southwest Finnish Folktales.* Helsinki: Academia Scientiarum Fennica, 1995.

Ashliman, D.L. "Symbolic Sex-Role Reversals in the Grimms' Fairy Tales", em *Forms of the Fantastic: Selected Essays from the Third International Conference on the Fantastic in Literature and Film.* Org. Jan Hokenson e Howard Pearce. Nova York: Greenwood Press, 1986.

_____. *A Guide to Folktales in the English Language: Based on the Aarne-Thompson Classification System.* Nova York: Greenwood Press, 1987.

Attebery, Brian. *The Fantasy Tradition in American Literature: From Irving to Le Guin.* Bloomington: Indiana University Press, 1987.

Avery, Gillian, e Angela Bull. *Children and Their Books: A Celebration of the Work of Iona and Peter Opie.* Oxford: Claredon Press, 1989.

Bacchilega, Christina. "Introduction: The Innocent Persecuted Heroine Fairy Tale", *Western Folklore* 52, 1993, p.1-12.

_____. *Postmodern Fairy Tales: Gender and Narrative Strategies.* Filadélfia: University of Pennsylvania Press, 1997.

Barchilon, Jacques. "Beauty and the Beast: From Myth to Fairy Tale", *Psychoanalysis and the Psychoanalytic Review* 46, 1959, p.19-29.

_____. "Confessions of a Fairy-Tale Lover", *The Lion and the Unicorn* 12, 1988, p.208-23.

Barchilon, Jacques, e Peter Flinders. *Charles Perrault.* Boston: Twayne, 1981.

Barzilai, Shuli. "Reading 'Snow White': The Mother's Story", *Signs: Journal of Women in Culture and Society* 15, 1990, p.515-34.

_____. "'Say That I had a Lovely Face': The Grimms' 'Rapunzel', Tennyson's 'Lady of Shalott', and Atwood's 'Lady Oracle'", *Tulsa Studies in Women's Literature* 19, 2000, p.231-54.

Baughman, Ernest W. *Type and Motif Index of the Folktales of England and North America.* Haia: Mouton, 1966.

Bauman, Richard. "Conceptions of Folklore in the Development of Literary Semiotics", *Semiotica* 39, 1982, p.1-20.

Behlmer, Rudy. "They Call it 'Disney's Folly': Snow White and the Seven Dwarfs (1937)", em *America's Favorite Movies: Behind the Scenes*. Nova York: Ungar, 1982.

Beitter, Ursula E. "Identity Crisis in Fairy-Tale Land: The Grimm Fairy Tales and Their Uses by Modern- Day Imitators", em *Imagination, Emblems and Expressions: Essays on Latin American, Caribbean and Continental Culture and Identity*. Org. Helen Ryan-Ransom. Bowling Green, OH: Bowling Green State University Popular Press, 1993.

Bell, Elizabeth, Lynda Hass e Laura Sells, orgs. *From Mouse to Mermaid: The Politics of Film, Gender, and Culture*. Bloomington: Indiana University Press, 1995.

Benjamin, Walter. "The Storyteller", em *Illuminations*. Trad. Harry Zohn. Nova York: Harcourt, Brace and World, 1968.[Ed. bras.: "O narrador" em *Obras Escolhidas*, vol.I. São Paulo: Brasiliense, 1996.]

Benson, Stephen. "Stories of Love and Death: Reading and Writing the Fairy Tale Romance", em *Image and Power: Women in Fiction in the Twentieth Century*. Org. Sarah Sceats e Gail Cunnigham. Nova York: Longman, 1996.

Bernheimer, Kate, org. *Mirror, Mirror on the Wall: Women Writers Explore Their Favorite Fairy Tales*. Nova York: Anchor, 1998.

Bettelheim, Bruno. *A psicanálise dos contos de fadas* [*The Uses of Enchantment*]. São Paulo: Paz & Terra, 11ª ed., 1996.

Bilmes, Jack. "The Joke's on you, Goldilocks: A Reinterpretation of The Three Bears", *Semiotica* 39, 1982, p.269-83.

Birkhauser-Oeri, Sybille. *The Mother: Archetypal Image in Fairy Tales*. Toronto: Inner City Books, 1988.

Bluhm, Lothar. "A new Debate about 'Old Marie'? Critical Observations on the Attempt to Remythologize Grimms' Fairy Tales from a Sociohistorical Perspective", *Marvels and Tales* 14, 2000, p.287-311.

Book, Fredrick. Hans Christian Andersen: A Biography. Norman: University of Oklahoma Press, 1962.

Bottigheimer, Ruth B. "Tale Spinners: Submerged Voices in Grimms' Fairy Tales", *New German Critique* 27, 1982, p.141-50.

_____. org. *Fairy Tales and Society: Illusion, Allusion and Paradigm*. Filadélfia: University of Pennsylvania Press, 1986.

_____. *Grimms' Bad Girls and Bold Boys: The Moral and the Social Vision of the Tales*. New Haven: Yale University Press, 1987.

_____. "Cupid and Psyche vs. Beauty and the Beast: The Milesian and the Modern", *Merveilles et contes* 3, 1989, p.4-14.

_____. "Beauty and the Beast", *Midwestern Folkore* 15, 1989, p.79-88.

_____. "Fairy Tales and Children's Literature: A Feminist Perspective", em *Teaching Children's Literature: Issues, Pedagogy, Resourses*. Org. Glen Edward Sadler. Nova York: Modern Language Association of America, 1992.

Bredsdorff, Elias. *Hans Christian Andersen: An Introduction to His Life and Works*. Copenhague: H. Reitzel, 1987.

Brewer, Derek. *Symbolic Stories. Traditional Narratives of Family Drama in English Literature.* Cambridge, Inglaterra: D.S. Brewer, 1980.

Briggs, Charles, e Amy Schuman, orgs. "Theorizing Folklore: Toward New Perspectives on the Politics of Culture", *Western Folklore* 52, 1993.

Briggs, Katherine Mary. *The Fairies in English Tradition and Literature.* Chicago: University of Chicago Press, 1967.

_____. *A Dictionary of British Folk-tales in the English Language.* Londres, Routledge & K. Paul, 1970-71.

Bronner, Simon, org. *Creativity and Tradition in Folklore: New Directions.* Logan: Utah State University Press, 1992.

Bryant Sylvia. "Re-Constructing Oedipus through 'Beauty and the Beast'", *Criticism* 31, 1989, p.439-53.

Campbell, Joseph. *The Hero with a Thousand Faces.* Nova York: Pantheon, 1949.

_____. *The Flight of the Wild Gander: Explorations in the Mythological Dimension.* Nova York: Viking, 1969.

Canepa, Nancy, org. *Out of the Woods: The Origins of the Literary Fairy Tale in Italy and France.* Detroit: Wayne State University Press, 1997.

_____. *From Court to Forest: Giambattista Basile's 'Lo cunto de li cunti' and the Birth of the Literary Fairy Tale.* Detroit: Wayne State University Press, 1999.

Canham, Stephen. "What Manner of Beast? Illustrations of 'Beauty and the Beast'", em *Image and Maker: An Annual Dedicated to the Consideration of Book Illustration.* Org. Harold Darling e Peter Neuemeyer. La Jolla: Green Tiger Press, 1984.

Canton, Katia. *The Fairy Tale Revisited: A Survey of the Evolution of the Tales from Classical Literary Interpretations to Innovative Contemporary Dance-Theater Productions.* Nova York: Lang, 1994.

Caracciolo, Peter L., org. *The Arabian Nights in English Literature: Studies in the Reception of The Thousand and One Nights into British Culture.* Houndmills, Basingstoke, Hampshire: Macmillan, 1988.

Cardigos, Isabel. *In and Out of Enchantment: Blood Symbolism and Gender in Portuguese Fairy-Tales.* Helsinki: Academia Scientiarum Fennica, 1996.

Carter, Angela, org. "About the Stories", em *Sleeping Beauty and Other Favorite Fairy Tales.* Boston: Otter Books, 1991.

Cashdan, Sheldon. *The Witch Must Die: How Fairy Tales Shape Our Lives.* Nova York: Basic Books, 1999.[Ed. bras.: *Os sete pecados capitais nos contos de fadas.* Rio de Janeiro: Campus, 2000.]

Cech, Jon. "Hans Christian Andersen's Fairy Tales and Stories: Secrets, Swans and Shadows", em *Touchstones: Reflections on the Best in Children's Literature.* Org. Perry Nodelman. West Lafayette, Ind.: Children's Literature Association, 1987.

Chase, Richard. *The Jack Tales.* Cambridge, MA: Houghton, 1943.

Chinen, Allan B. *In the Ever After: Fairy Tales and the Second Half of Life.* Wilmette, IL: Chiron Publications, 1989.

Clarkson, Atelia, e Gilbert B. Cross. *World Folktales: A Scribner Resource Collection.* Nova York: Scribner's, 1980.

Clodd, Edward. *Tom Tit Tot: An Essay on Savage Philosophy in Folk-tale.* Londres: Duckworth, 1898.

Cocchiara, Guiseppe. *The History of Folklore in Europe.* Filadélfia: Institute for the Study of Human Issues, 1981.

Cohen, Betsy. *The Snow White Syndrome: All about Envy.* Nova York: Macmillan, 1986.

Cooks, Leda M., Mark P. Orbe e Carol S. Bruess. "The Fairy Tale Theme in Popular Culture: A Semiotic Analysis of *Pretty Woman*", *Women's Studies in Communication* 16, 1993, p.86-104.

Cox, Marian Roalfe. *Cinderella: Three Hundred an Forty-five Variants of Cinderella, Catskin, and Cap o'Rushes.* Londres: David Nutt, 1893.

Darnton, Robert. *O grande massacre dos gatos* [*The Great Cat Massacre*]. São Paulo: Graal Editora, 2ª ed. 1988.

De Graff, Amy Vanderlin. *The Tower and the Well: A Psychological Interpretation of the Fairy Tales of Madame d'Aulnoy.* Birmingham: Summa, 1984.

Dégh, Linda. *Folktales and Society: Storytelling in a Hungarian Peasant Community.* Bloomington: Indiana University Press, 1969.

_____. "Beauty, Wealth and Power: Career Choices for Women in Folktales, Fairytales and Modern Media", Fabula 30, 1989, p.43-62.

Dieckmann, Hans. *Twice-Told Tales: The Psychological Use of Fairy Tales.* Prefácio de Bruno Bettelheim. Wilmette, IL: Chiron, 1986.

Dobay Rifelj, Aron de. "Cendrillon and the Ogre: Women in Fairy Tale and Sade", *Romantic Review* 81, 1990, p.11-24.

Dorson, Richard M. *Folklore and Fakelore: Essays toward a Discipline of Folk Studies.* Cambridge, MA: Harvard University Press, 1976.

_____. *Folklore. Selected Essays.* Bloomington: Indiana University Press, 1972.

Douglas, Mary. "Red Riding Hood: An Interpretation from Anthropology", *Folklore* 106, 1995, p.1-7.

Duffy, Maureen. *The Erotic World of Faery.* Londres: Cardinal, 1989.

Dundes, Alan. *The Study of Folklore.* Englewood Cliffs, NJ: Prentice-Hall, 1965.

_____. *Cinderela: A Casebook.* Madison: University of Wisconsin Press, 1988.

_____. *Folklore Matters.* Knoxville: University of Tennessee Press, 1989.

_____. "Bruno Bettelheim's Uses of Enchantment and Abuses of Scholarship", *Journal of American Folklore* 104, 1991, p.74-83.

Eastman, Mary H. *Index to Fairy Tales, Myths and Legends.* Boston: Faxon, 1926.

Edwards, Carol L. "The Fairy Tale 'Snow White'", em *Making Connections across the Curriculum: Readings for Analysis.* Nova York: St. Martin's Press, 1986.

Edwards, Lee R. "The Labors of Psyche: Toward a Theory of Female Heroism", *Critical Inquiry* 6, 1979, p.33-49.

Egoff, Sheila, org. *Only Connect: Readings on Children's Literature*. 2ª ed. Toronto: Oxford University Press, 1965.

Ellis, John. *One Fairy Story Too Many: The Brothers Grimm and Their Tales*. Chicago: University of Chicago Press, 1982.

Erb, Cynthia. "Another World or the World of an Other? The Space of Romance in Recent Versions of 'Beauty and the Beast'", *Cinema Journal* 34, 1995, p.50-70.

Estés, Clarissa Pinkola. *Women Who Run with the Wolfes: Myths and Stories of the Wild Woman Archetype*. Nova York: Ballantine, 1992. [Ed. bras.: *Mulheres que correm com os lobos*. Rio de Janeiro: Rocco, 1994.]

Farrer, Claire, org. *Women and Folklore*. Austin: University of Texas Press, 1975.

Favat, F. Andre. *Child and Tale: The Origins of Interest*. Urbana, IL: National Council of Teachers of English, 1977.

Fine, Gary Alan, e Julie Ford. "Magic Settings: The Reflection of Middle-Class Life in 'Beauty and Beast'", *Midwestern Folklore* 15, 1989, p.89-100.

Fohr, Samuel Denis. *Cinderella's Gold Slipper: Spiritual Symbolism in the Grimms' Tales*. Wheaton, IL: Quest Books, 1991.

Franz, Marie-Luise von. *Problems of the Feminine Fairytales*. Nova York: Spring Publications, 1972.

_____. *Shadow and Evil in Fairy Tales,* ed. rev. Boston: Shambhala, 1990. [Ed. bras.: *A sombra e o mal nos contos de fadas*. São Paulo: Paulinas, 1990.]

_____. *The Interpretation of Fairy Tales*, ed. rev. Boston: Shambhala, 1996.

_____. *Archetypal Patterns in Fairy Tales*. Toronto: Inner City Books, 1997.

Gilbert, Sandra M., e Susan Gubar. *The Madwoman in the Attic: The Woman Writer and the Nineteenth-Century Literary Imagination*. New Haven, CT: Yale University Press, 1979.

Girardot, J.J. "Initiation and Meaning the Tale of Snow White and the Seven Dwarfs", *Journal of American Folklore* 90, 1977, p.274-300.

Goldberg, Christine. "The Composition of 'Jack and the Beanstalk'", *Marvels & Tales* 15, 2001, p.11-26.

Goldenstern, Joyce. "Connections That Open Up: Coordination and Causality in Folktales", *Marvels & Tales* 15, 2001, p.27-41.

Goldthwaite, John. *The Natural History of Make-Believe: A Guide to the Principal Works of Britain, Europe, and America*. Nova York: Oxford University Press, 1996.

Grace, Sherrill. "Courting Bluebeard with Bartók, Atwood, and Fowles: Modern Treatments of the Bluebeard Theme", *Journal of Modern Literature* 11, 1984, p.245-62.

Haase, Donald. "Gold into Straw: Fairy Tales Movies for Children and the Culture Industry", *The Lion and the Unicorn* 12, 1988, p.193-207.

_____. org. *The Reception of the Grimms' Fairy Tales: Responses, Reactions, Revisions*. Detroit: Wayne State University Press, 1993.

_____. "Yours, Mine, or Ours? Perrault, the Brothers Grimm and the Ownership of Fairy Tales", em *Once Upon a Folktale: Capturing the Folklore Process with Children*. Org. Gloria T. Blatt. Nova York: Teachers College, Columbia University, 1993.

Hains, Maryellen. "Beauty and the Beast: 20th Century Romance?", *Merveilles et Contes* 3, 1989, p.75-83.

Hallett, Martin, e Barbara Karasek. *Folk and Fairy Tales: Their Origins, Meaning, and Usefulness*. Peterborough, Ontário: Broadview Press, 1991.

Hanks, Carole, e D.T. Hanks Jr. "Perrault's 'Little Red Riding Hood': Victim of the Revisers", *Children's Literature* 7, 1978, p.69-77.

Hannon, Patricia. *Fabulous Identities: Women's Fairy Tales in Seventeenth-Century France*. Amsterdã: Rodopi, 1998.

Hartland, E. Sidney. "The Forbidden Chamber", *Folk-Lore Journal* 3, 1885, p.193-242.

Hearn, Michael Patrick, Trinkett Clark, e H. Nichols Clark. *Myth, Magic, and Mystery: One Hundred Years of American Children's Book Illustrations*. Boulder, CO: Roberts Rinehart, 1996.

Hearne, Betsy. *Beauty and the Beast: Visions and Revisions of an Old Tale*. Chicago: University of Chicago Press, 1989.

Henein, Eglal. "Male and Female Ugliness Through the Ages", *Merveilles et Contes* 3, 1989, p.45-56.

Henke, Jill Birnie, Diane Zimmerman Umble e Nancy J. Smith. "Construction of the Female Self: Feminist Readings of the Disney Heroine", *Women's Studies in Communication* 19, 1996, p.229-49.

Heuscher, Julius E. *A Psychiatric Study of Fairy Tales: Their Origin, Meaning and Usefulness*, 2ª ed. rev. Springfield, IL: Charles C. Thomas, 1974.

Hoggard, Lynn. "Writing with the Ink of Light: Jean Cocteau's Beauty and the Beast", em *Film and Literature: A Comparative Approach to Adaptation*. Org. Wendell Aycock e Michael Schoenecke. Lubbock, TX: Texas Tech University Press, 1988.

Holbek, Bengt. *The Interpretation of Fairy Tales: Danish Folklore in a European Perspective*. Helsinki: Academia Scientiarum Fennica, 1987.

Holliss, Richard, e Brian Sibley. *Walt Disney's Snow White and the Seven Dwarfs and the Making of the Classic Film*. Nova York: Simon and Schuster, 1987.

Hood, Gwyneth. "Husbands and Gods as Shadowbrutes: 'Beauty and the Beast' from Apulieus to C.S. Lewis", *Mythlore* 15, 1988.

Hoyme, Mario, Verena Kast e Ingrid Reidel, orgs. *Witches, Ogres and the Devil's Daughter: Encounters with Evil in Fairy Tales*. Boston, Shambhala, 1992.

Jenkins, Henry. "'It's Not a Fairy Tale Anymore': *Gender, Genre and Beauty and the Beast*", *Journal of Film and Video* 43, 1991, p.90-110.

Johnson, Faye R., e Carole M. Carroll. "'Little Red Riding Hood': Then and Now", *Studies in Popular Culture* 14, 1992, p.71-84.

Jones, Steven Swann. "On Analyzing Fairy Tales: 'Little Red Riding Hood' Revisited", *Western Folklore* 46, 1987, p.97-106.

_____. *The New Comparative Method: Structural and Symbolic Analysis of the Allomotifs of "Snow White".* Helsinki: Academia Scientiarum Fennica, 1990.

_____. "The Innocent Persecuted Heroine Genre: An Analysis of Its Structures and Themes", *Western Folklore* 52, 1993, p.13-41.

_____. *The Fairy Tale: The Magic Mirror of the Imagination.* Nova York: Twayne, 1995.

Kamenetsky, Christa. *The Brothers Grimm and Their Critics: Folktales and the Quest for Meaning.* Athens: Ohio University Press, 1992.

Kast, Verena. *Fairy Tales for the Psyche: Ali Baba and the Forty Thieves and the Myth of Sisyphus.* Nova York: Continuum, 1996.

Kertzer, Adrienne. "Reclaiming Her Maternal Pre-Text: Little Red Riding Hood's Mother and Three Young Adult Novels", *Children's Literature Association Quarterly* 21, 1996, p.20-7.

Knoepflmacher, U.C. *Ventures into Childland: Victorians, Fairy Tales, and Femininity.* Chicago: University of Chicago Press, 1998.

Kolbenschlag, Madonna. *Kiss Sleeping Beauty Good-bye: Breaking the Spell of Feminine Myths and Models.* São Francisco: Harper & Row, 1988.

Kravchenko, Maria. *The World of the Russian Fairy Tale.* Berna: Lang, 1987.

Kready, Laura F. *A Study of Fairy Tales.* Boston: Houghton Mifflin, 1916.

Laruccia, Victor. "Little Red Riding Hood's Metacommentary: Paradoxical Injunction, Semiotics & Behavior", *Modern Language Notes* 90, 1975, p.517-34.

Le Guin, Ursula. "The Child and the Shadow", em *The Open-Hearted Audience: Ten Writers Talk about Writing for Children.* Org. Virginia Haviland. Washington: Library of Congress, 1980.

Leach, Maria, e Jerome Fried, orgs. *Funk & Wagnalls Standard Dictionary of Folklore, Mythology, and Legend*, ed. rev. Nova York: Harper & Row, 1972.

Lederer, Wolfgang. *The Kiss of the Snow Queen: Hans Christian Andersen and Man's Redemption by Woman.* Berkeley: University of California Press, 1986.

Lewis, Philip. *Seeing through the Mother Goose Tales: Visual Turns in the Writings of Charles Perrault.* Stanford: Stanford University Press, 1996.

Lieberman, Marcia. "Some Day My Prince Will Come: Female Acculturation through the Fairy Tale", *College English* 34, 1972, p.383-95.

Livo, Norma. *Who's Afraid...? Facing Children's Fears with Folktales.* Englewood, CO: Teacher Ideas Press, 1994.

Lundell, Torborg. *Fairy Tale Mothers.* Nova York: Lang, 1990.

Lurie, Alison. *Don't Tell the Grownp-Ups. Subversive Children's Literature.* Boston: Little, Brown, 1990.

Luthi, Max. *The European Folktale: Form and Nature.* Filadélfia: Institute of the Study of Human Issues, 1982.

_____. *Once Upon a Time: On the Nature of Fairy Tales.* Trad. John Erickson. Bloomington, IN: Indiana University Press, 1984.

_____. *The Fairytale as Art Form and Portrait of Man.* Bloomington, IN: Indiana University Press, 1984.

MacDonald, Margaret Read. The Storyteller's Sourcebook: *A Subject, Title and Motif Index to Folklore Collections for Children.* Detroit: Gale, 1982.

Mallet, Carl-Heinz. *Fairy Tales and Children: The Psychology of Children Revealed through Four of Grimms' Fairy Tales.* Nova York: Schocken Books, 1984.

Maranda, P. *Soviet Structural Folkloristics.* Haia: Mouton, 1974.

Marin, Louis. *Food for Thought.* Baltimore: The Johns Hopkins University Press, 1989.

Marshall, Howard Wight. "Tom Tit Tot: A Comparative Essay on Aarne-Thompson Type 500 — the Name of the Helper", *Folklore* 84, 1973, p.51-7.

Mavrogenes, Nancy A., e Joan S. Cummins. "What Ever Happened to Little Riding Hood? A Study of a Nursery Tale", *Horn Book*, 1979, p.344-9.

McCarthy, William. *Jack in two Worlds.* Chapel Hill, NC: University of North Carolina Press, 1994.

McGlathery, James M. *The Brothers Grimm and Folktale.* Urbana: University of Illinois Press, 1988.

_____. *Fairy Tale Romance: The Grimms, Basile, and Perrault.* Urbana: University of Illinois Press, 1991.

_____. *Grimms' Fairy Tales: A History of Criticism on a Popular Classic.* Columbia, SC: Camden House, 1993.

McMaster, Juliet. "Bluebeard: A Tale of Matrimony", *A Room of One's Own* 2, 1976, p.10-9.

Meinhardt, Lela, e Paul Meinhardt. *Cinderella's Housework Dialectics: Housework as the Root of Human Creation.* Nutley, NJ: Incunabula Press, 1977.

Metzger, Michael M., e Katharina Mommsen, orgs. *Fairy Tales as Ways of Knowing: Essays on Märchen in Psychology, Society, and Literature.* Berna: Lang, 1981.

Michaelis-Jena, Ruth. *The Brothers Grimm.* Londres: Routledge, 1970.

Mieder, Wolfgang. "Modern Anglo-American Variants of the Frog Prince (AT 440)", *New York Folklore* 6, 1980, p.111-35.

_____. "Survival Forms of 'Little Red Riding Hood' in Modern Society", *International Folklore Review* 2, 1982, p.23-40.

_____. *Disenchantments: An Anthology of Modern Fairy Tale Poetry.* Hanover, NH: University Press of New England, 1987.

_____. *Tradition and Innovation in Folk Literature.* Hanover, NH: University Press of New England, 1987.

Miller, Martin. "Poor Rumpelstiltskin", *Psychoanalytic Quarterly* 54, 1985, p.73-6.

Morgan, Jeanne. *Perrault's Morals for Moderns.* Nova York: Lange, 1985.

Moss, Anita. "Mothers, Monsters, and Morals in Victorian Fairy Tales", *The Lion and the Unicorn* 12, 1988, p.47-60.

Murphy, G. Ronald. *The Owl, the Raven, and the Dove: The Religious Meaning of the Grimms' Magic Fairy Tales.* Nova York: Oxford University Press, 2000.

Natov, Roni. "The Dwarf Inside Us: A Reading of 'Rumpelstiltskin'", *The Lion and the Unicorn* 1, 1977, p.71-6.

Neeman, Harold. *Piercing the Magic Veil: Toward a Theory of the Conte.* Tubingen: Gunter Narr, 1999.

Nenola-Kallio, Aili. "Lucky Shoes or Weeping Shoes: Structural Analysis of Ingarian Shoeing Laments", *Finnish Folkloristcs* 1, 1974, p.62-91.

Nicolaisen, W.F.H. "Why Tell Stories about Innocent Persecuted Heroines?", Western Folklore 52, 1993, p.61-71.

Olrik, Axel. *Principles for Oral Narrative Research.* Bloomington: Indiana University Press, 1992.

Ong, Walter J. *Orality and Literacy: The Technologizing of the World.* Nova York: Methuen, 1982.

Opie, Iona, e Peter Opie. *The Classic Fairy Tales.* Nova York: Oxford University Press, 1974.

Panttaja, Elisabeth. "Going up in the World: Class in 'Cinderella'", *Werstern Folklore* 52, 1993, p.85-104.

Peppard, Murray B. *Paths through the Forest: A Biography of the Brothers Grimm.* Nova York: Holt, Rinehart, and Wiston, 1971.

Philip, Neil. *The Cinderella Story.* Londres: Penguin, 1989.

Preston, Cathy Lynn. "Cinderella as a Dirty Joke: Gender, Multivocality, and the Polysemic Text", *Western Folklore* 53, 1994, p.27-49.

_____, org. *Folklore Literature, and Cultural Theory: Collected Essays.* Nova York: Garland, 1995.

Propp, Vladimir. *Morphology of the Folktale.* Austin: University of Texas Press, 1975. [Ed. bras.: *Morfologia do conto maravilhoso.* Rio de Janeiro: Forense Universitária, 1984.]

_____. *Theory and History of Folklore.* Org. Anatoly Liberman. University of Minnesota Press, 1984.

Purkiss, Diane. *The Witch in History: Early Modern and Twentieth-Century Representations.* Londres: Routledge, 1996.

Radner, Joan N., e Susan S. Lanser. *Feminist Messages: Coding in Women's Folk Culture.* Urbana: University of Illinois Press, 1993.

Roberts, Warren E. *The Tale of the Kind and the Unkind Girls: AA-TH 480 and Related Tales.* Berlim: De Gruyter, 1958.

Röhrich, Lutz. *Folktales and Reality.* Trad. Peter Tokofsky. Bloomington: Indiana University Press, 1991.

Rooth, Anna Birgitta. *The Cinderella Cycle.* Lund: C.W.K. Gleerup Press, 1951.

Rose, Ellen Cronan. "Through the Looking Glass: When Women Tell Fairy Tales", em *The Voyage In: Fictions of Female Development.* Org. Elizabeth Abel, Marianne Hirsch e Elizabeth Langland. Hanover: University Press of New England, 1983.

Rovenger, Judith. "The Better to Hear With You: Making Sense of Folktales", *School Library Journal*, 1993, p.134-5.

Rowe, Karen E. "Feminism and Fairy Tales", *Women's Studies: An Interdisciplinary Journal* 6, 1979, p.237-57.

Rusch-Feja, Diann. *The Portrayal of the Maturation Process in Girl Figures in Selected Tales of the Brothers Grimm*. Frankfurt: Peter, 1995.

Sale, Roger. *Fairy Tales and After: From Snow White to E.B. White*. Cambridge, MA: Harvard University Press, 1978.

Sax, Boria. *The Frog King: On Legends, Fables, Fairy Tales and Anecdotes of Animals*. Nova York: Pace University Press, 1990.

_____. *The Serpent and the Swan: The Animal Bride in Folklore and Literature*. Blacksburg, VA: McDonald and Woodward, 1998.

Schectman, Jacqueline. *The Stepmother in Fairy Tales: Bereavement and the Feminine Shadow*. Boston: Sigo, 1993.

Scherf, Walter. "Family Conflicts and Emancipation in Fairy Tales", *Children's Literature* 3, 1974, p.77-93.

Schickel, Richard. *The Disney Versions: The Life, Times, Art and Commerce of Walt Disney*. Nova York: Simon and Schuster, 1968.

Schneider, Jane. "Rumpelstiltskin's Bargain: Folklore and the Merchant Capitalist Intensification of Linen Manufacture in Early Modern Europe", em *Cloth and Human Experience*. Org. Annette B. Weiner e Jane Schneider. Washington, DC: Smithsonian Institution Press, 1989.

Schwartz, Emanuel K. "A Psychoanalytic Study of the Fairy Tale", *American Journal of Psychotherapy* 10, 1956, p.740-62.

Seifert, Lewis Carl. *Fairy Tales, Sexuality, and Gender in France, 1690-1715: Nostalgic Utopias*. Nova York: Cambridge University Press, 1996.

Sendak, Maurice. "Hans Christian Andersen", em *Caldecott and Co.: Notes on Books and Pictures*. Nova York: Farrar, Straus and Giroux, Michael di Capua Books, 1988.

Shavit, Zohar. "The Concept of Childhood and Children's Folktales: Test Case — 'Little Red Riding Hood'", *Jerusalem Studies in Jewish Folklore* 4, 1983, p.93-124.

Silver, Carole. "East of the Sun and West of the Moon': Victorians and Fairy Brides", *Tulsa Studies in Women's Literature* 6, 1987, 283-98.

Stone, Harry. *Dickens and the Invisible World: Fairy Tales, Fantasy, and Novel Making*. Bloomington: Indiana University Press, 1979.

Stone, Kay F. "The Misuses of Enchantment: Controversies on the Significance of Fairy Tales", em *Women's Folklore, Women's Culture*. Org. Rosan A. Jordan e Susan J. Kalcik. Filadélfia: University of Pennsylvania Press, 1985.

_____. "Fairy Tales for Adults: Walt Disney's Americanization of the Märchen", em *Folklore in Two Continents: Essays in Honor of Linda Dégh*. Org. Nikolai Burlakoff e Carl Lindahl. Bloomington: Trickster, 1980.

_____. "And She Lived Happily Ever After?", *Women and Language* 19, 1996, p.14-18.

_____. *Burning Bright: New Light on Old Tales Told Today*. Peterborough, Ontário: Broadview Press, 1998.

_____. "Things Walt Disney Never Told Us", *Journal of American Folklore* 88, 1975, p.42-9.

Sutton, Martin. *The Sin Complex: A Critical Study of English Versions of the Grimms' Kinder- und Hausmärchen in the Nineteenth Century.* Kassel: Bruder-Grimm-Gesellschaft, 1996.

Taggart, James M. *Enchanted Maidens: Gender Relations in Spanish Folktales of Courtship and Marriage.* Princeton, NJ: Princeton University Press, 1990.

Tatar, Maria. *The Hard Facts of the Grimms' Fairy Tales.* Princeton, NJ: Princeton University Press, 1987.

_____. *Off with Their Heads! Fairy Tales and the Culture of Childhood.* Princeton, NJ: Princeton University Press, 1992.

_____. *Classic Fairy Tales.* Nova York: Norton, 1999.

Taylor, Peter, e Hermann Rebel. "Hessian Peasant Women, Their Families and the Draft: A Social-Historical Interpretation of Four Tales from the Grimm Collection", *Journal of Family History* 6, 1981, p.347-78.

Thomas, Joyce. *Inside the Wolf's Belly: Aspects of the Fairy Tale.* Sheffield, Inglaterra: Sheffield Academic Press, 1989.

Thomson, David. *The People of the Sea: A Journey in Search of the Seal Legend.* Washington, DC: Counterpoint, 2000.

Thompson, Stith. *Motif Index of Folk-Literature.* Bloomington: Indiana University Press, 1955-58.

Tolkien, J.R.R. "On Fairy-Stories", em *The Tolkien Reader.* Nova York: Ballantine, 1966.

Tomkowiak, Ingrid e Ulrich Marzolph. *Grimms Märchen International.* 2 vols. Paderborn: Ferdinand Schöningh, 1966.

Travers, P. L. *About the Sleeping Beauty.* Nova York: McGraw Hills, 1975.

_____. "The Black Sheep", em *What the Bee Knows: Reflections on Myth, Symbol, and Story.* Wellingborouch, Northamptonshire: Aquarian, 1989.

Tucker, Nicholas. *The Child and the Book. A Psychological and Literary Exploration.* Cambridge, MA: Cambridge University Press, 1981.

Ulanov, Ann, e Barry Ulanov. *Cinderella and Her Sisters: The Envied and the Envying.* Filadélfia: Westminster Press, 1983.

Verdier, Yvonne. "Little Red Hiding Rood in Oral Tradition", *Marvels and Tales* 11, 1997, p.101-23.

Vessely, Thomas R. "In Defense of Useless Enchantment: Bettelheim's Appraisal of the Fairy Tales of Perrault", em *The Scope of the Fantastic – Culture, Biography, Themes, Children's Literature: Selected Essays from the First International Conference on the Fantastic Literature and Film.* Org. Robert A. Collins e Howard D. Pearce. Westport, CN: Greenwood Press, 1985.

Vos, Gail de, e Anna E. Altmann. *New Tales for Old: Folktales as Literary Fictions for Young Adults.* Englewood, CO: Libraries Unlimited, 1999.

Waelti-Walters, Jennifer. "On Princesses: Fairy Tales, Sex Roles and Loss of Self", *International Journal of Women's Studies* 2, 1981, p.180-8.

_____. *Fairy Tales and the Female Imagination.* Montreal: Eden Press, 1982.

Waley, Arthur. "The Chinese Cinderella Story", *Folk-Lore* 58, 1947, p.226-38.

Walter, Virginia A. "Hansel and Gretel as Abandoned Children: Timeless Images for a Postmodern Age", *Children's Literature in Education* 23, 1992, p.203-14.

Ward, Donald. "'Beauty and the Beast': Fact and Fancy, Past and Present", *Midwestern Folklore* 15, 1989, p.119-25.

Wardetzky, Kristin. "The Structure and Interpretation of Fairy Tales Composed by Children", *Journal of American Folklore* 103, 1990, p.157-76.

Warner, Marina. *From the Beast to the Blonde: On Fairy Tales and Their Tellers.* Londres: Chatto & Windus, 1994.

_____. *Six Myths of Our Times.* Nova York: Vintage, 1995.

Weber, Eugen. "Fairies and Hard Facts: The Reality of Folktales", *Journal of the History of Ideas* 63, 1981, p.93-113.

Weigle, Marta. *Spider's and Spinsters.* Albuquerque: University of New Mexico Press, 1982.

Yolen, Jane. "America's Cinderella", *Children's Literature in Education* 8, 1977, p.21-9.

_____. *Touch Magic: Fantasie, Faerie and Folklore in the Literature of Childhood.* Nova York: Philomel, 1981.

Zago, Ester. Some Medieval Versions of 'Sleeping Beauty'", *Studi Francesci* 69, 1979.

Zarucchi, Jeanne Morgan. *Perrault's Morals for Moderns.* Nova York: Lang, 1985.

Ziolkowski, Jan M. "A Fairy Tale from before Fairy Tales: Egberg of Liège's 'De puella a lupellis seruata' and the Medieval Background of 'Little Red Riding Hood', *Speculum* 67, 1992, p.549-75.

Zipes, Jack. *Breaking the Magic Spell: Radical Theories of Folk and Fairy Tales.* Austin: University of Texas Press, 1979.

_____. *Fairy Tales and the Art of Subversion: The Classical Genre for Children and the Process of Cilivization.* Nova York: Methuen, 1983.

_____. A Second Gaze at Little Red Riding Hood's Trials and Tribulations". *The Lion and the Unicorn* 7/8, 1983-84, p.78-109.

_____. *The Brothers Grimm: From Enchanted Forests to the Modern World.* Nova York: Routledge, 1988.

_____. "The Changing Function of the Fairy Tale", *The Lion and the Unicorn* 12, 1988, p.7-31.

_____. "On The Use and Abuse of Folk and Fairy Tales with Children: Bruno Bettelheim's Moralistic Magic Wand", em *How Much Truth Do We Tell the Children: The Poetics of Children's Literature.* Org. Betty Bacon. Minneapolis, MN: Marxist Editions Press, 1988.

_____. *The Trials and Tribulations of Little Red Riding Hood,* Nova York: Routledge, 2ª ed., 1993.

_____. *Fairy Tales as Myth, Myth as Fairy Tales.* Lexington, KY: University of Kentucky Press, 1994.

_____. *Creative Storytelling: Building Community, Changing Lives.* Nova York: Routledge, 1997.

_____. *Happily Ever After: Fairy Tales, Children and the Culture Industry.* Nova York, Routledge, 1997.

_____, org. *The Oxford Companion to Fairy Tales. The Western Fairy Tale Tradition from Medieval to Modern.* Oxford: Oxford University Press, 2000.

Antologias de Contos de Fadas

Abrahams, Roger D. *African American Folktales: Stories from Black Traditions in the New World.* Nova York: Pantheon, 1999.

Afanasev, Alexander. *Russian Fairy Tales.* Trad. Norbert Guterman. Nova York: Pantheon, 1945.

Andersen, Hans Christian. *Eighty Fairy Tales.* Trad. R.P. Keigwin. Nova York: Pantheon, 1976.

Arabian Nights. Trad. Husain Haddawy. Nova York: Norton, 1990.

Asbjørnsen, Peter Christian, e Jørgen Moe. *Popular Tales from the Norse.* Trad. Sir George Webbe Dasent. Nova York: D. Appleton, 1859.

_____. *Norwegian Folktales.* Nova York: Pantheon, 1960.

_____. *East of the Sun and West of the Moon.* Nova York: Macmillan, 1963.

Baker, Augusta. *The Talking Tree: Fairy Tales from Fifteen Lands.* Filadélfia: Lippincott, 1955.

Barbeau, Marius. *The Golden Phoenix and Other French Canadian Fairy Tales.* Nova York: Walck, 1958.

Barchers, Suzanne I. *Wise Women: Folk and Fairy Tales from Around the World.* Englewood, CO: Libraries Unlimited, 1990.

Basile, Giambattista. *The Pentamerone of Giambattista Basile.* Trad. Benedetto Croce. Org. N.M. Penzer, 2 vols. Londres: John Lane the Bodley Head, 1932.

Berry, Jack. *West African Folk Tales.* Evanston, IL: Northwestern University Press, 1991.

Bierhorst, John. *The Red Swan: Myths and Tales of the American Indians.* Albuquerque: University of New Mexico Press, 1992.

Blecher, Lone Thygensen, e George Blecher. *Swedish Tales and Legends.* Nova York: Pantheon, 1993.

Booss, Claire. *Scandinavian Folk and Fairy Tales: Tales from Norway, Sweden, Denmark, Finland, Iceland.* Nova York: Gramercy Books, 1984.

Briggs, Katherine M. *Folktales of England.* Chicago: University of Chicago Press, 1965.

_____. *A Dictionary of British Folk-Tales in the English Language,* 4 vols. Londres: Routledge and Kegan Paul, 1970-71.

Bushnaq, Inea. *Arab Folktales.* Nova York: Pantheon, 1986.

Calvino, Ítalo. *Italian Folktales.* Trad. George Martin. Nova York: Pantheon, 1980. [Ed. bras.: *Fábulas italianas.* São Paulo: Companhia das Letras, 1992.]

Carlson, Ruth Kearney. *Folklore and Folktales Around the World*. Newark, DE: The Association, 1972.

Carter, Angela. *The Virago Book of Fairy Tales*. Londres: Virago Press, 1990.

_____. *The Second Virago Book of Fairy Tales*. Londres: Virago Press, 1992.

_____. *Strange Things Sometimes Still Happen: Fairy Tales from Around the World*. Boston: Faber and Faber, 1993.

Chase, Richard. *American Folk Tales and Songs*. Nova York: Signet, 1956.

Christiansen, Reidar Thorwald. *Folktales of Norway*. Trad. Pat Shaw Iversen. Londres: Routledge & K. Paul, 1964.

Clarkson, Atelia, e Gilbert B. Cross. *World Folktales: A Scribner Resource Collection*. Nova York: Charles Scribner's Sons, 1980.

Coffin, Tristam, Potter e Hennig Cohen. *Folklore from the Working Folk of America*. Garden City, NY: Anchor Press, 1973.

Cole, Joanna. *The Best Loved Folktales of the World*. Nova York: Anchor, 1983.

Cott, Jonathan. *Beyond the Looking Glass: Extraordinary Works of Fairy Tale and Fantasy*. Nova York: Stonehill, 1973.

Crossley-Holland, Kevin. *Folktales of the British Isles*. Nova York: Pantheon, 1988.

Curtin, Jeremiah. *Irish Folktales*. Dublin: Talbot Press, 1964.

Dasent, George Webbe. *East o' the Sun and West o' the Moon*. Toronto: Dover, 1971.

Dawkins, R.M. *Modern Greek Folktales*. Oxford: Claredon, 1953.

Dégh, Linda. *Folktales of Hungary*. Trad. Judit Halasz. Chicago: University of Chicago Press, 1965.

Delarue, Paul. *Borzoi Book of French Folk Tales*. Nova York: Knopf, 1956.

Dorson Richard. *Buying the Wind: Regional Folklore of the United States*. Chicago: University of Chicago Press. 1975.

Douglas, Sir George Brisbane. *Scottish Fairy and Folk Tales*. Londres: Scott, 1893.

_____, comp. *American Negro Folktales*. Nova York: Fawcett Publications, 1968.

_____, comp. *Folktales Told Around the World*. Chicago: University of Chicago Press, 1975.

Eberhard, Wolfram. *Folktales of China*. Chicago: University of Chicago Press, 1965.

El-Shamy, Hasan M. *Folktales of Egypt*. Chicago: University of Chicago Press, 1980.

Feldmann, Susan. *The Storytelling Stone: Myths and Tales of the American Indians*. Nova York: Dell, 1965.

Friedlander, George. *Jewish Fairy Tales and Stories*. Londres: Routledge, 1918.

Glassie, Henry. *Irish Folk Tales*. Nova York: Pantheon, 1985.

Griffis, William Elliott. *Japanese Fairy Tales*. Nova York: T.Y. Crowell, 1923.

Grimm, Jacob e Wilhelm Grimm. *The Complete Fairy Tales of the Brothers Grimm*. Trad. Jacques Zipes. Toronto: Bantam, 1987.

Hallett, Martin, e Barbara Krarasek. *Folk and Fairy Tales*. Peterborough, Ontário: Broadview Press, 1991.

Hearn, Michael Patrick. *Victorian Fairy Tales*. Nova York: Pantheon, 1988.

Haviland, Virginia. *Favorite Fairy Tales Told in England*. Boston: Little Brown, 1959.

_____. *Favorite Fairy Tales Told in Ireland.* Boston: Little Brown, 1961.

_____. *Favorite Fairy Tales Told in Norway.* Boston: Little Brown, 1961.

_____. *Favorite Fairy Tales Told in Russia.* Boston: Little Brown, 1961.

_____. *Favorite Fairy Tales Told in Poland.* Boston: Little Brown, 1963.

_____. *Favorite Fairy Tales Told in Scotland.* Boston: Little Brown, 1963.

_____. *Favorite Fairy Tales Told in Spain.* Boston: Little Brown, 1963.

_____. *Favorite Fairy Tales Told in Italy.* Boston: Little Brown, 1965.

_____. *Favorite Fairy Tales Told in Sweden.* Boston: Little Brown, 1966.

_____. *Favorite Fairy Tales Told in Czechoslovakia.* Boston: Little Brown, 1966.

_____. *Favorite Fairy Tales Told in Japan.* Boston: Little Brown, 1967.

_____. *Favorite Fairy Tales Told in Denmark.* Boston: Little Brown, 1971.

_____. *Favorite Fairy Tales Told in India.* Boston: Little Brown, 1973.

Jacobs, Joseph. *English Fairy Tales.* Londres: David Nutt, 1890.

_____. *Celtic Fairy Tales.* Londres: David Nutt, 1892.

_____. *Indian Fairy Tales.* Nova York: Putnam's, 1892.

_____. *More English Fairy Tales.* Londres: David Nutt, 1894.

Jones, Gwyn. *Scandinavian Legends and Folk-tales.* Londres: Oxford University Press, 1956.

Lang, Andrew. *The Blue Fairy Book.* London: Longmans, Green, 1889.

_____. *The Red Fairy Book.* London: Longmans, Green, 1890.

_____. *The Green Fairy Book.* London: Longmans, Green, 1892.

_____. *The Yellow Fairy Book.* London: Longmans, Green, 1894.

_____. *The Pink Fairy Book.* London: Longmans, Green, 1897.

_____. *The Grey Fairy Book.* London: Longmans, Green, 1900.

_____. *The Violet Fairy Book.* London: Longmans, Green, 1901.

_____. *The Brown Fairy Book.* London: Longmans, Green, 1904.

_____. *The Orange Fairy Book.* London: Longmans, Green, 1906.

_____. *The Olive Fairy Book.* London: Longmans, Green, 1907.

Lurie, Alison. *Clever Gretchen and Other Forgotten Folktales.* Nova York: Crowell, 1980.

_____. *The Oxford Book of Modern Fairy Tales.* Oxford: Oxford University Press, 1993.

MacMillan, Cyrus. *Canadian Fairy Tales.* Londres: John Lane The Bodley Head, 1928.

Manning-Sanders, Ruth. *The Glass Man and the Golden Bird: Hungarian Folk and Fairy Tales.* Nova York: Roy Publishers, 1968.

Massignon, Geneviève. *Folktales of France.* Trad. Jacqueline Hyland. Chicago: University of Chicago Press, 1968.

Megas, Georgios. *Folktales of Greece.* Chicago: University of Chicago Press, 1970.

Mieder, Wolfgang. *Disenchantments. An Anthology of Modern Fairy Tale Poetry.* Hanover, NH: University Press of New England, 1985.

Minard, Rosemary. *Womenfolk and Fairy Tales.* Boston: Houghton Mifflin, 1975.

Montgomerie, Norah, and William Montgomerie. *The Well at the World's End: Folk Tales of Scotland.* Toronto: The Bodley Head, 1956.

Noy, Dov. *Folktales of Israel.* Trad. Gene Baharav. Chicago: University of Chicago Press, 1963.

O'Sullivan, Sean. *Folktales of Ireland.* Londres: Routledge & Paul, 1966.

Opie, Iona, e Peter Opie. *The Classic Fairy Tales.* Nova York: Oxford University Press, 1974.

Parades, Americo. *Folktales of Mexico.* Chicago: University of Chicago Press, 1970.

Perrault, Charles. *Perrault's Complete Fairy Tales.* Trad. A.E. Johnson et al. Nova York: Dodd, Mead, 1961.

Phelps, Ethel Johnston. *The Maid of the North: Feminist Folk Tales from Around the World.* Nova York: Holt, Rinehart and Wiston, 1981.

_____. *Tatterhood and Other Tales.* Old Westbury, NY: Feminist Press, 1978.

Philip, Neil. *The Cinderella Story: The Origins and Variations of the Story Known as "Cinderella".* Londres: Penguin, 1989.

Pino-Saavedra, Yolanda. *Folktales of Chile.* Chicago: University of Chicago Press, 1968.

Pourrat, Henri. *French Folktales.* Trad. Royall Tyler. Nova York: Pantheon, 1989.

Rackham, *Arthur. Arthur Rackham Fairy Book.* Filadélfia: J.B. Lippincott, 1933.

Ramanujan, A.K. *Folktales from India.* Nova York: Random House, 1991.

Randolph, Vance. *Pissing in the Snow and Other Ozark Folktales.* Urbana: University of Illinois Press, 1976.

_____. *Sticks in the Knapsack and Other Ozark Folktales.* Nova York: Columbia University Press, 1958.

Ragan, Kathleen. *Fearless Girls, Wise Women and Beloved Sisters: Heroines in Folktales from Around the World.* Nova York: Norton, 1998.

Ranke, Kurt. *Folktales of Germany.* Trad. Lotte Baumann. Chicago: University of Chicago Press, 1966.

Riordan, James. *The Sun Maiden and the Crescent Moon: Siberian Folk Tales.* Nova York: Interlink Books, 1991.

_____. *Korean Folk-tales.* Nova York: Oxford University Press, 1994.

Robert, Moss. *Chinese Fairy Tales and Fantasies.* Nova York: Pantheon Books, 1979.

Rugoff, Milton A. *A Harvest of World Folk Tales.* Nova York: Viking, 1949.

Seki, Keigo. *Folktales of Japan.* Chicago: University of Chicago Press, 1963.

Simpson, Jaqueline. *Icelandic Folktales and Legends.* Berkeley: University of California Press, 1972.

Straparola, Giovanni Francesco. *The Facetious Nights of Straparola.* Trad. W.G. Waters, 4 vols. Londres: Society of Bibliophiles, 1901.

Thompson, Stith. *One Hundred Favorite Folktales.* Bloomington: Indiana University Press, 1968.

_____. *Tales of the North American Indians.* Bloomington: Indiana University Press, 1929.

Tong, Diane. *Gipsy Folktales.* San Diego: Harcourt Brace Jovanovich, 1989.

Travers, P.L. *About the Sleeping Beauty.* Nova York: McGraw-Hill, 1975.

Walker, Barbara G. *Feminist Fairy Tales.* Nova York: Harper Collins, 1996.

Weinrich, Beatrice Silverman. *Yiddish Folktales.* Nova York: Pantheon, 1986.

Yolen, Jane. *Favorite Folktales from Around the World.* Nova York: Pantheon, 1986.

Zipes, Jack. *Beauties, Beasts and Enchantment: Classic Fairy Tales.* Nova York: New American Library, 1989.

_____. *Spells of Enchantment. The Wondrous Fairy Tales of Western Culture.* Nova York: Viking, 1991.

Periódicos

Children's Literature: Annual of the Modern Language Association Division on Children's Literature.
Children's Literature Association Quarterly
Fabula
Folklore and Mythology Studies
International Folklore Review
Journal of American Folklore
The Lion and the Unicorn
Marvels and Tales
Widwerstern Folklore
Western Folklore

Algumas antologias publicadas no Brasil

Afanasev, Aleksandr. *Contos de fadas russos,* 3 vols. São Paulo: Landy, 2002-2003.

Andersen, Hans Christian. *Contos de Andersen.* Rio de Janeiro: Paz & Terra, 1997.

_____. *Contos de Andersen.* Seleção Lisbeth Zwerger; trad. Tomas Rosa Bueno. São Paulo: Martins Fontes, 1994.

_____. *Contos de Andersen.* Trad. Guttorm Hanssen. Rio de Janeiro: Paz & Terra, 1978, 2ª ed.

_____. *Contos escolhidos.* Trad. Pepita de Leão. Rio de Janeiro: Globo, 1985.

_____. *Histórias e contos de fadas. Obra completa,* 2 vols. Org. Eugênio Amado. Belo Horizonte: Villa Rica, 1996.

_____. *Histórias maravilhosas de Andersen.* Seleção Russell Ash e Bernard Higton; trad. Heloísa Jahn. São Paulo: Companhia das Letrinhas, 2003, 9ª ed.

_____. *O Patinho Feio e outros contos de Andersen.* Seleção José Paulo Paes; trad. Olivia Krahenbuhl. São Paulo: Círculo do Livro, 1994.

Asbjørnsen, Peter. *Contos populares noruegueses.* São Paulo: Landy, 2003.

França, Mary. *Contos de Andersen,* 8 vols. Recontado por Mary e Eliardo França. São Paulo: Ática, 1992-1994.

Grimm, Jacob e Wilhelm Grimm. *Branca de Neve e outros contos de Grimm.* Seleção e trad. Ana Maria Machado. Rio de Janeiro: Nova Fronteira, 1986.

_____. *Cinderela e outros contos de Grimm.* Seleção e trad. Ana Maria Machado. Rio de Janeiro: Nova Fronteira, 1996.

_____. *Contos de fadas.* Trad. Celso M. Paciornik. São Paulo: Iluminuras, 2000.

_____. *Contos de Grimm,* 12 vols. Adaptação de Maria Heloísa Penteado. São Paulo: Ática, 1997-2000.

_____. *Contos de Grimm. Obra Completa.* Belo Horizonte: Villa Rica, 1994.

_____. *Contos de Grimm.* Seleção e trad. Nair Lacerda. São Paulo: Círculo do Livro, 1988.

_____. *O alfaiate valente e outros contos de Grimm.* São Paulo: Círculo do Livro, 1994.

_____. *Contos escolhidos.* Trad. Stella Altenberg, Mário Quintana. Rio de Janeiro: Globo, 1985.

_____. *Os contos de Grimm.* Trad. Tatiana Belinky. São Paulo: Paulinas, 1991, 2ª ed.

Grimm, Jacob, Wilhelm Grimm, Hans Christian Andersen e Charles Perrault. Contos clássicos, 6 vols. Adaptação de Edouard Jose; trad. Maria Beatriz Monteiro. São Paulo: Maltese, 1992.

Jahn, Heloísa. *Contos de Grimm.* Adaptação e trad. Heloísa Jahn. São Paulo: Companhia das Letrinhas, 1999, 4ª ed.

Jakobs, Joseph. *Contos de fadas ingleses.* São Paulo: Landy, 2002.

Perrault, Charles. *Chapeuzinho Vermelho e outros contos de Perrault.* Trad. Olivia Krahenbuhl. São Paulo: Círculo do Livro, 1994.

_____. *Contos de Perrault.* Trad. Regina Regis Junqueira. Belo Horizonte: Villa Rica, 1994.

_____. *Contos de fadas.* Trad. e adaptação de José Bento Monteiro Lobato. São Paulo: Companhia Editora Nacional, 2002.

Rocha, Ruth. *Contos de Perrault.* São Paulo: FTD, 1994, 3ª ed.

Agradecimentos

Como os contos de fadas outrora contados ao pé da lareira, este livro é uma colaboração que se valeu de muitas vozes diferentes. Exigiu também o trabalho de muitas mãos, e sou grata a estudantes, colegas, bibliotecários, amigos e parentes por seu generoso apoio, incentivo e auxílio ao longo dos anos.

Bob Weil, da editora Norton, deu vida a este projeto e permaneceu intelectualmente envolvido com ele até o fim. Jason Baskin guiou pacientemente o manuscrito através das complicações do processo de produção, navegando com perícia as águas editoriais. Por uma precisão espantosa na preparação do original, sou grata a Otto Sonntag.

Sem os ricos recursos da Houghton Library, este volume teria sido muito menos vibrante, e sou grata ao competente pessoal que ali trabalha, tanto na sala de leitura quando nos serviços de reprodução de imagens.

Este livro é dedicado a meus filhos, que reacenderam meu interesse pelos contos de fadas e me lembraram quão poderosa e profundamente estas histórias alimentam imaginação, espírito e paixão.

Sobre a autora

Maria Tatar dirige o Programa de Folclore e Mitologia da Universidade de Harvard. É autora de *Enchanted Hunters: The Power of Stories in Childhood*, *Off with Their Heads!: Fairy Tales and the Culture of Childhood* e diversos outros livros sobre folclore e contos de fadas. Também organizou e traduziu *The Annotated Hans Christian Andersen*, *The Annotated Brothers Grimm*, *The Annotated Classic Fairy Tales*, *The Annotated Peter Pan*, *The Classic Fairy Tales: A Norton Critical Edition* e *The Grimm Reader*. Mora em Cambridge, Massachusetts.

1ª edição [2004] 1 reimpressão
2ª edição [2013, novo formato] 9 reimpressões

ESTA OBRA FOI COMPOSTA POR MARI TABOADA EM AFFAIR E KINGFISHER
E IMPRESSA EM OFSETE PELA GEOGRÁFICA SOBRE PAPEL PÓLEN DA
SUZANO S.A. PARA A EDITORA SCHWARCZ EM ABRIL DE 2024.

A marca FSC® é a garantia de que a madeira utilizada na fabricação do papel deste livro provém de florestas que foram gerenciadas de maneira ambientalmente correta, socialmente justa e economicamente viável, além de outras fontes de de origem controlada.